NORMAN Y MIX 2

HAZTE VILLANO

UNA HISTORIA DE
ISMAEL PREGO

DIBUJOS DE
BONACHE

Montena

Papel certificado por el Forest Stewardship Council®

MIXTO
Papel procedente de
fuentes responsables
FSC® C117695
www.fsc.org

Primera edición: febrero de 2019

© 2019, Ismael Prego
© 2019, Youplanet
© 2019, Penguin Random House Grupo Editorial, S. A. U.
Travessera de Gràcia, 47-49. 08021 Barcelona
© 2019, Juan Carlos Bonache, por las ilustraciones

Printed in Spain – Impreso en España

ISBN: 978-84-9043-936-4
Depósito legal: B-25.928-2018

Compuesto por Marc Cubillas
Impreso en Talleres Gráficos Soler
Esplugues de Llobregat (Barcelona)

GT 3 9 3 6 4

Penguin
Random House
Grupo Editorial

A MI PADRINO ALFREDO. FUISTE UNO DE LOS QUE
ME INTRODUJO AL MUNDO DEL CÓMIC Y LA
FANTASÍA DESDE BIEN PEQUEÑITO. GRACIAS POR
HABER FORMADO PARTE DE MI VIDA.

TE ECHARÉ DE MENOS.

PRÓLOGO

HA COSTADO. HA SIDO UN AÑO LLENO DE BLOQUEOS,
DISTRACCIONES Y MANÍAS QUE FINALMENTE HAN CAUSADO QUE
ESTE CÓMIC TARDASE EN SALIR MÁS DE LO QUE ME HABRÍA
GUSTADO. PERO AL FIN ESTÁ AQUÍ LA SEGUNDA PARTE DE
NORMAN Y MIX.

ANTES DE QUE EMPECÉIS A LEER QUIERO DAROS LAS GRACIAS
A TODOS AQUELLOS QUE HABÉIS ACOGIDO TAN BIEN EL
ANTERIOR TOMO. GRACIAS POR AYUDARME A CUMPLIR ESTE
SUEÑO, SIN VOSOTROS TODO ESTO NO SERÍA POSIBLE. NO
TENGO PALABRAS PARA AGRADECER Y EXPRESAR LO QUE
SIENTO CADA VEZ QUE ME LLEGA UN BUEN COMENTARIO SOBRE
ESTA HISTORIA.

ESPERO QUE DISFRUTÉIS ESTA SEGUNDA PARTE Y LAS QUE
ESTÁN POR VENIR.

ISMAEL PREGO

MIX

- IRRESPONSABLE DENTRO DE LA RESPONSABILIDAD.
- SUS PODERES CAMBIAN ALEATORIAMENTE.
- TODO LE SALE MAL. ES INCAPAZ DE PONER ORDEN A SU VIDA, Y CUANDO LO INTENTA SOLO LA DESORDENA MÁS.
- NORMAN ES LA PERSONA MÁS IMPORTANTE DE SU VIDA.
- HACE UNOS MESES TRABAJABA PARA UNA ORGANIZACIÓN DE HÉROES, PERO TRAS CAGARLA VARIAS VECES POR CULPA DE LA ALEATORIEDAD DE SUS PODERES FUE EXPULSADO. COMO NO SABE HACER OTRA COSA MÁS QUE LUCHAR CONTRA LOS MALOS AHORA ESTÁ PERDIDO.

COMENTARIOS EXTRA DEL AUTOR

EN UNA IDEA INICIAL, CUANDO TODAVÍA NO TENÍA CLARA LA HISTORIA QUE QUERÍA CONTAR, **MIX** ERA EL ÚNICO PROTAGONISTA DEL CÓMIC. **NORMAN** NI SIQUIERA EXISTÍA, PERO TRAS MEDITARLO MUCHO Y PENSAR A DÓNDE QUERÍA LLEGAR CON TODO ESTO NACIÓ **NORMAN.**

ALGÚN DÍA HABLAREMOS DE LA VERSIÓN INICIAL QUE TENÍA PENSADA PARA EL CÓMIC, QUE NO TIENE NADA QUE VER CON LA ACTUAL. TAN SOLO SE HA MANTENIDO LA PREMISA INICIAL: LOS SUPERPODERES ALEATORIOS.

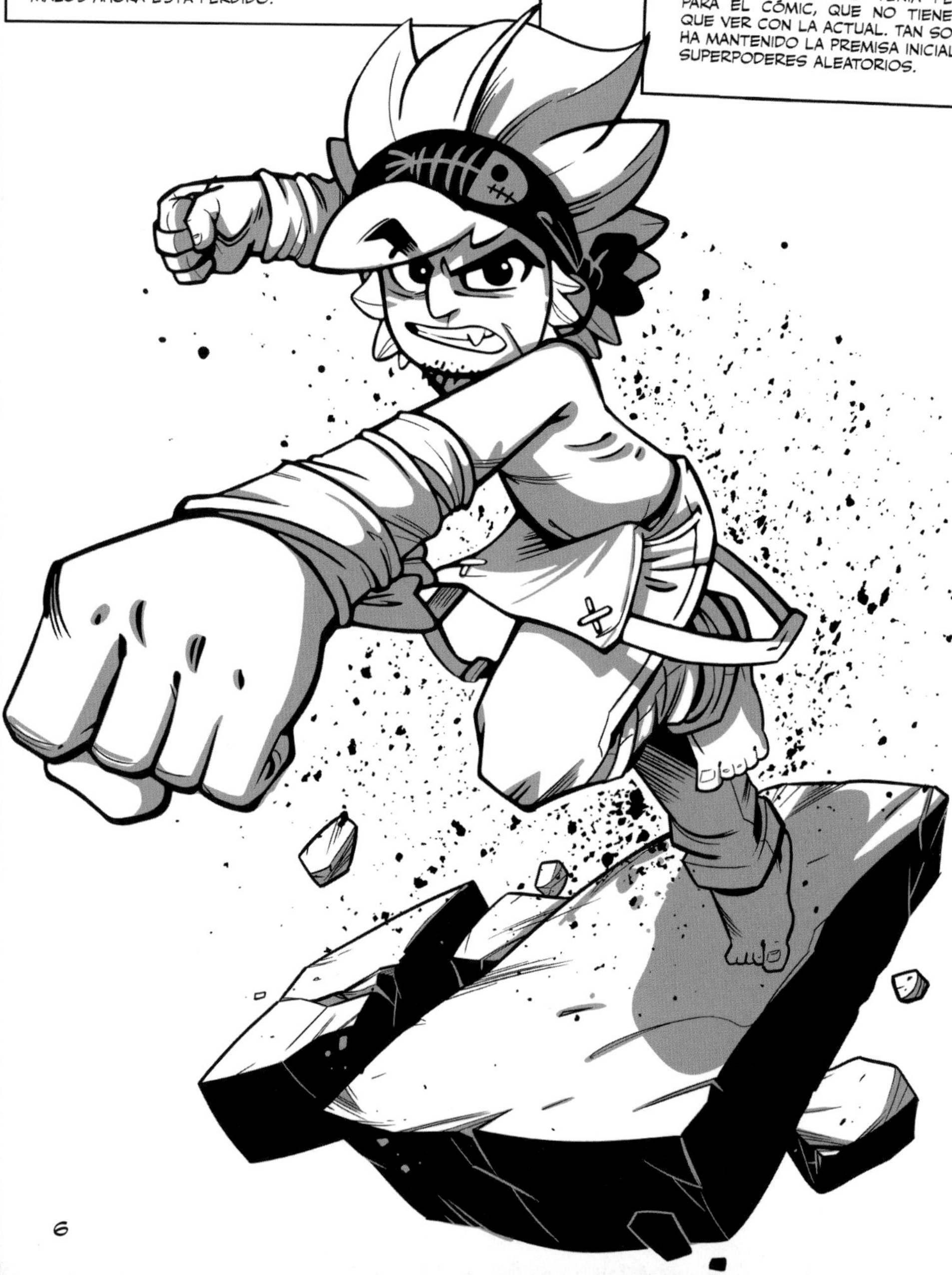

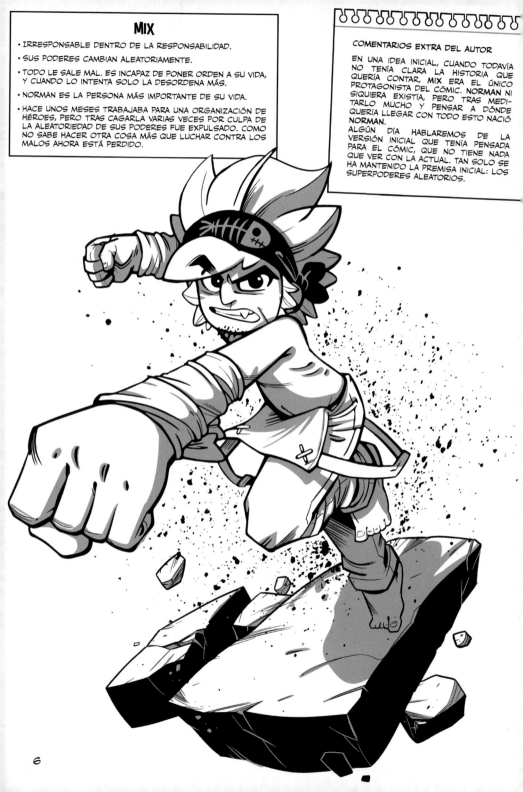

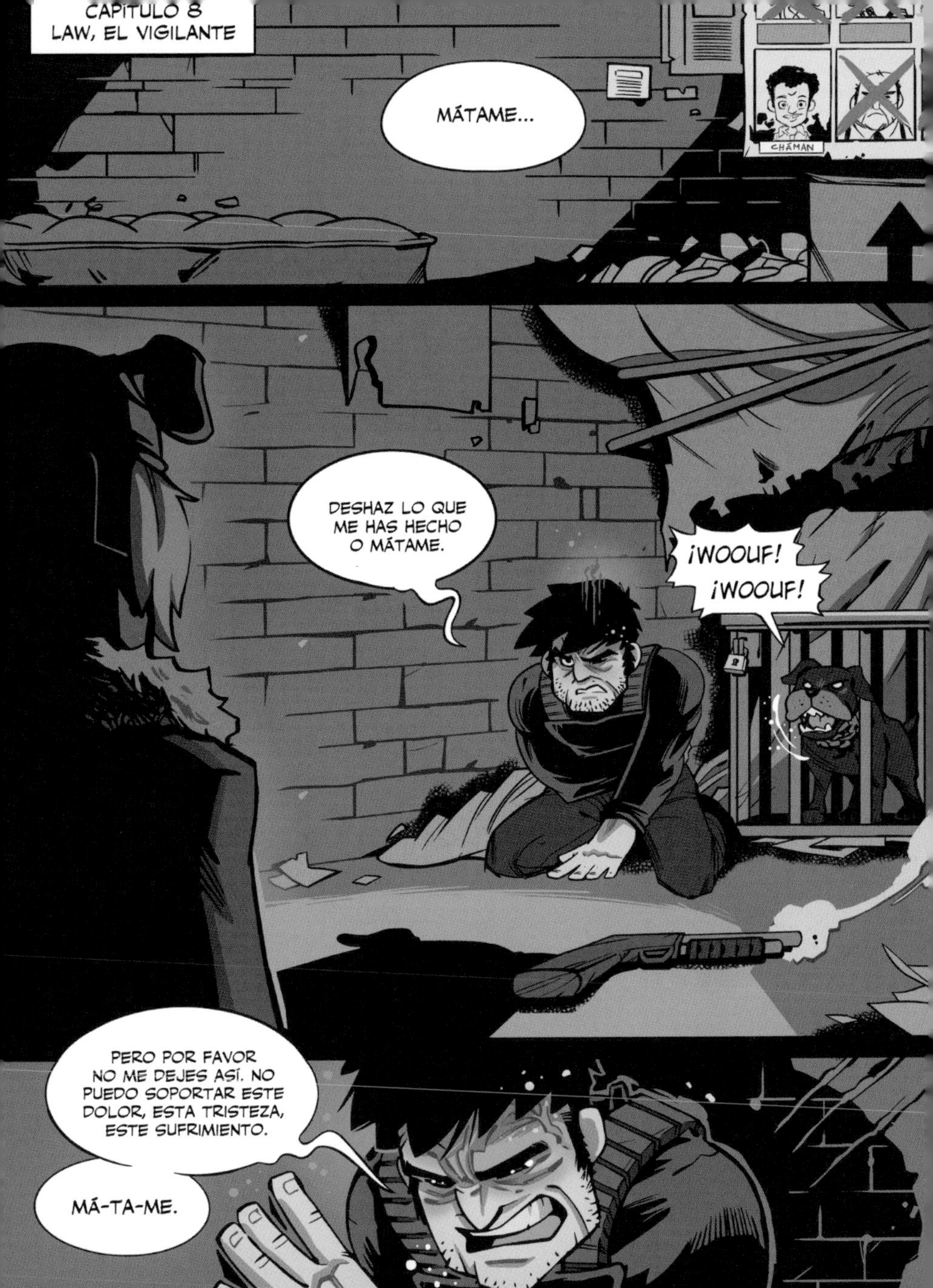
CAPÍTULO 8
LAW, EL VIGILANTE
MÁTAME...
DESHAZ LO QUE ME HAS HECHO O MÁTAME.
¡WOOUF! ¡WOOUF!
PERO POR FAVOR NO ME DEJES ASÍ. NO PUEDO SOPORTAR ESTE DOLOR, ESTA TRISTEZA, ESTE SUFRIMIENTO.
MÁ-TA-ME.

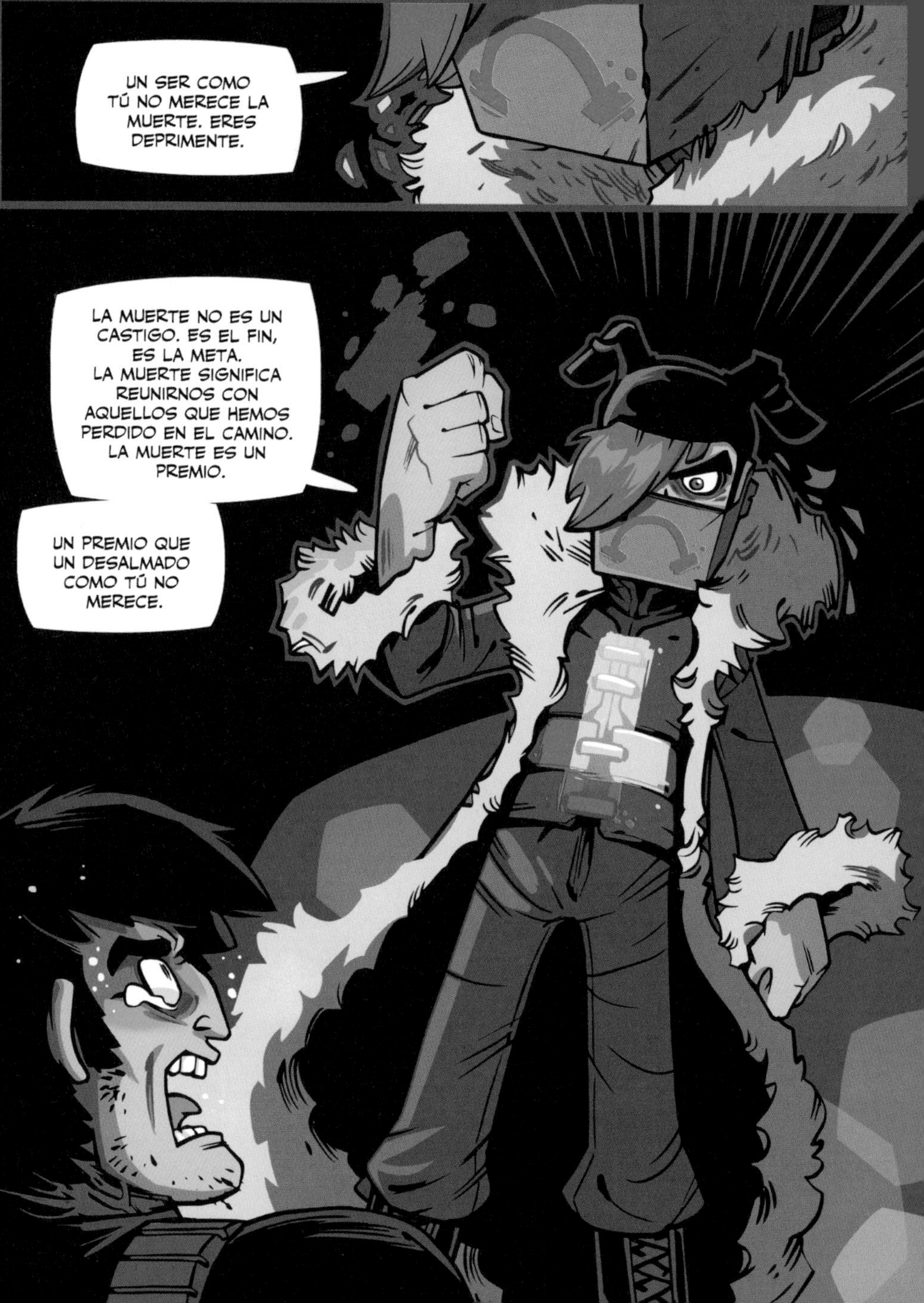
UN SER COMO TÚ NO MERECE LA MUERTE. ERES DEPRIMENTE.
LA MUERTE NO ES UN CASTIGO. ES EL FIN, ES LA META. LA MUERTE SIGNIFICA REUNIRNOS CON AQUELLOS QUE HEMOS PERDIDO EN EL CAMINO. LA MUERTE ES UN PREMIO.
UN PREMIO QUE UN DESALMADO COMO TÚ NO MERECE.

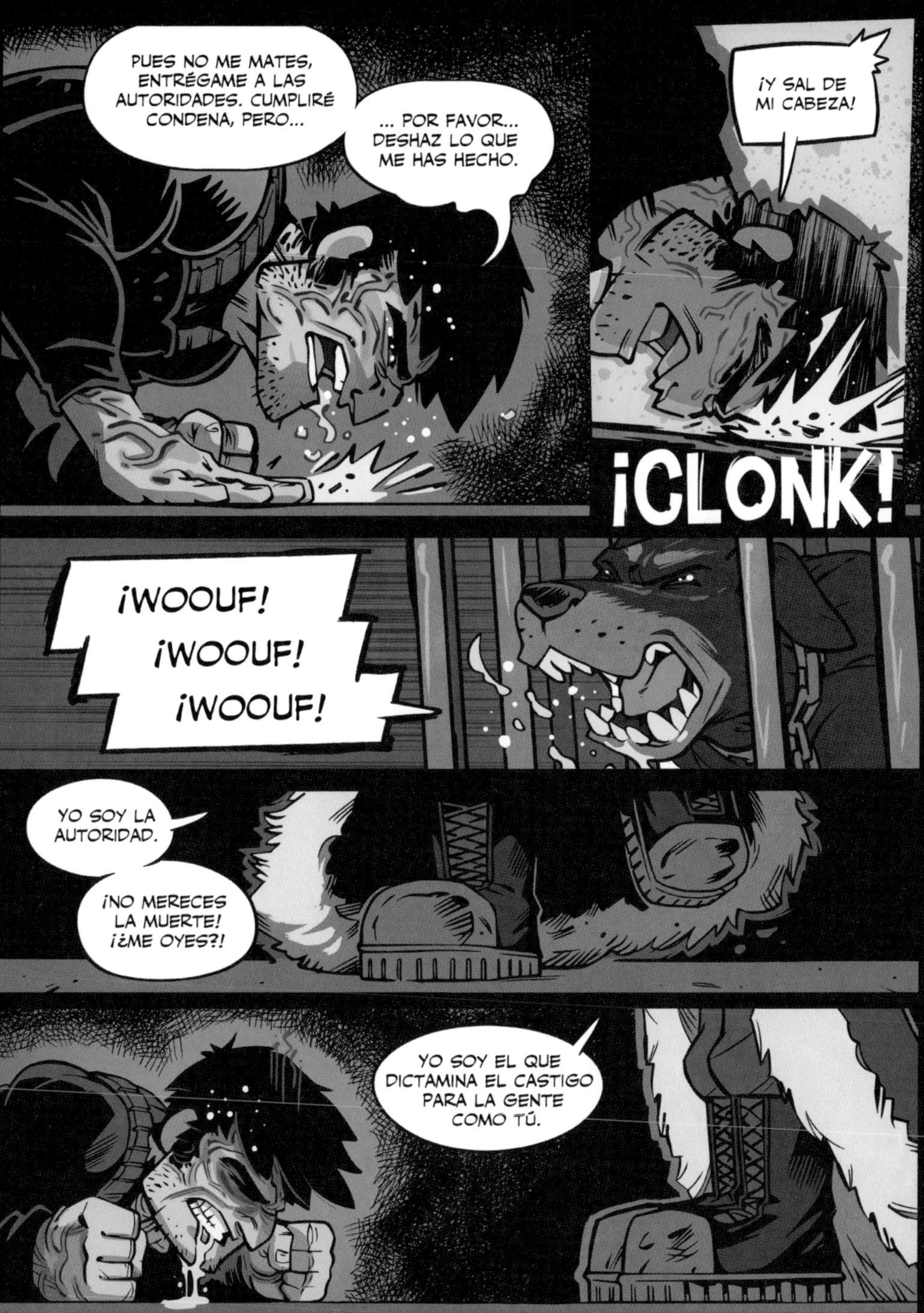
PUES NO ME MATES, ENTRÉGAME A LAS AUTORIDADES. CUMPLIRÉ CONDENA, PERO...
... POR FAVOR... DESHAZ LO QUE ME HAS HECHO.
¡Y SAL DE MI CABEZA!
¡CLONK!
¡WOOUF! ¡WOOUF! ¡WOOUF!
YO SOY LA AUTORIDAD.
¡NO MERECES LA MUERTE! ¡¿ME OYES?!
YO SOY EL QUE DICTAMINA EL CASTIGO PARA LA GENTE COMO TÚ.

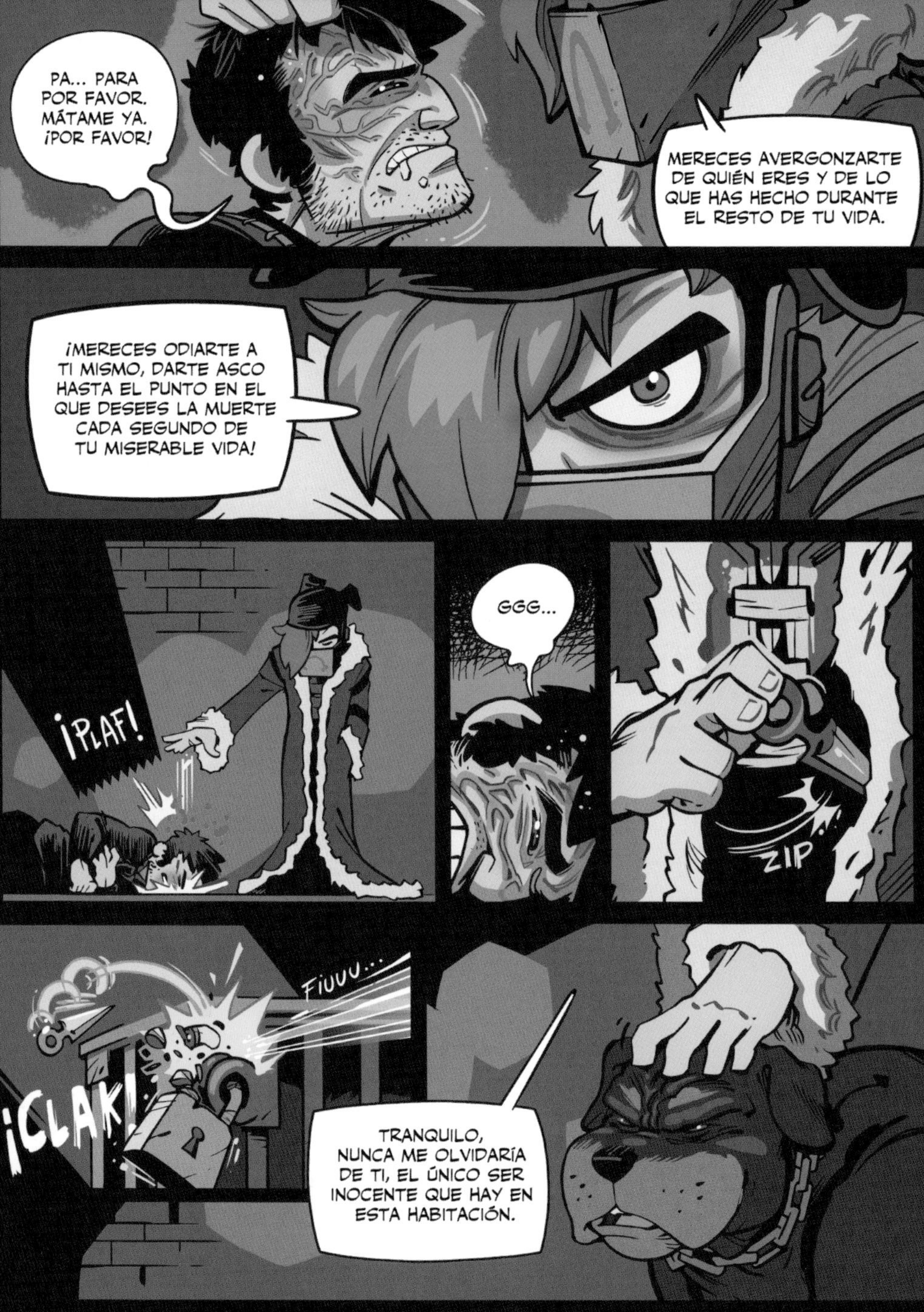
PA... PARA POR FAVOR. MÁTAME YA. ¡POR FAVOR!
MERECES AVERGONZARTE DE QUIÉN ERES Y DE LO QUE HAS HECHO DURANTE EL RESTO DE TU VIDA.
¡MERECES ODIARTE A TI MISMO, DARTE ASCO HASTA EL PUNTO EN EL QUE DESEES LA MUERTE CADA SEGUNDO DE TU MISERABLE VIDA!
¡PLAF!
GGG...
ZIP
FIUUU...
¡CLAK!
TRANQUILO, NUNCA ME OLVIDARÍA DE TI, EL ÚNICO SER INOCENTE QUE HAY EN ESTA HABITACIÓN.

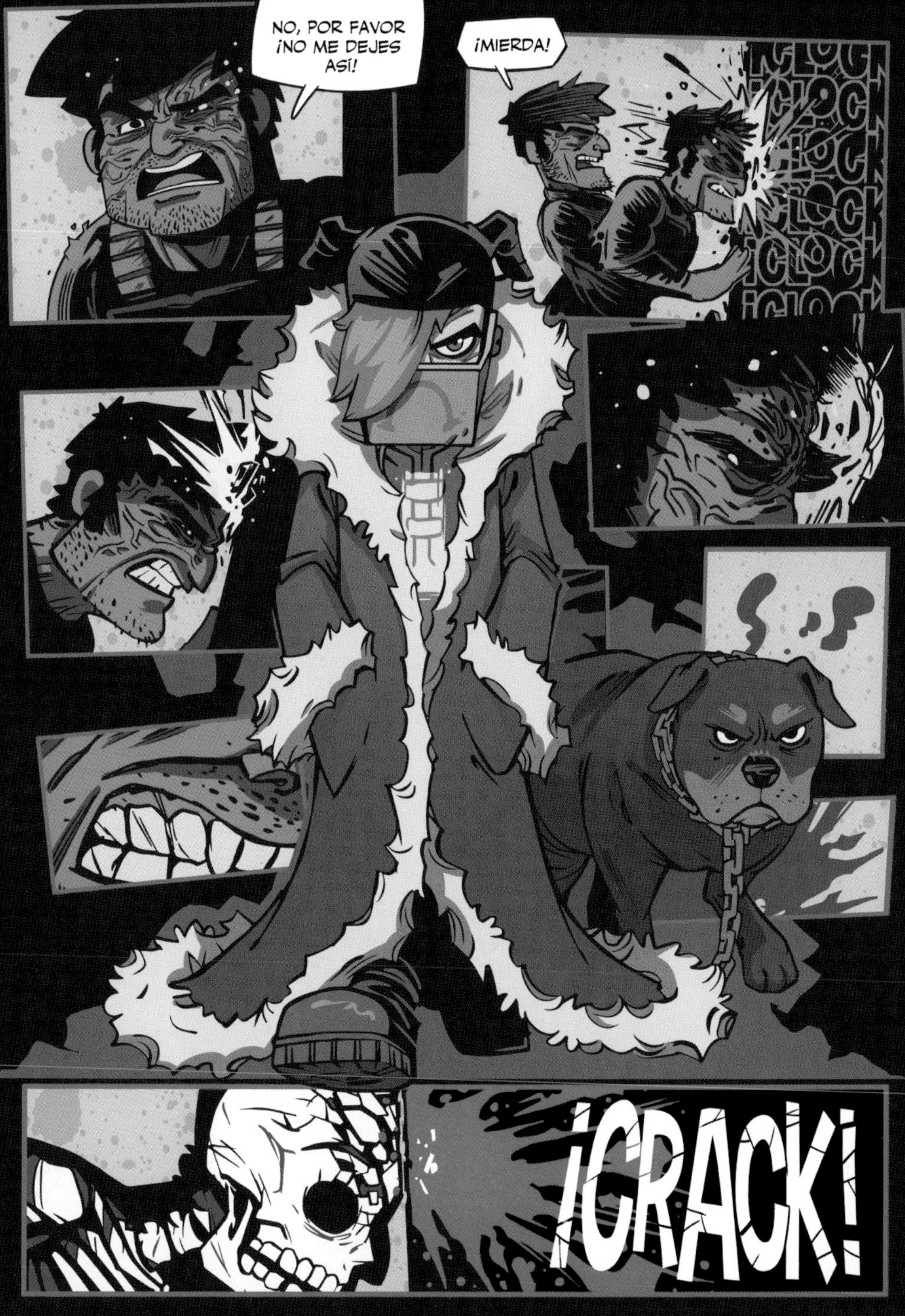
NO, POR FAVOR ¡NO ME DEJES ASÍ!
¡MIERDA!
¡CLOCK ¡CLOCK ¡CLOCK ¡CLOCK ¡CLOCK ¡CLOCK
¡CRACK!

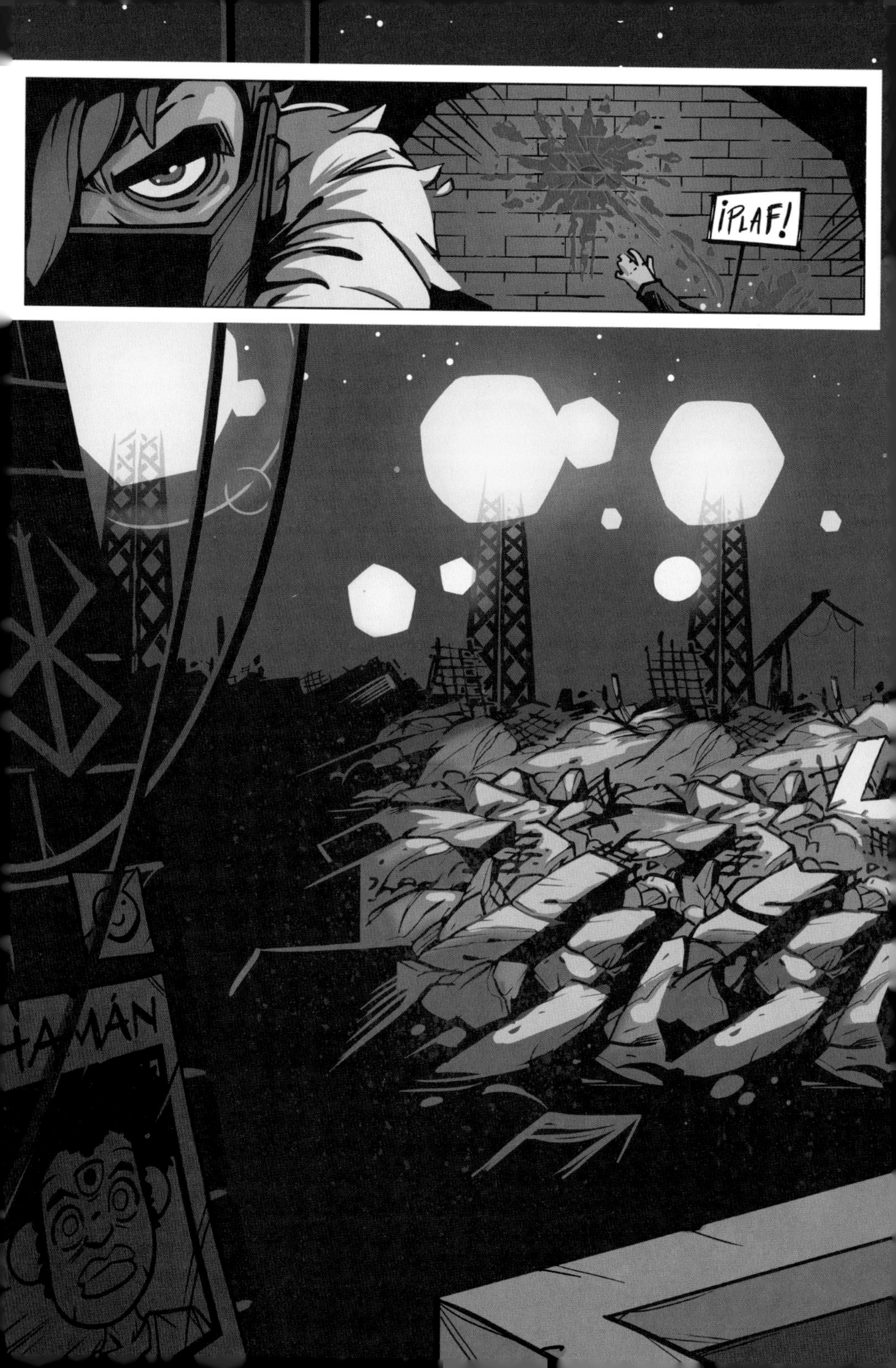
¡PLAF!

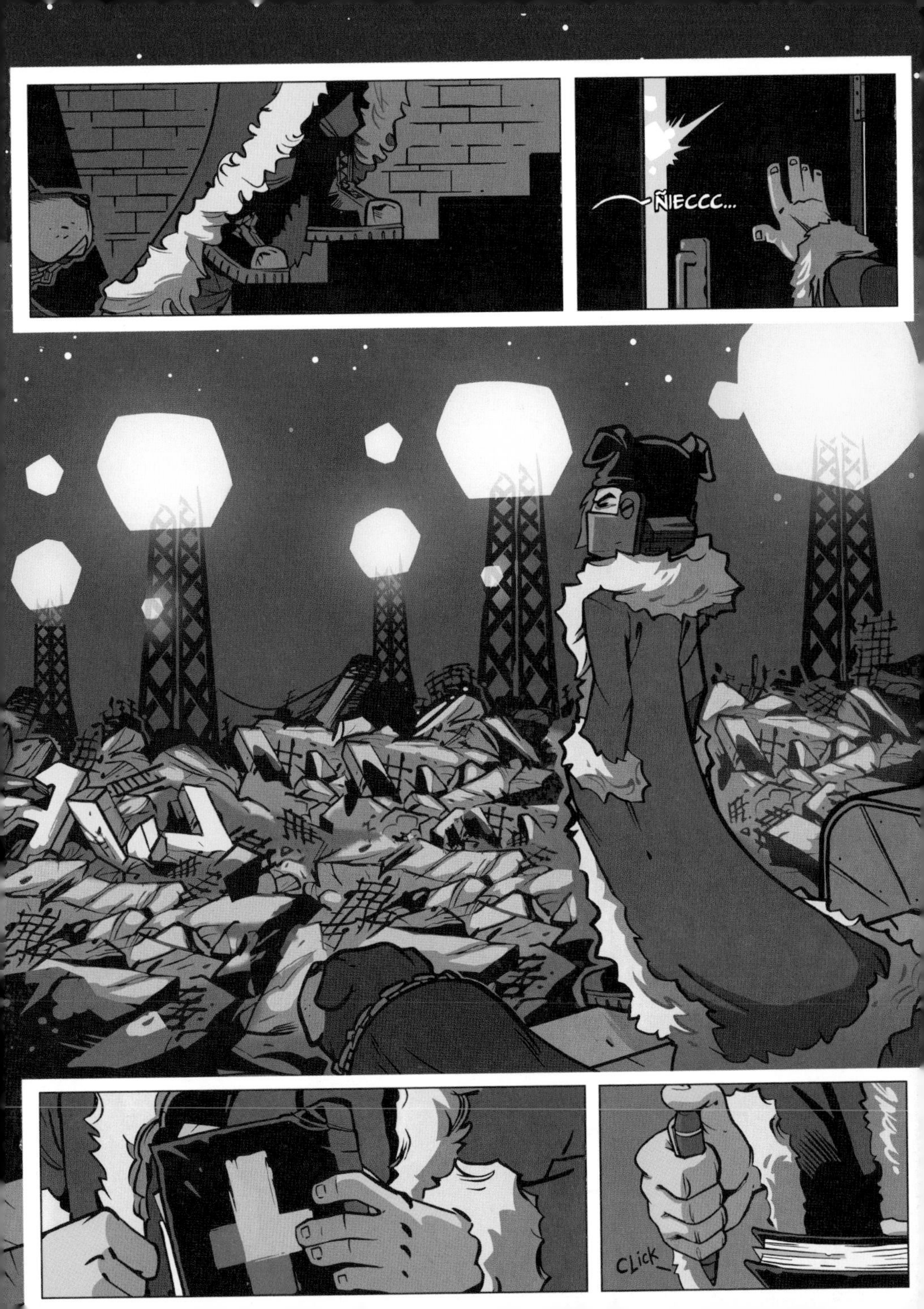
ÑIECCC...
CLICK

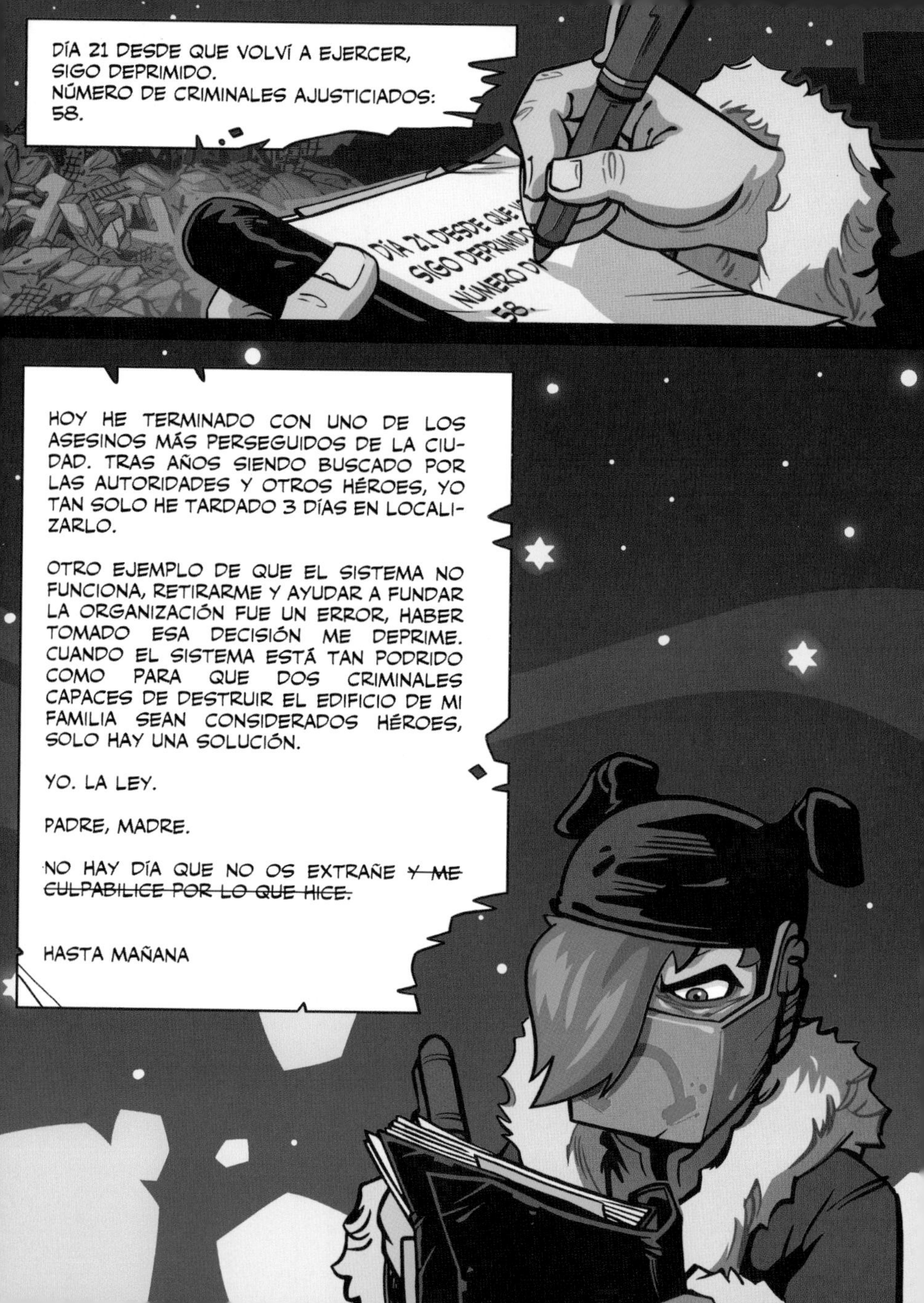
DÍA 21 DESDE QUE VOLVÍ A EJERCER,
SIGO DEPRIMIDO.
NÚMERO DE CRIMINALES AJUSTICIADOS:
58.
HOY HE TERMINADO CON UNO DE LOS ASESINOS MÁS PERSEGUIDOS DE LA CIUDAD. TRAS AÑOS SIENDO BUSCADO POR LAS AUTORIDADES Y OTROS HÉROES, YO TAN SOLO HE TARDADO 3 DÍAS EN LOCALIZARLO.
OTRO EJEMPLO DE QUE EL SISTEMA NO FUNCIONA, RETIRARME Y AYUDAR A FUNDAR LA ORGANIZACIÓN FUE UN ERROR, HABER TOMADO ESA DECISIÓN ME DEPRIME. CUANDO EL SISTEMA ESTÁ TAN PODRIDO COMO PARA QUE DOS CRIMINALES CAPACES DE DESTRUIR EL EDIFICIO DE MI FAMILIA SEAN CONSIDERADOS HÉROES, SOLO HAY UNA SOLUCIÓN.
YO. LA LEY.
PADRE, MADRE.
NO HAY DÍA QUE NO OS EXTRAÑE ~~Y ME CULPABILICE POR LO QUE HICE.~~
HASTA MAÑANA

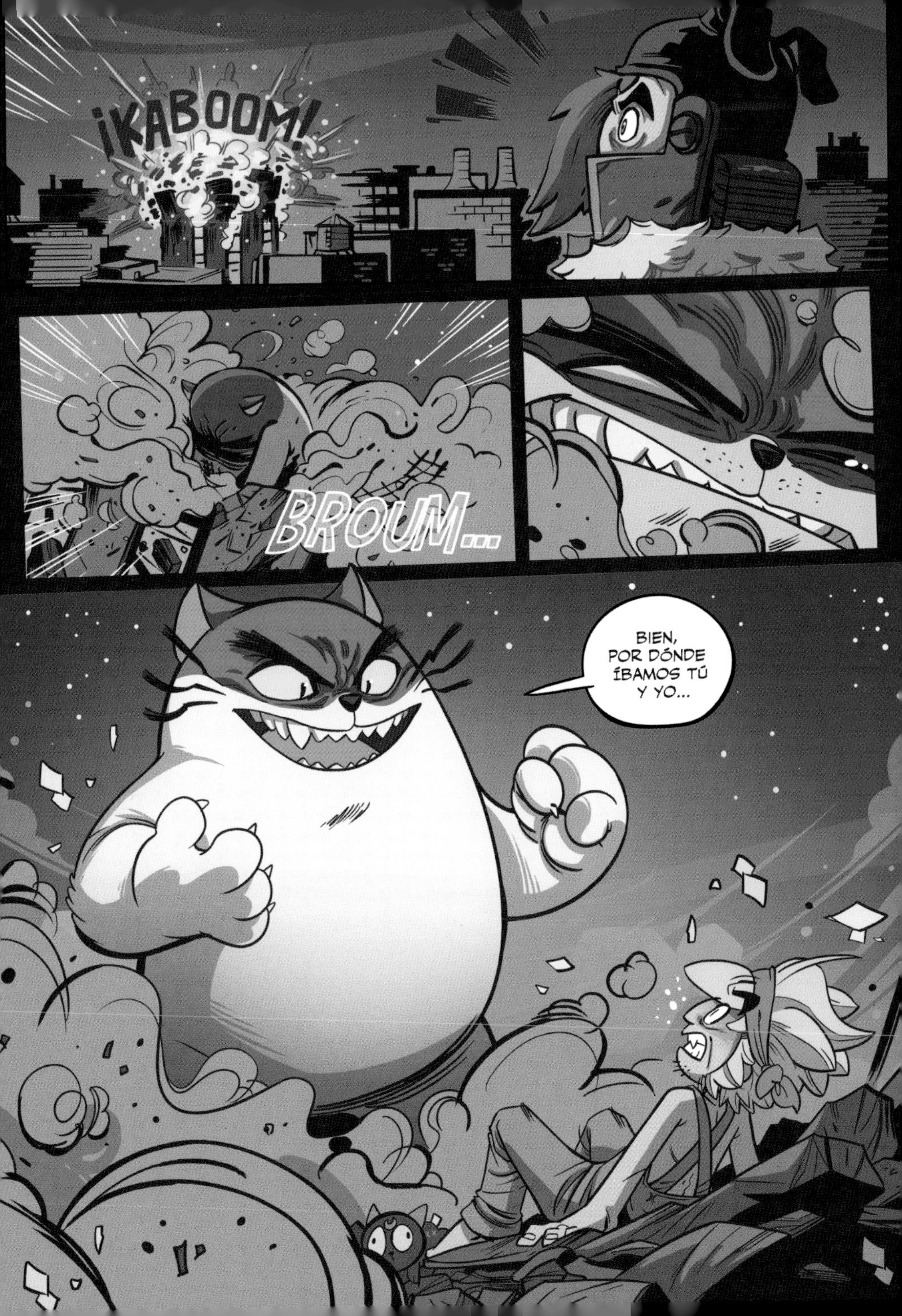
¡KABOOM!
BROUM...
BIEN, POR DÓNDE ÍBAMOS TÚ Y YO...

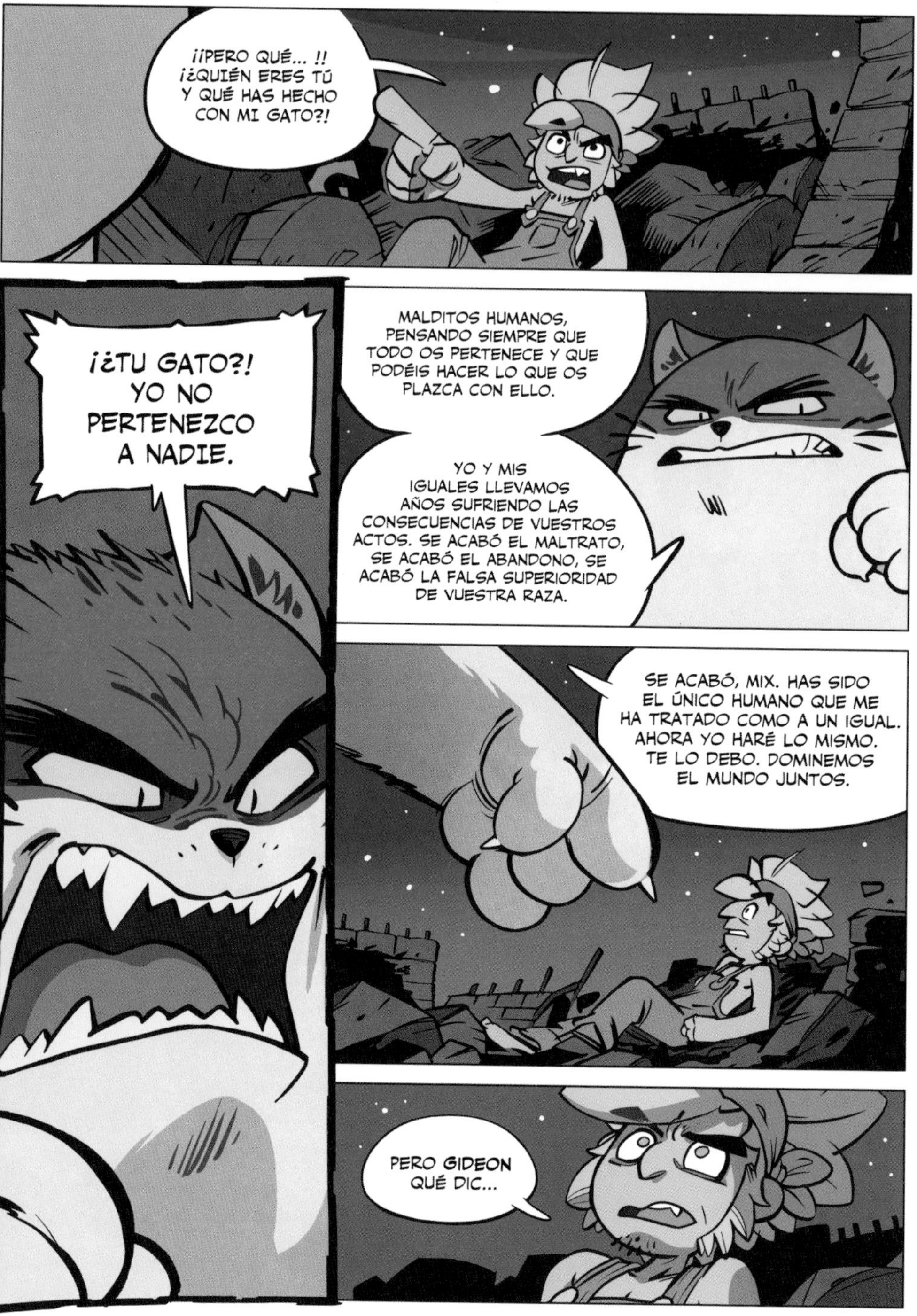
¡¡PERO QUÉ... !! ¡¿QUIÉN ERES TÚ Y QUÉ HAS HECHO CON MI GATO?!
¡¿TU GATO?! YO NO PERTENEZCO A NADIE.
MALDITOS HUMANOS, PENSANDO SIEMPRE QUE TODO OS PERTENECE Y QUE PODÉIS HACER LO QUE OS PLAZCA CON ELLO.
YO Y MIS IGUALES LLEVAMOS AÑOS SUFRIENDO LAS CONSECUENCIAS DE VUESTROS ACTOS. SE ACABÓ EL MALTRATO, SE ACABÓ EL ABANDONO, SE ACABÓ LA FALSA SUPERIORIDAD DE VUESTRA RAZA.
SE ACABÓ, MIX. HAS SIDO EL ÚNICO HUMANO QUE ME HA TRATADO COMO A UN IGUAL. AHORA YO HARÉ LO MISMO. TE LO DEBO. DOMINEMOS EL MUNDO JUNTOS.
PERO GIDEON QUÉ DIC...

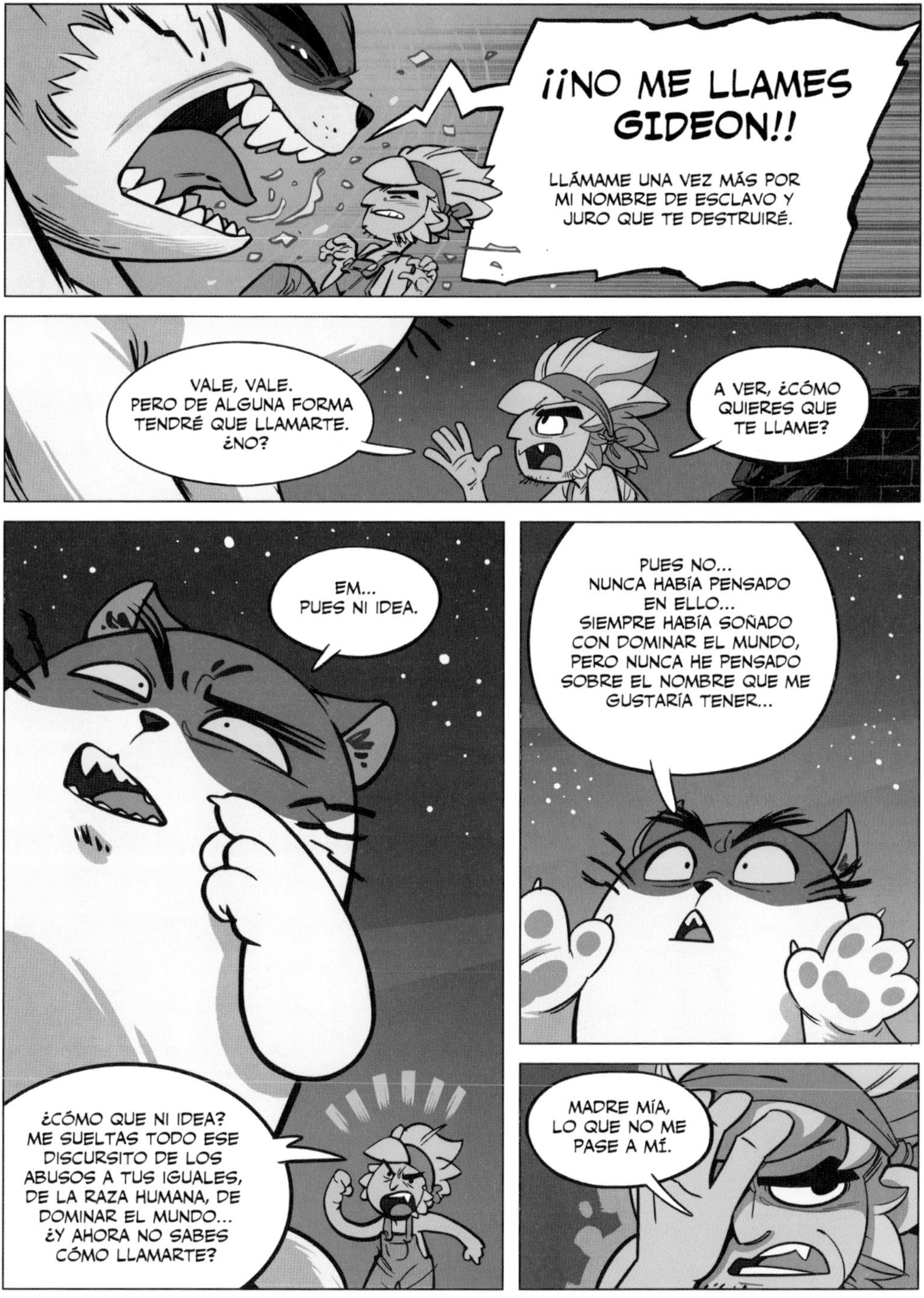
¡¡NO ME LLAMES GIDEON!!
LLÁMAME UNA VEZ MÁS POR MI NOMBRE DE ESCLAVO Y JURO QUE TE DESTRUIRÉ.
VALE, VALE. PERO DE ALGUNA FORMA TENDRÉ QUE LLAMARTE. ¿NO?
A VER, ¿CÓMO QUIERES QUE TE LLAME?
EM... PUES NI IDEA.
PUES NO... NUNCA HABÍA PENSADO EN ELLO... SIEMPRE HABÍA SOÑADO CON DOMINAR EL MUNDO, PERO NUNCA HE PENSADO SOBRE EL NOMBRE QUE ME GUSTARÍA TENER...
¿CÓMO QUE NI IDEA? ME SUELTAS TODO ESE DISCURSITO DE LOS ABUSOS A TUS IGUALES, DE LA RAZA HUMANA, DE DOMINAR EL MUNDO... ¿Y AHORA NO SABES CÓMO LLAMARTE?
MADRE MÍA, LO QUE NO ME PASE A MÍ.

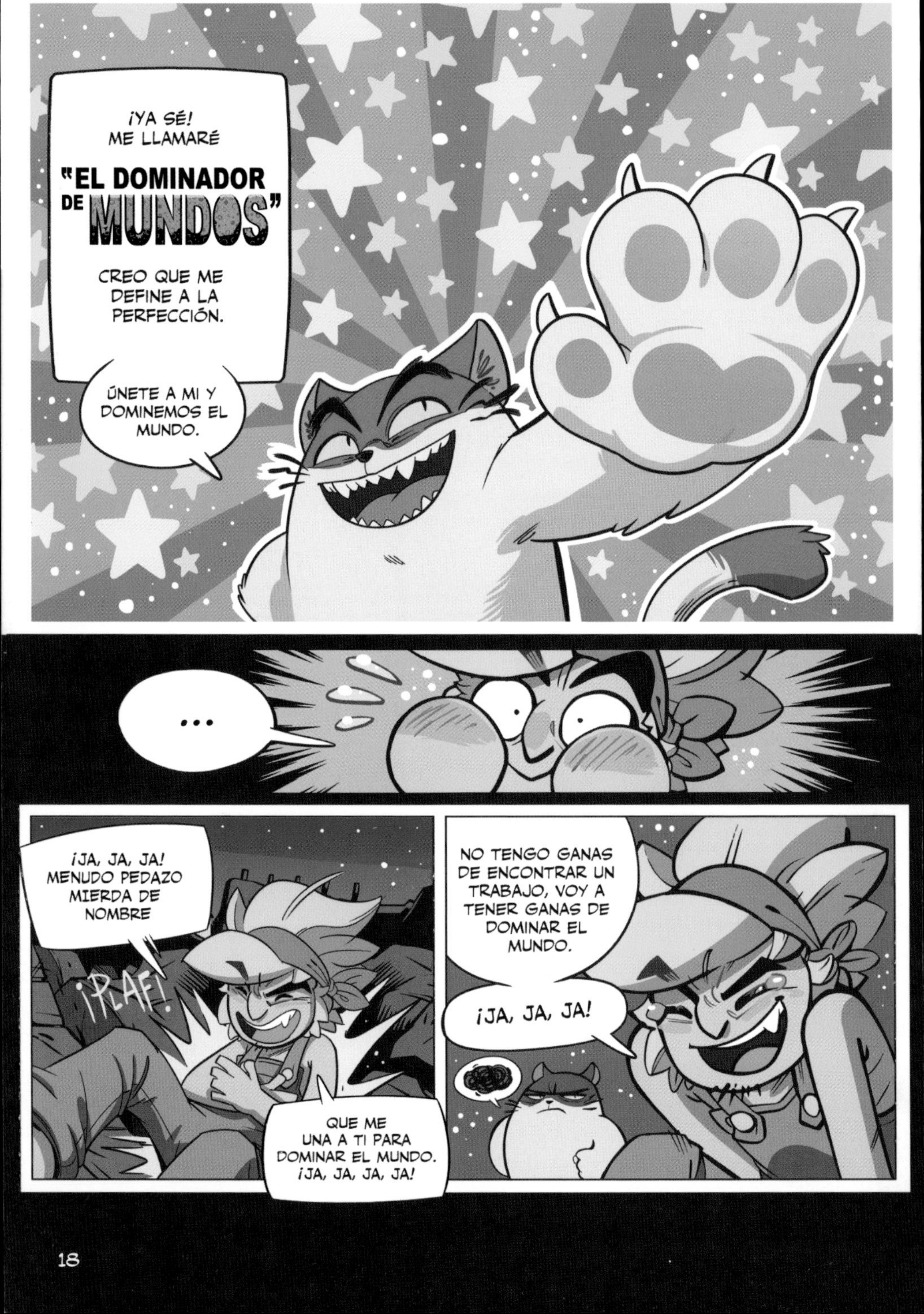
¡YA SÉ! ME LLAMARÉ "EL DOMINADOR DE MUNDOS" CREO QUE ME DEFINE A LA PERFECCIÓN.
ÚNETE A MI Y DOMINEMOS EL MUNDO.
...
¡JA, JA, JA! MENUDO PEDAZO MIERDA DE NOMBRE
¡PLAF!
QUE ME UNA A TI PARA DOMINAR EL MUNDO. ¡JA, JA, JA, JA!
NO TENGO GANAS DE ENCONTRAR UN TRABAJO, VOY A TENER GANAS DE DOMINAR EL MUNDO.
¡JA, JA, JA!

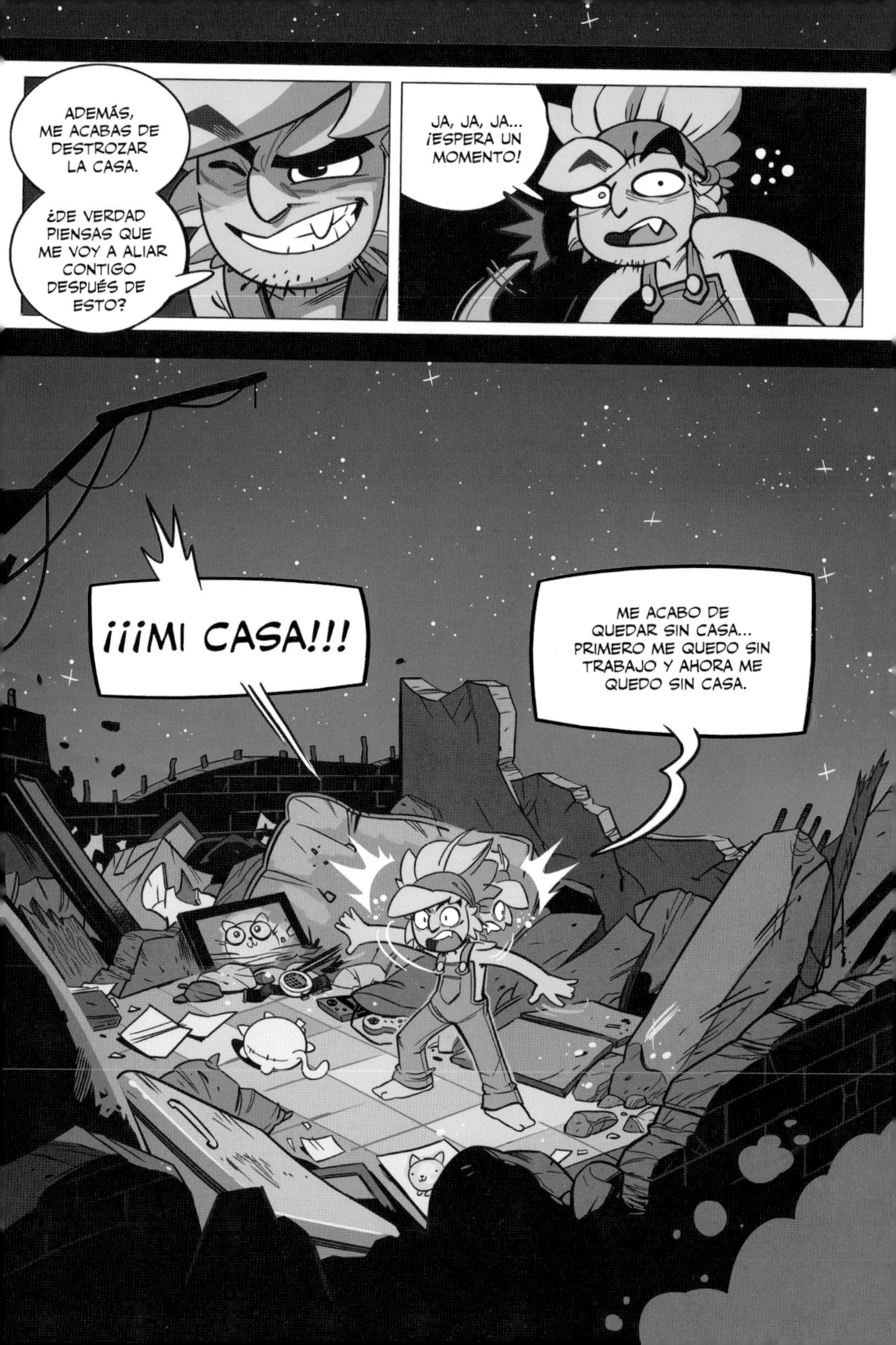
ADEMÁS, ME ACABAS DE DESTROZAR LA CASA.
¿DE VERDAD PIENSAS QUE ME VOY A ALIAR CONTIGO DESPUÉS DE ESTO?
JA, JA, JA... ¡ESPERA UN MOMENTO!
¡¡¡MI CASA!!!
ME ACABO DE QUEDAR SIN CASA... PRIMERO ME QUEDO SIN TRABAJO Y AHORA ME QUEDO SIN CASA.

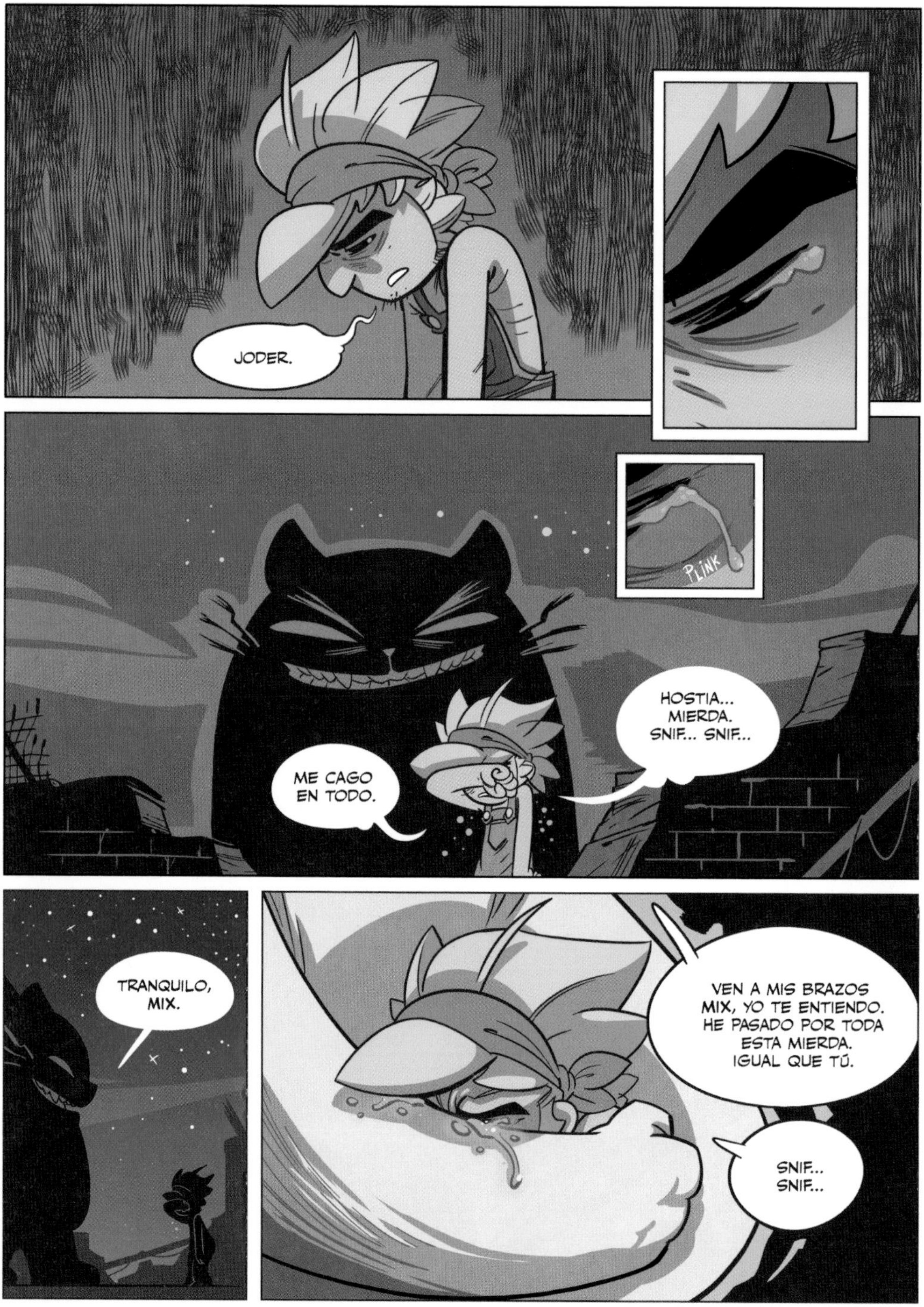
JODER.
PLINK
ME CAGO EN TODO.
HOSTIA... MIERDA. SNIF... SNIF...
TRANQUILO, MIX.
VEN A MIS BRAZOS MIX, YO TE ENTIENDO. HE PASADO POR TODA ESTA MIERDA. IGUAL QUE TÚ.
SNIF... SNIF...

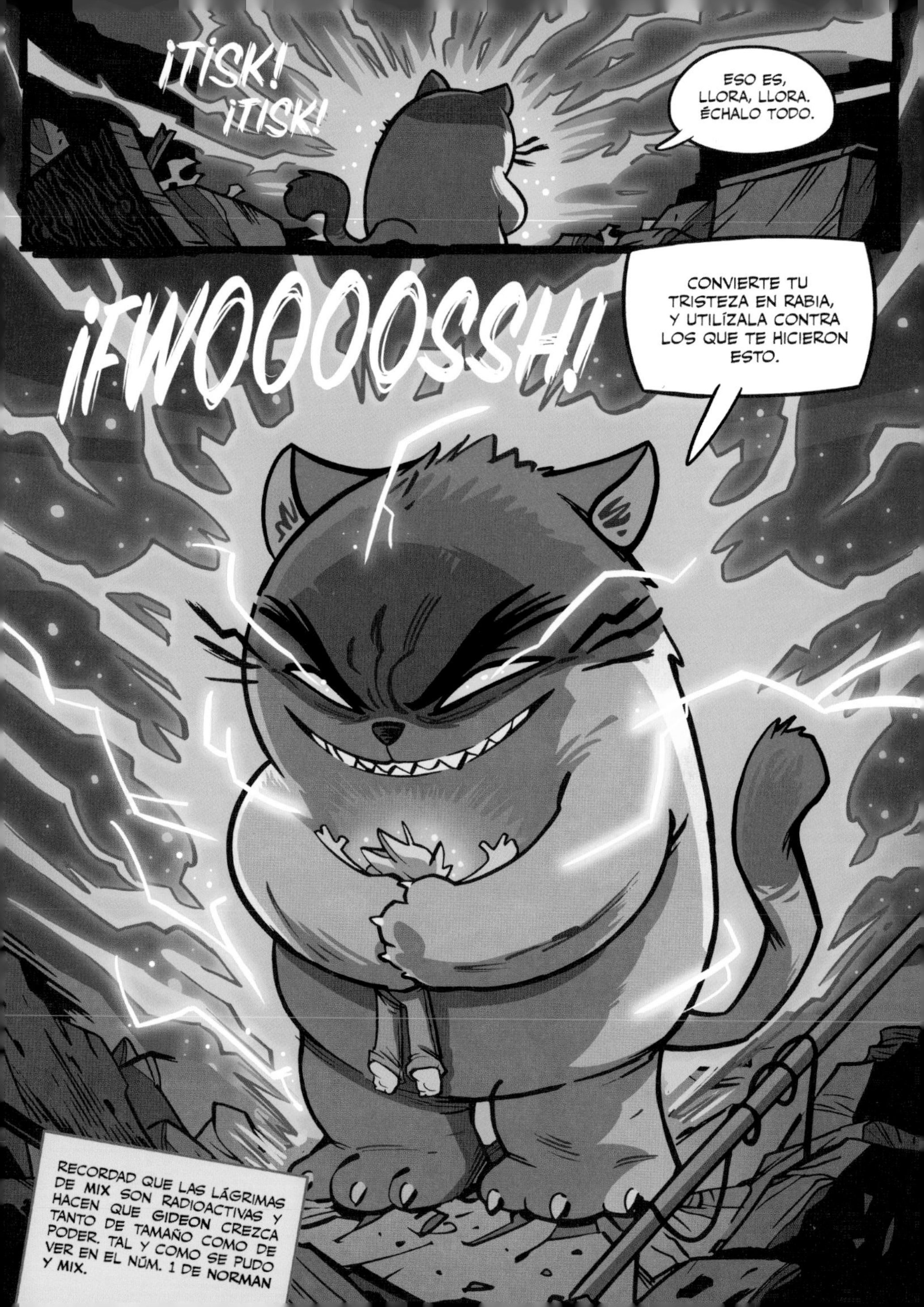
¡TISK!
¡TISK!
ESO ES, LLORA, LLORA. ÉCHALO TODO.
¡FWOOOOSSH!
CONVIERTE TU TRISTEZA EN RABIA, Y UTILÍZALA CONTRA LOS QUE TE HICIERON ESTO.
RECORDAD QUE LAS LÁGRIMAS DE MIX SON RADIOACTIVAS Y HACEN QUE GIDEON CREZCA TANTO DE TAMAÑO COMO DE PODER. TAL Y COMO SE PUDO VER EN EL NÚM. 1 DE NORMAN Y MIX.

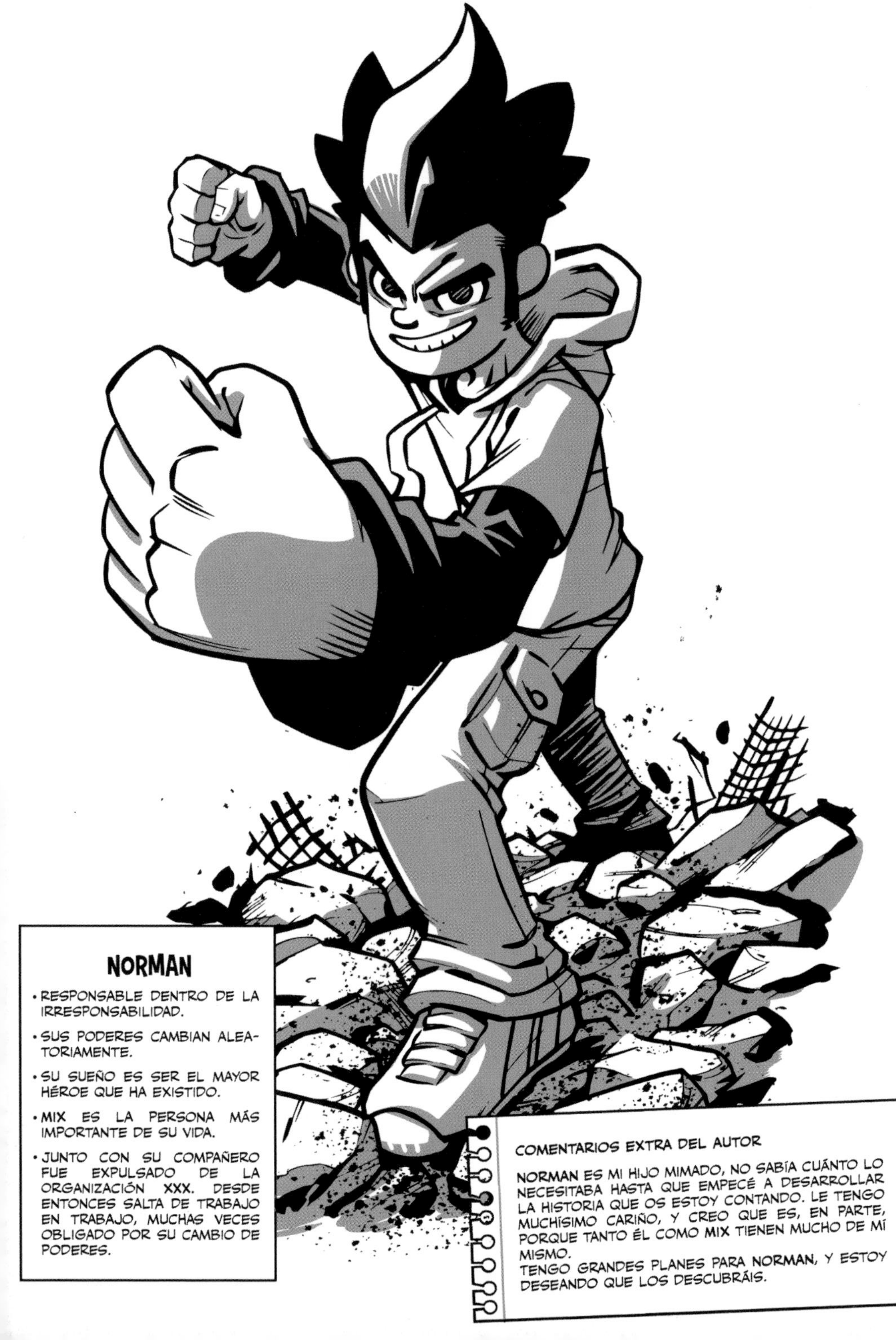

NORMAN

- RESPONSABLE DENTRO DE LA IRRESPONSABILIDAD.
- SUS PODERES CAMBIAN ALEATORIAMENTE.
- SU SUEÑO ES SER EL MAYOR HÉROE QUE HA EXISTIDO.
- **MIX** ES LA PERSONA MÁS IMPORTANTE DE SU VIDA.
- JUNTO CON SU COMPAÑERO FUE EXPULSADO DE LA ORGANIZACIÓN **XXX**. DESDE ENTONCES SALTA DE TRABAJO EN TRABAJO, MUCHAS VECES OBLIGADO POR SU CAMBIO DE PODERES.

COMENTARIOS EXTRA DEL AUTOR

NORMAN ES MI HIJO MIMADO, NO SABÍA CUÁNTO LO NECESITABA HASTA QUE EMPECÉ A DESARROLLAR LA HISTORIA QUE OS ESTOY CONTANDO. LE TENGO MUCHÍSIMO CARIÑO, Y CREO QUE ES, EN PARTE, PORQUE TANTO ÉL COMO **MIX** TIENEN MUCHO DE MÍ MISMO.
TENGO GRANDES PLANES PARA **NORMAN**, Y ESTOY DESEANDO QUE LOS DESCUBRÁIS.

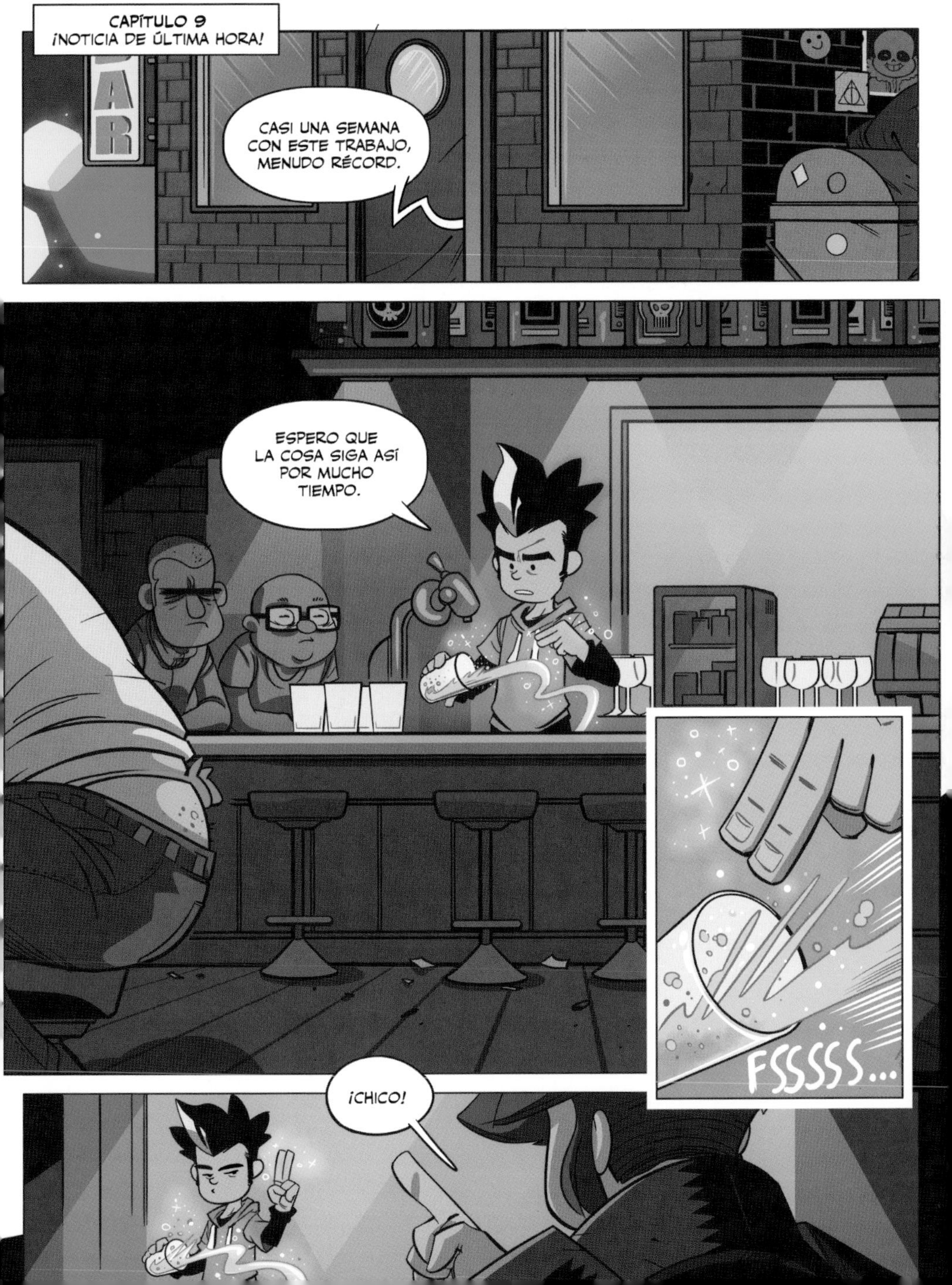
CAPÍTULO 9
¡NOTICIA DE ÚLTIMA HORA!
CASI UNA SEMANA CON ESTE TRABAJO, MENUDO RÉCORD.
ESPERO QUE LA COSA SIGA ASÍ POR MUCHO TIEMPO.
FSSSSS...
¡CHICO!

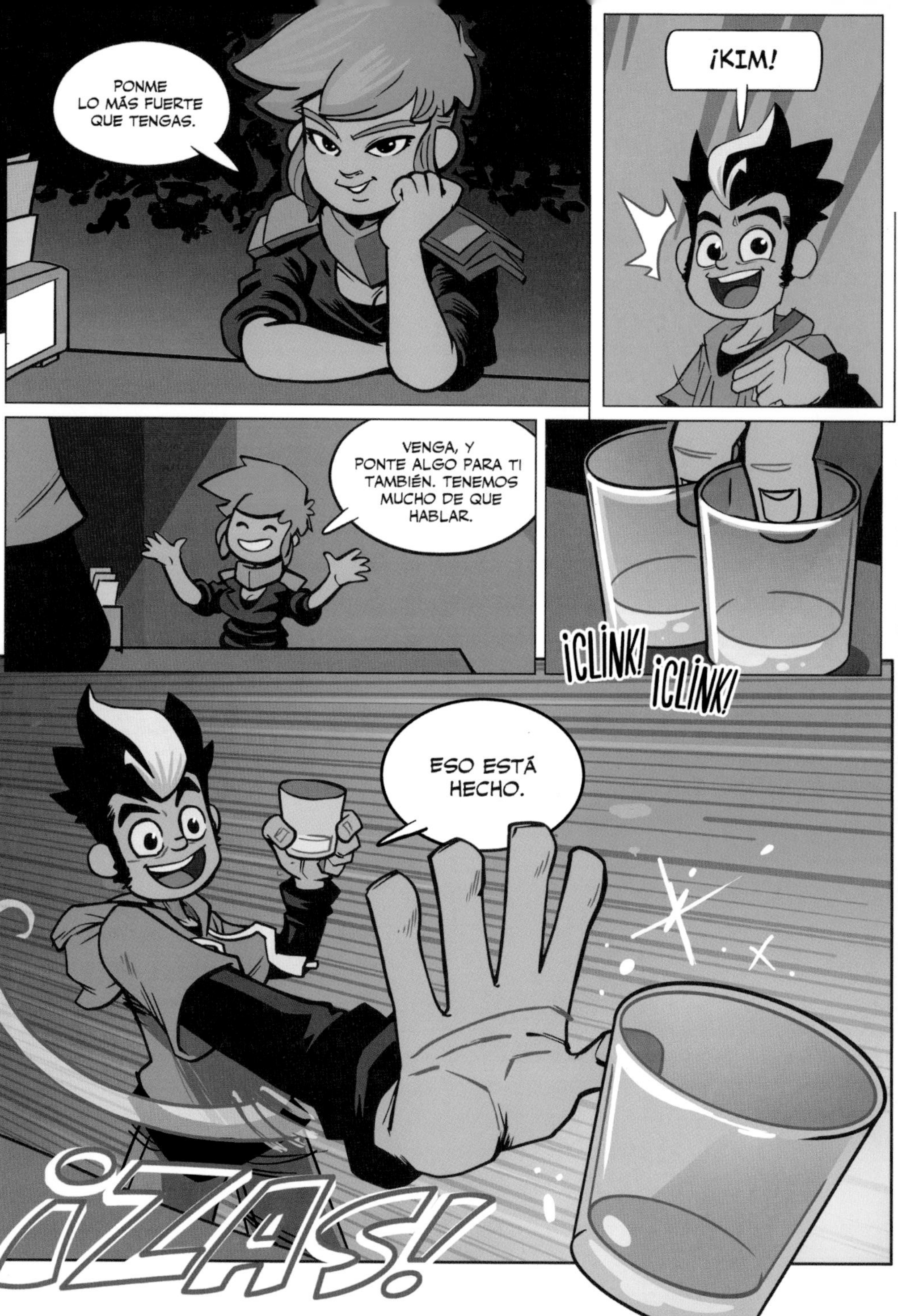
PONME LO MÁS FUERTE QUE TENGAS.
¡KIM!
VENGA, Y PONTE ALGO PARA TI TAMBIÉN. TENEMOS MUCHO DE QUE HABLAR.
¡CLINK!
¡CLINK!
ESO ESTÁ HECHO.
¡ZAS!

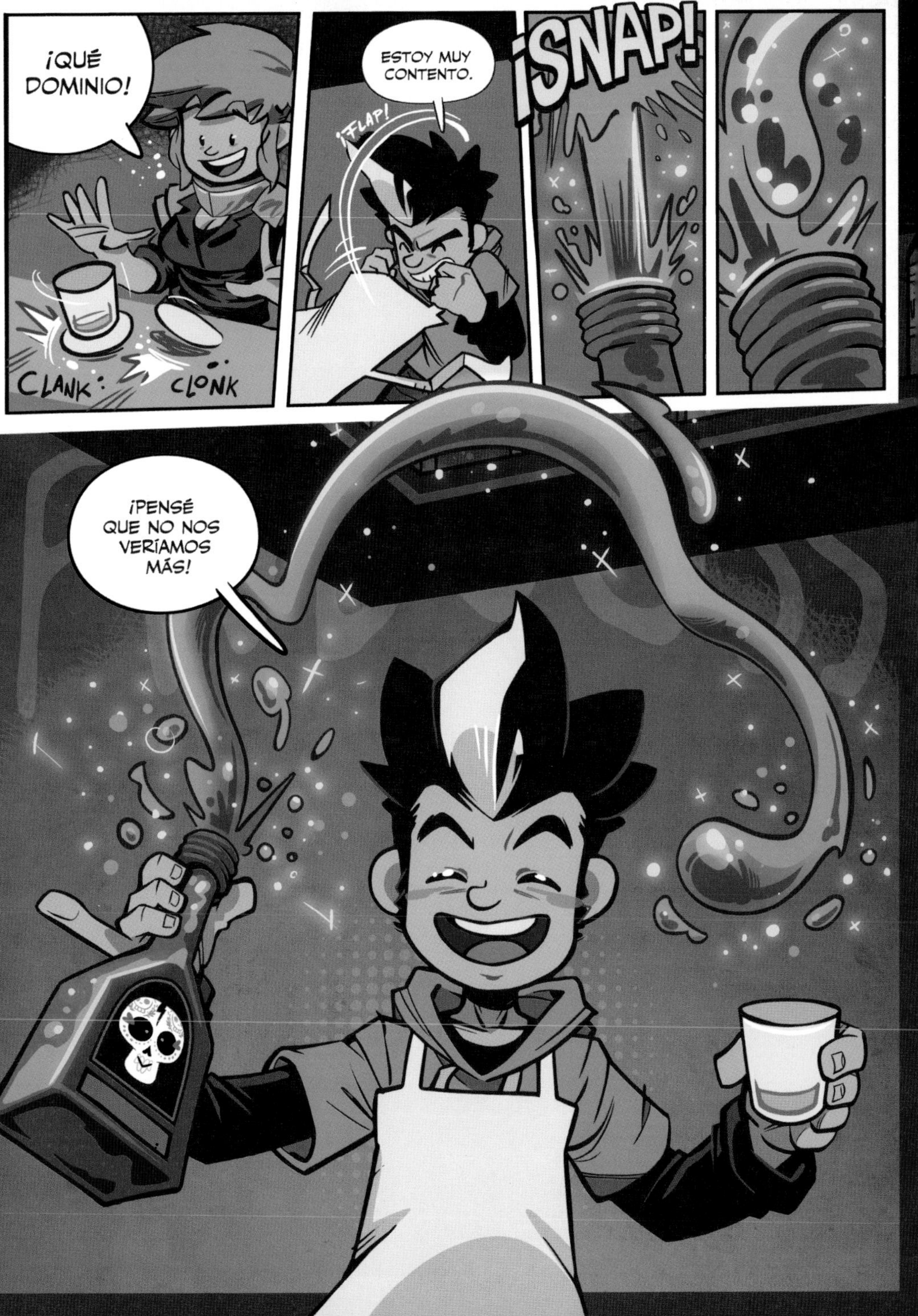
¡QUÉ DOMINIO!
CLANK
CLONK
ESTOY MUY CONTENTO.
¡FLAP!
¡SNAP!
¡PENSÉ QUE NO NOS VERÍAMOS MÁS!

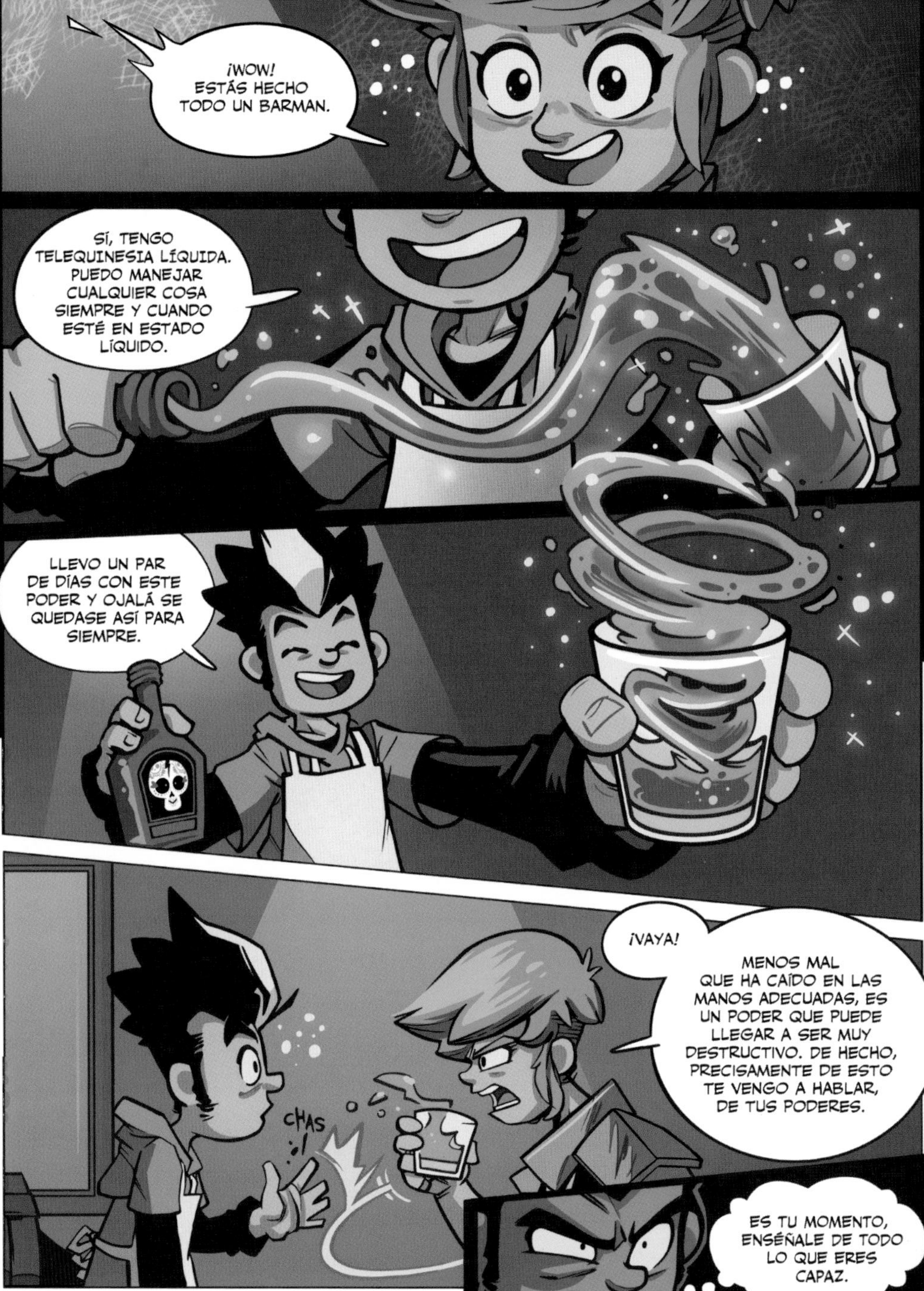
¡WOW! ESTÁS HECHO TODO UN BARMAN.
SÍ, TENGO TELEQUINESIA LÍQUIDA. PUEDO MANEJAR CUALQUIER COSA SIEMPRE Y CUANDO ESTÉ EN ESTADO LÍQUIDO.
LLEVO UN PAR DE DÍAS CON ESTE PODER Y OJALÁ SE QUEDASE ASÍ PARA SIEMPRE.
¡VAYA!
MENOS MAL QUE HA CAÍDO EN LAS MANOS ADECUADAS, ES UN PODER QUE PUEDE LLEGAR A SER MUY DESTRUCTIVO. DE HECHO, PRECISAMENTE DE ESTO TE VENGO A HABLAR, DE TUS PODERES.
CHAS
ES TU MOMENTO, ENSÉÑALE DE TODO LO QUE ERES CAPAZ.

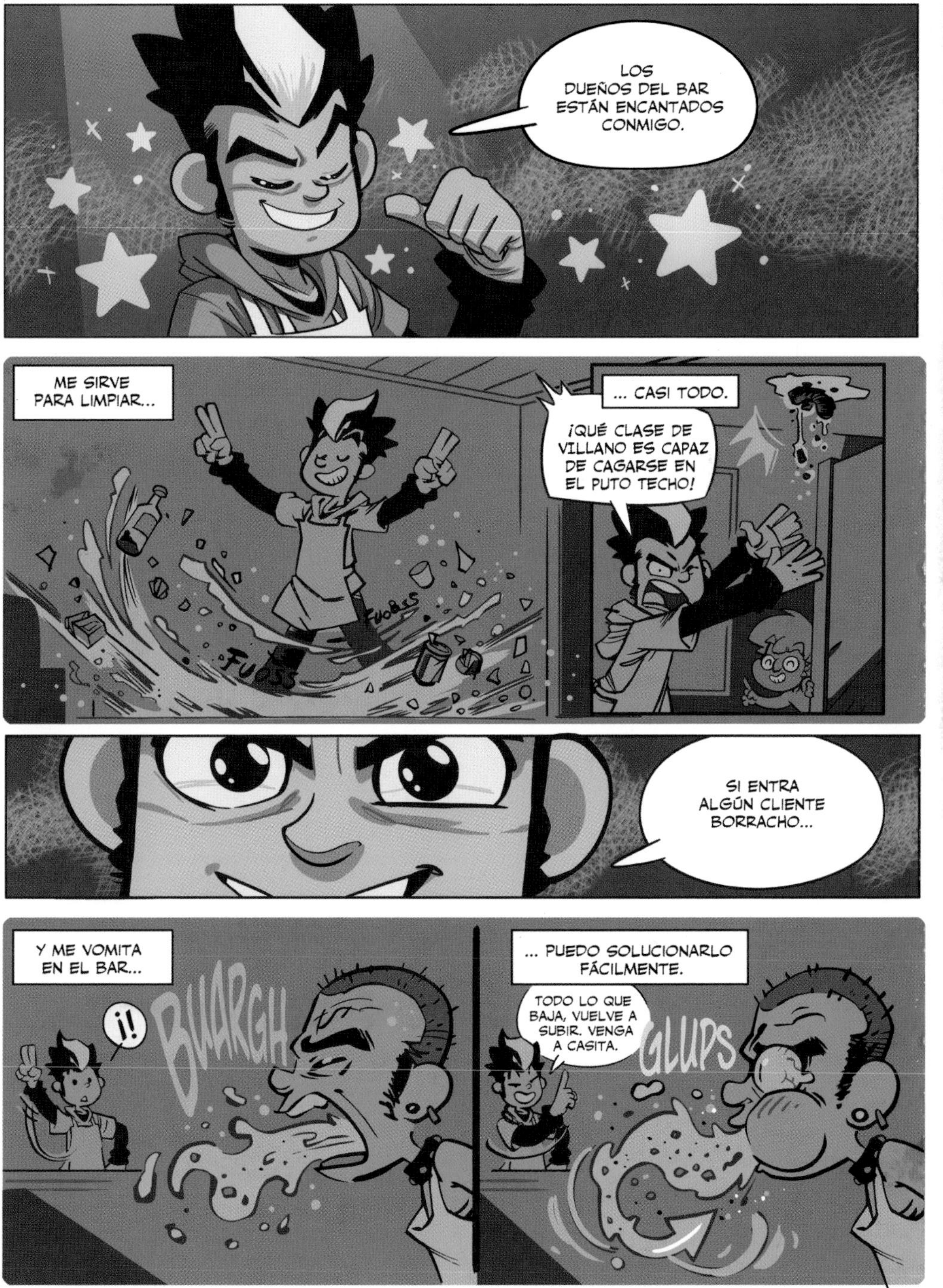
LOS DUEÑOS DEL BAR ESTÁN ENCANTADOS CONMIGO.
ME SIRVE PARA LIMPIAR...
FUOSS
FUOSS
... CASI TODO.
¡QUÉ CLASE DE VILLANO ES CAPAZ DE CAGARSE EN EL PUTO TECHO!
SI ENTRA ALGÚN CLIENTE BORRACHO...
Y ME VOMITA EN EL BAR...
¡!
BUARGH
... PUEDO SOLUCIONARLO FÁCILMENTE.
TODO LO QUE BAJA, VUELVE A SUBIR. VENGA A CASITA.
GLUPS

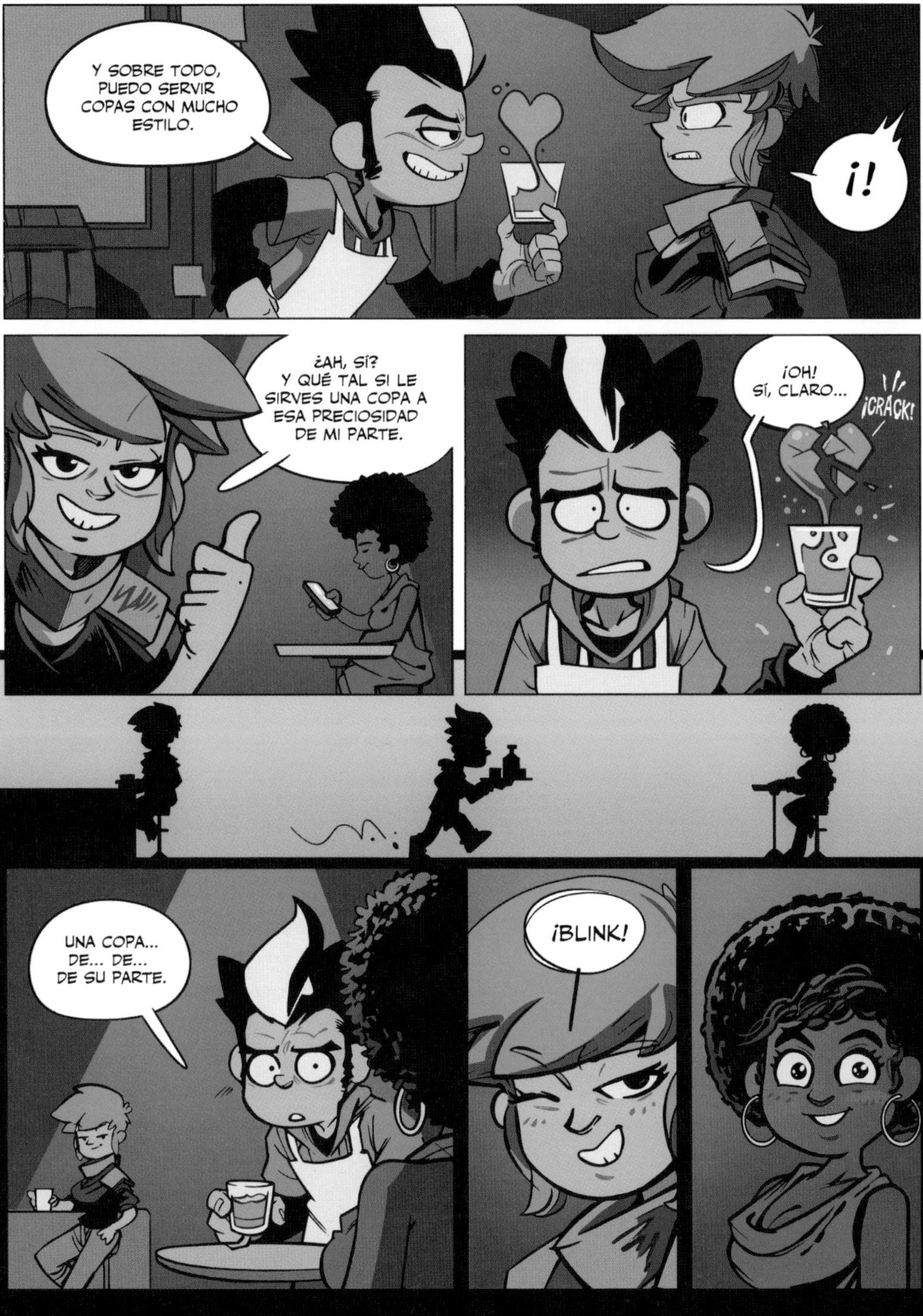
Y SOBRE TODO, PUEDO SERVIR COPAS CON MUCHO ESTILO.
¡!
¿AH, SÍ? Y QUÉ TAL SI LE SIRVES UNA COPA A ESA PRECIOSIDAD DE MI PARTE.
¡OH! SÍ, CLARO...
¡CRACK!
UNA COPA... DE... DE... DE SU PARTE.
¡BLINK!

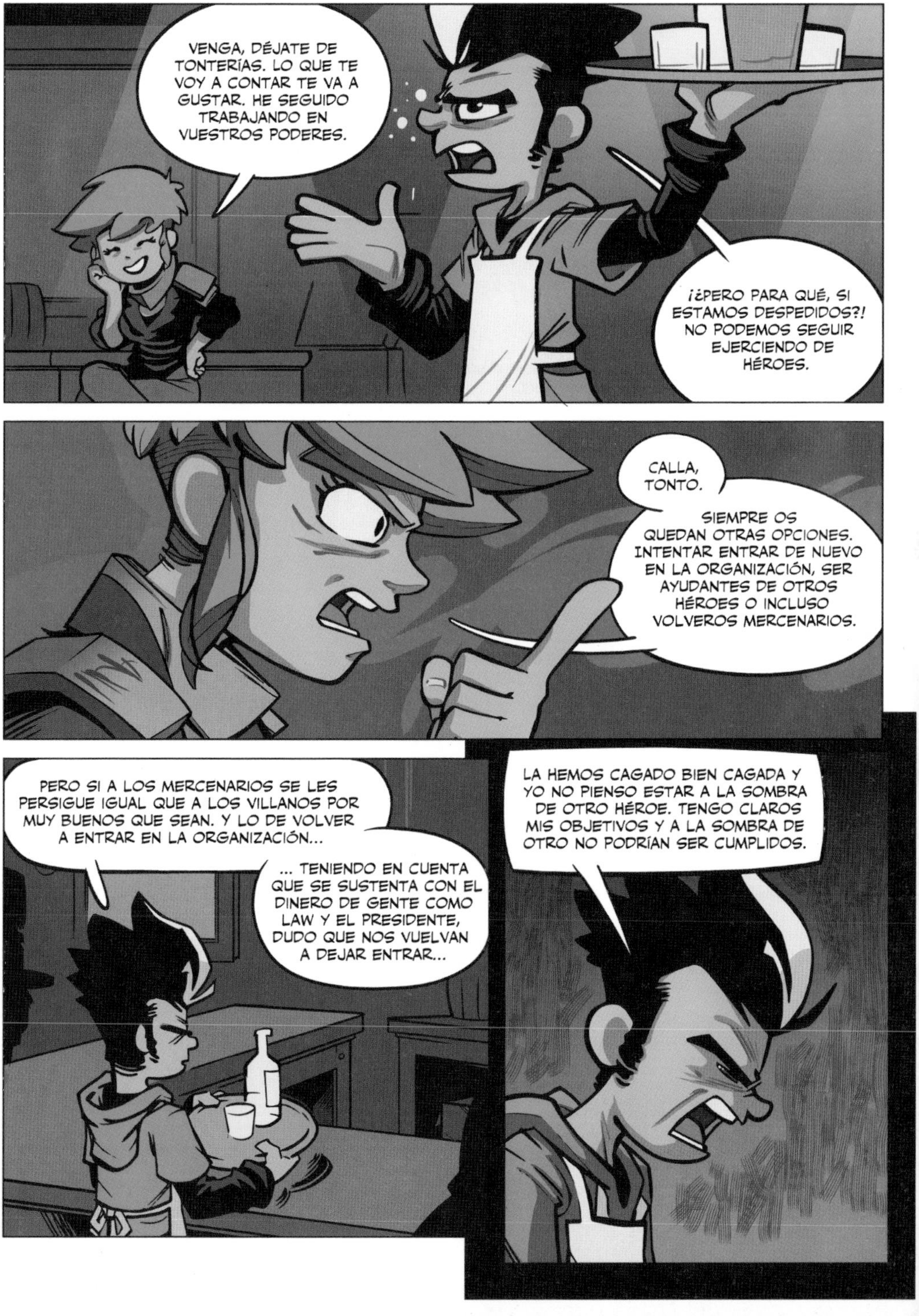
VENGA, DÉJATE DE TONTERÍAS. LO QUE TE VOY A CONTAR TE VA A GUSTAR. HE SEGUIDO TRABAJANDO EN VUESTROS PODERES.
¡¿PERO PARA QUÉ, SI ESTAMOS DESPEDIDOS?! NO PODEMOS SEGUIR EJERCIENDO DE HÉROES.
CALLA, TONTO.
SIEMPRE OS QUEDAN OTRAS OPCIONES. INTENTAR ENTRAR DE NUEVO EN LA ORGANIZACIÓN, SER AYUDANTES DE OTROS HÉROES O INCLUSO VOLVEROS MERCENARIOS.
PERO SI A LOS MERCENARIOS SE LES PERSIGUE IGUAL QUE A LOS VILLANOS POR MUY BUENOS QUE SEAN. Y LO DE VOLVER A ENTRAR EN LA ORGANIZACIÓN...
... TENIENDO EN CUENTA QUE SE SUSTENTA CON EL DINERO DE GENTE COMO LAW Y EL PRESIDENTE, DUDO QUE NOS VUELVAN A DEJAR ENTRAR...
LA HEMOS CAGADO BIEN CAGADA Y YO NO PIENSO ESTAR A LA SOMBRA DE OTRO HÉROE. TENGO CLAROS MIS OBJETIVOS Y A LA SOMBRA DE OTRO NO PODRÍAN SER CUMPLIDOS.

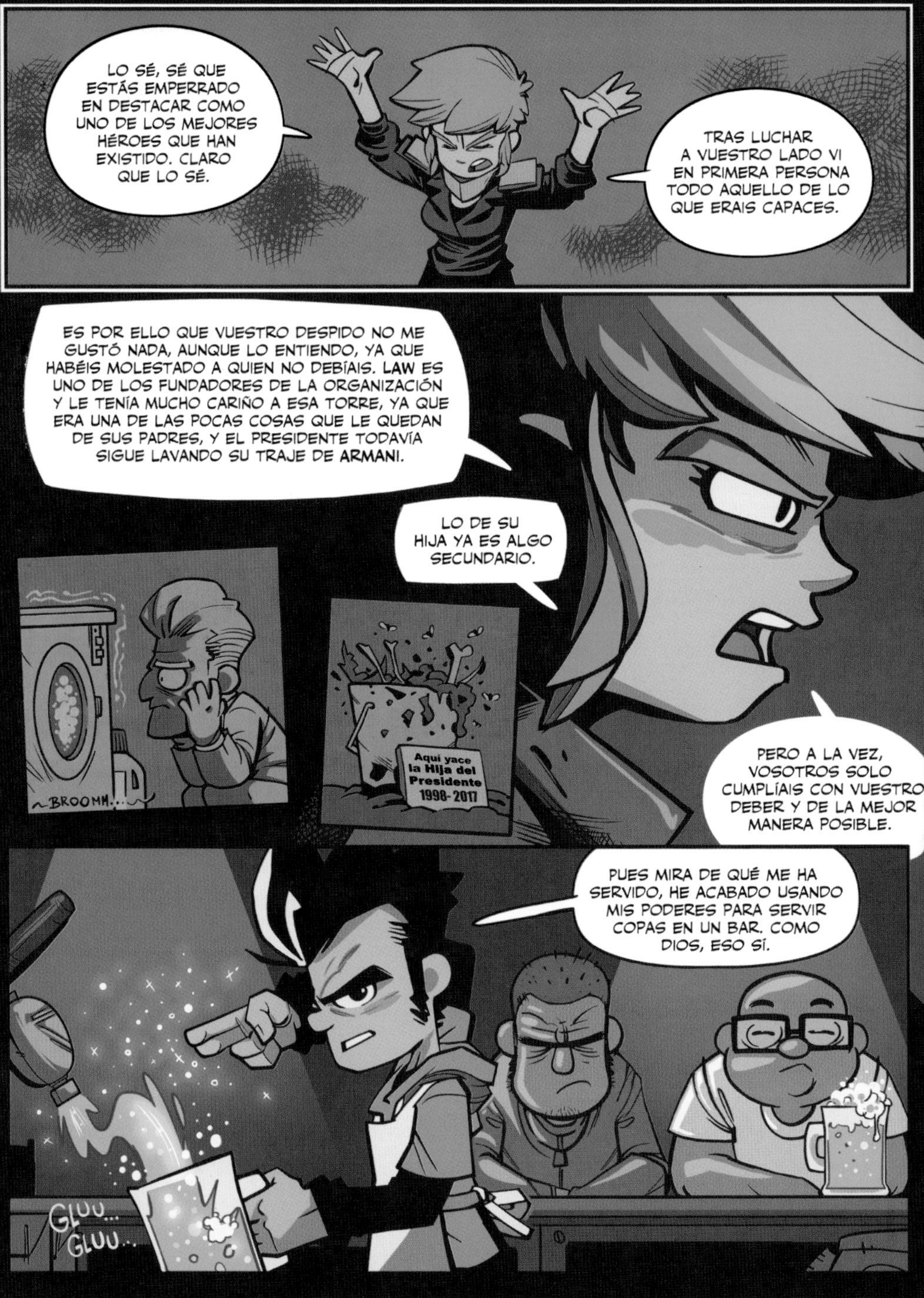
LO SÉ, SÉ QUE ESTÁS EMPERRADO EN DESTACAR COMO UNO DE LOS MEJORES HÉROES QUE HAN EXISTIDO. CLARO QUE LO SÉ.
TRAS LUCHAR A VUESTRO LADO VI EN PRIMERA PERSONA TODO AQUELLO DE LO QUE ERAIS CAPACES.
ES POR ELLO QUE VUESTRO DESPIDO NO ME GUSTÓ NADA, AUNQUE LO ENTIENDO, YA QUE HABÉIS MOLESTADO A QUIEN NO DEBÍAIS. LAW ES UNO DE LOS FUNDADORES DE LA ORGANIZACIÓN Y LE TENÍA MUCHO CARIÑO A ESA TORRE, YA QUE ERA UNA DE LAS POCAS COSAS QUE LE QUEDAN DE SUS PADRES, Y EL PRESIDENTE TODAVÍA SIGUE LAVANDO SU TRAJE DE ARMANI.
BROOMM...
LO DE SU HIJA YA ES ALGO SECUNDARIO.
Aquí yace la Hija del Presidente 1998- 2017
PERO A LA VEZ, VOSOTROS SOLO CUMPLÍAIS CON VUESTRO DEBER Y DE LA MEJOR MANERA POSIBLE.
PUES MIRA DE QUÉ ME HA SERVIDO, HE ACABADO USANDO MIS PODERES PARA SERVIR COPAS EN UN BAR. COMO DIOS, ESO SÍ.
GLUU... GLUU...

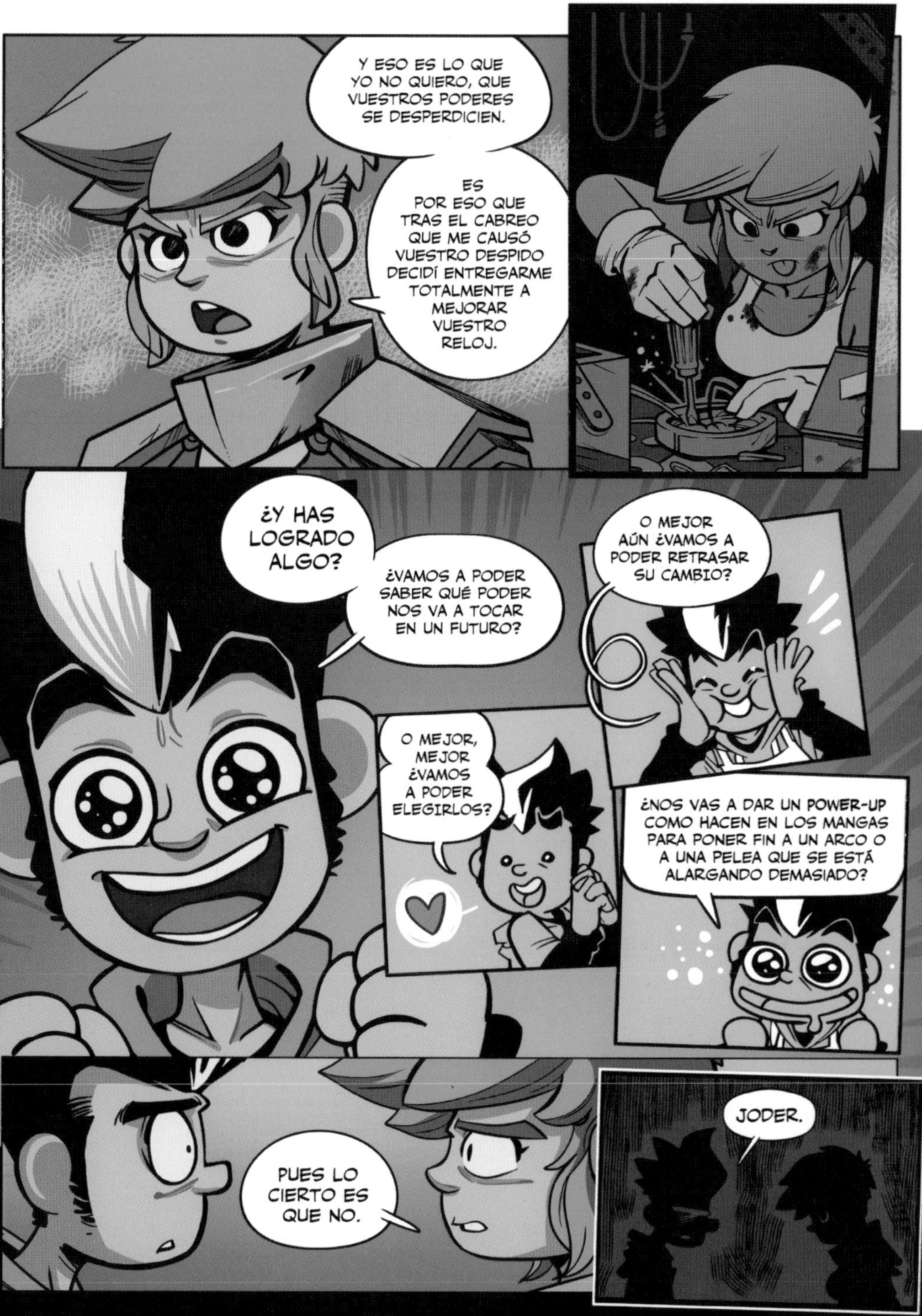

Y ESO ES LO QUE YO NO QUIERO, QUE VUESTROS PODERES SE DESPERDICIEN.
ES POR ESO QUE TRAS EL CABREO QUE ME CAUSÓ VUESTRO DESPIDO DECIDÍ ENTREGARME TOTALMENTE A MEJORAR VUESTRO RELOJ.
¿Y HAS LOGRADO ALGO?
¿VAMOS A PODER SABER QUÉ PODER NOS VA A TOCAR EN UN FUTURO?
O MEJOR AÚN ¿VAMOS A PODER RETRASAR SU CAMBIO?
O MEJOR, MEJOR ¿VAMOS A PODER ELEGIRLOS?
¿NOS VAS A DAR UN POWER-UP COMO HACEN EN LOS MANGAS PARA PONER FIN A UN ARCO O A UNA PELEA QUE SE ESTÁ ALARGANDO DEMASIADO?
PUES LO CIERTO ES QUE NO.
JODER.

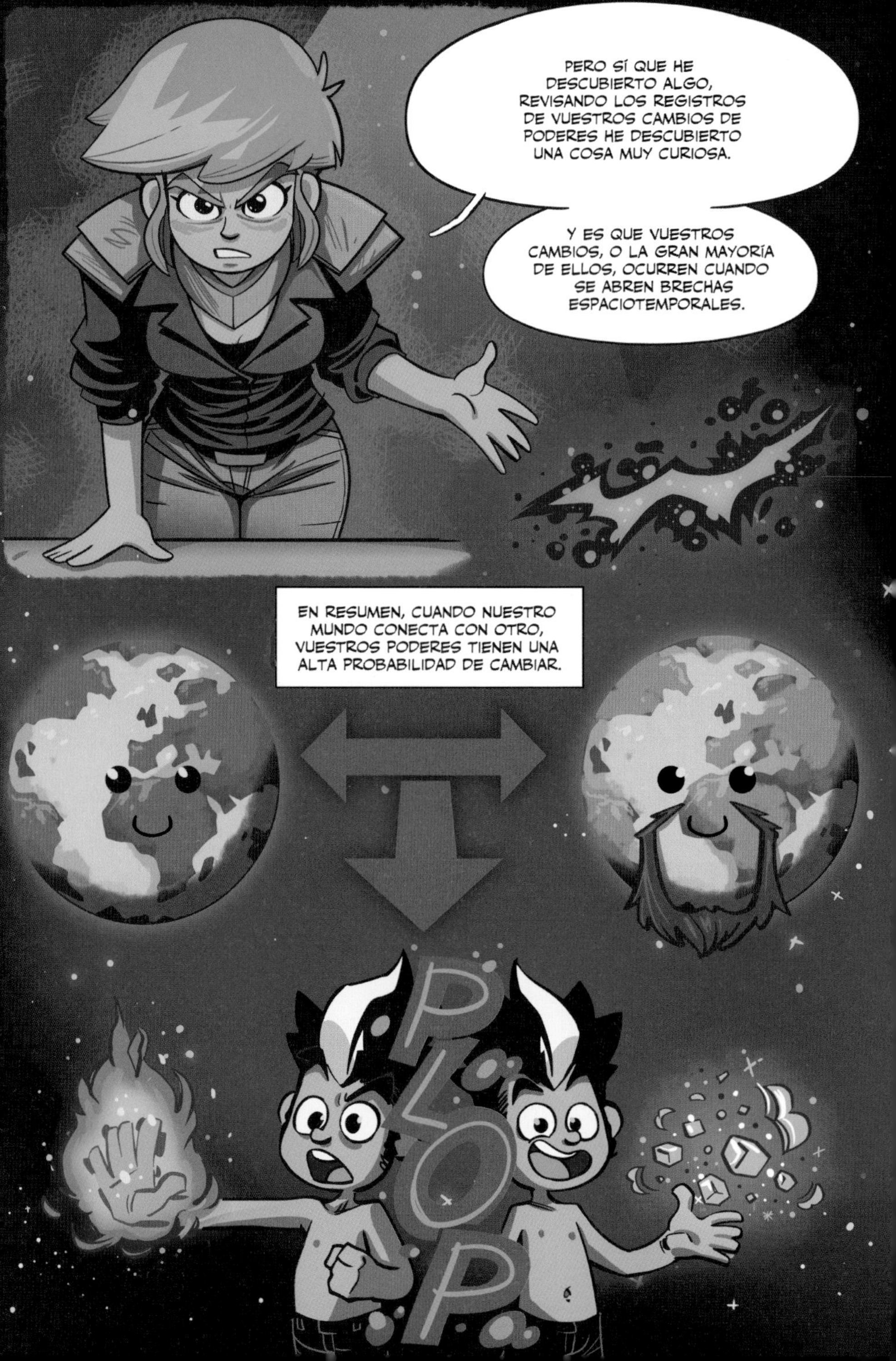
PERO SÍ QUE HE DESCUBIERTO ALGO, REVISANDO LOS REGISTROS DE VUESTROS CAMBIOS DE PODERES HE DESCUBIERTO UNA COSA MUY CURIOSA.
Y ES QUE VUESTROS CAMBIOS, O LA GRAN MAYORÍA DE ELLOS, OCURREN CUANDO SE ABREN BRECHAS ESPACIOTEMPORALES.
EN RESUMEN, CUANDO NUESTRO MUNDO CONECTA CON OTRO, VUESTROS PODERES TIENEN UNA ALTA PROBABILIDAD DE CAMBIAR.
PLOP

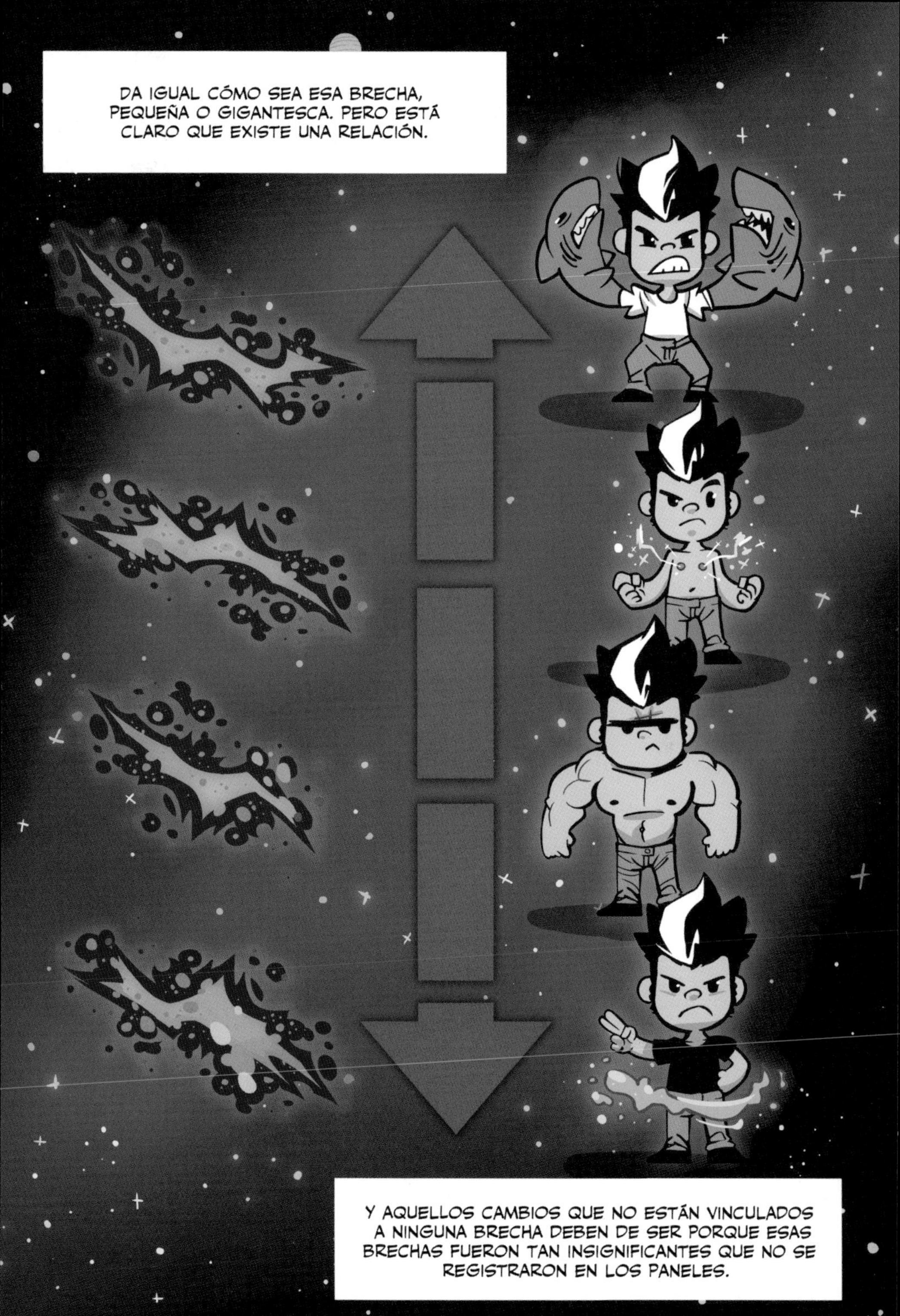
DA IGUAL CÓMO SEA ESA BRECHA, PEQUEÑA O GIGANTESCA. PERO ESTÁ CLARO QUE EXISTE UNA RELACIÓN.
Y AQUELLOS CAMBIOS QUE NO ESTÁN VINCULADOS A NINGUNA BRECHA DEBEN DE SER PORQUE ESAS BRECHAS FUERON TAN INSIGNIFICANTES QUE NO SE REGISTRARON EN LOS PANELES.

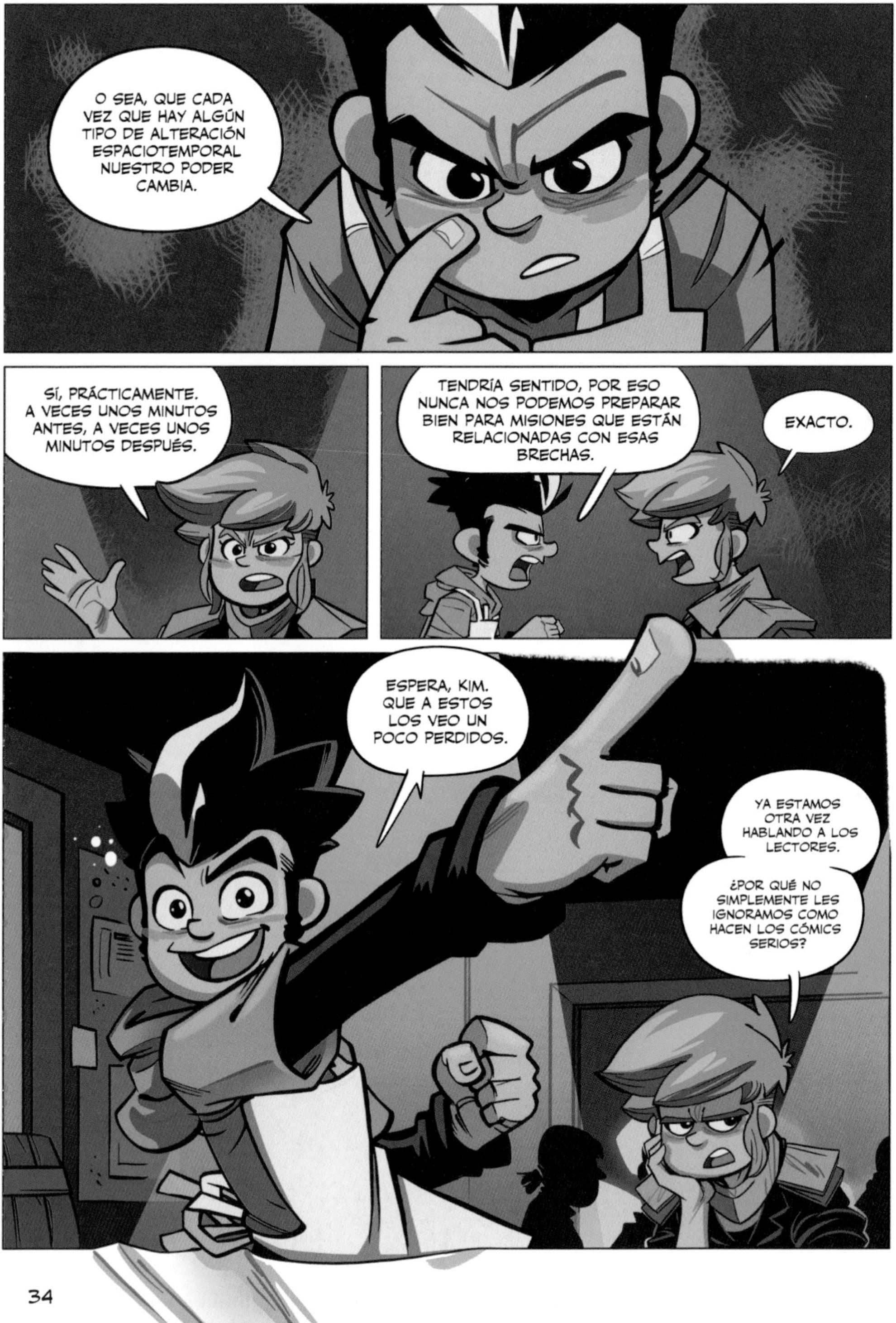
O SEA, QUE CADA VEZ QUE HAY ALGÚN TIPO DE ALTERACIÓN ESPACIOTEMPORAL NUESTRO PODER CAMBIA.
SÍ, PRÁCTICAMENTE. A VECES UNOS MINUTOS ANTES, A VECES UNOS MINUTOS DESPUÉS.
TENDRÍA SENTIDO, POR ESO NUNCA NOS PODEMOS PREPARAR BIEN PARA MISIONES QUE ESTÁN RELACIONADAS CON ESAS BRECHAS.
EXACTO.
ESPERA, KIM. QUE A ESTOS LOS VEO UN POCO PERDIDOS.
YA ESTAMOS OTRA VEZ HABLANDO A LOS LECTORES.
¿POR QUÉ NO SIMPLEMENTE LES IGNORAMOS COMO HACEN LOS CÓMICS SERIOS?

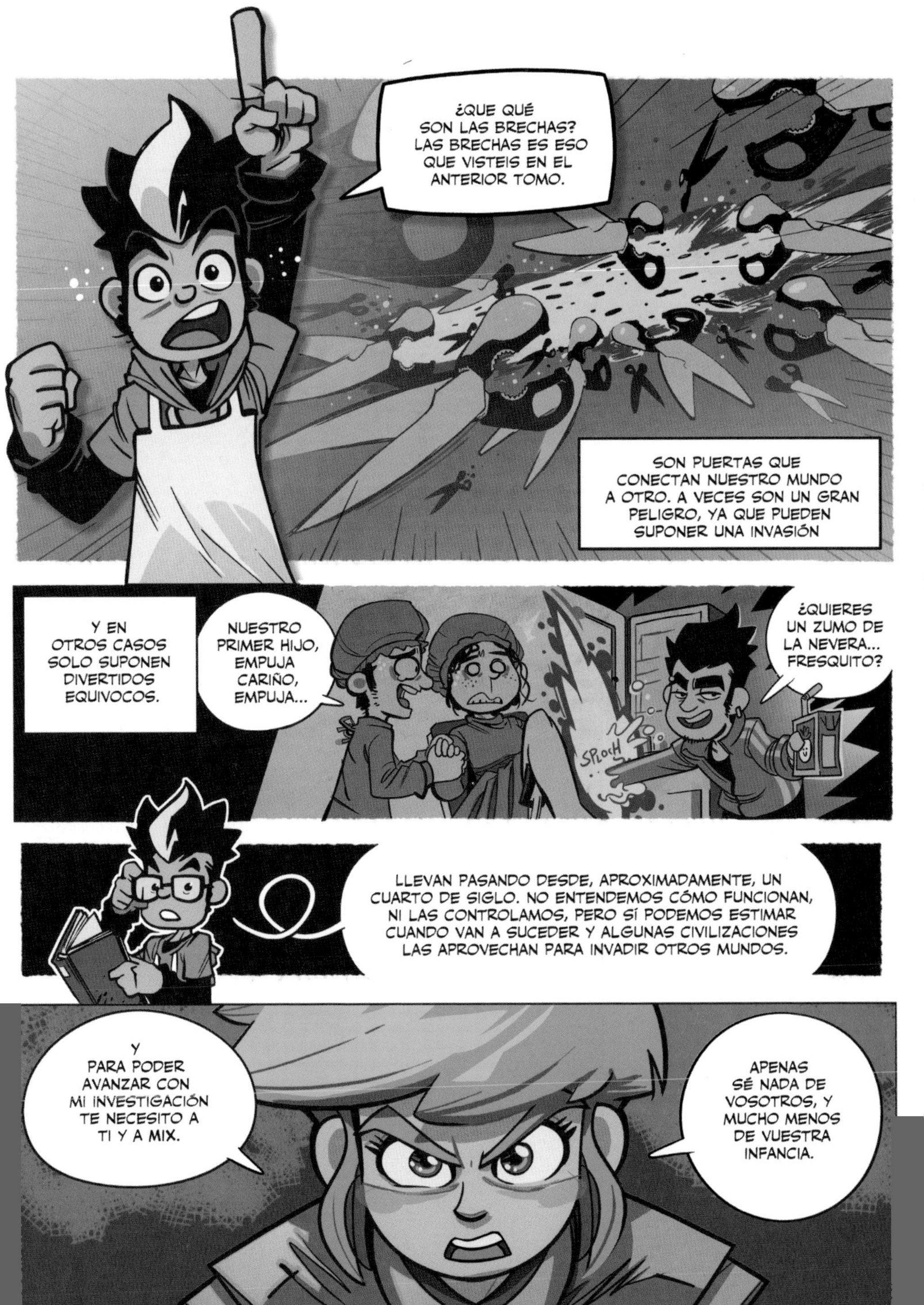
¿QUE QUÉ SON LAS BRECHAS? LAS BRECHAS ES ESO QUE VISTEIS EN EL ANTERIOR TOMO.
SON PUERTAS QUE CONECTAN NUESTRO MUNDO A OTRO. A VECES SON UN GRAN PELIGRO, YA QUE PUEDEN SUPONER UNA INVASIÓN
Y EN OTROS CASOS SOLO SUPONEN DIVERTIDOS EQUIVOCOS.
NUESTRO PRIMER HIJO, EMPUJA CARIÑO, EMPUJA...
¿QUIERES UN ZUMO DE LA NEVERA... FRESQUITO?
SPLOCH
LLEVAN PASANDO DESDE, APROXIMADAMENTE, UN CUARTO DE SIGLO. NO ENTENDEMOS CÓMO FUNCIONAN, NI LAS CONTROLAMOS, PERO SÍ PODEMOS ESTIMAR CUANDO VAN A SUCEDER Y ALGUNAS CIVILIZACIONES LAS APROVECHAN PARA INVADIR OTROS MUNDOS.
Y PARA PODER AVANZAR CON MI INVESTIGACIÓN TE NECESITO A TI Y A MIX.
APENAS SÉ NADA DE VOSOTROS, Y MUCHO MENOS DE VUESTRA INFANCIA.

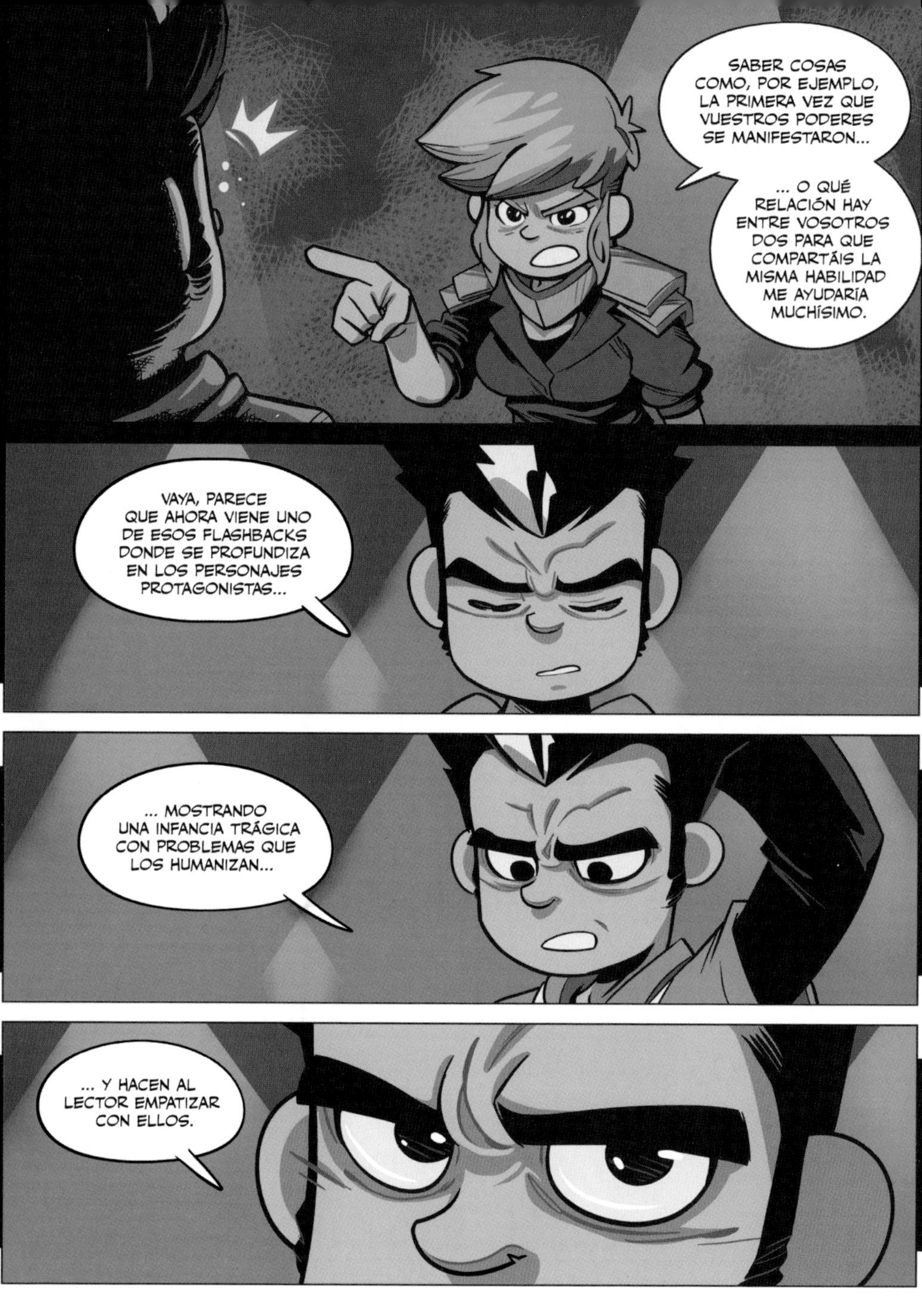
SABER COSAS COMO, POR EJEMPLO, LA PRIMERA VEZ QUE VUESTROS PODERES SE MANIFESTARON...
... O QUÉ RELACIÓN HAY ENTRE VOSOTROS DOS PARA QUE COMPARTÁIS LA MISMA HABILIDAD ME AYUDARÍA MUCHÍSIMO.
VAYA, PARECE QUE AHORA VIENE UNO DE ESOS FLASHBACKS DONDE SE PROFUNDIZA EN LOS PERSONAJES PROTAGONISTAS...
... MOSTRANDO UNA INFANCIA TRÁGICA CON PROBLEMAS QUE LOS HUMANIZAN...
... Y HACEN AL LECTOR EMPATIZAR CON ELLOS.

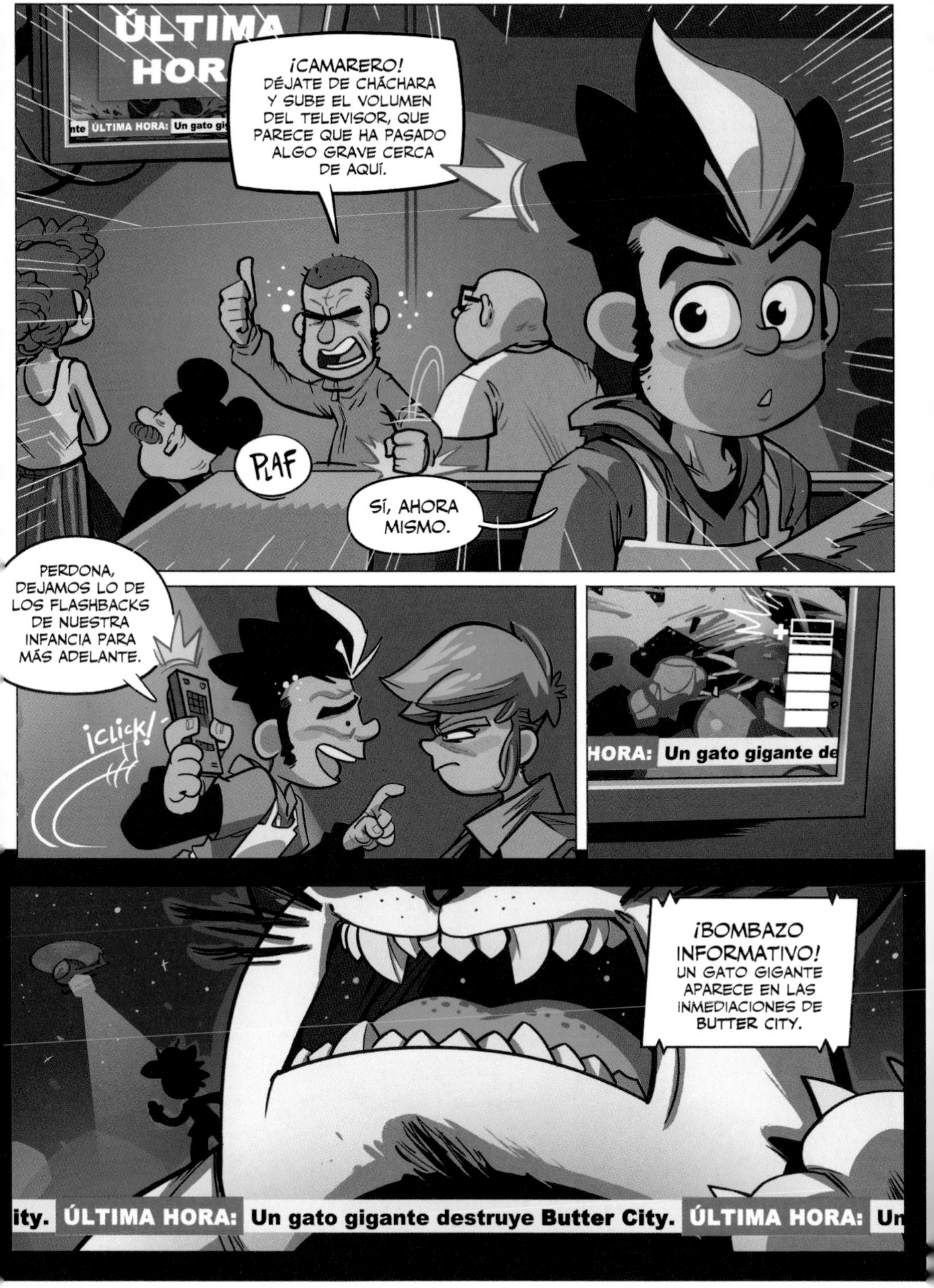
ÚLTIMA HORA
ÚLTIMA HORA: Un gato gig
¡CAMARERO! DÉJATE DE CHÁCHARA Y SUBE EL VOLUMEN DEL TELEVISOR, QUE PARECE QUE HA PASADO ALGO GRAVE CERCA DE AQUÍ.
PLAF
SÍ, AHORA MISMO.
PERDONA, DEJAMOS LO DE LOS FLASHBACKS DE NUESTRA INFANCIA PARA MÁS ADELANTE.
¡CLICK!
HORA: Un gato gigante de
¡BOMBAZO INFORMATIVO! UN GATO GIGANTE APARECE EN LAS INMEDIACIONES DE BUTTER CITY.
ity. ÚLTIMA HORA: Un gato gigante destruye Butter City. ÚLTIMA HORA: Un

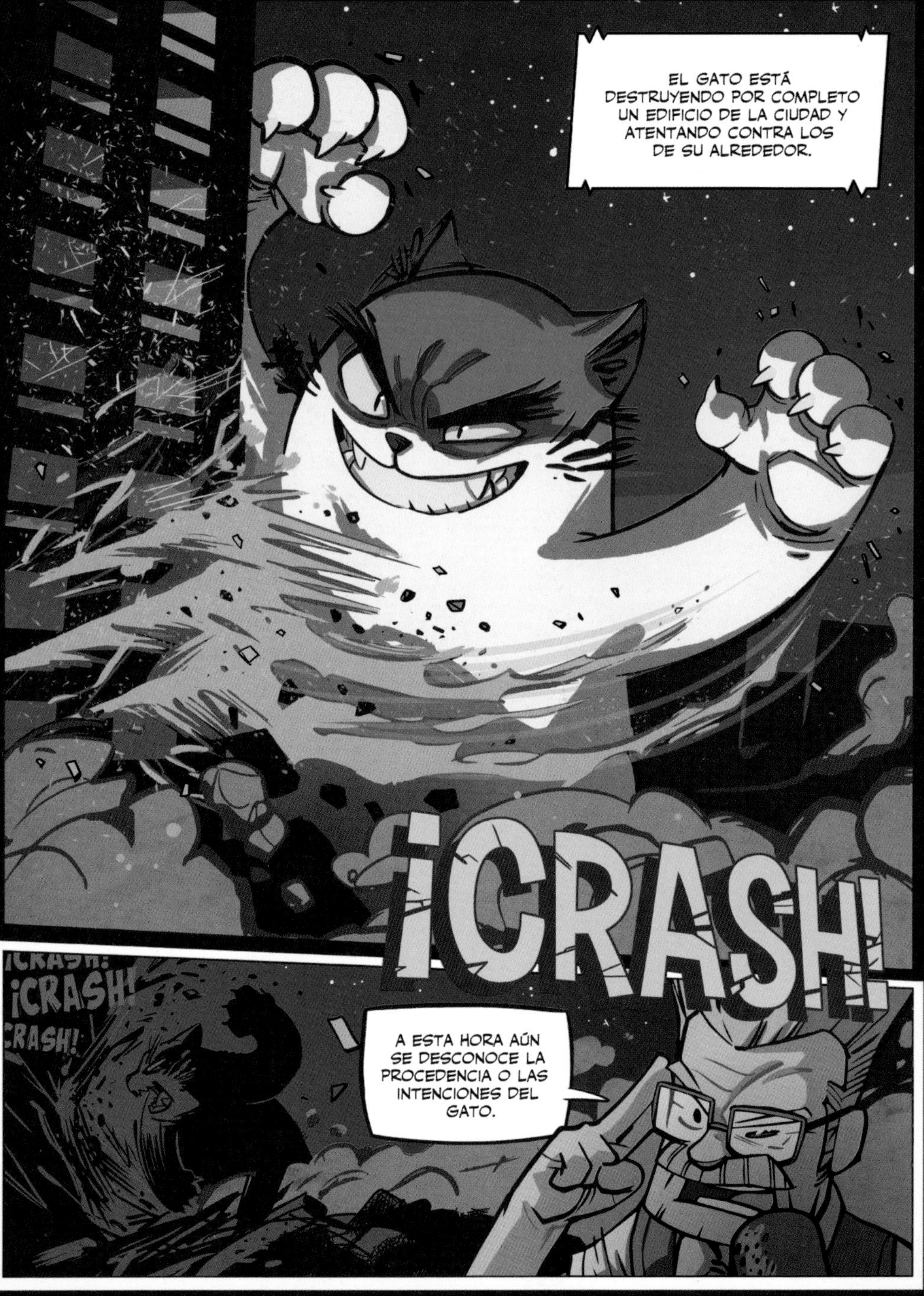
EL GATO ESTÁ DESTRUYENDO POR COMPLETO UN EDIFICIO DE LA CIUDAD Y ATENTANDO CONTRA LOS DE SU ALREDEDOR.
¡CRASH!
¡CRASH!
CRASH!
A ESTA HORA AÚN SE DESCONOCE LA PROCEDENCIA O LAS INTENCIONES DEL GATO.

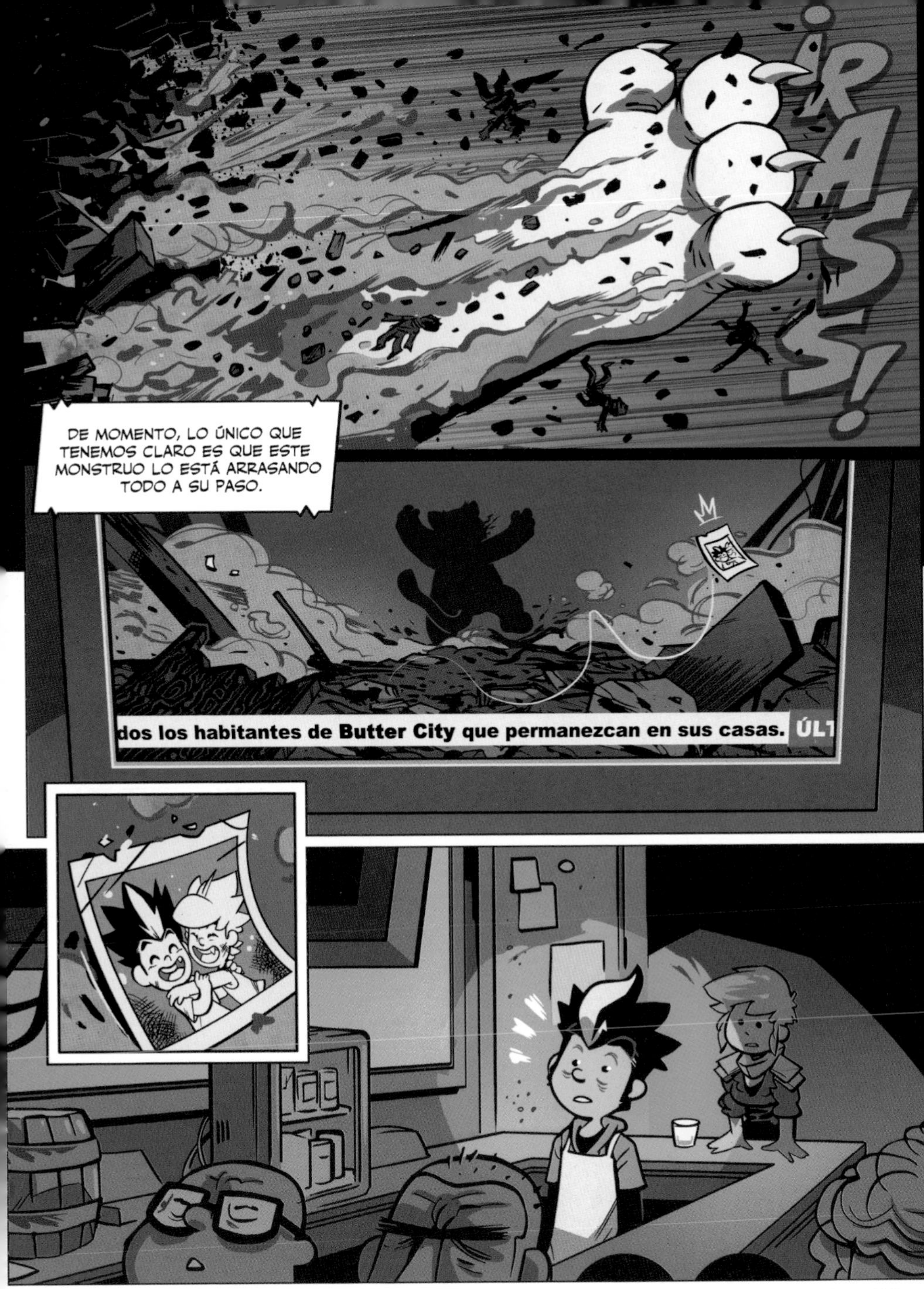
¡RAAS!
DE MOMENTO, LO ÚNICO QUE TENEMOS CLARO ES QUE ESTE MONSTRUO LO ESTÁ ARRASANDO TODO A SU PASO.
dos los habitantes de Butter City que permanezcan en sus casas. ÚLT

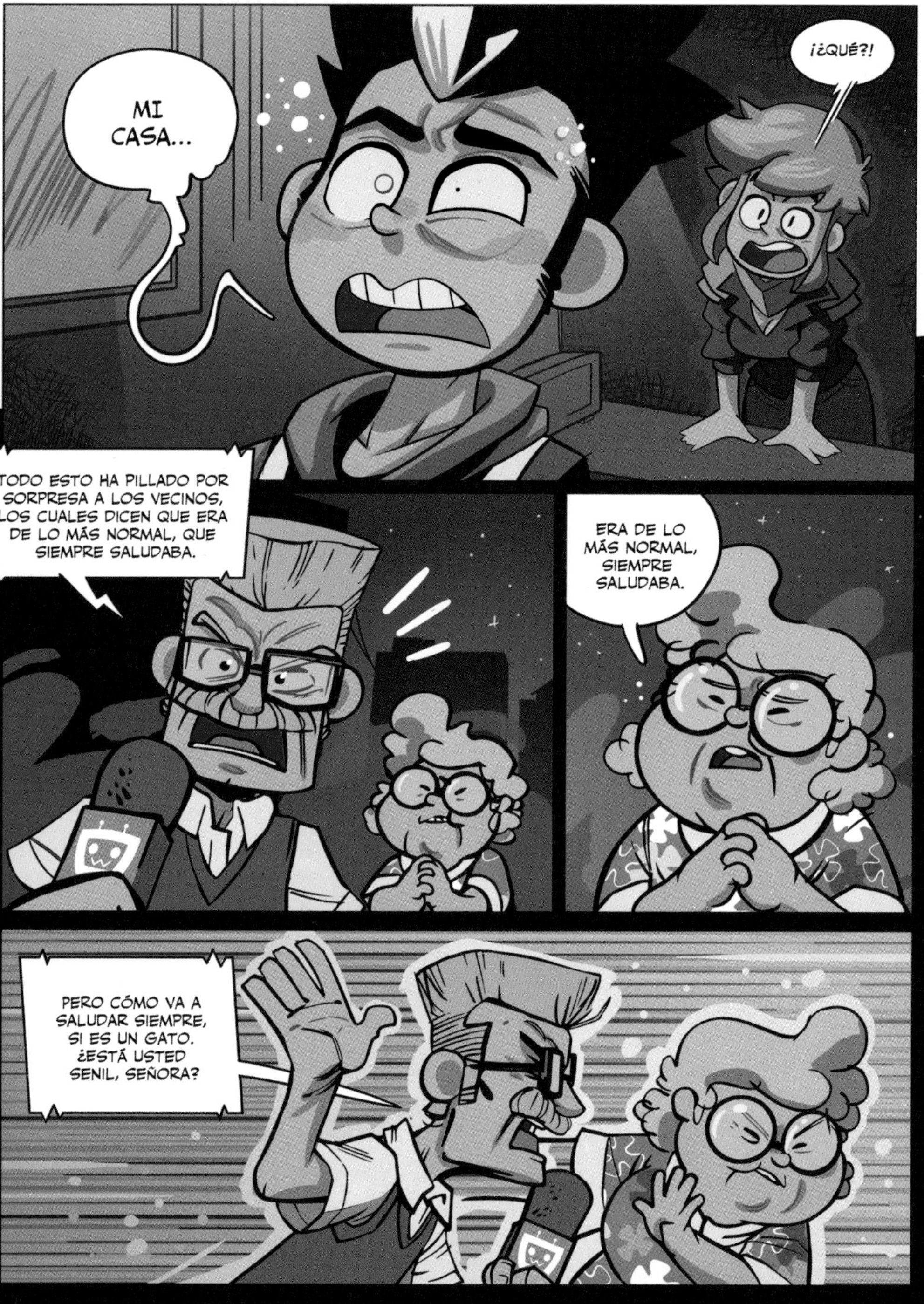
MI CASA...
¡¿QUÉ?!
TODO ESTO HA PILLADO POR SORPRESA A LOS VECINOS, LOS CUALES DICEN QUE ERA DE LO MÁS NORMAL, QUE SIEMPRE SALUDABA.
ERA DE LO MÁS NORMAL, SIEMPRE SALUDABA.
PERO CÓMO VA A SALUDAR SIEMPRE, SI ES UN GATO. ¿ESTÁ USTED SENIL, SEÑORA?

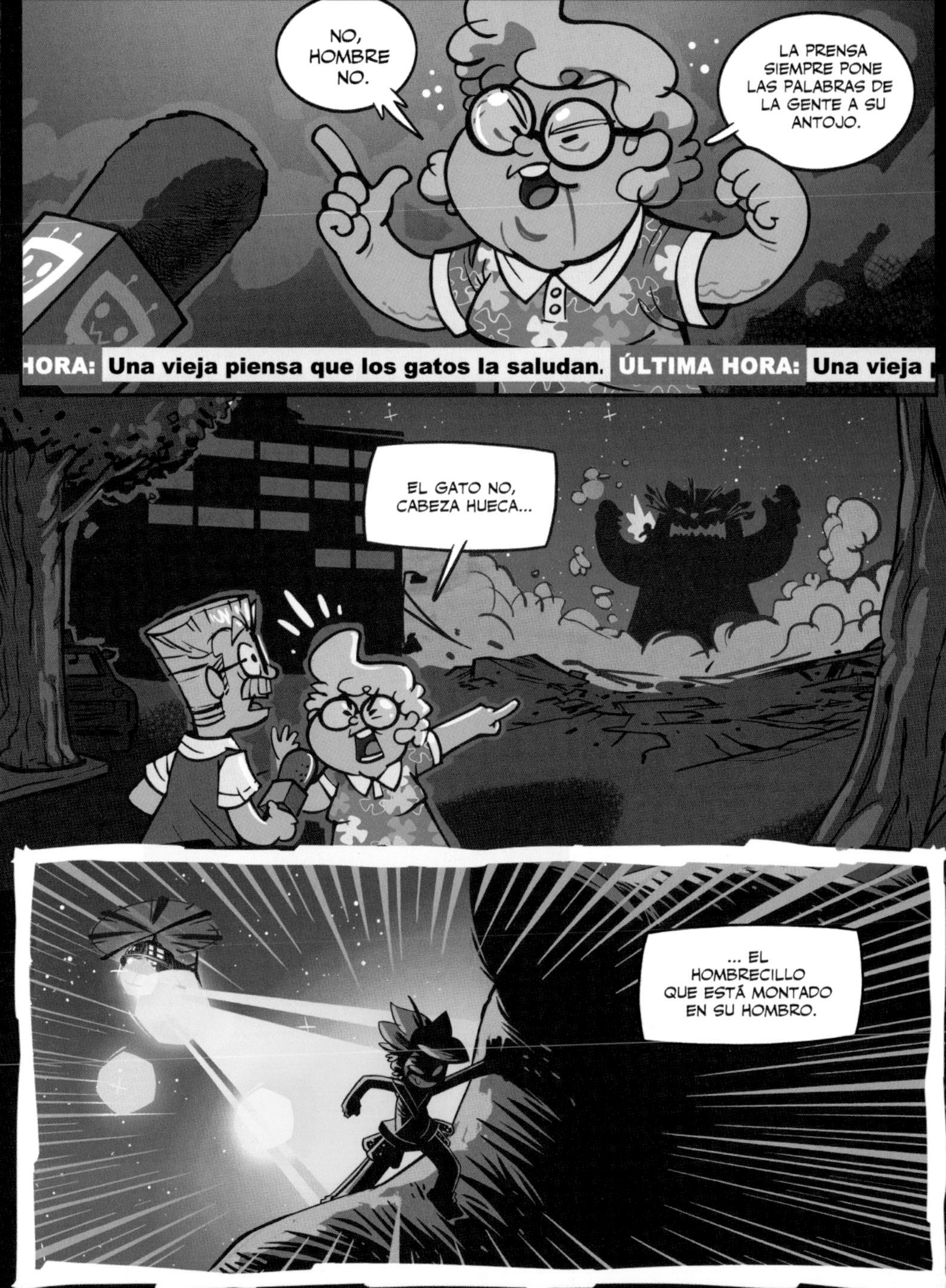
NO, HOMBRE NO.
LA PRENSA SIEMPRE PONE LAS PALABRAS DE LA GENTE A SU ANTOJO.
HORA: Una vieja piensa que los gatos la saludan. ÚLTIMA HORA: Una vieja
EL GATO NO, CABEZA HUECA...
... EL HOMBRECILLO QUE ESTÁ MONTADO EN SU HOMBRO.

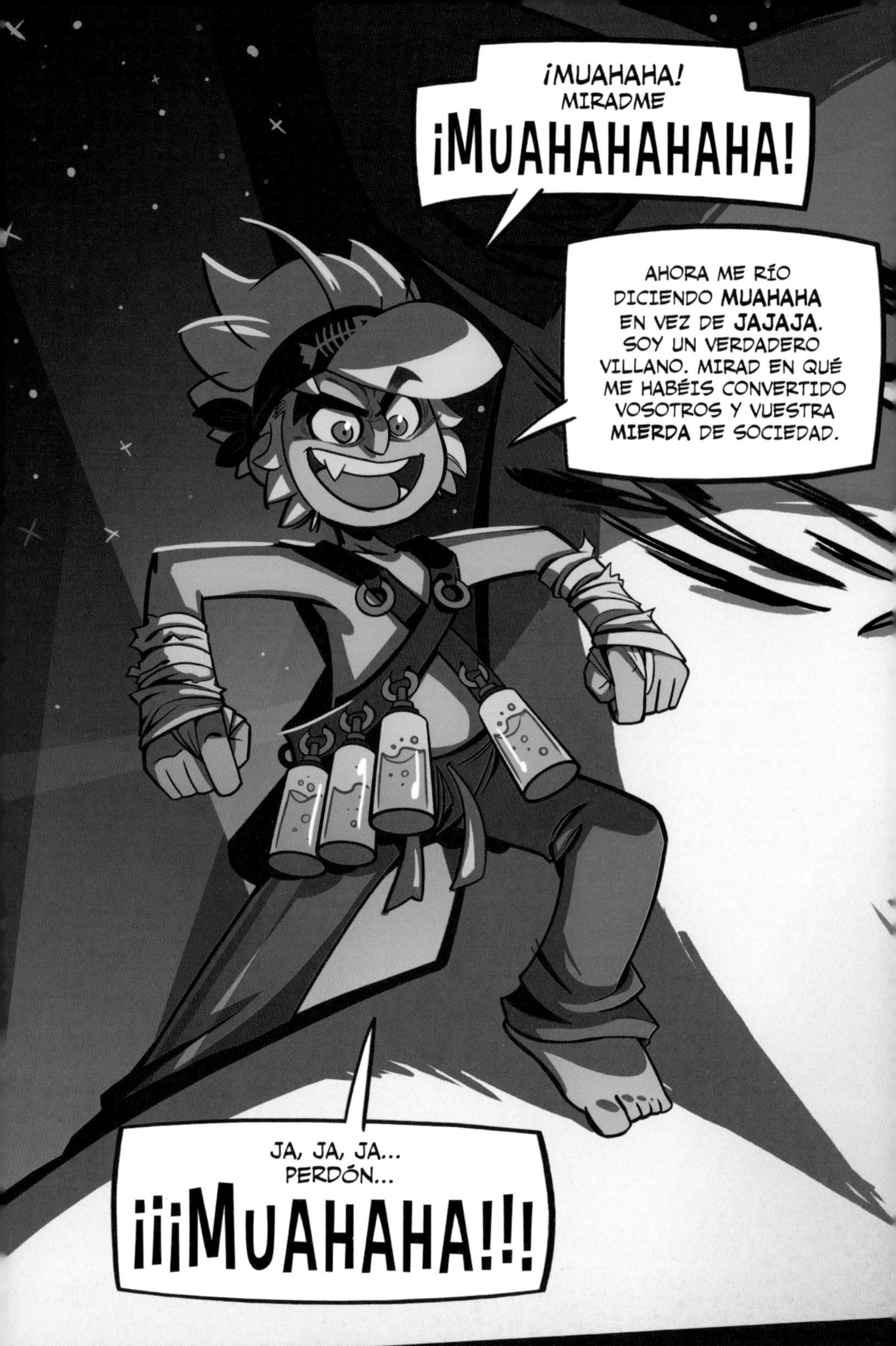
¡MUAHAHA! MIRADME ¡MUAHAHAHAHAHA!
AHORA ME RÍO DICIENDO MUAHAHA EN VEZ DE JAJAJA. SOY UN VERDADERO VILLANO. MIRAD EN QUÉ ME HABÉIS CONVERTIDO VOSOTROS Y VUESTRA MIERDA DE SOCIEDAD.
JA, JA, JA... PERDÓN... ¡¡¡MUAHAHA!!!

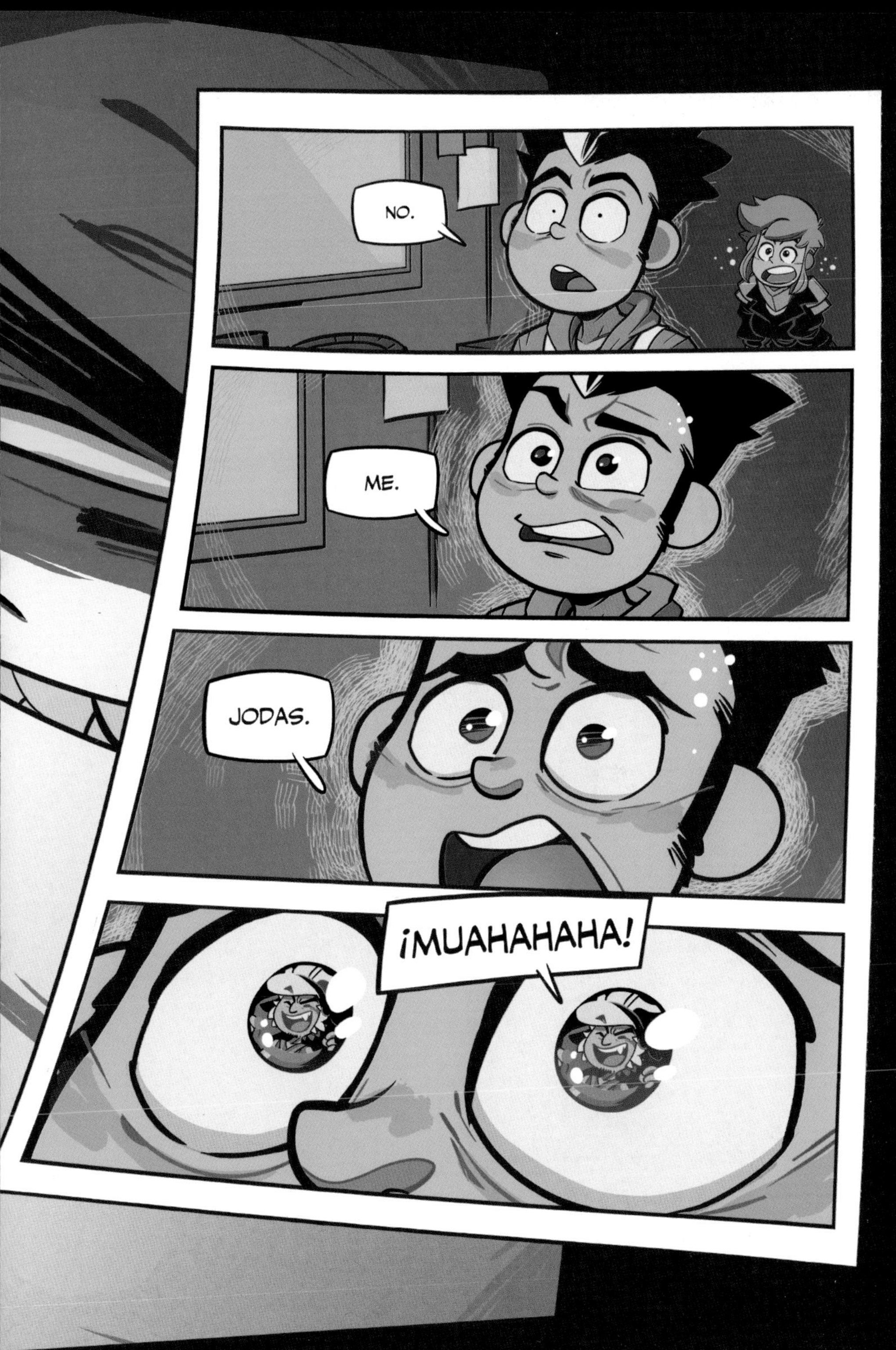
NO.
ME.
JODAS.
¡MUAHAHAHA!

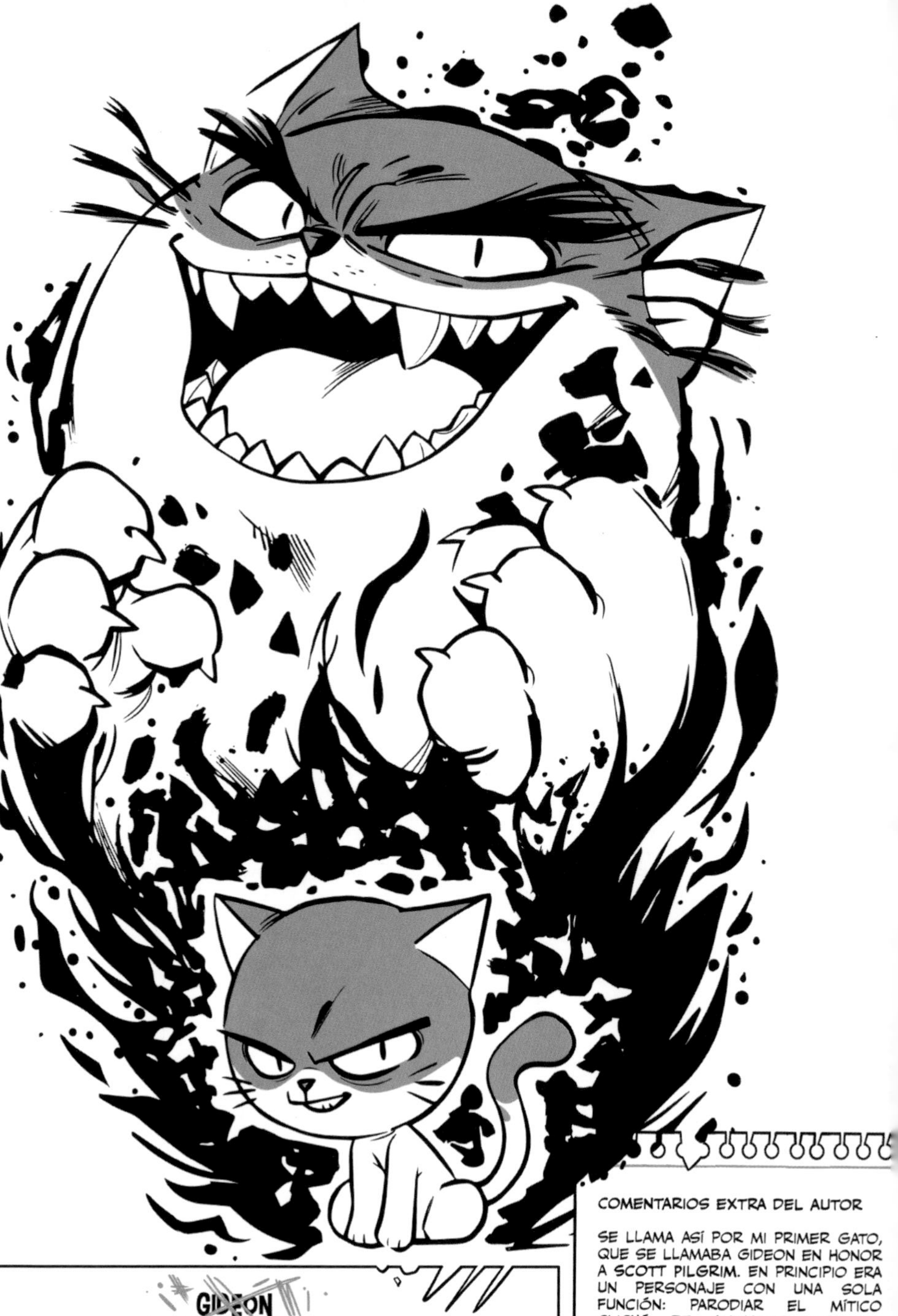

COMENTARIOS EXTRA DEL AUTOR

SE LLAMA ASÍ POR MI PRIMER GATO, QUE SE LLAMABA GIDEON EN HONOR A SCOTT PILGRIM. EN PRINCIPIO ERA UN PERSONAJE CON UNA SOLA FUNCIÓN: PARODIAR EL MÍTICO CLICHÉ DE ANIMALES QUE SE VUELVEN MALOS Y QUIEREN DOMINAR LA RAZA HUMANA AL ADQUIRIR UNA INTELIGENCIA SUPERIOR, PERO LE HE TERMINADO COGIENDO CARIÑO Y SEGURAMENTE SALGA EN FUTUROS TOMOS.

GIDEON

- AHORA SE HACE LLAMAR EL «DOMINADOR DE MUNDOS», GIDEON ERA SU NOMBRE DE ESCLAVO.
- ANTES ERA UN GATITO ADORABLE PERO YA TENÍA PENSAMIENTOS GENOCIDAS.
- SE CONSIDERA EL GRAN LIBERADOR DE LOS FELINOS PERO EN REALIDAD NO ES MÁS QUE UN PSICÓPATA CON AIRES DE GRANDEZA.

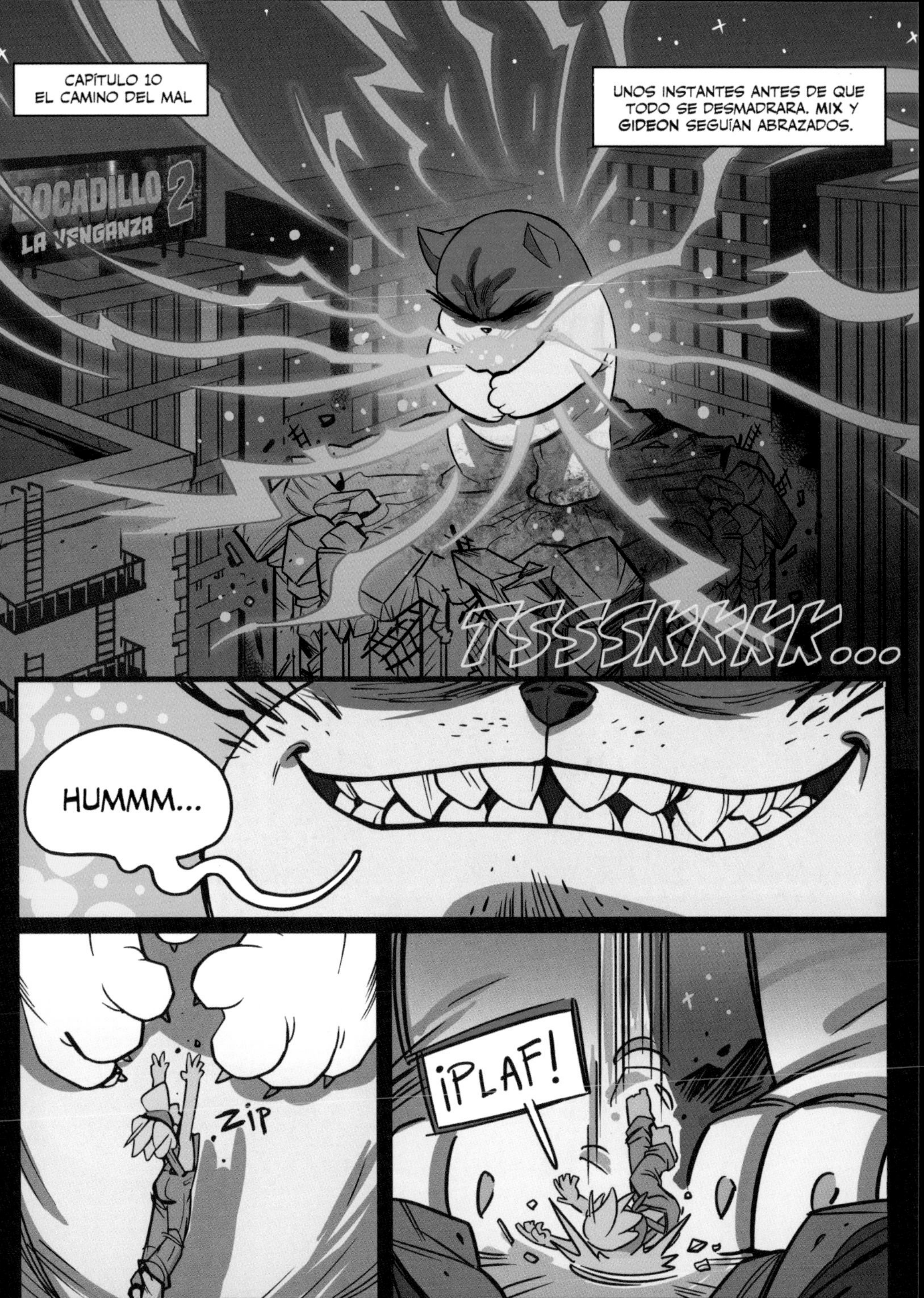
CAPÍTULO 10
EL CAMINO DEL MAL
UNOS INSTANTES ANTES DE QUE TODO SE DESMADRARA. MIX Y GIDEON SEGUÍAN ABRAZADOS.
BOCADILLO 2
TSSSKKKK...
HUMMM...
ZIP
¡PLAF!

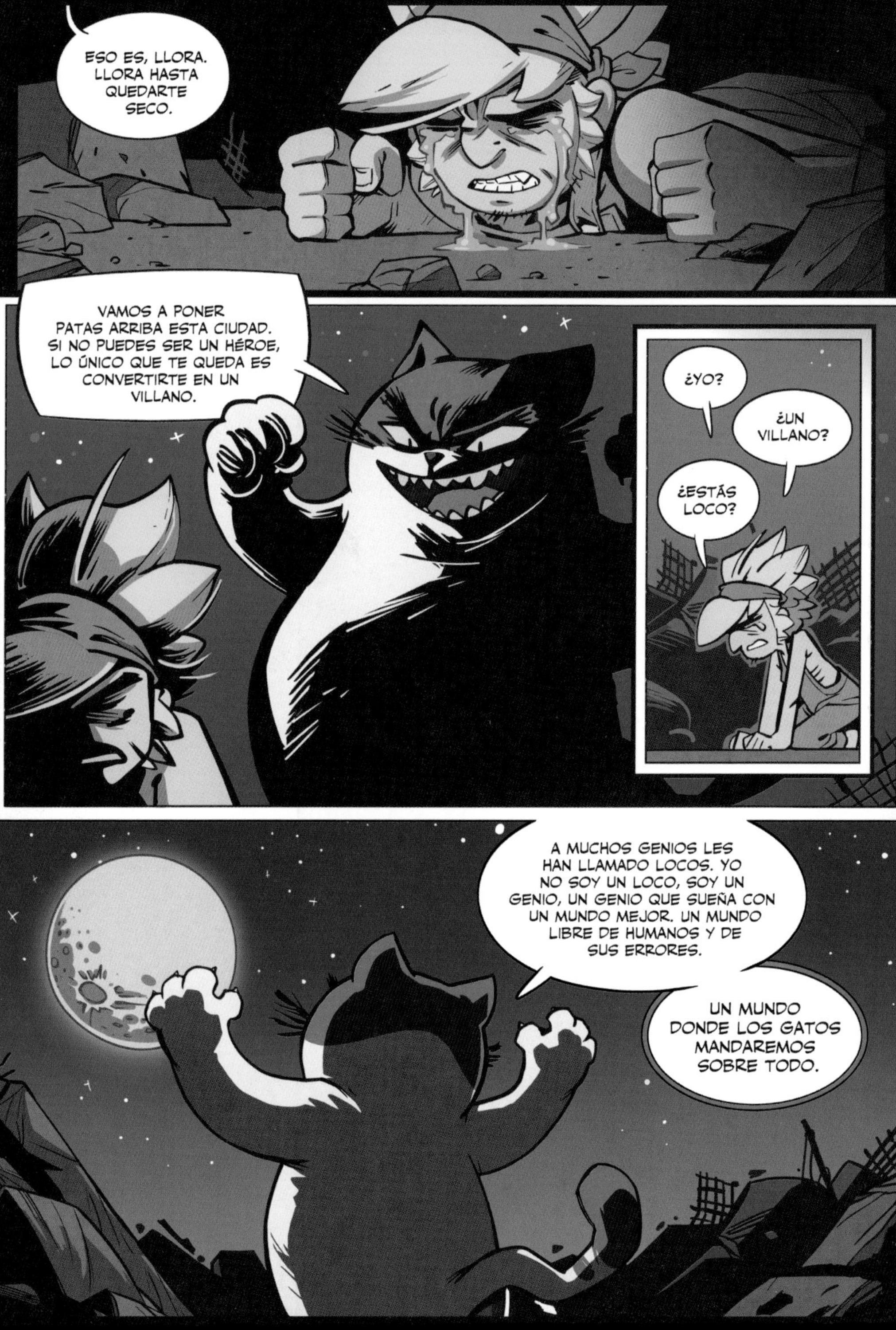
ESO ES, LLORA. LLORA HASTA QUEDARTE SECO.
VAMOS A PONER PATAS ARRIBA ESTA CIUDAD. SI NO PUEDES SER UN HÉROE, LO ÚNICO QUE TE QUEDA ES CONVERTIRTE EN UN VILLANO.
¿YO?
¿UN VILLANO?
¿ESTÁS LOCO?
A MUCHOS GENIOS LES HAN LLAMADO LOCOS. YO NO SOY UN LOCO, SOY UN GENIO, UN GENIO QUE SUEÑA CON UN MUNDO MEJOR. UN MUNDO LIBRE DE HUMANOS Y DE SUS ERRORES.
UN MUNDO DONDE LOS GATOS MANDAREMOS SOBRE TODO.

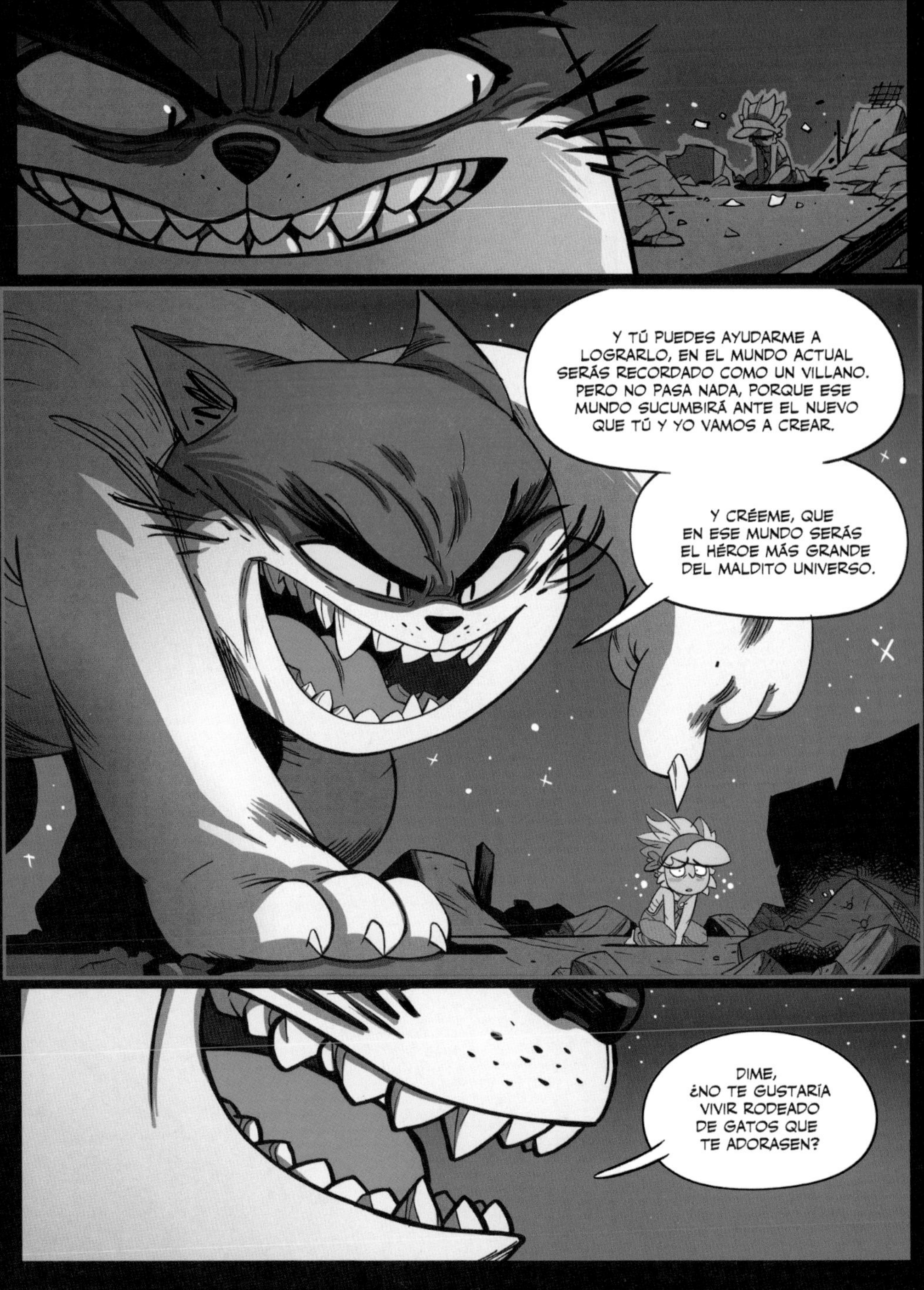

Y TÚ PUEDES AYUDARME A LOGRARLO, EN EL MUNDO ACTUAL SERÁS RECORDADO COMO UN VILLANO. PERO NO PASA NADA, PORQUE ESE MUNDO SUCUMBIRÁ ANTE EL NUEVO QUE TÚ Y YO VAMOS A CREAR.
Y CRÉEME, QUE EN ESE MUNDO SERÁS EL HÉROE MÁS GRANDE DEL MALDITO UNIVERSO.
DIME, ¿NO TE GUSTARÍA VIVIR RODEADO DE GATOS QUE TE ADORASEN?

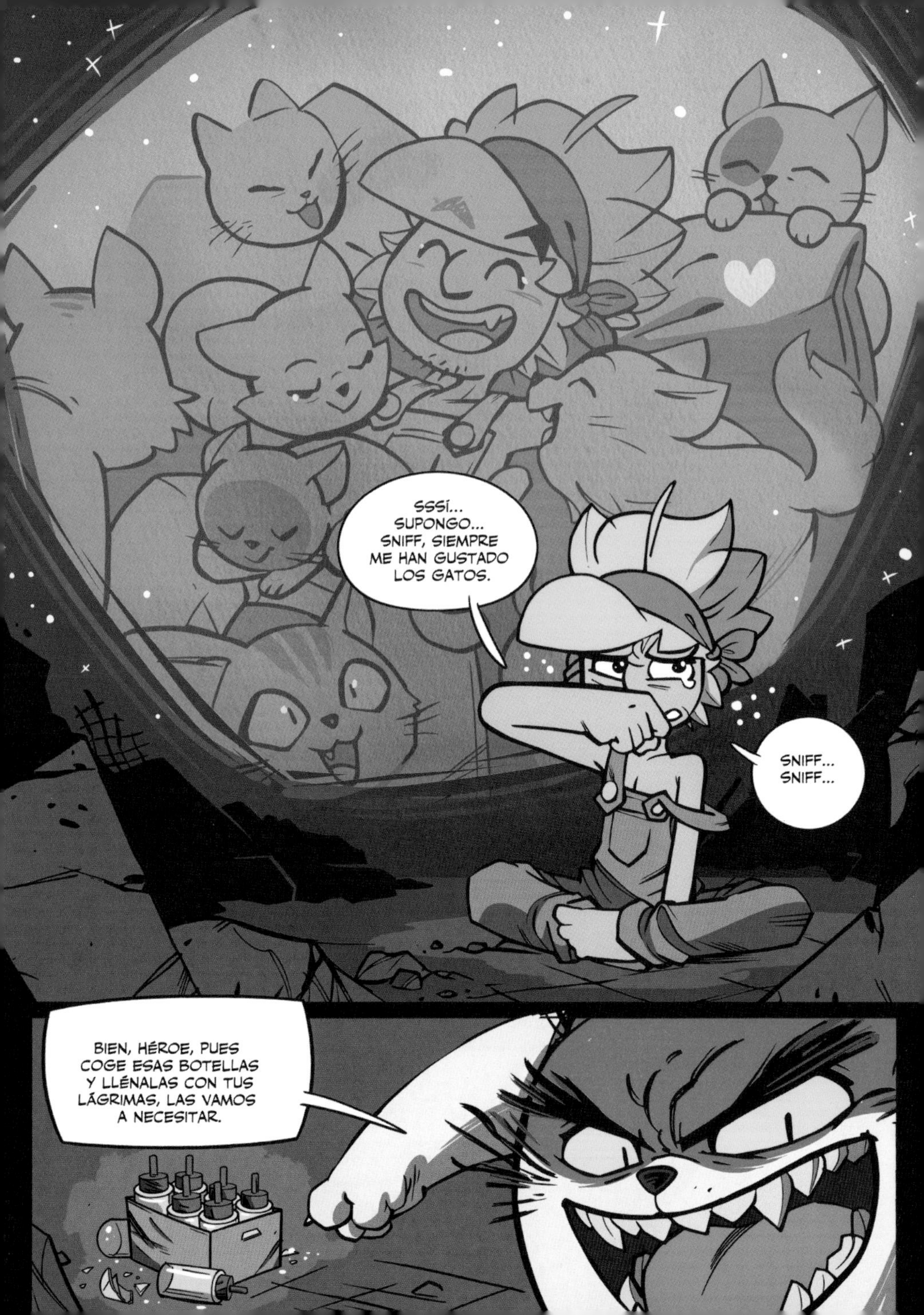
SSSÍ... SUPONGO... SNIFF, SIEMPRE ME HAN GUSTADO LOS GATOS.
SNIFF... SNIFF...
BIEN, HÉROE, PUES COGE ESAS BOTELLAS Y LLÉNALAS CON TUS LÁGRIMAS, LAS VAMOS A NECESITAR.

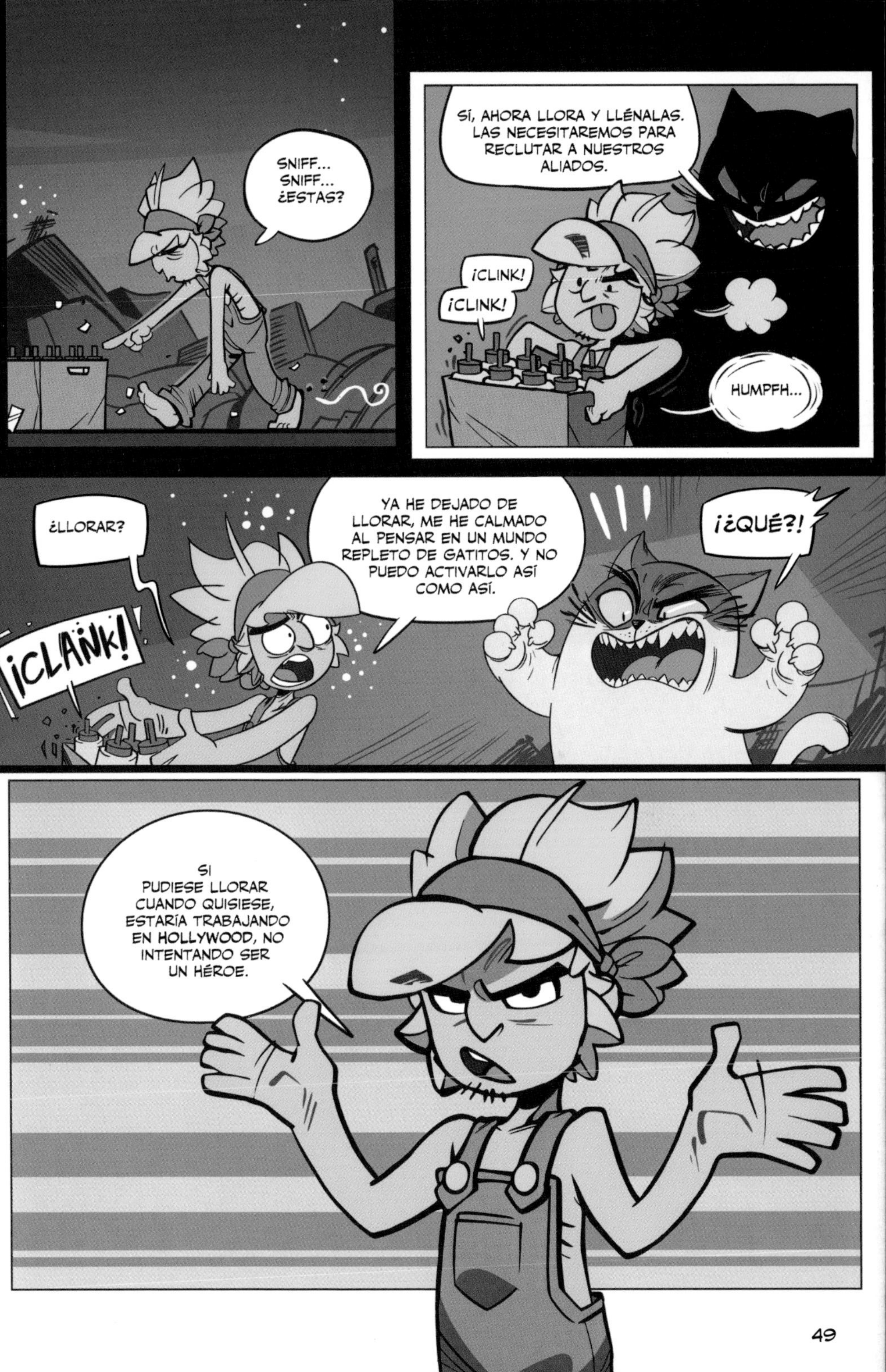
SNIFF...
SNIFF...
¿ESTAS?
SÍ, AHORA LLORA Y LLÉNALAS. LAS NECESITAREMOS PARA RECLUTAR A NUESTROS ALIADOS.
¡CLINK!
¡CLINK!
HUMPFH...
¿LLORAR?
¡CLANK!
YA HE DEJADO DE LLORAR, ME HE CALMADO AL PENSAR EN UN MUNDO REPLETO DE GATITOS. Y NO PUEDO ACTIVARLO ASÍ COMO ASÍ.
¡¿QUÉ?!
SI PUDIESE LLORAR CUANDO QUISIESE, ESTARÍA TRABAJANDO EN HOLLYWOOD, NO INTENTANDO SER UN HÉROE.

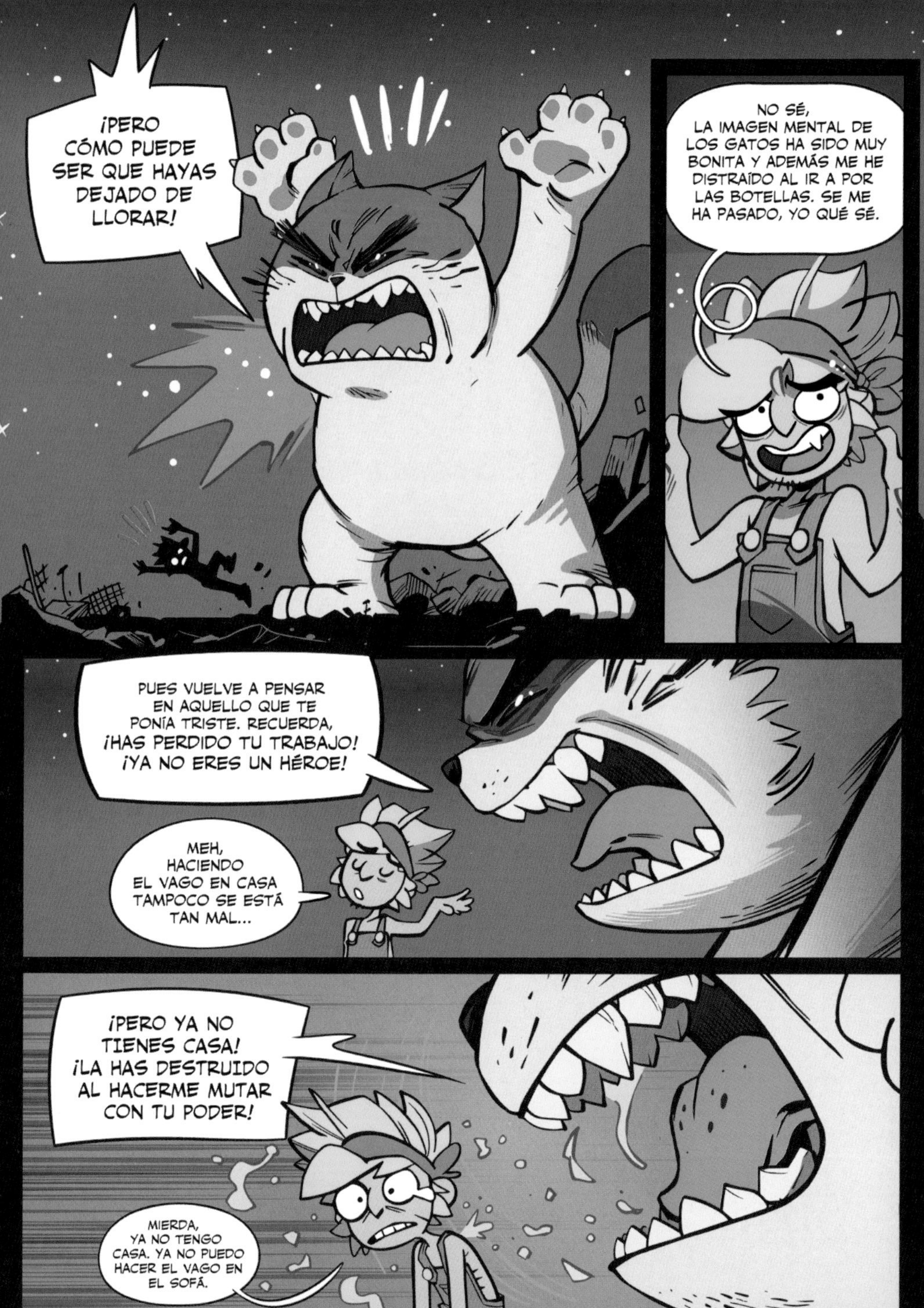
¡PERO CÓMO PUEDE SER QUE HAYAS DEJADO DE LLORAR!
NO SÉ, LA IMAGEN MENTAL DE LOS GATOS HA SIDO MUY BONITA Y ADEMÁS ME HE DISTRAÍDO AL IR A POR LAS BOTELLAS. SE ME HA PASADO, YO QUÉ SÉ.
PUES VUELVE A PENSAR EN AQUELLO QUE TE PONÍA TRISTE. RECUERDA, ¡HAS PERDIDO TU TRABAJO! ¡YA NO ERES UN HÉROE!
MEH, HACIENDO EL VAGO EN CASA TAMPOCO SE ESTÁ TAN MAL...
¡PERO YA NO TIENES CASA! ¡LA HAS DESTRUIDO AL HACERME MUTAR CON TU PODER!
MIERDA, YA NO TENGO CASA. YA NO PUEDO HACER EL VAGO EN EL SOFÁ.

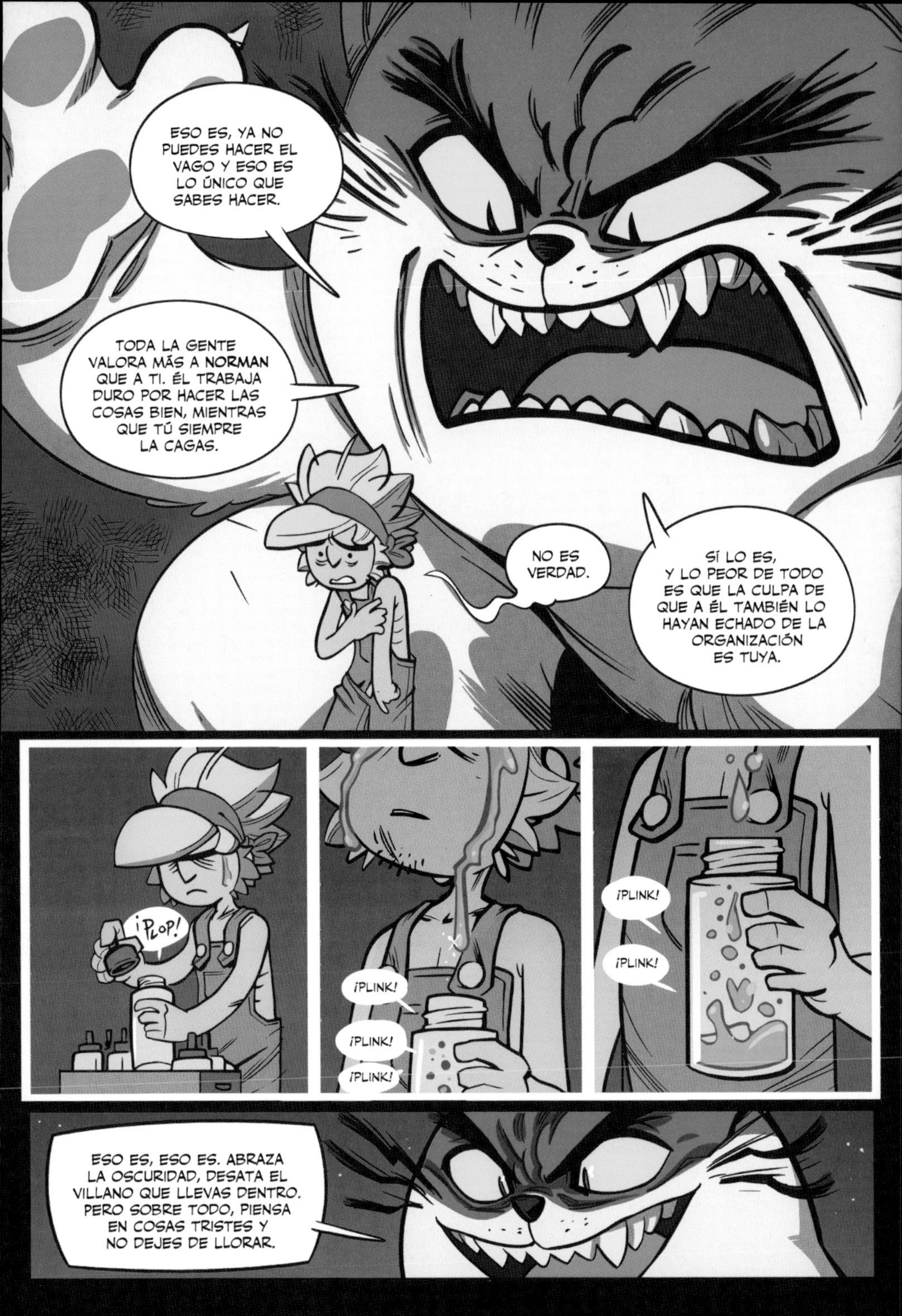
ESO ES, YA NO PUEDES HACER EL VAGO Y ESO ES LO ÚNICO QUE SABES HACER.
TODA LA GENTE VALORA MÁS A **NORMAN** QUE A TI. ÉL TRABAJA DURO POR HACER LAS COSAS BIEN, MIENTRAS QUE TÚ SIEMPRE LA CAGAS.
NO ES VERDAD.
SÍ LO ES, Y LO PEOR DE TODO ES QUE LA CULPA DE QUE A ÉL TAMBIÉN LO HAYAN ECHADO DE LA ORGANIZACIÓN ES TUYA.
¡PLOP!
¡PLINK!
¡PLINK!
¡PLINK!
¡PLINK!
¡PLINK!
ESO ES, ESO ES. ABRAZA LA OSCURIDAD, DESATA EL VILLANO QUE LLEVAS DENTRO. PERO SOBRE TODO, PIENSA EN COSAS TRISTES Y NO DEJES DE LLORAR.

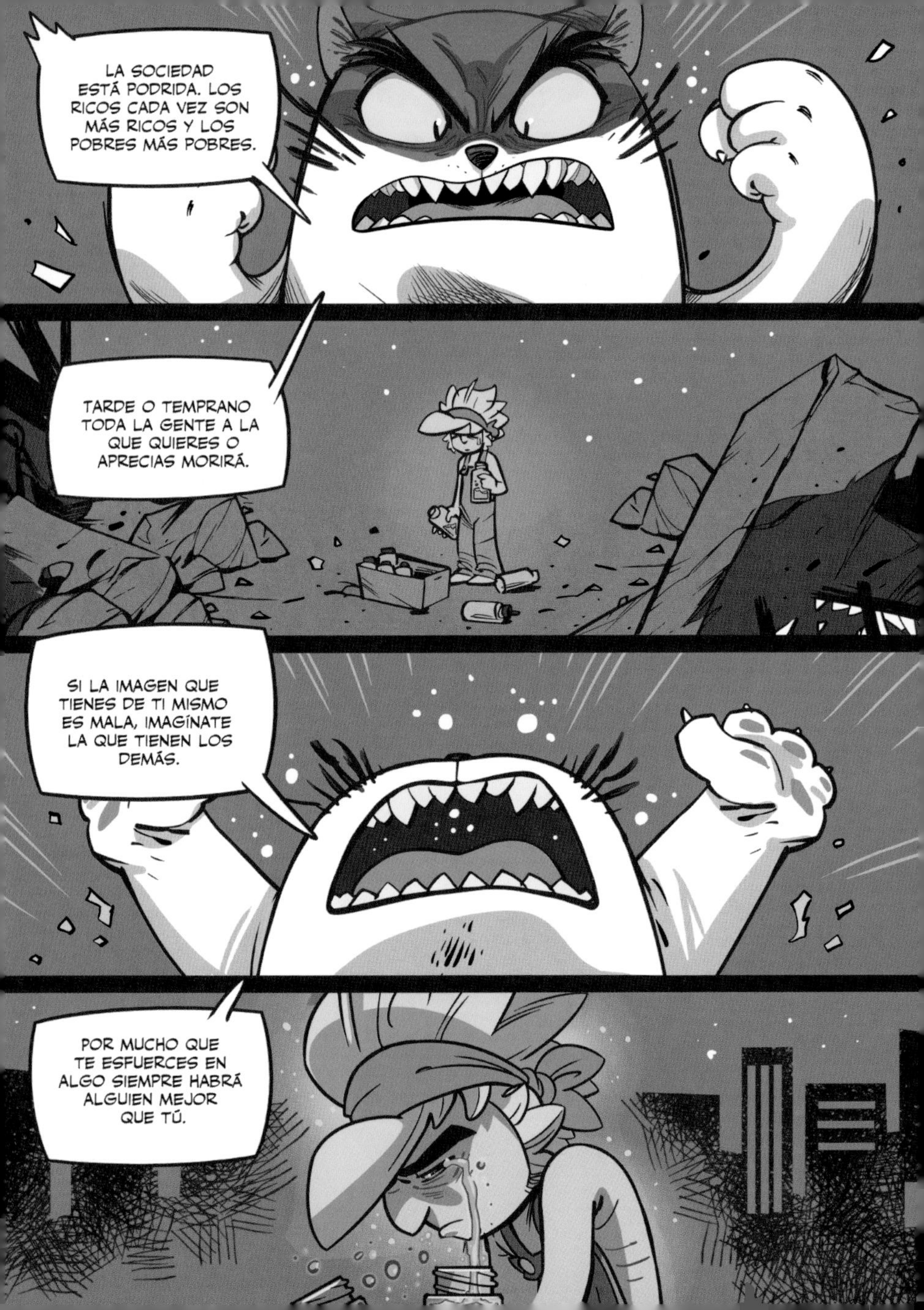
LA SOCIEDAD ESTÁ PODRIDA. LOS RICOS CADA VEZ SON MÁS RICOS Y LOS POBRES MÁS POBRES.
TARDE O TEMPRANO TODA LA GENTE A LA QUE QUIERES O APRECIAS MORIRÁ.
SI LA IMAGEN QUE TIENES DE TI MISMO ES MALA, IMAGÍNATE LA QUE TIENEN LOS DEMÁS.
POR MUCHO QUE TE ESFUERCES EN ALGO SIEMPRE HABRÁ ALGUIEN MEJOR QUE TÚ.

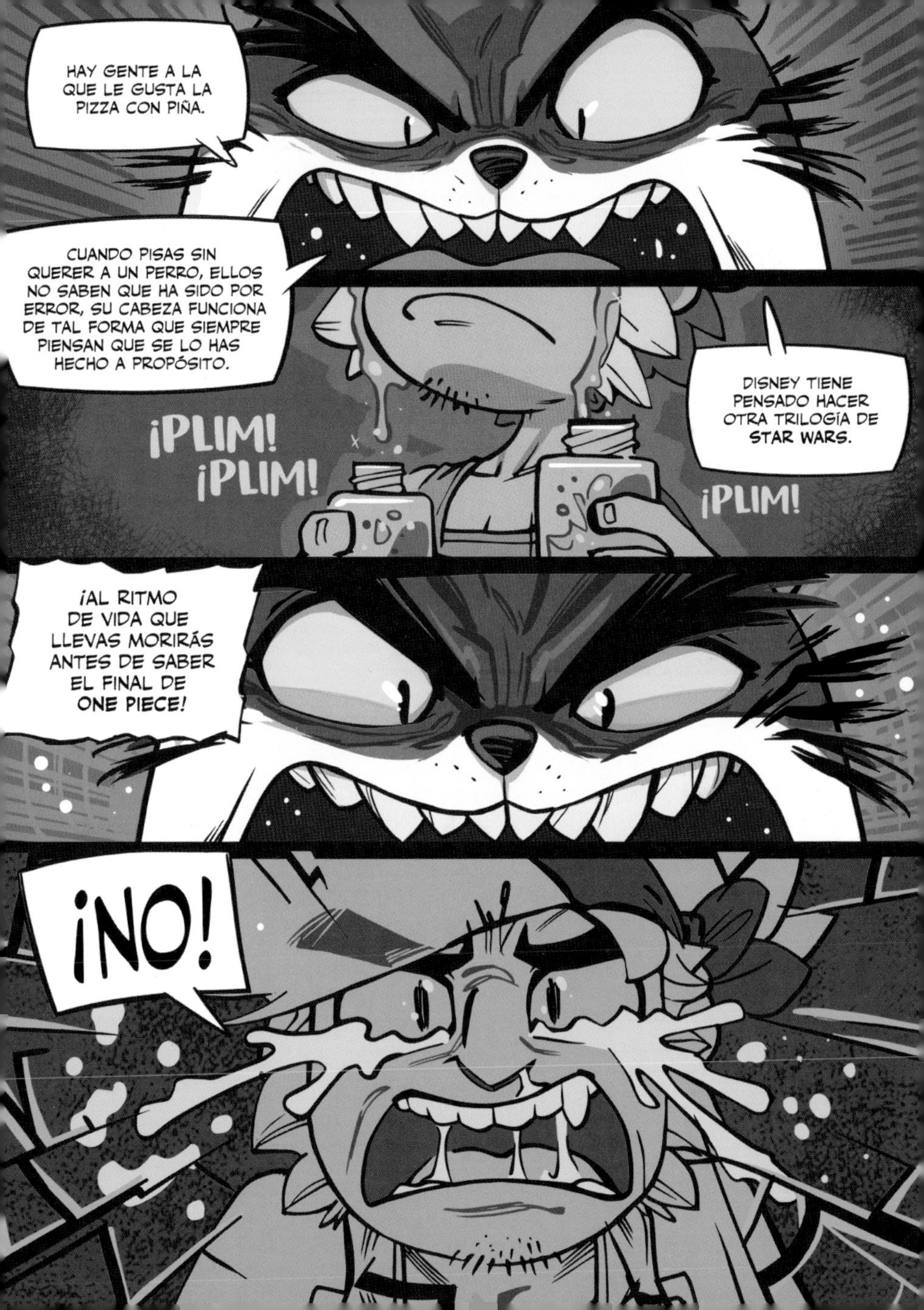

HAY GENTE A LA QUE LE GUSTA LA PIZZA CON PIÑA.
CUANDO PISAS SIN QUERER A UN PERRO, ELLOS NO SABEN QUE HA SIDO POR ERROR, SU CABEZA FUNCIONA DE TAL FORMA QUE SIEMPRE PIENSAN QUE SE LO HAS HECHO A PROPÓSITO.
DISNEY TIENE PENSADO HACER OTRA TRILOGÍA DE STAR WARS.
¡PLIM! ¡PLIM!
¡PLIM!
¡AL RITMO DE VIDA QUE LLEVAS MORIRÁS ANTES DE SABER EL FINAL DE ONE PIECE!
¡NO!

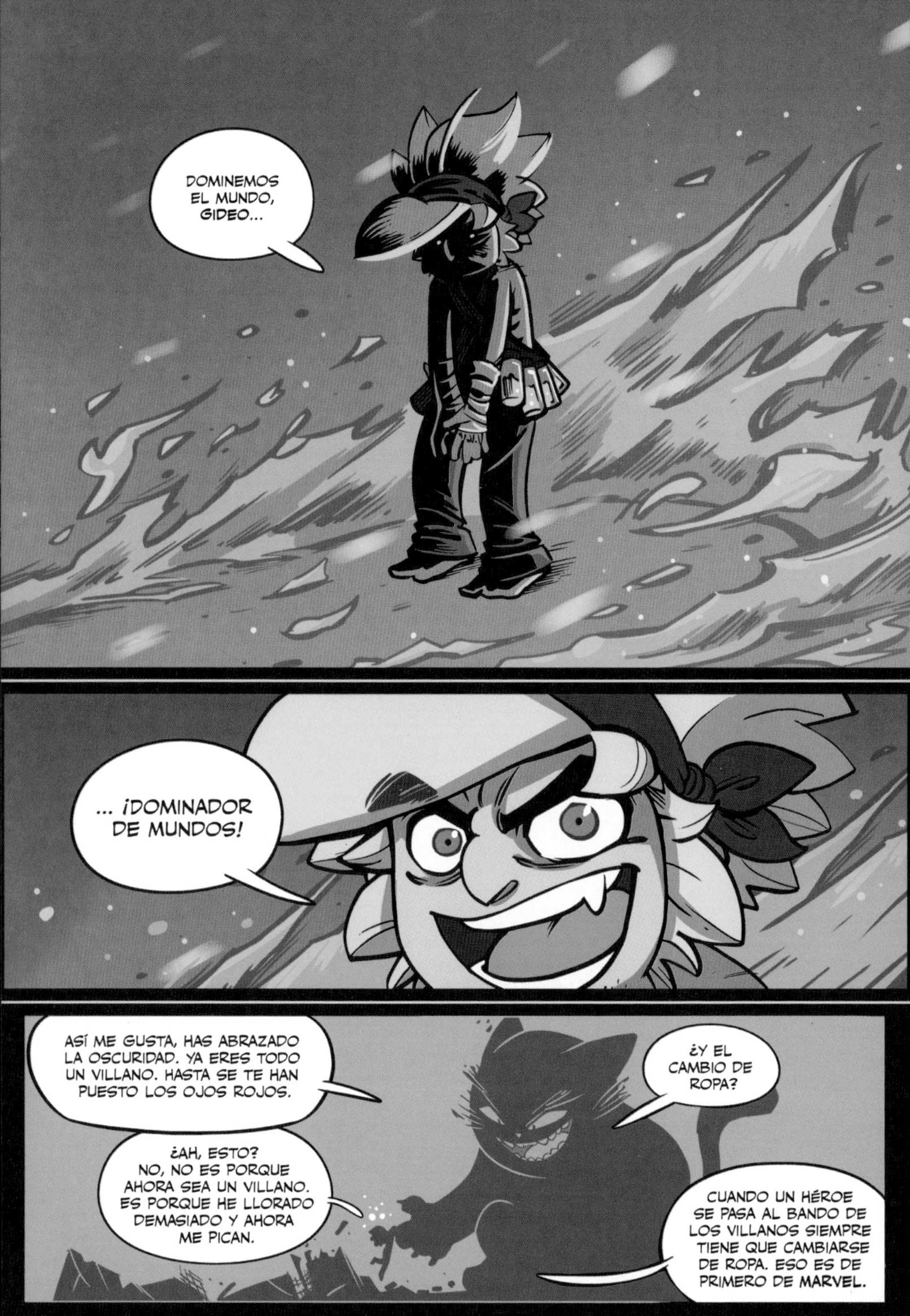
DOMINEMOS EL MUNDO, GIDEO...
... ¡DOMINADOR DE MUNDOS!
ASÍ ME GUSTA, HAS ABRAZADO LA OSCURIDAD. YA ERES TODO UN VILLANO. HASTA SE TE HAN PUESTO LOS OJOS ROJOS.
¿Y EL CAMBIO DE ROPA?
¿AH, ESTO? NO, NO ES PORQUE AHORA SEA UN VILLANO. ES PORQUE HE LLORADO DEMASIADO Y AHORA ME PICAN.
CUANDO UN HÉROE SE PASA AL BANDO DE LOS VILLANOS SIEMPRE TIENE QUE CAMBIARSE DE ROPA. ESO ES DE PRIMERO DE MARVEL.

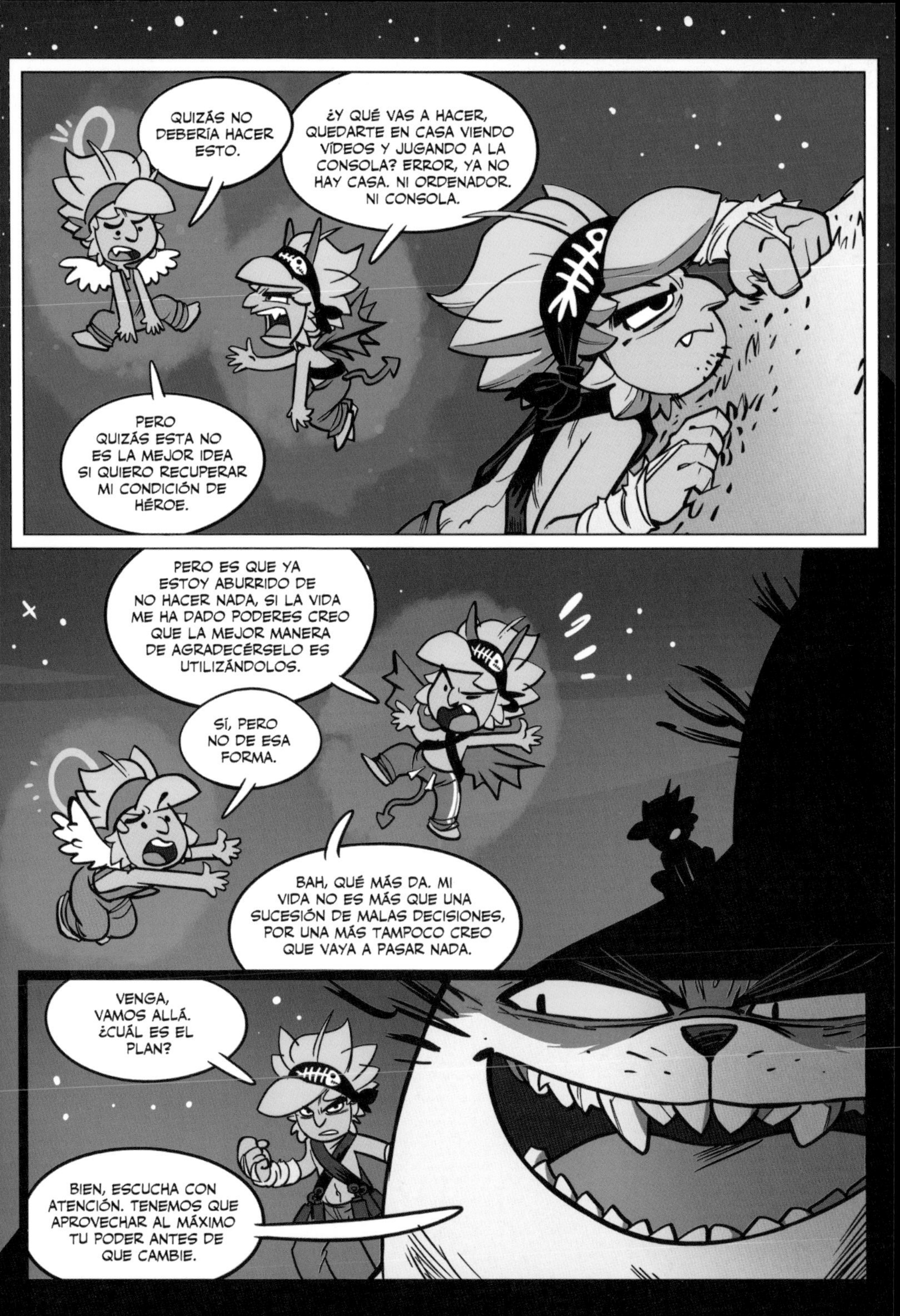

QUIZÁS NO DEBERÍA HACER ESTO.
¿Y QUÉ VAS A HACER, QUEDARTE EN CASA VIENDO VÍDEOS Y JUGANDO A LA CONSOLA? ERROR, YA NO HAY CASA. NI ORDENADOR. NI CONSOLA.
PERO QUIZÁS ESTA NO ES LA MEJOR IDEA SI QUIERO RECUPERAR MI CONDICIÓN DE HÉROE.
PERO ES QUE YA ESTOY ABURRIDO DE NO HACER NADA, SI LA VIDA ME HA DADO PODERES CREO QUE LA MEJOR MANERA DE AGRADECÉRSELO ES UTILIZÁNDOLOS.
SÍ, PERO NO DE ESA FORMA.
BAH, QUÉ MÁS DA. MI VIDA NO ES MÁS QUE UNA SUCESIÓN DE MALAS DECISIONES, POR UNA MÁS TAMPOCO CREO QUE VAYA A PASAR NADA.
VENGA, VAMOS ALLÁ. ¿CUÁL ES EL PLAN?
BIEN, ESCUCHA CON ATENCIÓN. TENEMOS QUE APROVECHAR AL MÁXIMO TU PODER ANTES DE QUE CAMBIE.

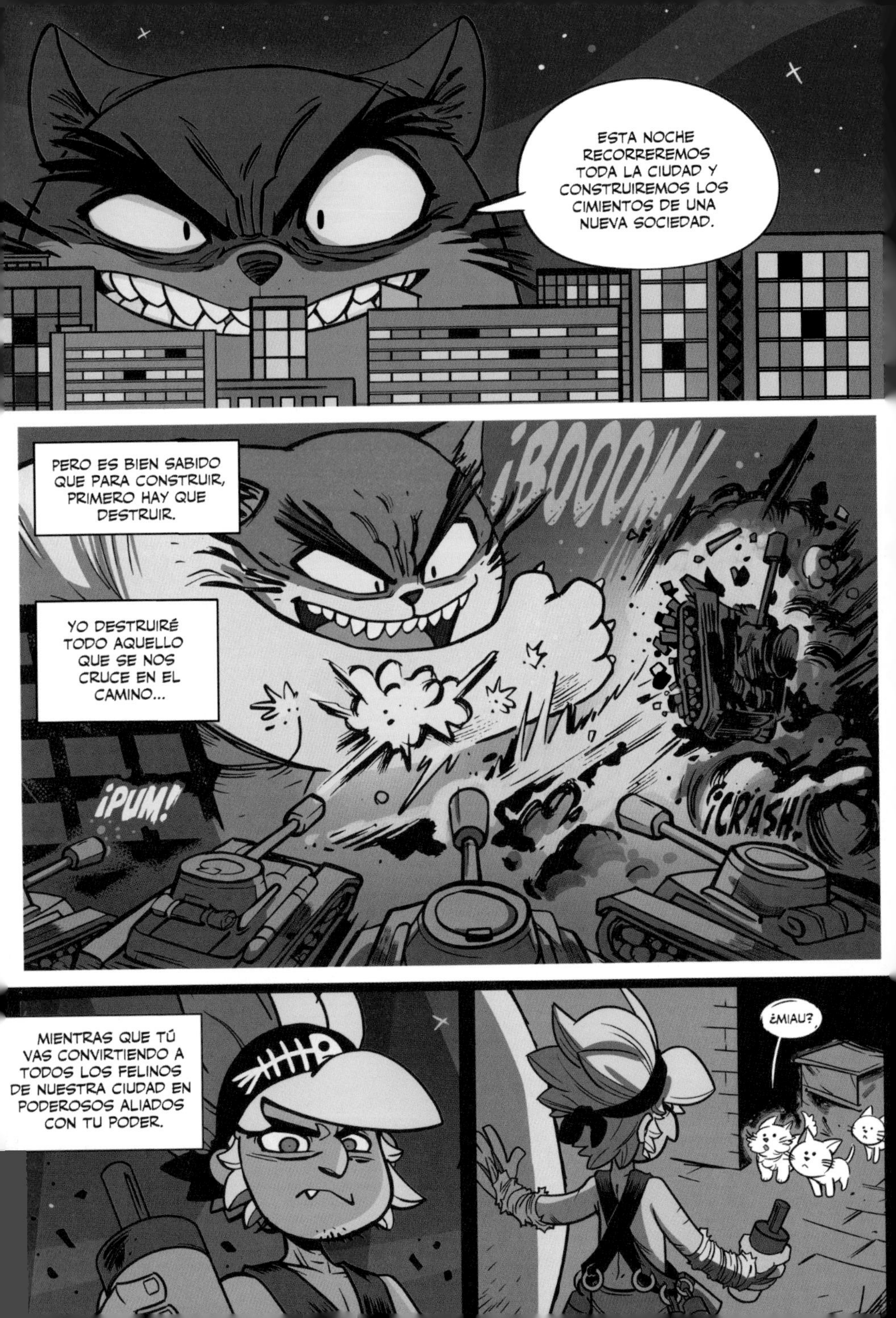
ESTA NOCHE RECORREREMOS TODA LA CIUDAD Y CONSTRUIREMOS LOS CIMIENTOS DE UNA NUEVA SOCIEDAD.
PERO ES BIEN SABIDO QUE PARA CONSTRUIR, PRIMERO HAY QUE DESTRUIR.
¡BOOOM!
YO DESTRUIRÉ TODO AQUELLO QUE SE NOS CRUCE EN EL CAMINO...
¡PUM!
¡CRASH!
MIENTRAS QUE TÚ VAS CONVIRTIENDO A TODOS LOS FELINOS DE NUESTRA CIUDAD EN PODEROSOS ALIADOS CON TU PODER.
¿MIAU?

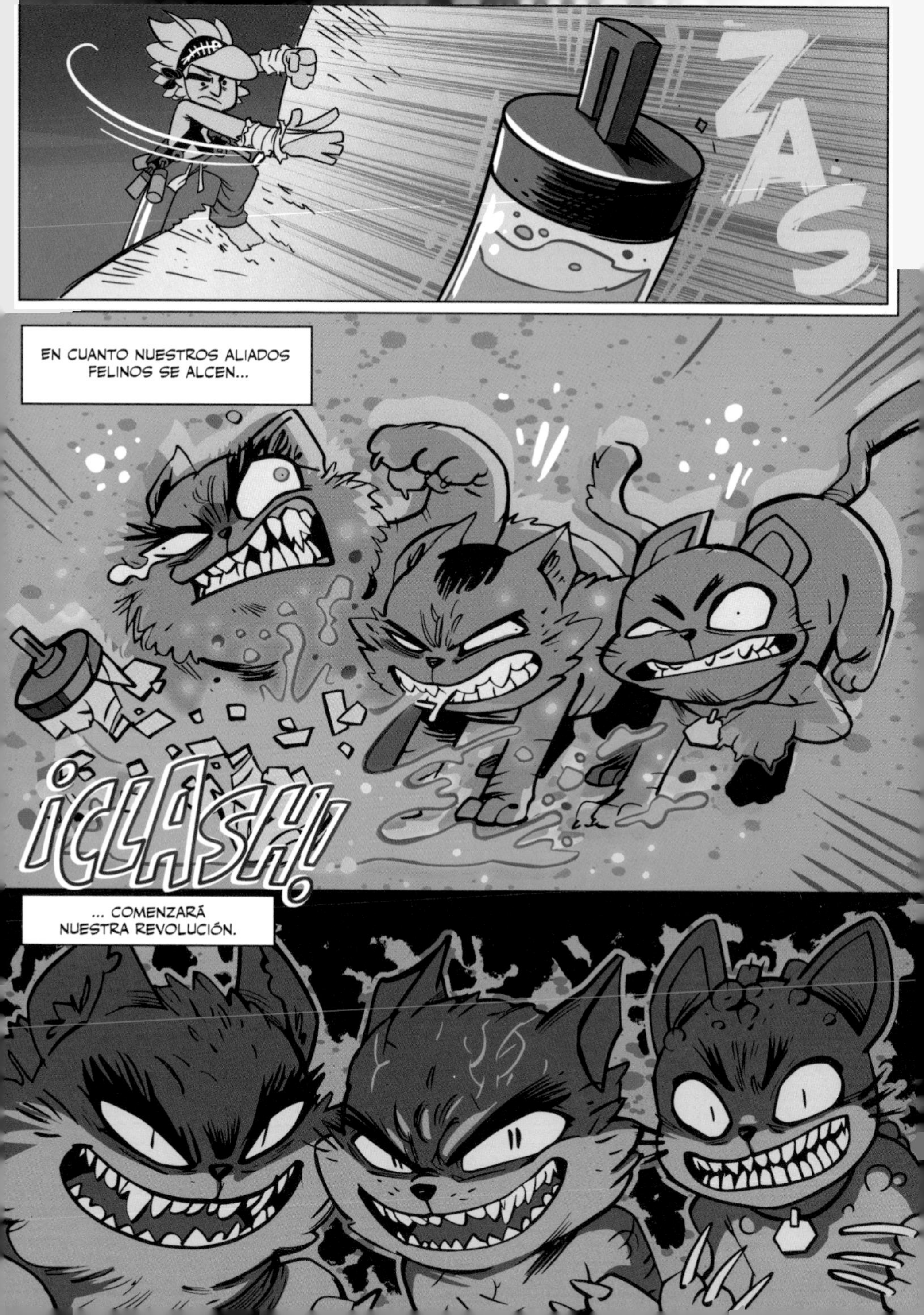
ZAS
EN CUANTO NUESTROS ALIADOS FELINOS SE ALCEN...
¡CLASH!
... COMENZARÁ NUESTRA REVOLUCIÓN.

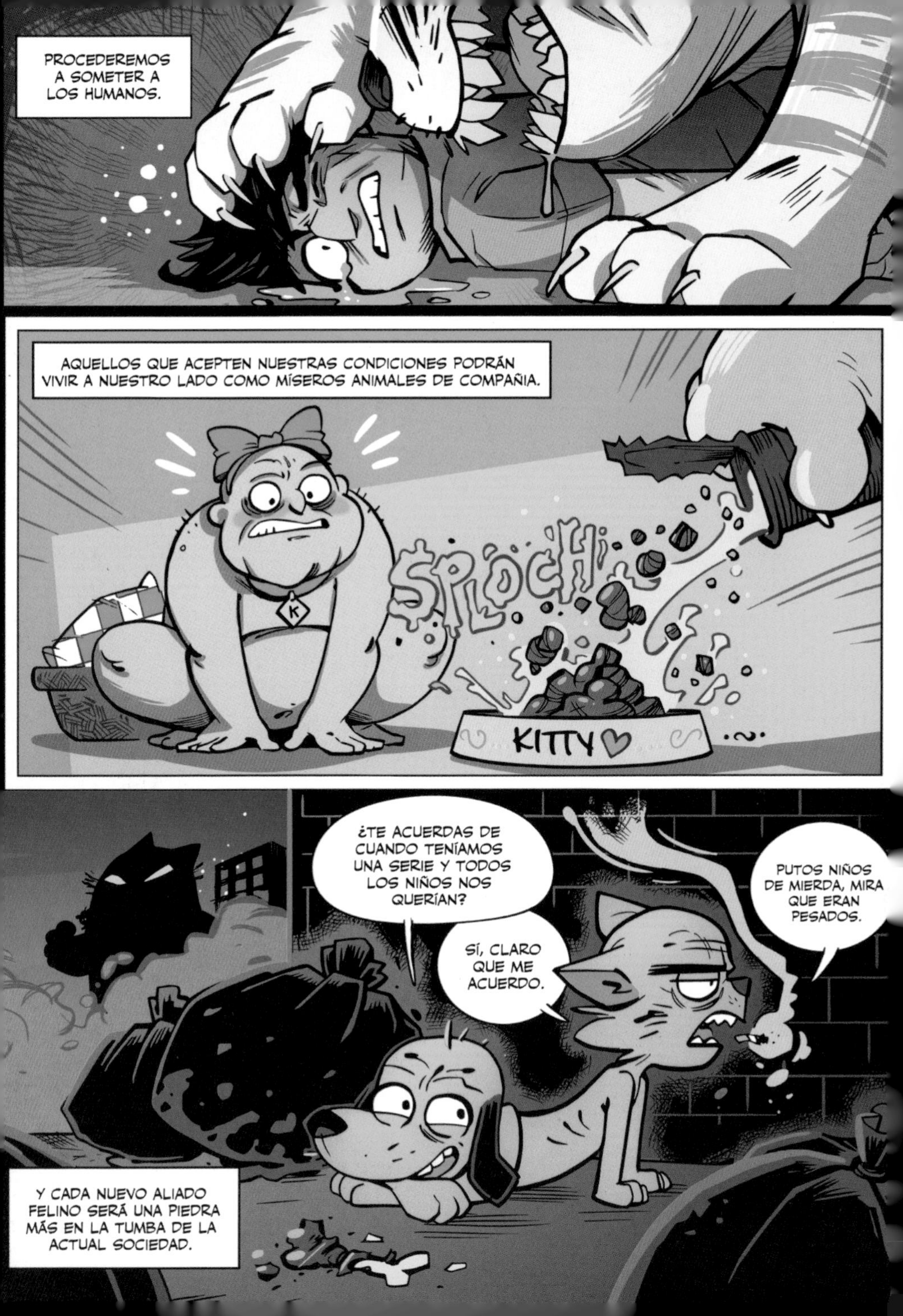
PROCEDEREMOS A SOMETER A LOS HUMANOS.
AQUELLOS QUE ACEPTEN NUESTRAS CONDICIONES PODRÁN VIVIR A NUESTRO LADO COMO MÍSEROS ANIMALES DE COMPAÑIA.
SPLOCH
KITTY
¿TE ACUERDAS DE CUANDO TENÍAMOS UNA SERIE Y TODOS LOS NIÑOS NOS QUERÍAN?
SÍ, CLARO QUE ME ACUERDO.
PUTOS NIÑOS DE MIERDA, MIRA QUE ERAN PESADOS.
Y CADA NUEVO ALIADO FELINO SERÁ UNA PIEDRA MÁS EN LA TUMBA DE LA ACTUAL SOCIEDAD.

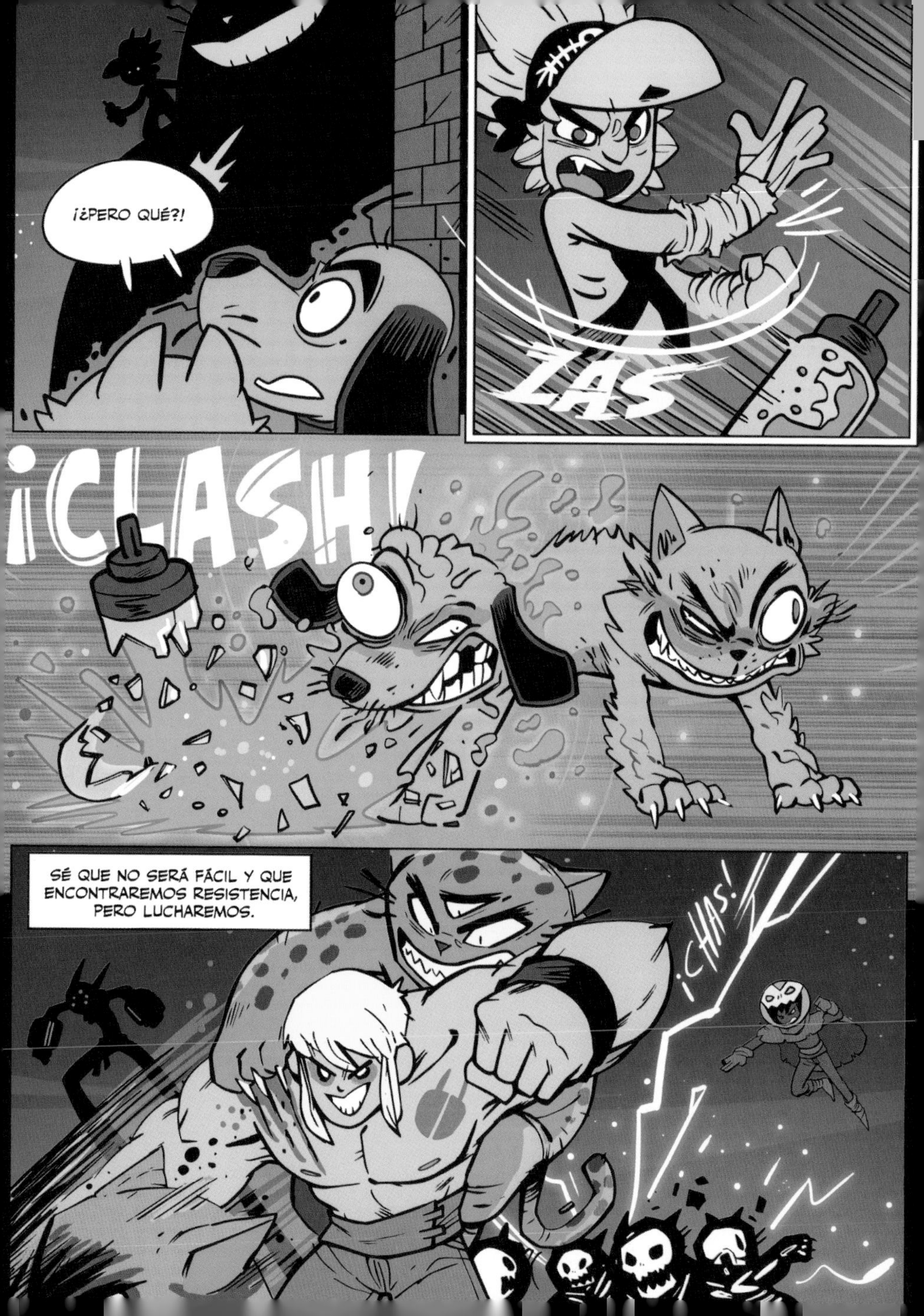
¡¿PERO QUÉ?!
ZAS
¡CLASH!
SÉ QUE NO SERÁ FÁCIL Y QUE ENCONTRAREMOS RESISTENCIA, PERO LUCHAREMOS.
¡CHAS!

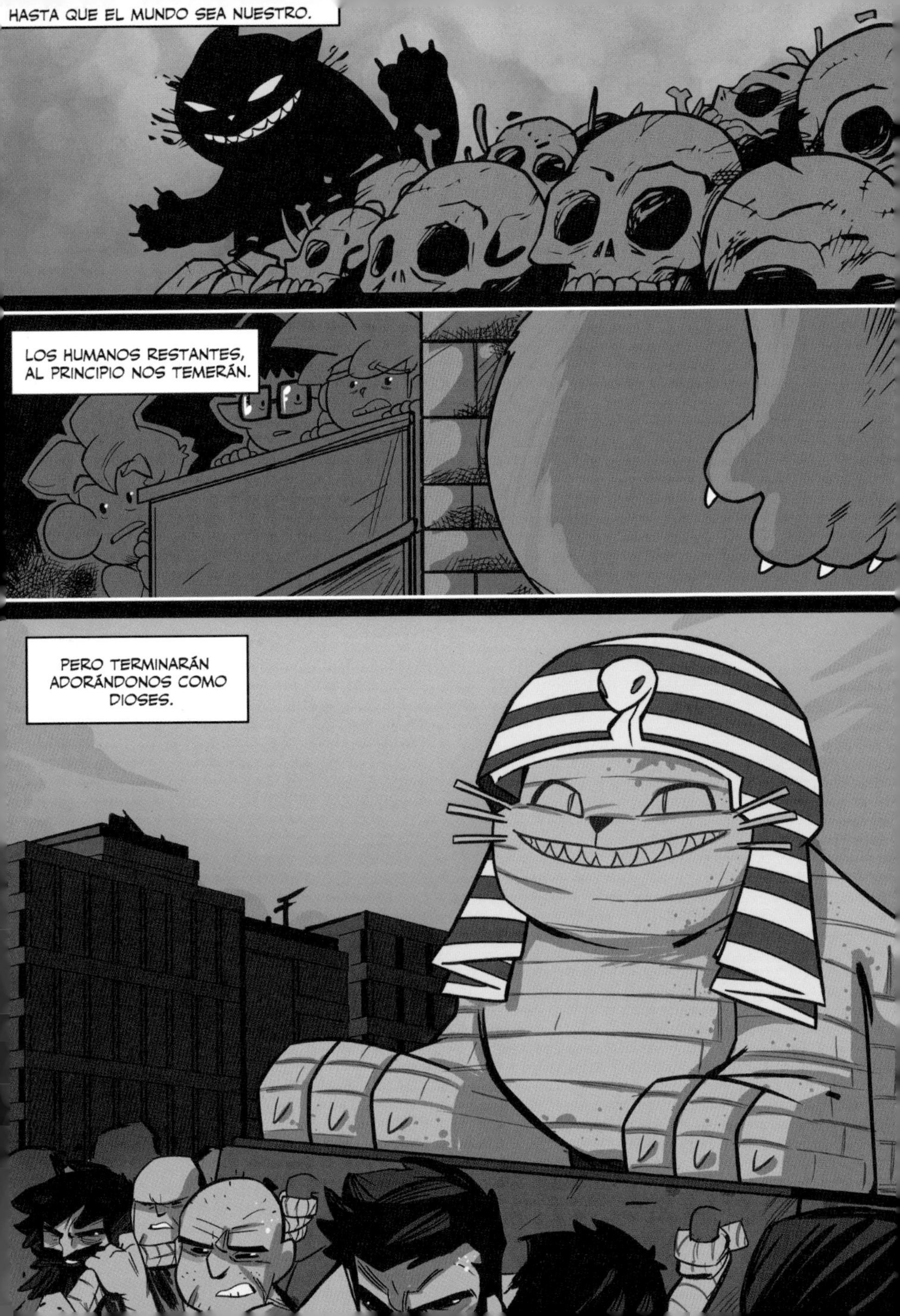
HASTA QUE EL MUNDO SEA NUESTRO.
LOS HUMANOS RESTANTES, AL PRINCIPIO NOS TEMERÁN.
PERO TERMINARÁN ADORÁNDONOS COMO DIOSES.

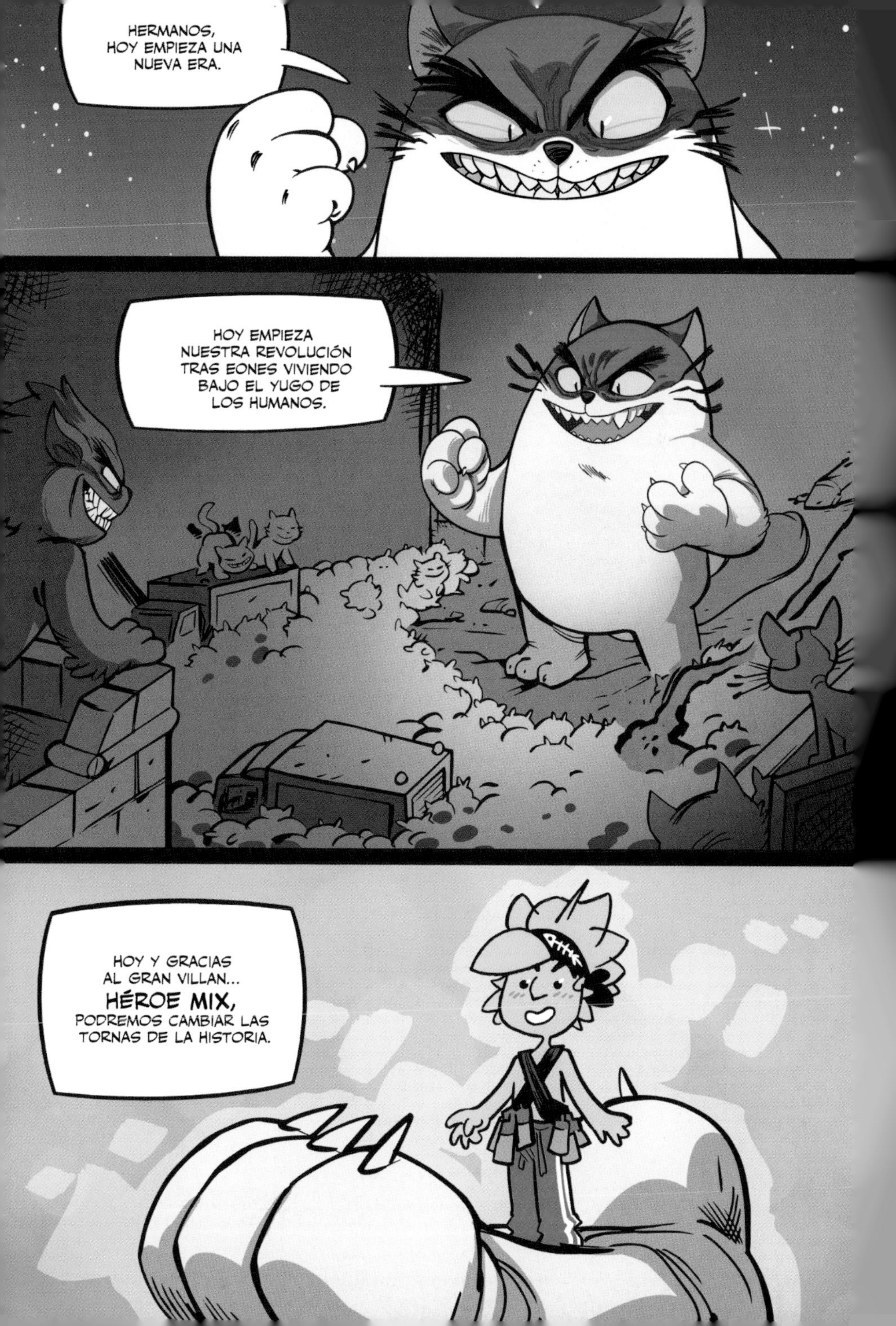
HERMANOS, HOY EMPIEZA UNA NUEVA ERA.
HOY EMPIEZA NUESTRA REVOLUCIÓN TRAS EONES VIVIENDO BAJO EL YUGO DE LOS HUMANOS.
HOY Y GRACIAS AL GRAN VILLAN... **HÉROE MIX,** PODREMOS CAMBIAR LAS TORNAS DE LA HISTORIA.

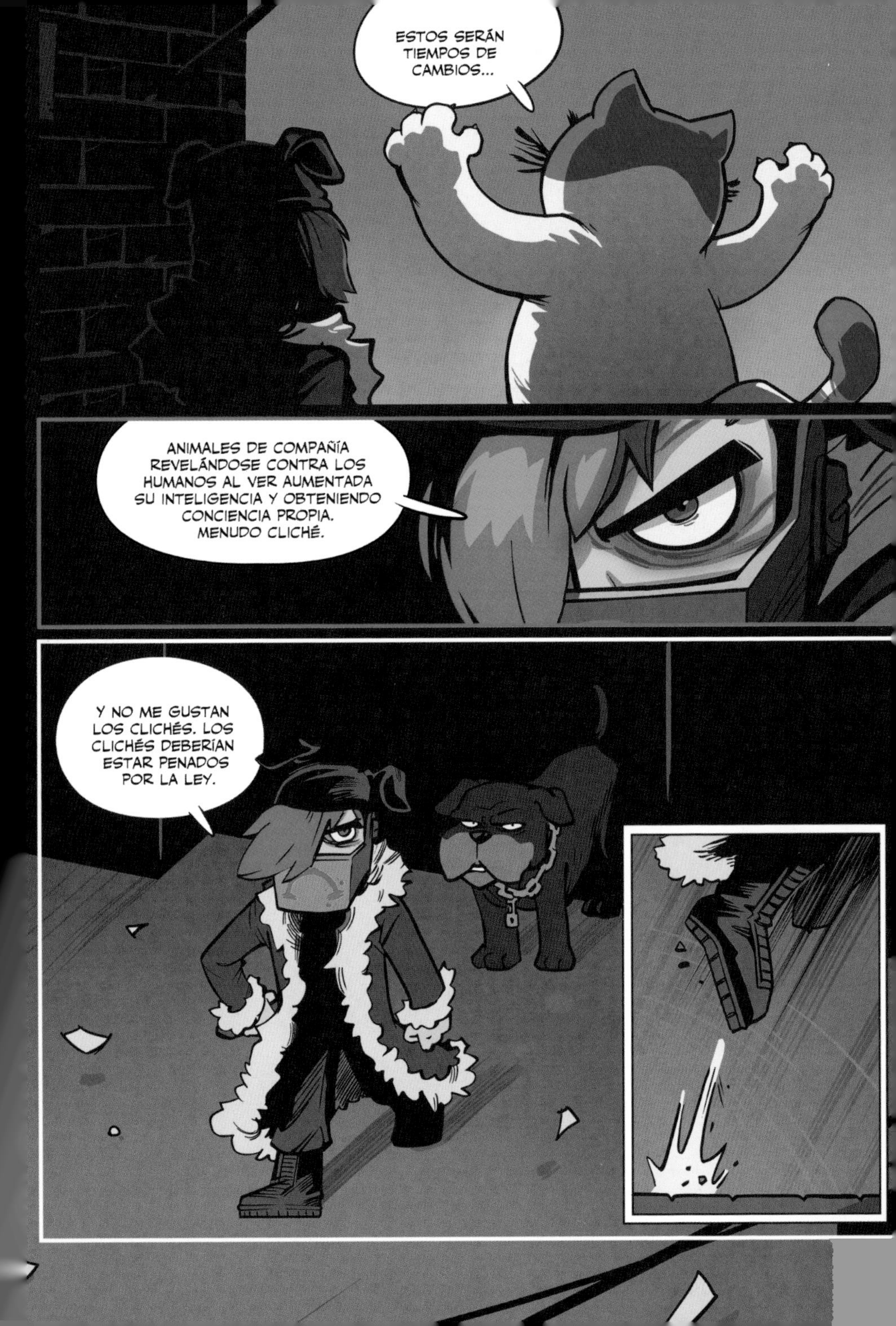
ESTOS SERÁN TIEMPOS DE CAMBIOS...
ANIMALES DE COMPAÑÍA REVELÁNDOSE CONTRA LOS HUMANOS AL VER AUMENTADA SU INTELIGENCIA Y OBTENIENDO CONCIENCIA PROPIA. MENUDO CLICHÉ.
Y NO ME GUSTAN LOS CLICHÉS. LOS CLICHÉS DEBERÍAN ESTAR PENADOS POR LA LEY.

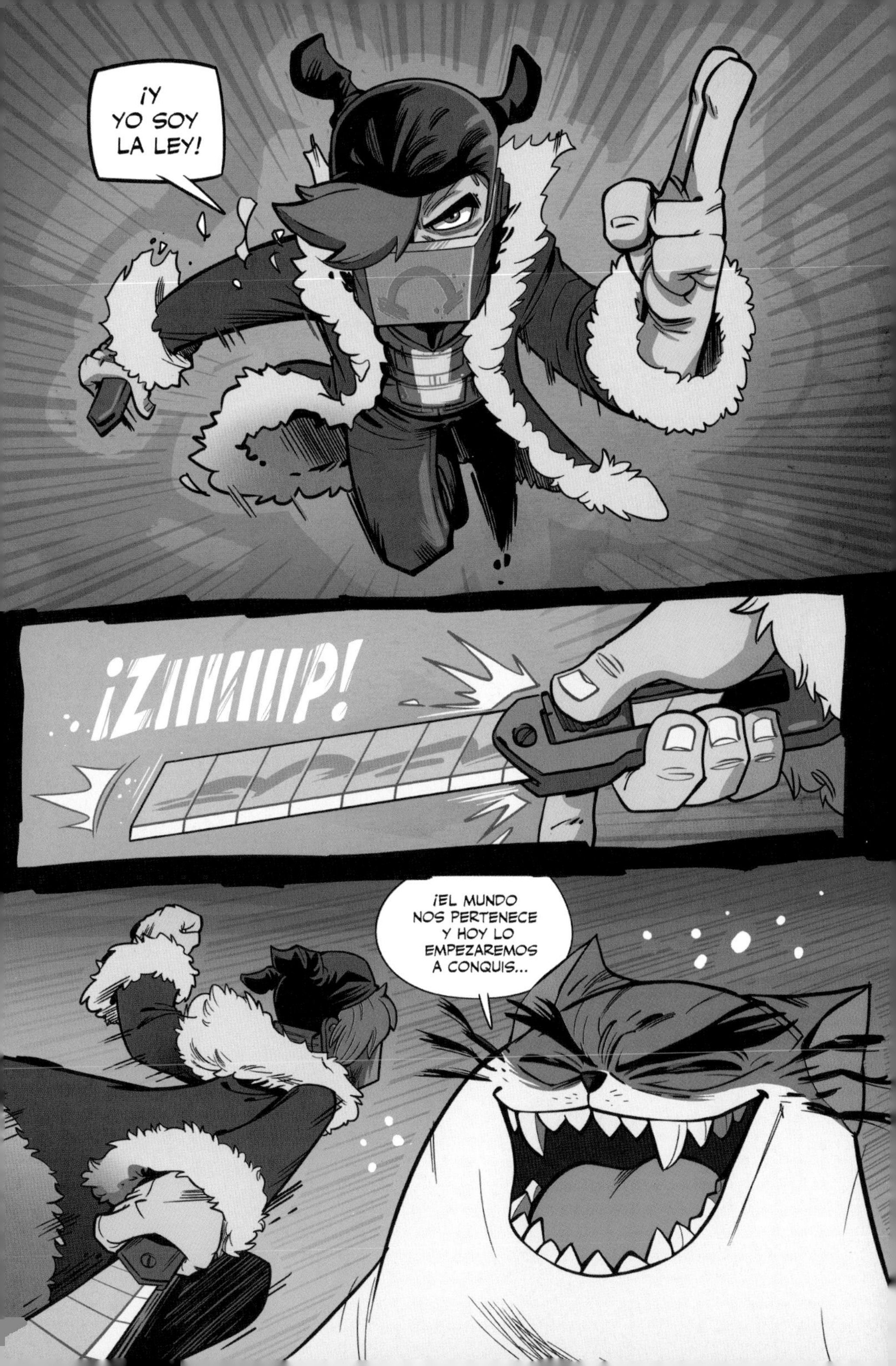
¡Y YO SOY LA LEY!
¡ZIIIIIIP!
¡EL MUNDO NOS PERTENECE Y HOY LO EMPEZAREMOS A CONQUIS...

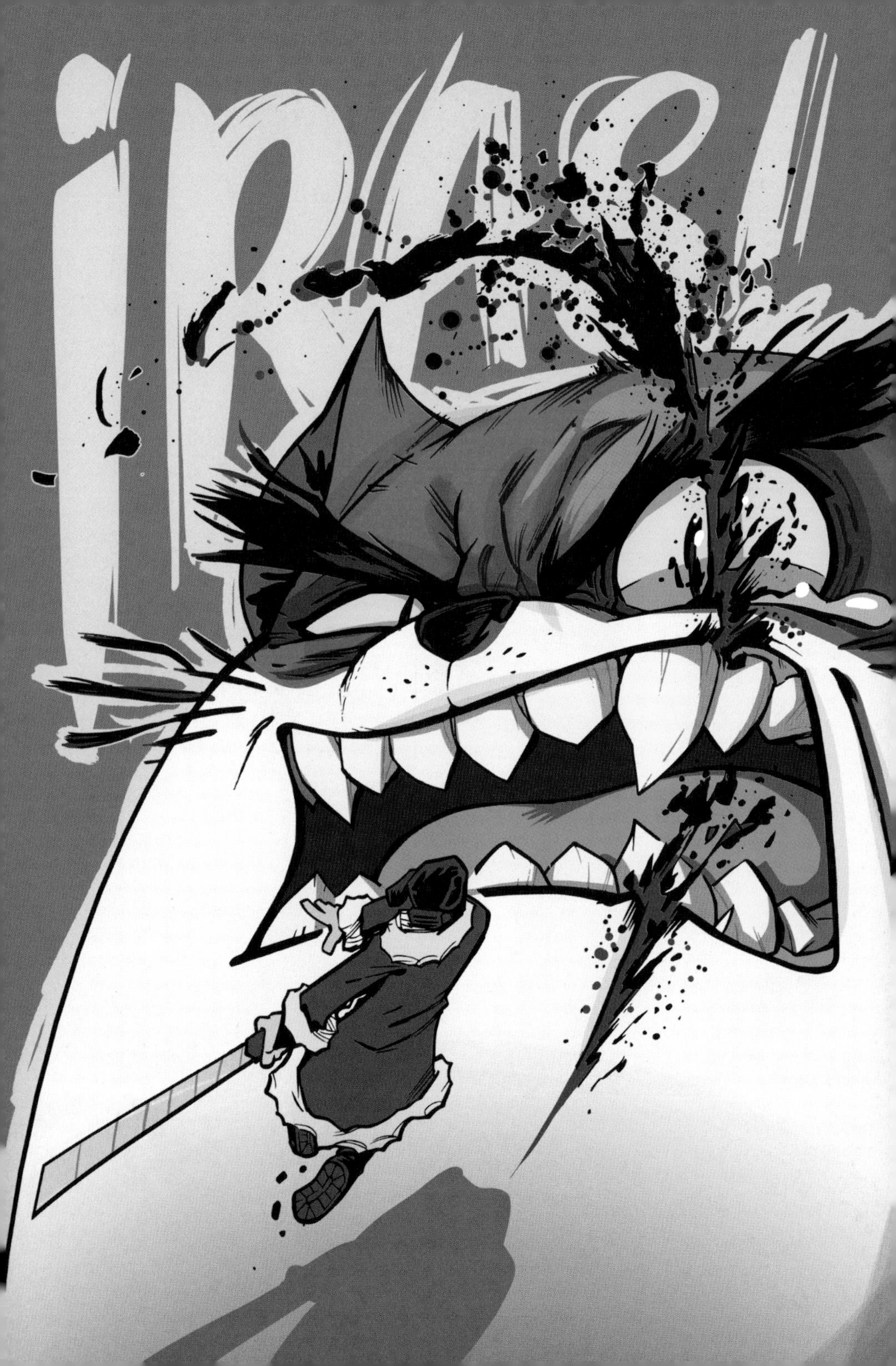
¡RAS!

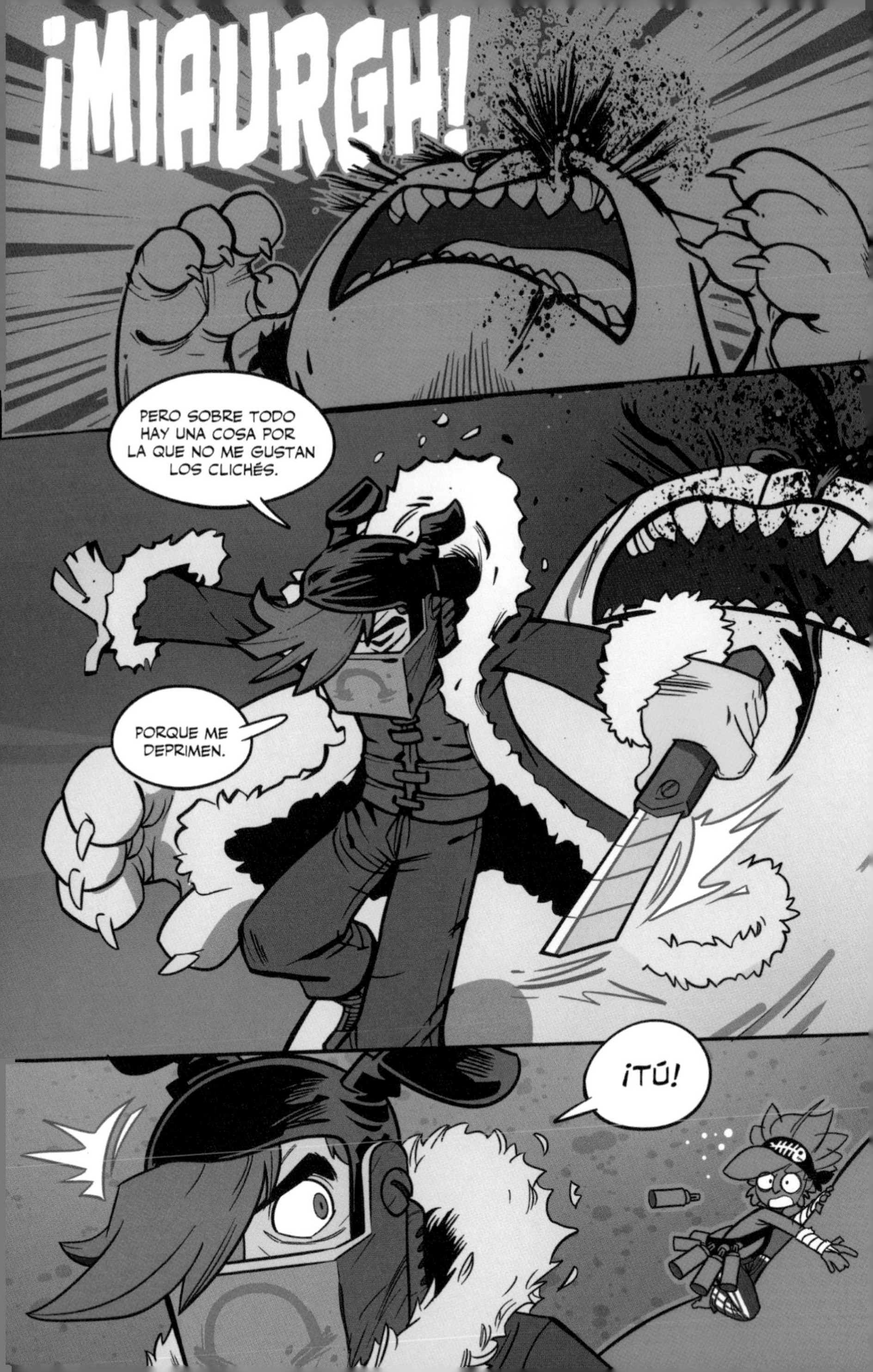
¡MIAURGH!
PERO SOBRE TODO HAY UNA COSA POR LA QUE NO ME GUSTAN LOS CLICHÉS.
PORQUE ME DEPRIMEN.
¡TÚ!

KIM

- UNA DE LAS HEROÍNAS MÁS PODEROSAS DE BUTTER CITY. ADEMÁS ES LA INVENTORA DE UN MONTÓN DE ARTILUGIOS USADOS POR OTROS HÉROES, COMO POR EJEMPLO EL RELOJ LECTOR DE ADN.

- TIENE "UN POCO" DE MALA LECHE, ES FIRME Y CON LOS IDEALES MUY CLAROS. SIEMPRE BUSCA LO MEJOR PARA TODOS.

- BRAZALETE MULTIARMA: TRANSFORMA SU ENERGÍA EN CUALQUIER HERRAMIENTA QUE DESEE.

COMENTARIOS EXTRA DEL AUTOR

ME FLIPARÍA QUE EXISTIESE UN SPIN-OFF CONTANDO EL ORIGEN DE ESTE PERSONAJE. ADEMÁS, AL SER UN PERSONAJE TAN RELACIONADO CON LAW Y NICO, SU HISTORIA AYUDARÍA A ACLARAR LA DE ESTOS DOS PERSONAJES. AUNQUE TAMBIÉN SE PODRÍA HACER UNA TRILOGÍA DE SPIN-OFFS DE LOS TRES PERSONAJES, EXPLICANDO ASÍ EL ORIGEN DE CADA UNO Y DE BUTTER FORCE... VOY A LLAMAR A LA EDITORIAL A VER SI SE LO VENDO, AHORA VUELVO.

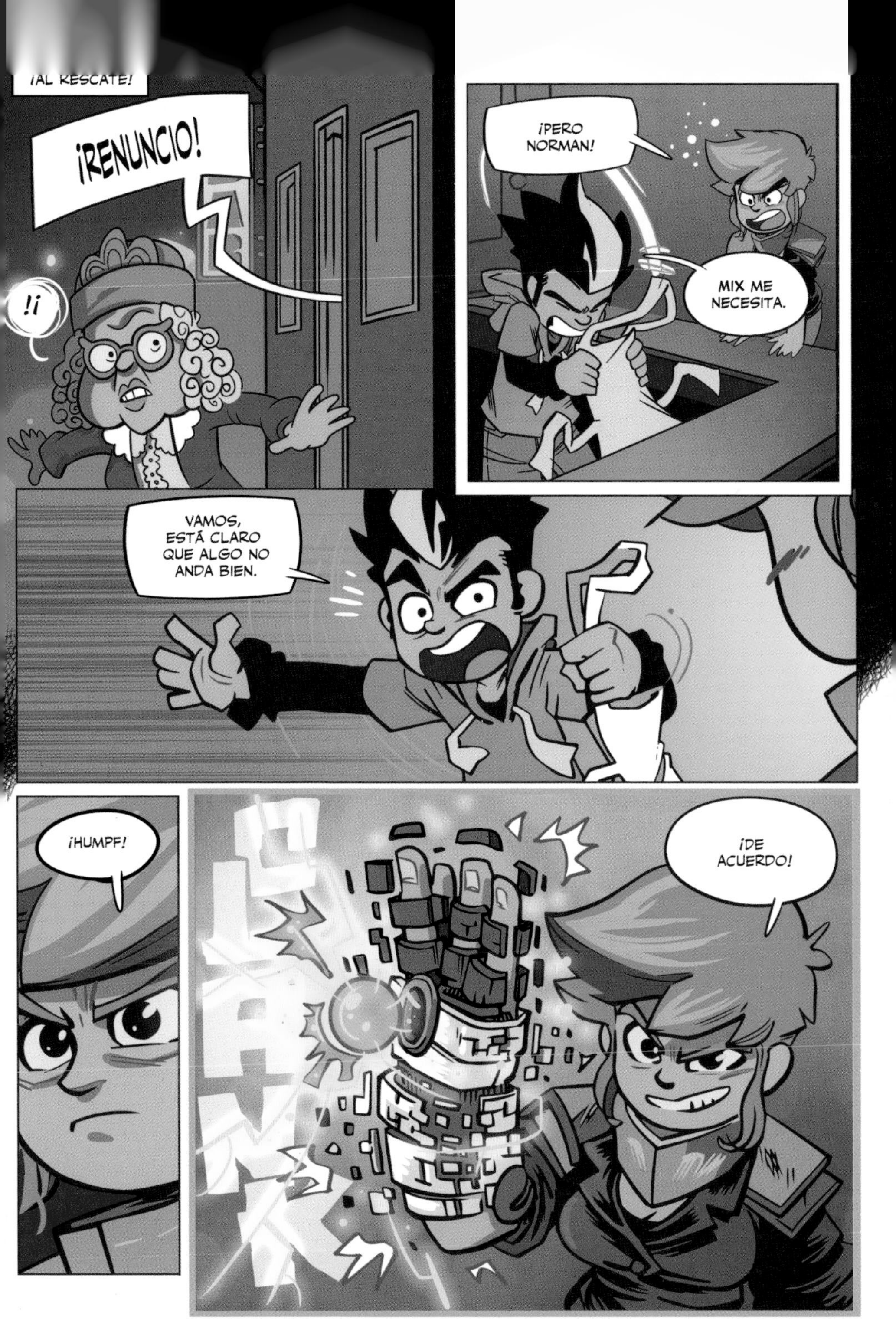
¡AL RESCATE!
¡RENUNCIO!
!¡
¡PERO NORMAN!
MIX ME NECESITA.
VAMOS, ESTÁ CLARO QUE ALGO NO ANDA BIEN.
¡HUMPF!
¡DE ACUERDO!

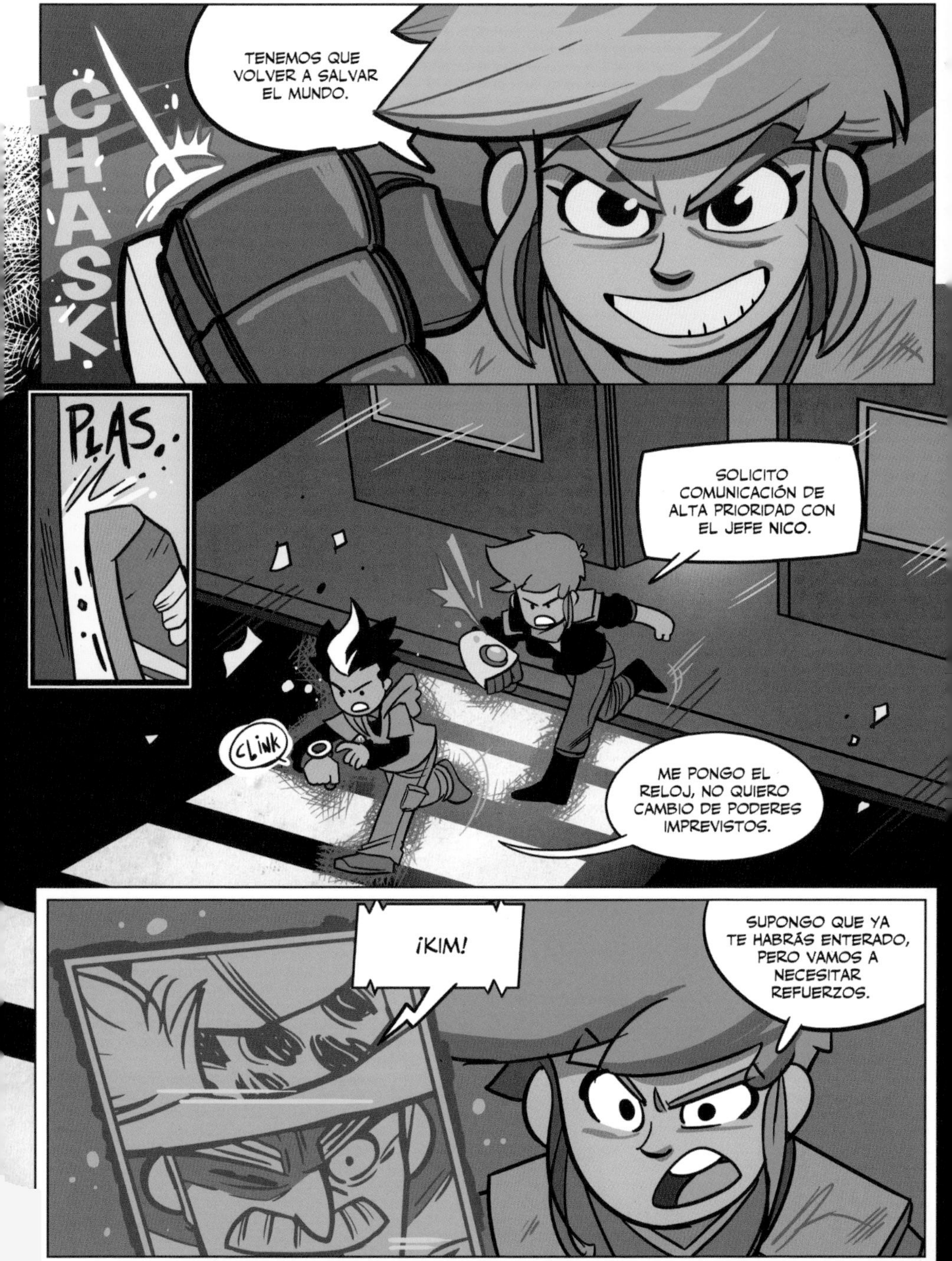
¡CHASK!
TENEMOS QUE VOLVER A SALVAR EL MUNDO.
PLAS
SOLICITO COMUNICACIÓN DE ALTA PRIORIDAD CON EL JEFE NICO.
CLINK
ME PONGO EL RELOJ, NO QUIERO CAMBIO DE PODERES IMPREVISTOS.
¡KIM!
SUPONGO QUE YA TE HABRÁS ENTERADO, PERO VAMOS A NECESITAR REFUERZOS.

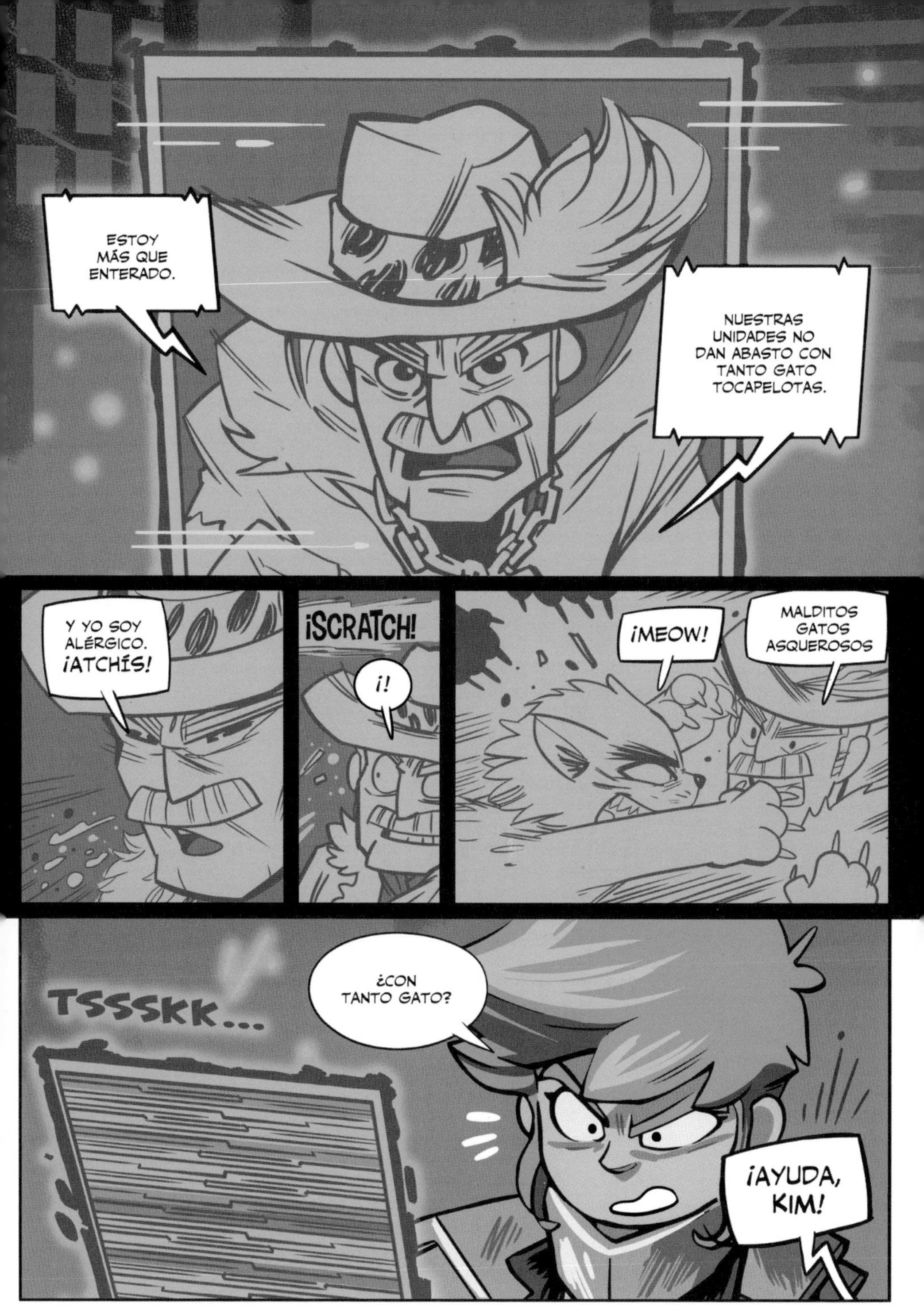
ESTOY MÁS QUE ENTERADO.
NUESTRAS UNIDADES NO DAN ABASTO CON TANTO GATO TOCAPELOTAS.
Y YO SOY ALÉRGICO. ¡ATCHÍS!
¡SCRATCH!
¡!
¡MEOW!
MALDITOS GATOS ASQUEROSOS
TSSSKK...
¿CON TANTO GATO?
¡AYUDA, KIM!

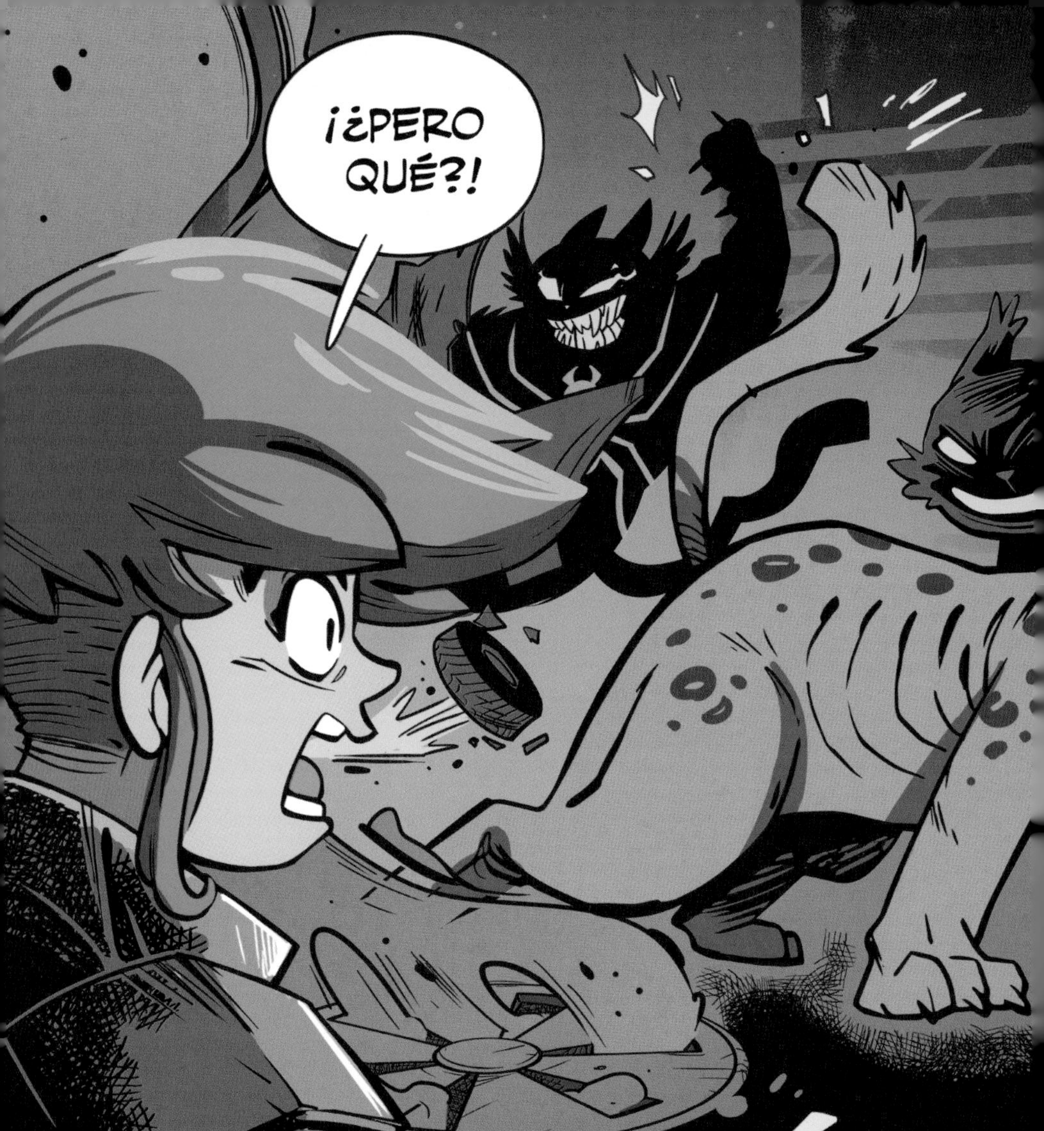
¡¿PERO QUÉ?!

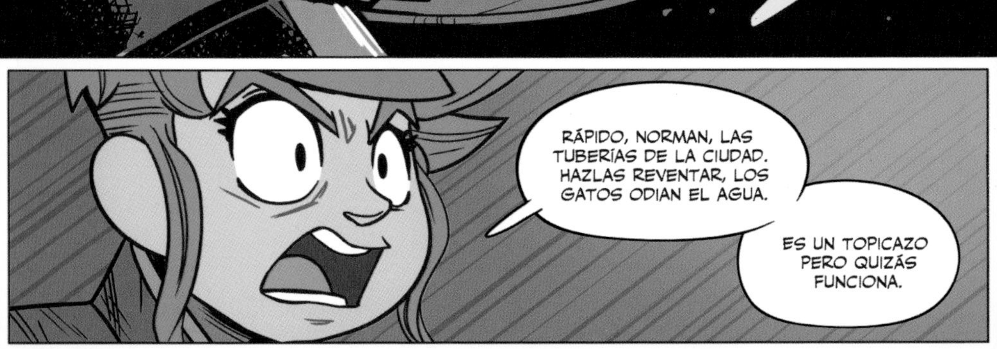
RÁPIDO, NORMAN, LAS TUBERÍAS DE LA CIUDAD. HAZLAS REVENTAR, LOS GATOS ODIAN EL AGUA.
ES UN TOPICAZO PERO QUIZÁS FUNCIONA.

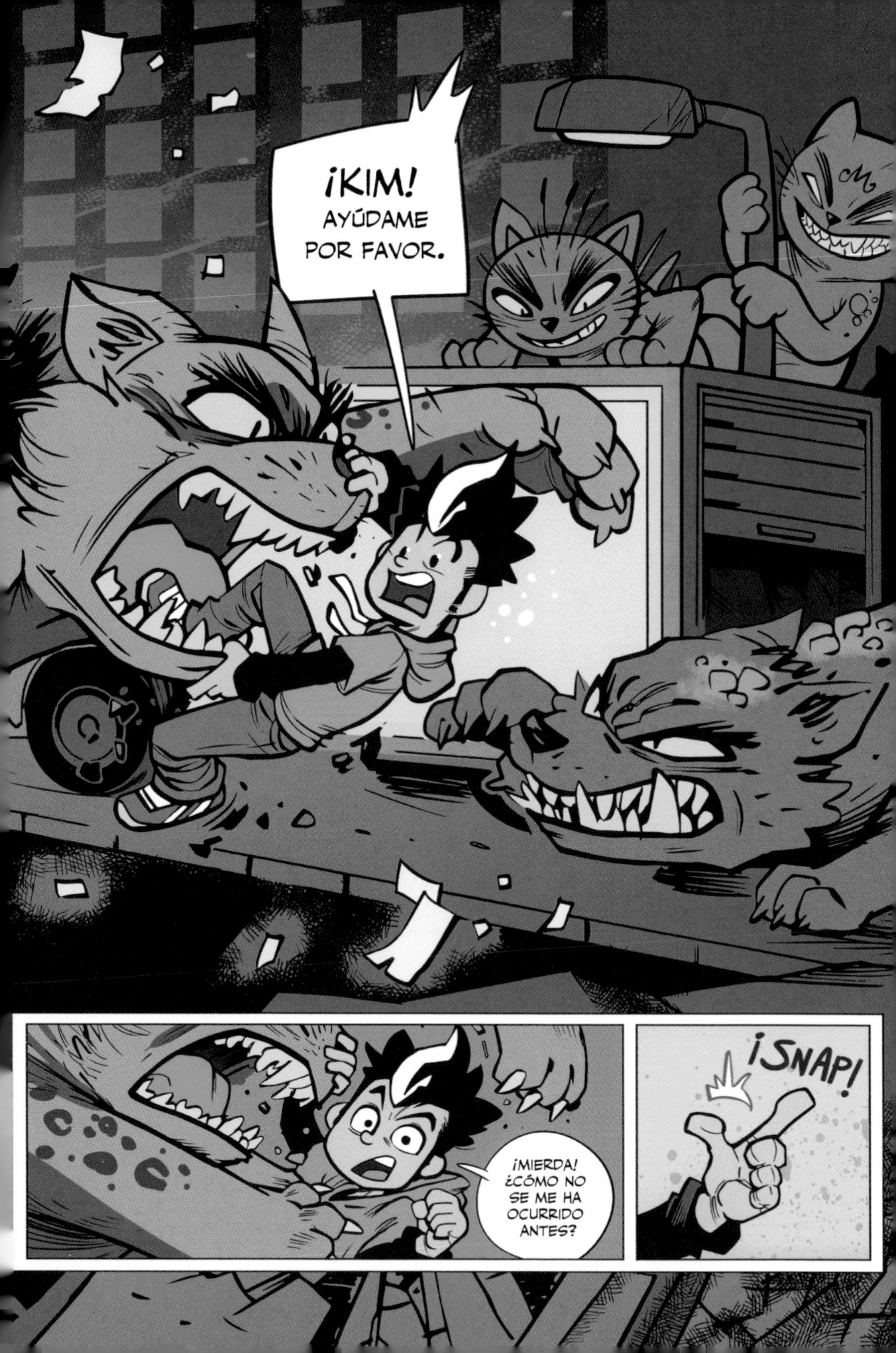
¡KIM! AYÚDAME POR FAVOR.
¡MIERDA! ¿CÓMO NO SE ME HA OCURRIDO ANTES?
¡SNAP!

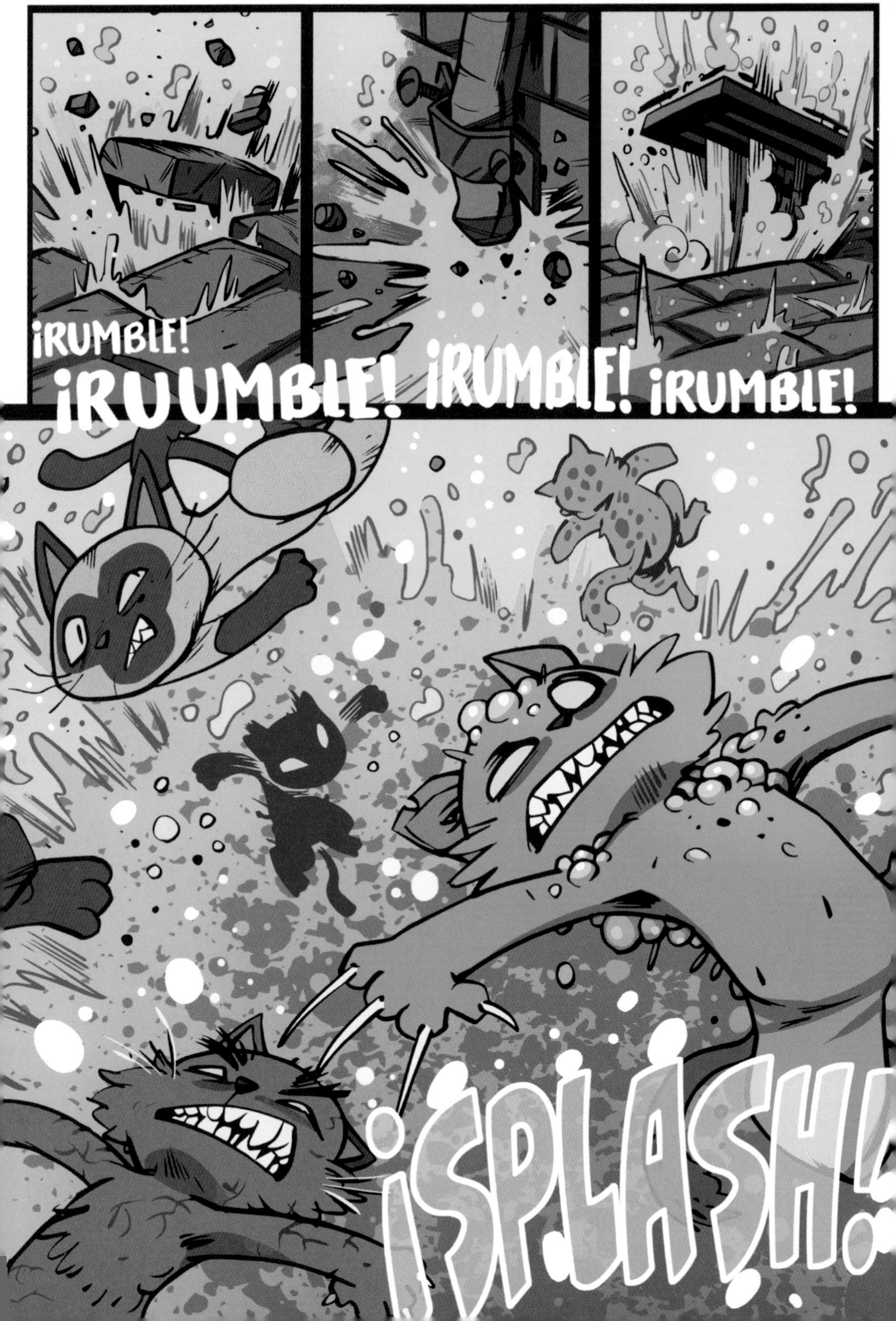
¡RUMBLE!
¡RUUMBLE!
¡RUMBLE!
¡RUMBLE!
¡SPLASH!

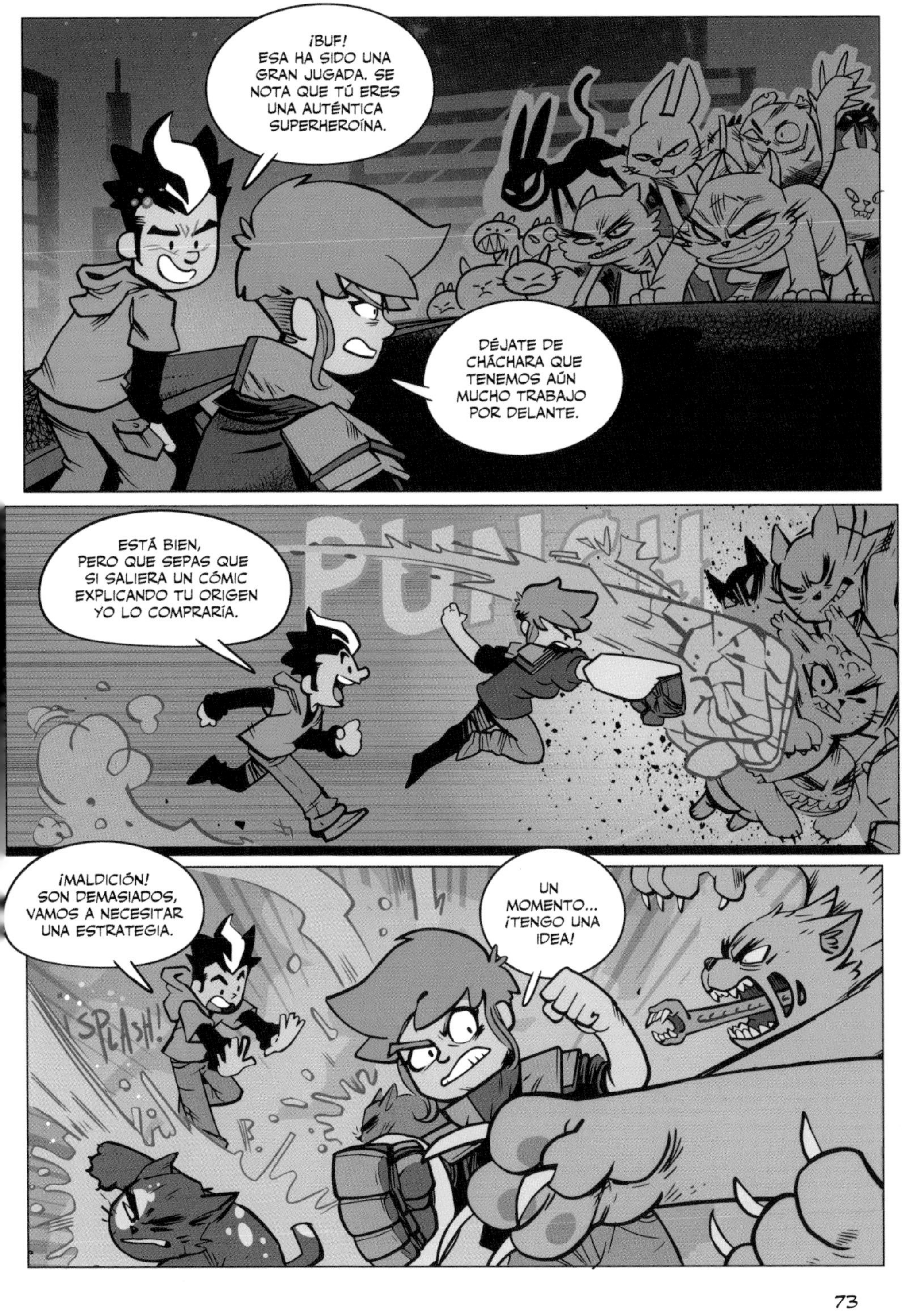
¡BUF! ESA HA SIDO UNA GRAN JUGADA. SE NOTA QUE TÚ ERES UNA AUTÉNTICA SUPERHEROÍNA.
DÉJATE DE CHÁCHARA QUE TENEMOS AÚN MUCHO TRABAJO POR DELANTE.
ESTÁ BIEN, PERO QUE SEPAS QUE SI SALIERA UN CÓMIC EXPLICANDO TU ORIGEN YO LO COMPRARÍA.
¡MALDICIÓN! SON DEMASIADOS, VAMOS A NECESITAR UNA ESTRATEGIA.
¡SPLASH!
UN MOMENTO... ¡TENGO UNA IDEA!

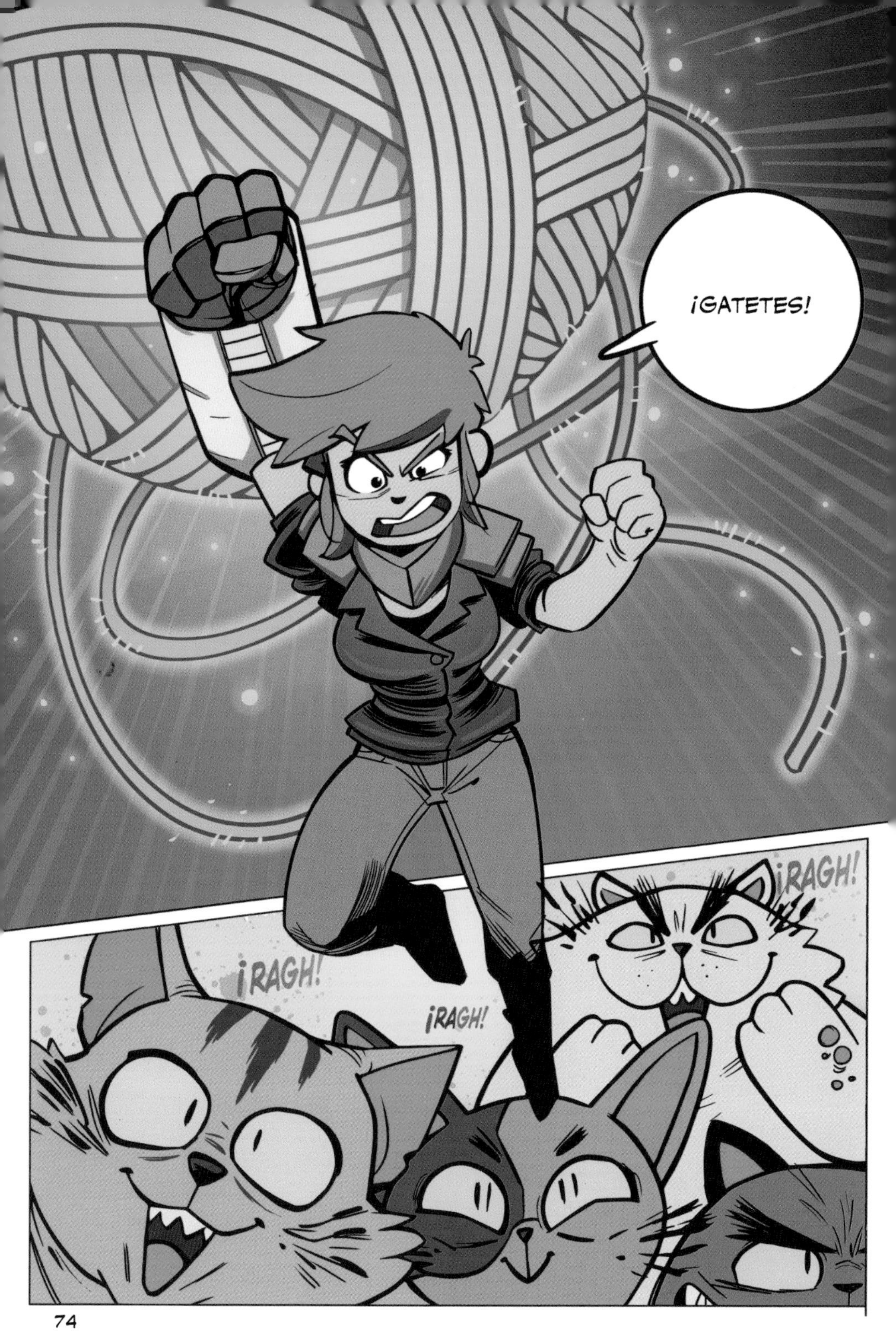
¡GATETES!
¡RAGH!
¡RAGH!
¡RAGH!

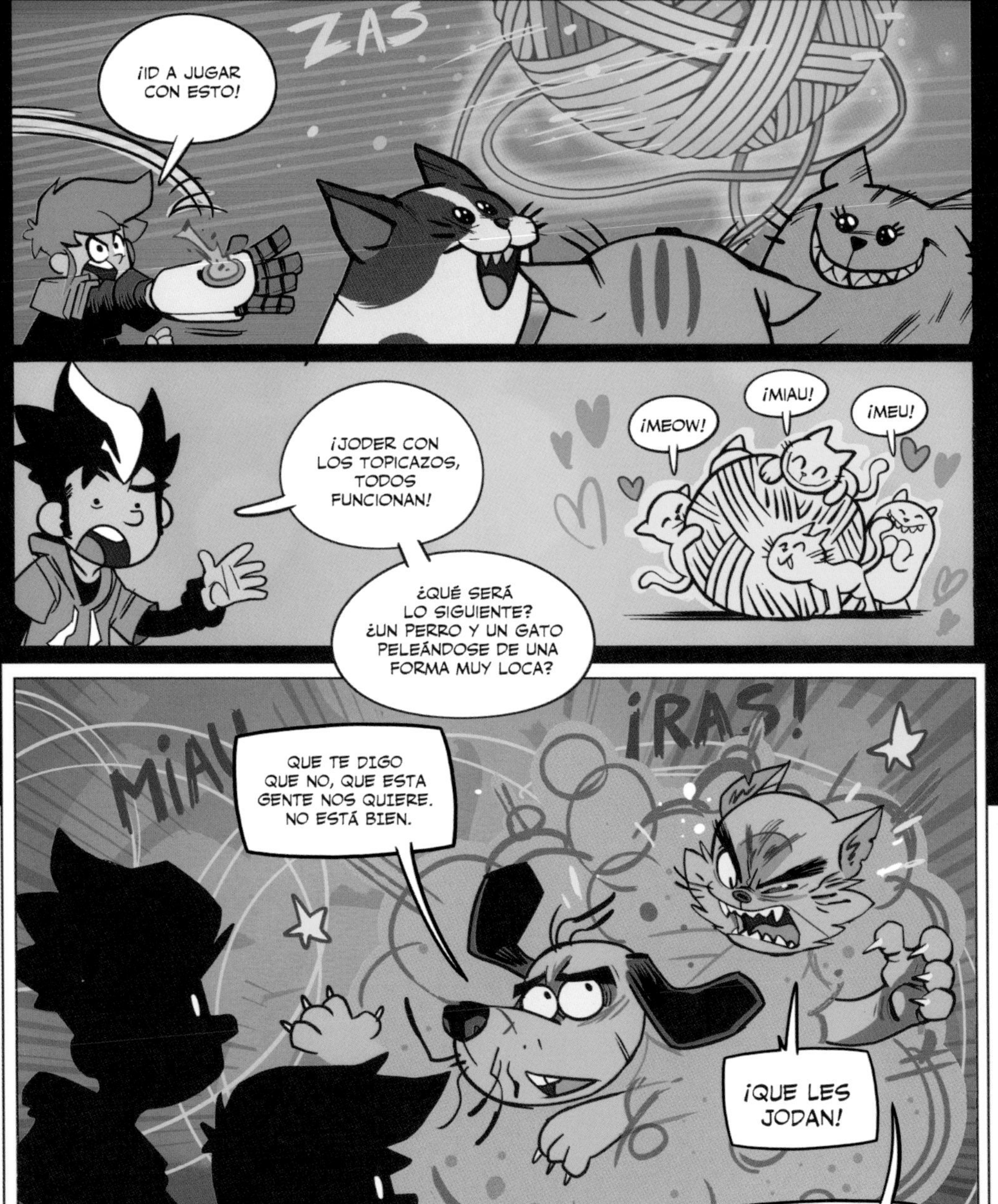
ZAS
¡ID A JUGAR CON ESTO!
¡JODER CON LOS TOPICAZOS, TODOS FUNCIONAN!
¡MEOW!
¡MIAU!
¡MEU!
¿QUÉ SERÁ LO SIGUIENTE? ¿UN PERRO Y UN GATO PELEÁNDOSE DE UNA FORMA MUY LOCA?
MIAU
¡RAS!
QUE TE DIGO QUE NO, QUE ESTA GENTE NOS QUIERE. NO ESTÁ BIEN.
¡QUE LES JODAN!
HAN ABUSADO DE NOSOTROS COMO HAN QUERIDO.
PAF

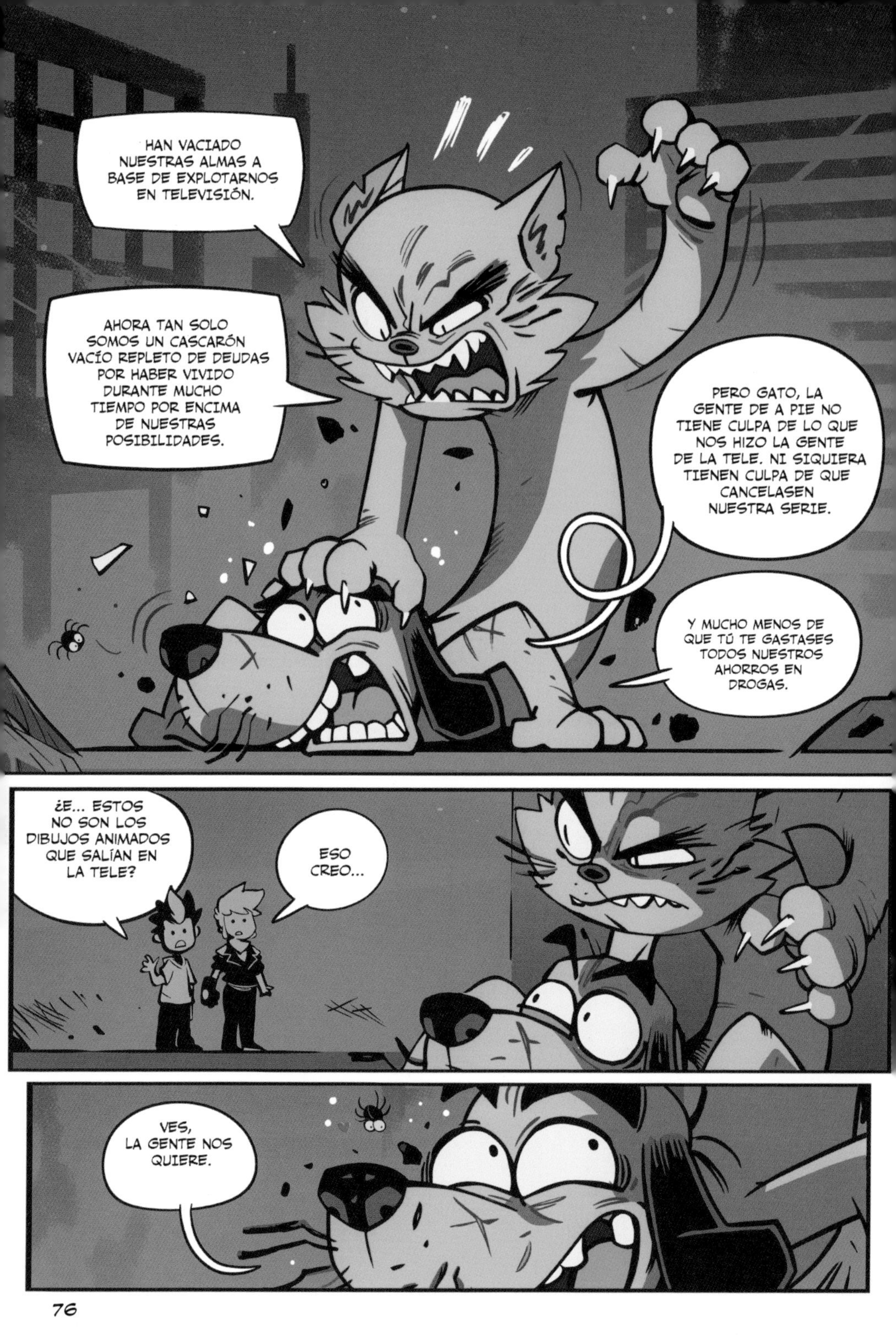
HAN VACIADO NUESTRAS ALMAS A BASE DE EXPLOTARNOS EN TELEVISIÓN.
AHORA TAN SOLO SOMOS UN CASCARÓN VACÍO REPLETO DE DEUDAS POR HABER VIVIDO DURANTE MUCHO TIEMPO POR ENCIMA DE NUESTRAS POSIBILIDADES.
PERO GATO, LA GENTE DE A PIE NO TIENE CULPA DE LO QUE NOS HIZO LA GENTE DE LA TELE. NI SIQUIERA TIENEN CULPA DE QUE CANCELASEN NUESTRA SERIE.
Y MUCHO MENOS DE QUE TÚ TE GASTASES TODOS NUESTROS AHORROS EN DROGAS.
¿E... ESTOS NO SON LOS DIBUJOS ANIMADOS QUE SALÍAN EN LA TELE?
ESO CREO...
VES, LA GENTE NOS QUIERE.

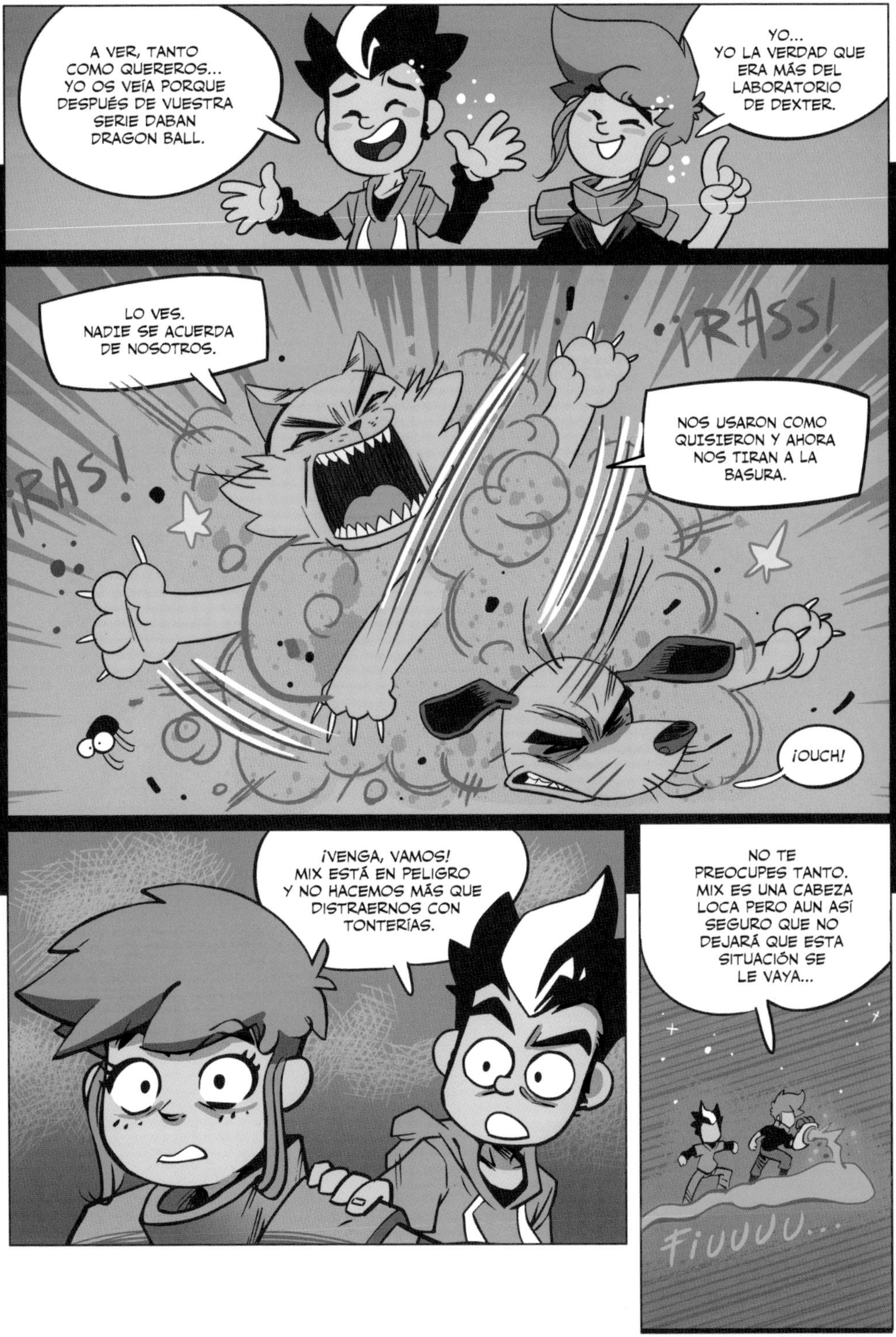
A VER, TANTO COMO QUERERos... YO OS VEÍA PORQUE DESPUÉS DE VUESTRA SERIE DABAN DRAGON BALL.
YO... YO LA VERDAD QUE ERA MÁS DEL LABORATORIO DE DEXTER.
LO VES. NADIE SE ACUERDA DE NOSOTROS.
¡RASS!
NOS USARON COMO QUISIERON Y AHORA NOS TIRAN A LA BASURA.
¡RASS!
¡OUCH!
¡VENGA, VAMOS! MIX ESTÁ EN PELIGRO Y NO HACEMOS MÁS QUE DISTRAERNOS CON TONTERÍAS.
NO TE PREOCUPES TANTO. MIX ES UNA CABEZA LOCA PERO AUN ASÍ SEGURO QUE NO DEJARÁ QUE ESTA SITUACIÓN SE LE VAYA...
FIUUUU...

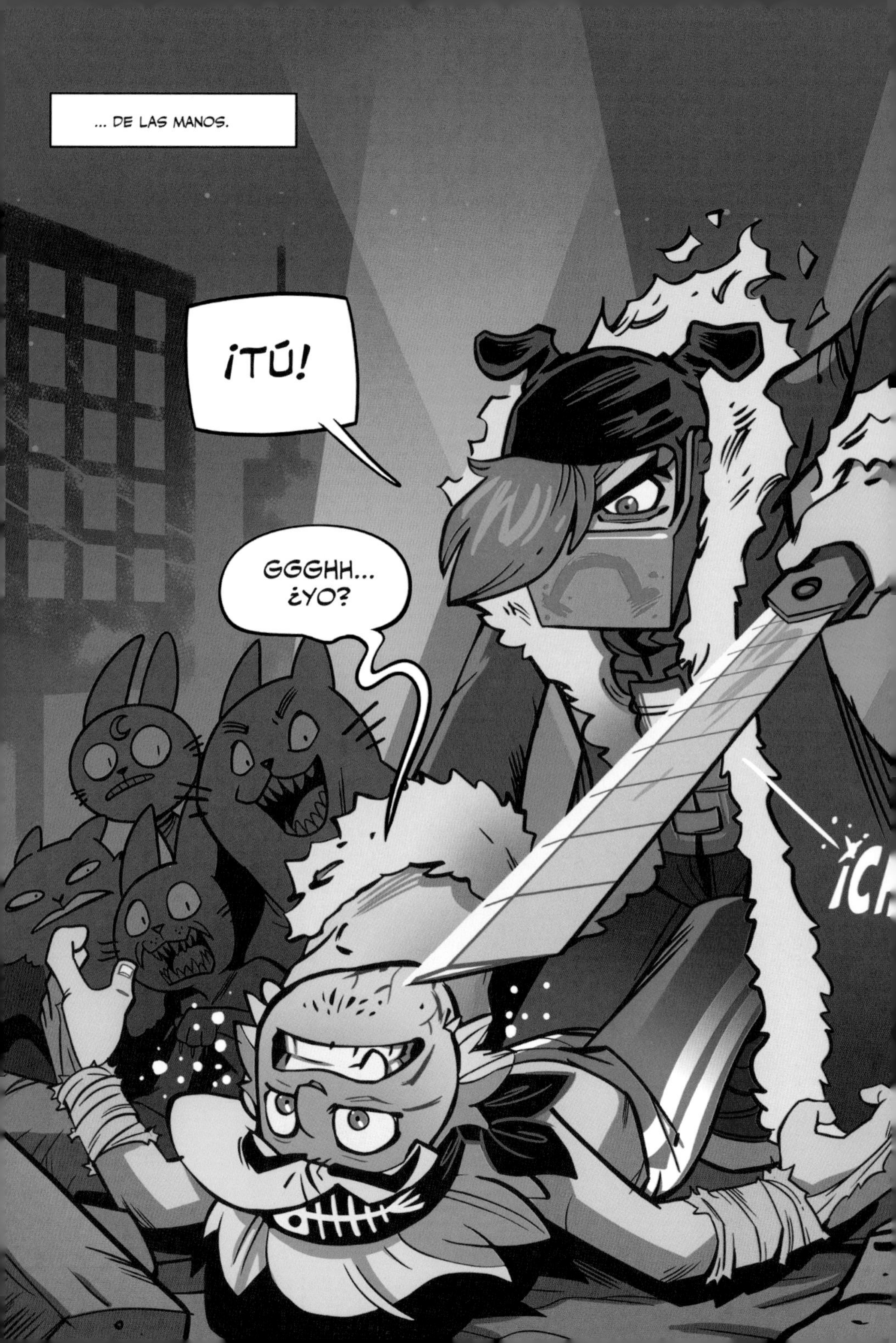
... DE LAS MANOS.
¡TÚ!
GGGHH... ¿YO?

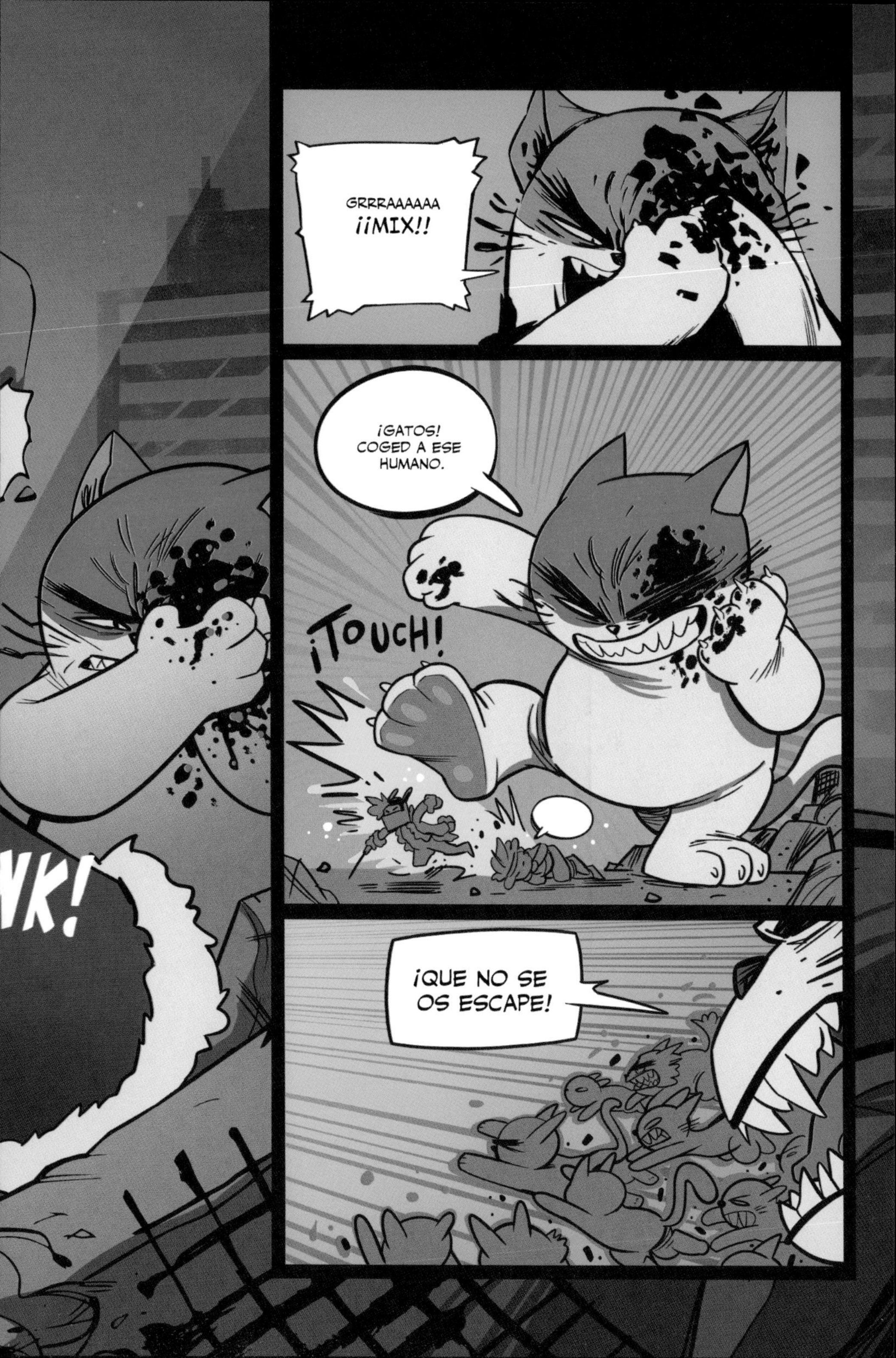
GRRRAAAAAAA ¡¡MIX!!
¡GATOS! COGED A ESE HUMANO.
¡TOUCH!
¡QUE NO SE OS ESCAPE!

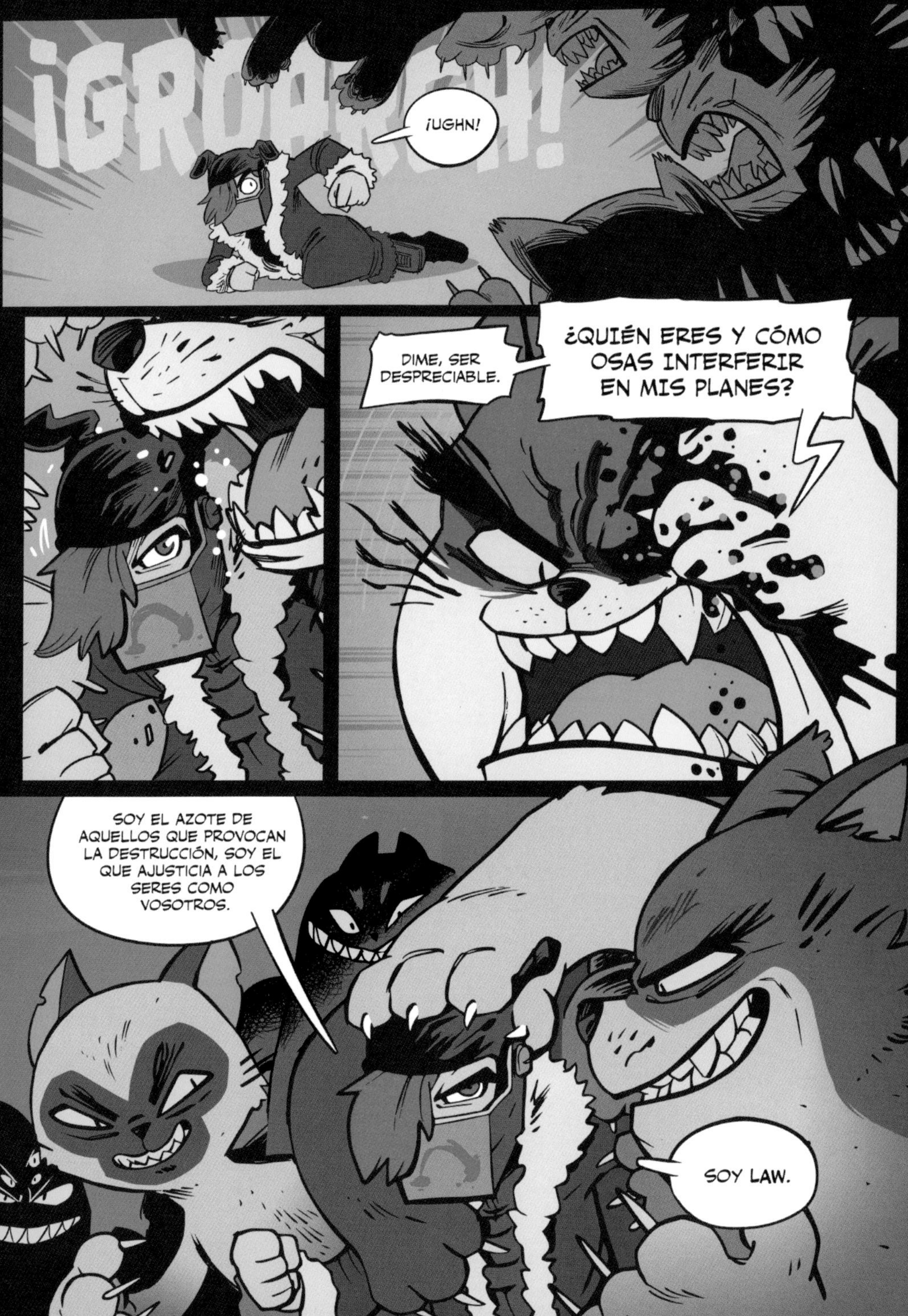
¡GROARGH!
¡UGHN!
DIME, SER DESPRECIABLE.
¿QUIÉN ERES Y CÓMO OSAS INTERFERIR EN MIS PLANES?
SOY EL AZOTE DE AQUELLOS QUE PROVOCAN LA DESTRUCCIÓN, SOY EL QUE AJUSTICIA A LOS SERES COMO VOSOTROS.
SOY LAW.

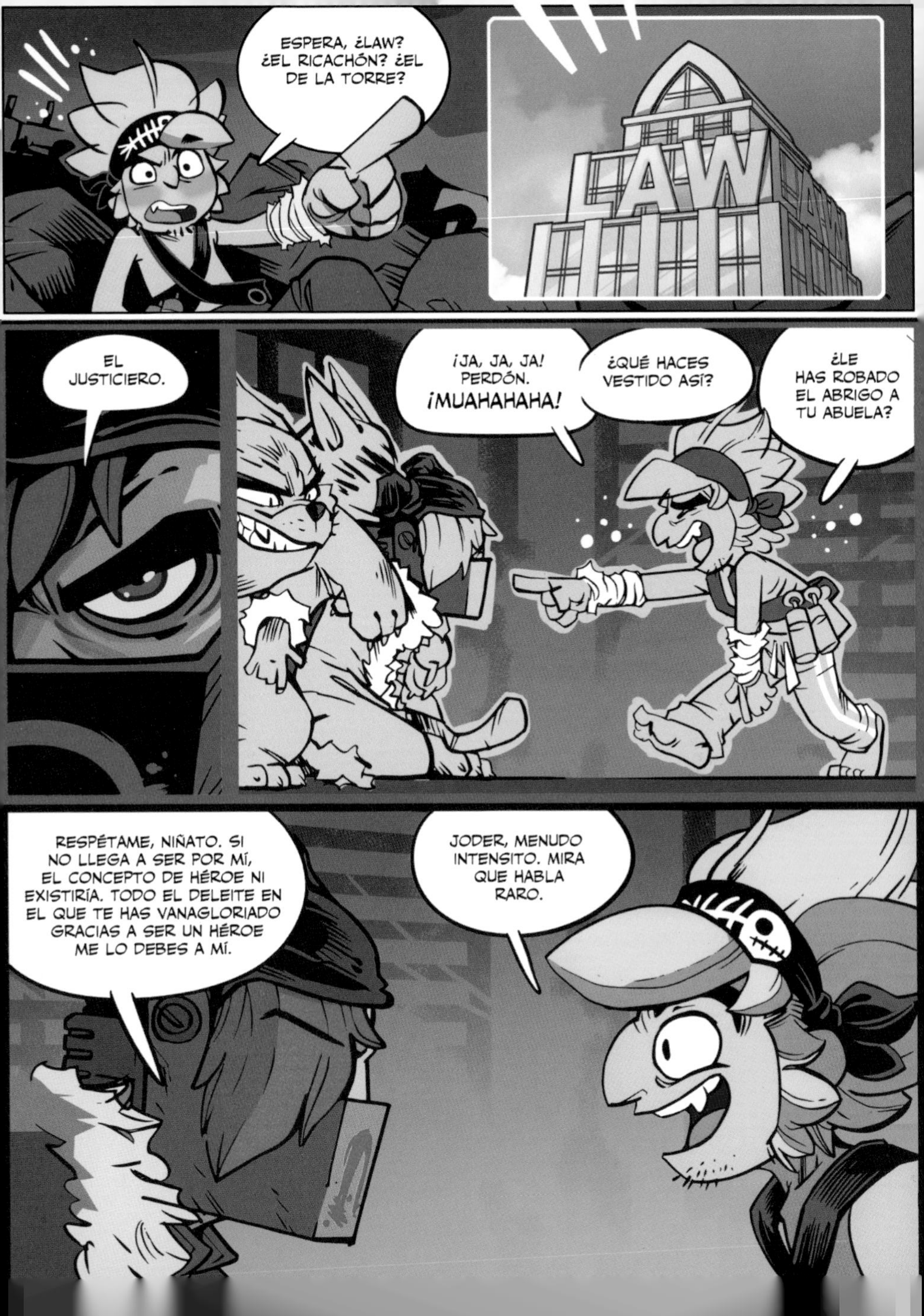
ESPERA, ¿LAW? ¿EL RICACHÓN? ¿EL DE LA TORRE?
LAW
EL JUSTICIERO.
¡JA, JA, JA! PERDÓN. ¡MUAHAHAHA!
¿QUÉ HACES VESTIDO ASÍ?
¿LE HAS ROBADO EL ABRIGO A TU ABUELA?
RESPÉTAME, NIÑATO. SI NO LLEGA A SER POR MÍ, EL CONCEPTO DE HÉROE NI EXISTIRÍA. TODO EL DELEITE EN EL QUE TE HAS VANAGLORIADO GRACIAS A SER UN HÉROE ME LO DEBES A MÍ.
JODER, MENUDO INTENSITO. MIRA QUE HABLA RARO.

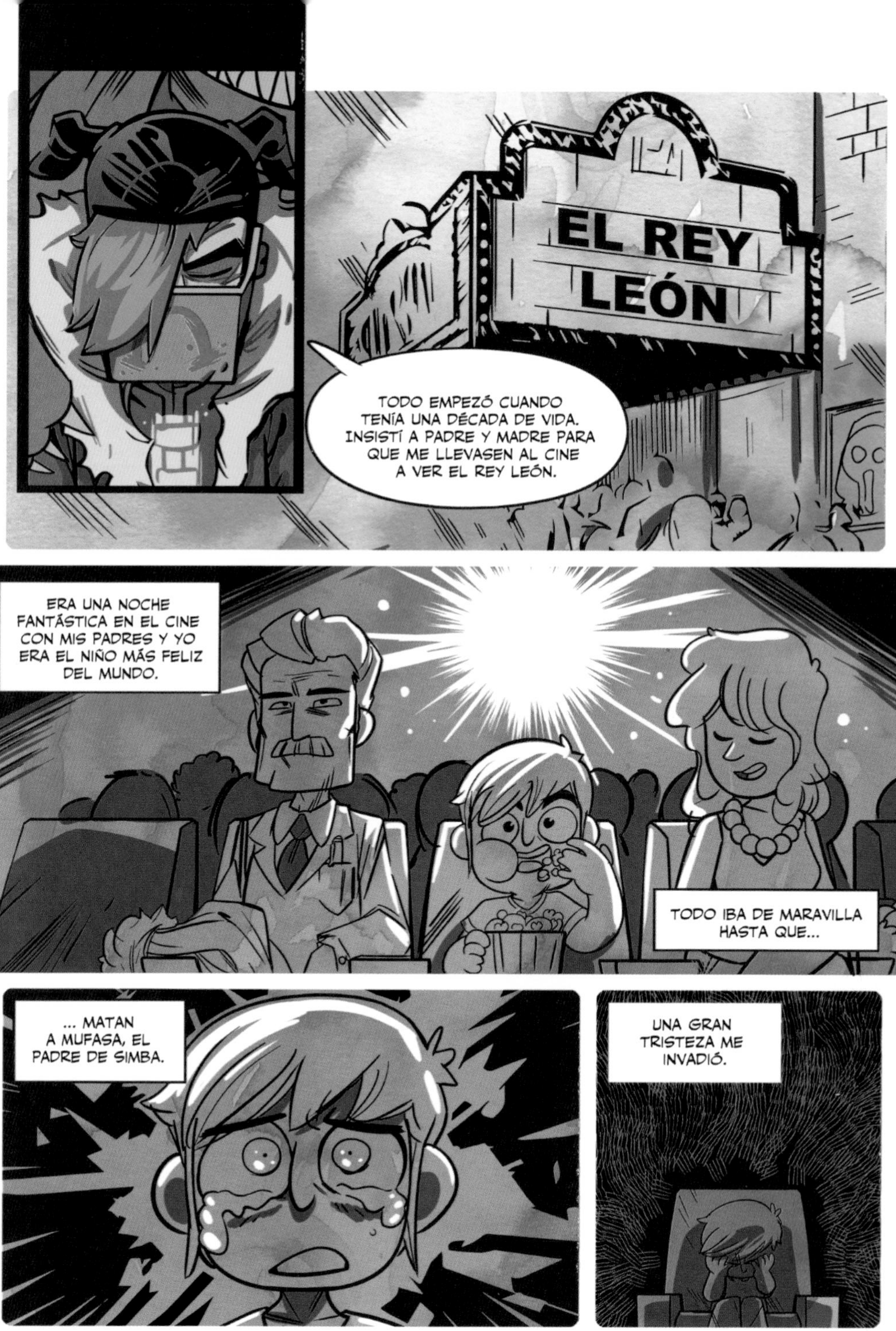

EL REY LEÓN
TODO EMPEZÓ CUANDO TENÍA UNA DÉCADA DE VIDA. INSISTÍ A PADRE Y MADRE PARA QUE ME LLEVASEN AL CINE A VER EL REY LEÓN.
ERA UNA NOCHE FANTÁSTICA EN EL CINE CON MIS PADRES Y YO ERA EL NIÑO MÁS FELIZ DEL MUNDO.
TODO IBA DE MARAVILLA HASTA QUE...
... MATAN A MUFASA, EL PADRE DE SIMBA.
UNA GRAN TRISTEZA ME INVADIÓ.

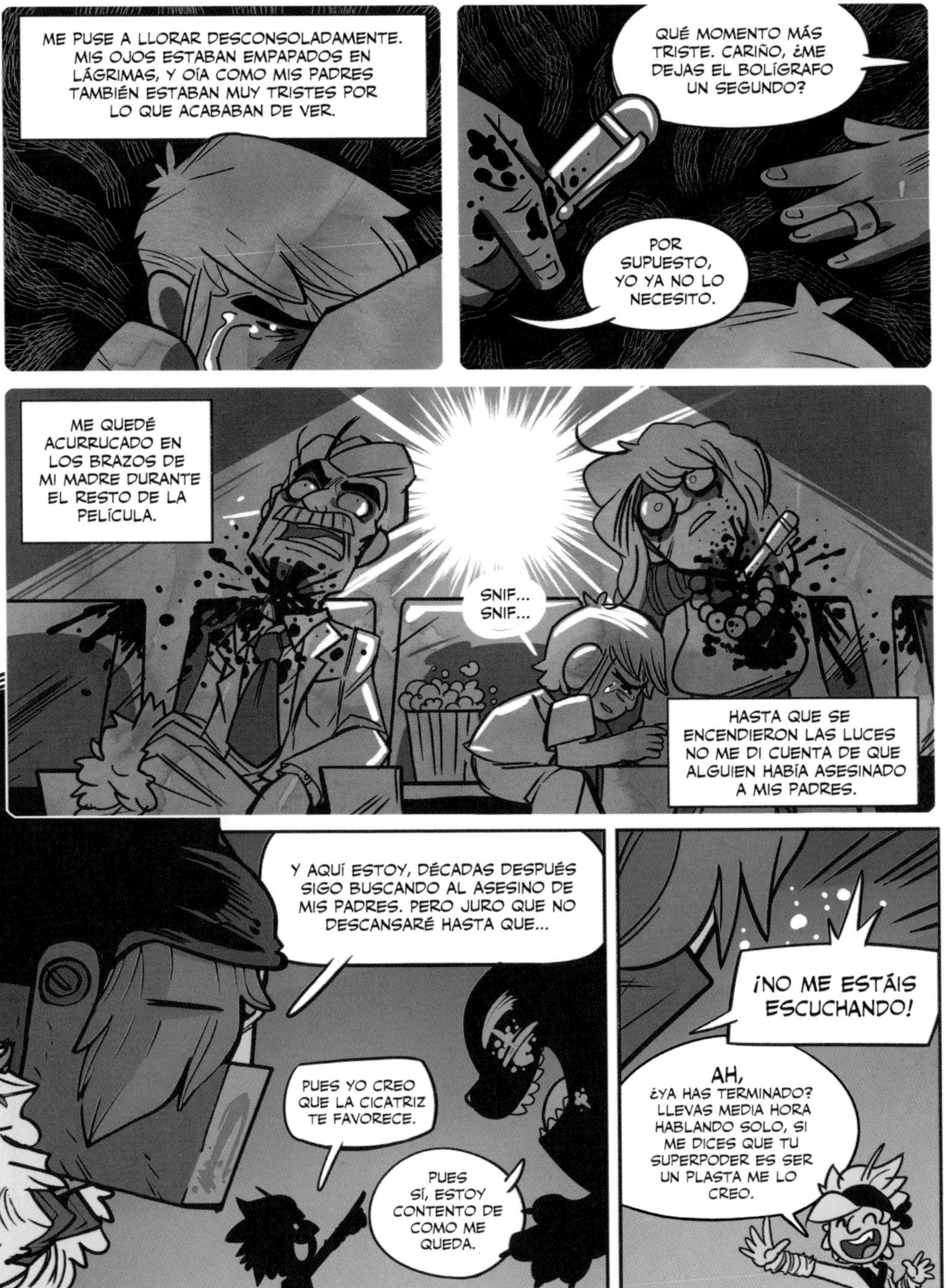
ME PUSE A LLORAR DESCONSOLADAMENTE. MIS OJOS ESTABAN EMPAPADOS EN LÁGRIMAS, Y OÍA COMO MIS PADRES TAMBIÉN ESTABAN MUY TRISTES POR LO QUE ACABABAN DE VER.
QUÉ MOMENTO MÁS TRISTE. CARIÑO, ¿ME DEJAS EL BOLÍGRAFO UN SEGUNDO?
POR SUPUESTO, YO YA NO LO NECESITO.
ME QUEDÉ ACURRUCADO EN LOS BRAZOS DE MI MADRE DURANTE EL RESTO DE LA PELÍCULA.
SNIF... SNIF...
HASTA QUE SE ENCENDIERON LAS LUCES NO ME DI CUENTA DE QUE ALGUIEN HABÍA ASESINADO A MIS PADRES.
Y AQUÍ ESTOY, DÉCADAS DESPUÉS SIGO BUSCANDO AL ASESINO DE MIS PADRES. PERO JURO QUE NO DESCANSARÉ HASTA QUE...
PUES YO CREO QUE LA CICATRIZ TE FAVORECE.
PUES SÍ, ESTOY CONTENTO DE COMO ME QUEDA.
¡NO ME ESTÁIS ESCUCHANDO!
AH, ¿YA HAS TERMINADO? LLEVAS MEDIA HORA HABLANDO SOLO, SI ME DICES QUE TU SUPERPODER ES SER UN PLASTA ME LO CREO.

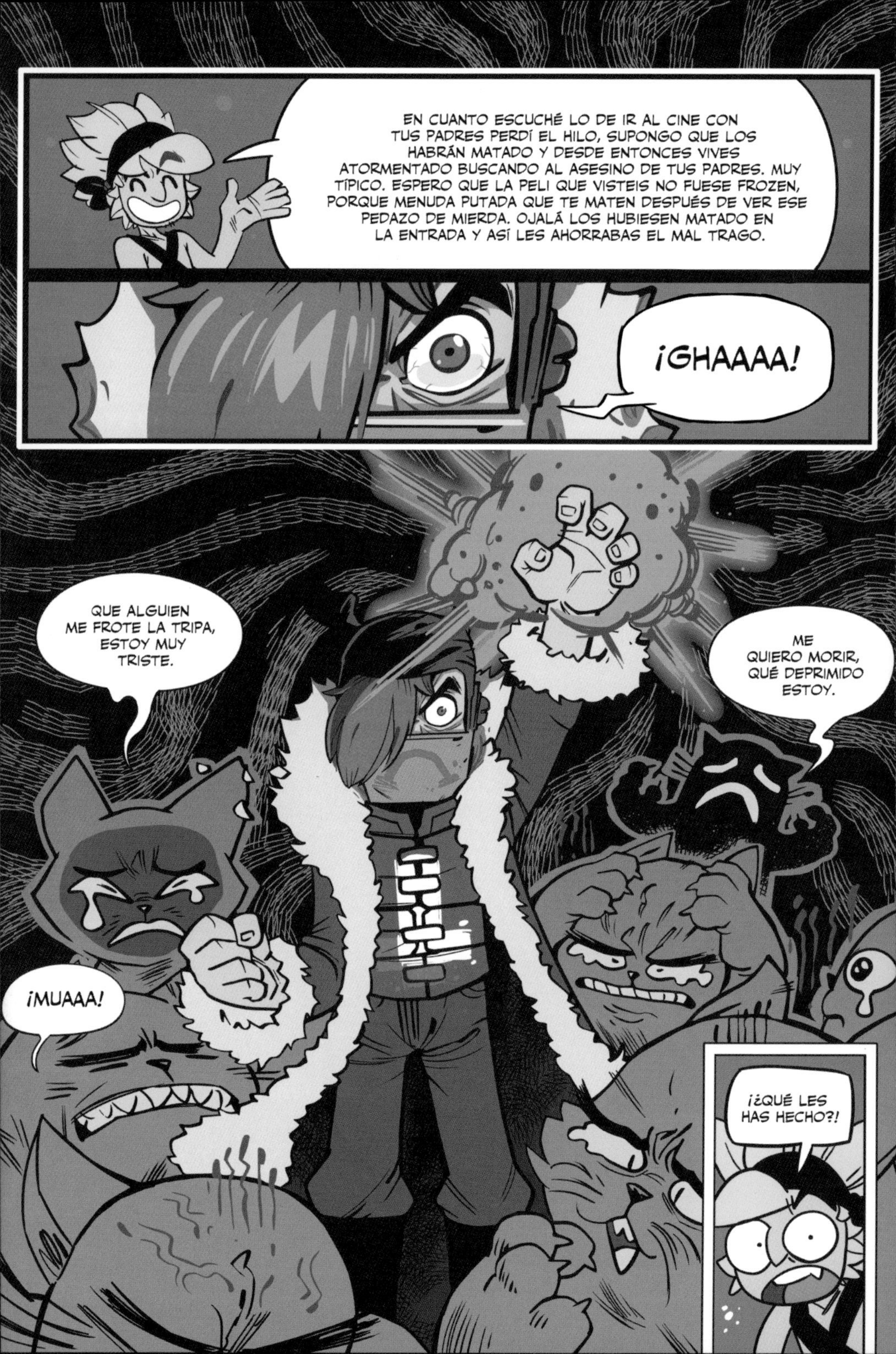
EN CUANTO ESCUCHÉ LO DE IR AL CINE CON TUS PADRES PERDÍ EL HILO, SUPONGO QUE LOS HABRÁN MATADO Y DESDE ENTONCES VIVES ATORMENTADO BUSCANDO AL ASESINO DE TUS PADRES. MUY TÍPICO. ESPERO QUE LA PELI QUE VISTEIS NO FUESE FROZEN, PORQUE MENUDA PUTADA QUE TE MATEN DESPUÉS DE VER ESE PEDAZO DE MIERDA. OJALÁ LOS HUBIESEN MATADO EN LA ENTRADA Y ASÍ LES AHORRABAS EL MAL TRAGO.
¡GHAAAA!
QUE ALGUIEN ME FROTE LA TRIPA, ESTOY MUY TRISTE.
ME QUIERO MORIR, QUÉ DEPRIMIDO ESTOY.
¡MUAAA!
¡¿QUÉ LES HAS HECHO?!

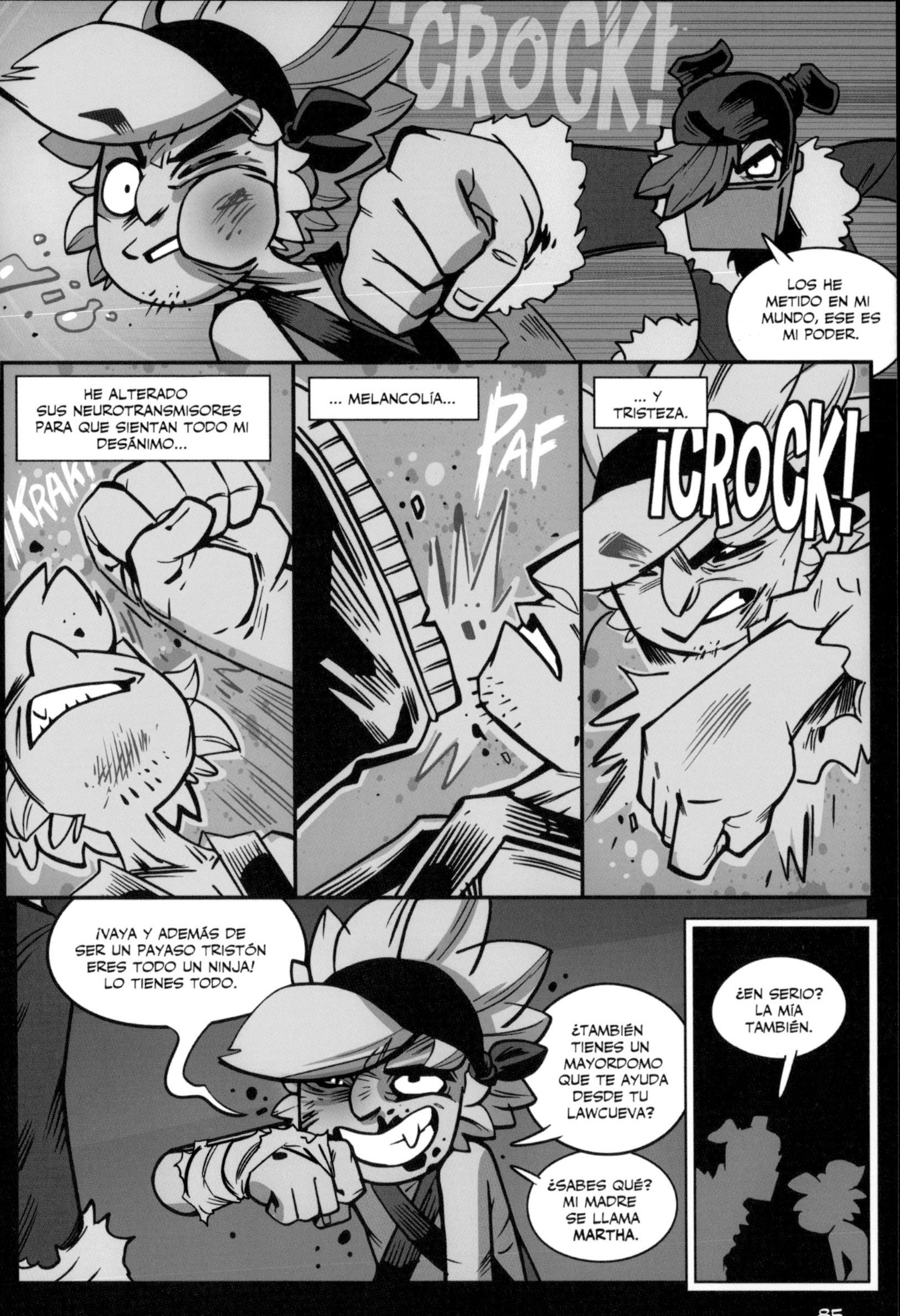
¡CROCK!
LOS HE METIDO EN MI MUNDO, ESE ES MI PODER.
HE ALTERADO SUS NEUROTRANSMISORES PARA QUE SIENTAN TODO MI DESÁNIMO...
¡KRAK!
... MELANCOLÍA...
PAF
... Y TRISTEZA.
¡CROCK!
¡VAYA Y ADEMÁS DE SER UN PAYASO TRISTÓN ERES TODO UN NINJA! LO TIENES TODO.
¿TAMBIÉN TIENES UN MAYORDOMO QUE TE AYUDA DESDE TU LAWCUEVA?
¿SABES QUÉ? MI MADRE SE LLAMA MARTHA.
¿EN SERIO? LA MÍA TAMBIÉN.

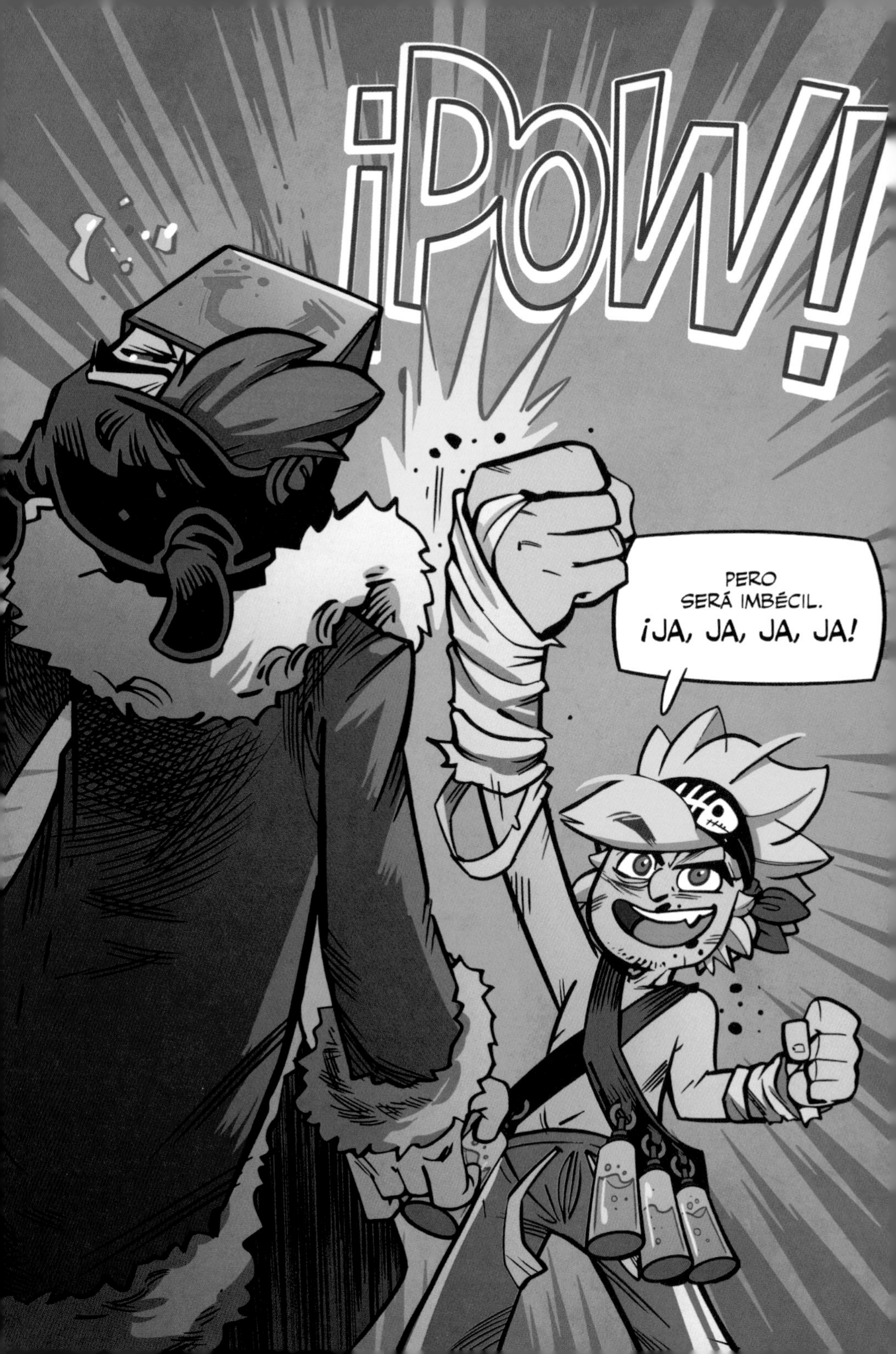
¡POW!
PERO SERÁ IMBÉCIL. ¡JA, JA, JA, JA!

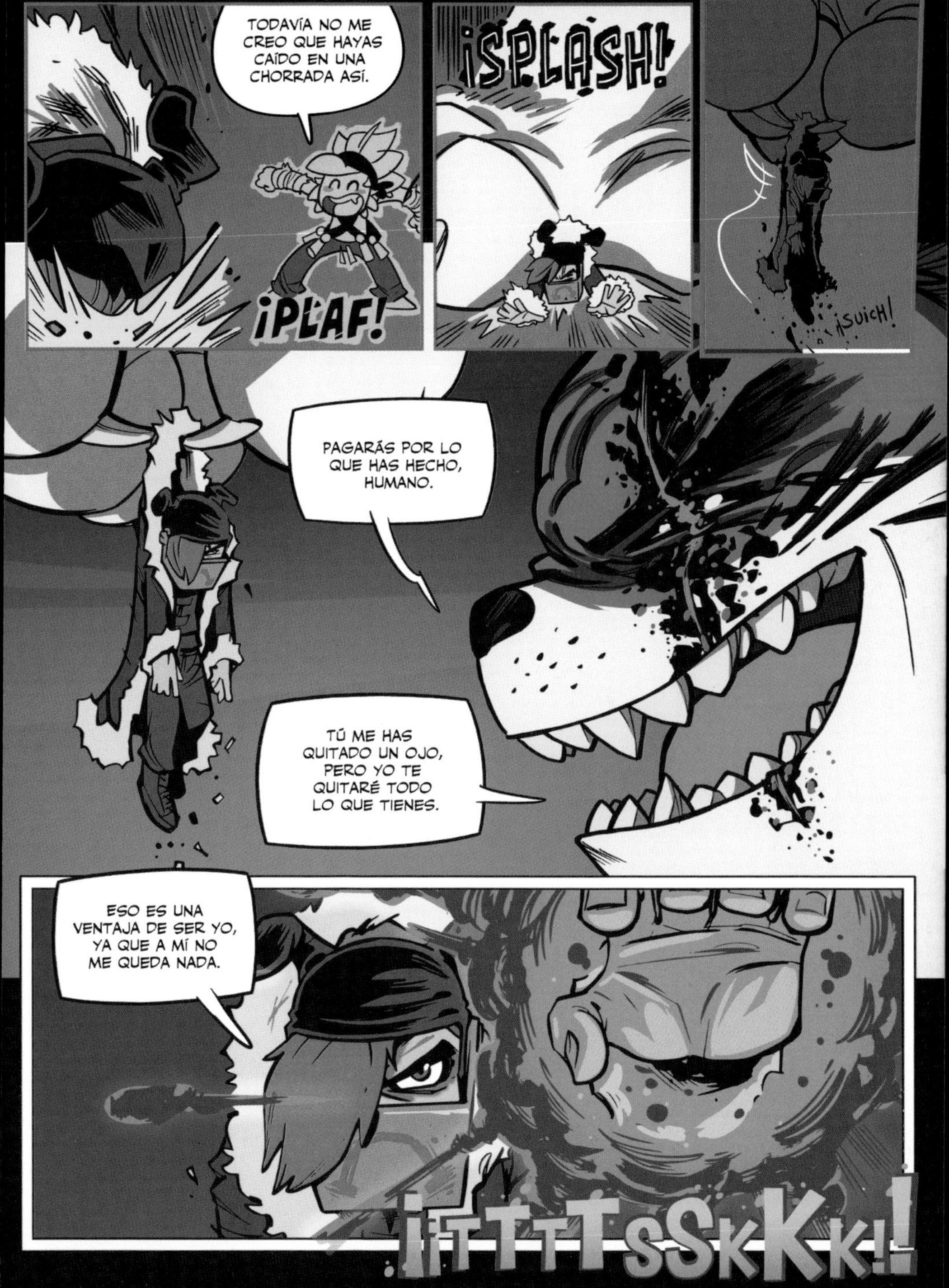
TODAVÍA NO ME CREO QUE HAYAS CAÍDO EN UNA CHORRADA ASÍ.
¡PLAF!
¡SPLASH!
SUICH!
PAGARÁS POR LO QUE HAS HECHO, HUMANO.
TÚ ME HAS QUITADO UN OJO, PERO YO TE QUITARÉ TODO LO QUE TIENES.
ESO ES UNA VENTAJA DE SER YO, YA QUE A MÍ NO ME QUEDA NADA.
¡TTTTTSSKKK!!

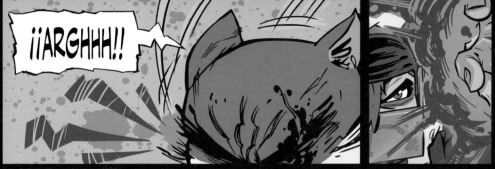

¡¡ARGHHH!!

¡PPFFFTT!

DISCULPA QUE NO PUEDA
AGUANTARME LA RISA.

¡JA, JA, JA!
¿EN SERIO?
¿ESTÁS INTENTANDO
ATACARME A MÍ, CON
TUS MIERDAS
TRISTES?

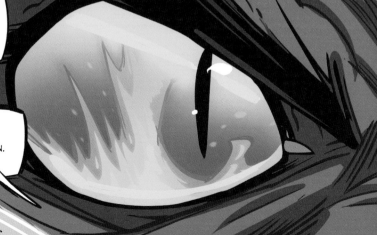

HUMANO,
YO SOY PURA
RABIA.

MI ALIMENTO
ES LA FRUSTRACIÓN.

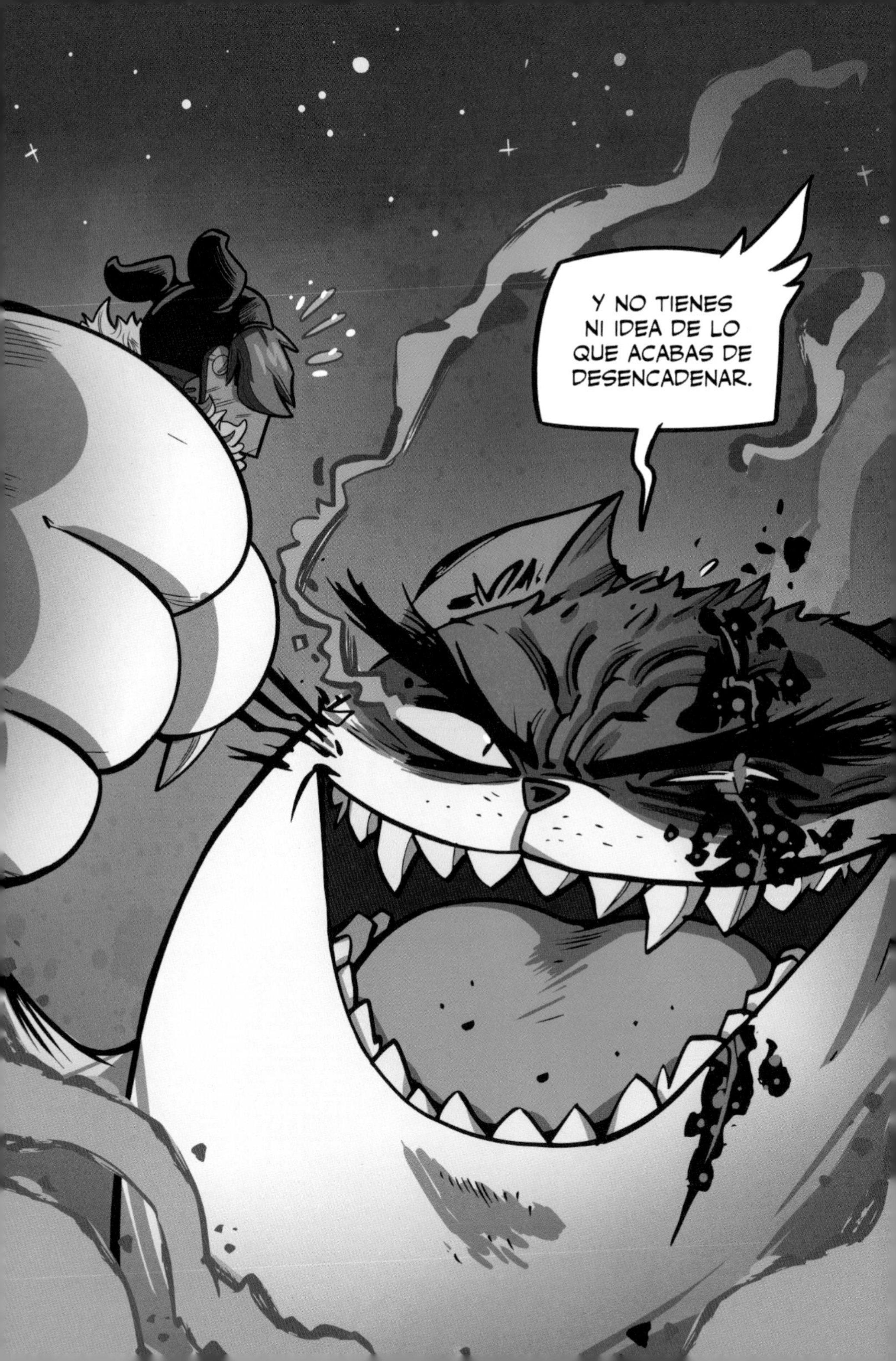
Y NO TIENES NI IDEA DE LO QUE ACABAS DE DESENCADENAR.

LAW

- SÍ, ES **LAW** DE LA FAMILIA **LAW**. UNA DE LAS FAMILIAS MÁS RICAS DE **BUTTER CITY**. LOS MISMOS QUE TENÍAN UNA GRAN TORRE EN PLENA CIUDAD. **LA TORRE DE LAW**.
- HEREDÓ LA FORTUNA Y FUE UN GRAN HÉROE ACLAMADO POR TODOS, HASTA QUE POR MOTIVOS DESCONOCIDOS DESAPARECIÓ. AL MENOS HASTA AHORA, QUE HA VUELTO CON UN ASPECTO MUCHO MÁS OSCURO.
- ESTÁ SIEMPRE DEPRIMIDO Y ESCONDE ~~ALGUNOS~~ BASTANTES TRAUMAS INFANTILES.
- SU PODER CONSISTE EN DEPRIMIR A SUS ENEMIGOS, LLEVÁNDOLOS INCLUSO AL BORDE DE LA LOCURA.

COMENTARIOS EXTRA DEL AUTOR

ME ENCANTA **LAW** Y LO ODIO A PARTES IGUALES. LA INTENCIÓN AL CREARLO ERA MEZCLAR A **BATMAN**, **PUNISHER**, **JUDGE DREDD** Y A UN EMO DE 14 AÑOS QUE ESCUCHA **MY CHEMICAL ROMANCE**.

EL PROBLEMA ES QUE **LAW** YA NO TIENE 14 AÑOS, Y HAY CIERTAS ACTITUDES QUE HACEN QUE ME CAIGA MUY MAL. MALDITOS INTENSITOS, NUNCA LOS HE SOPORTADO.

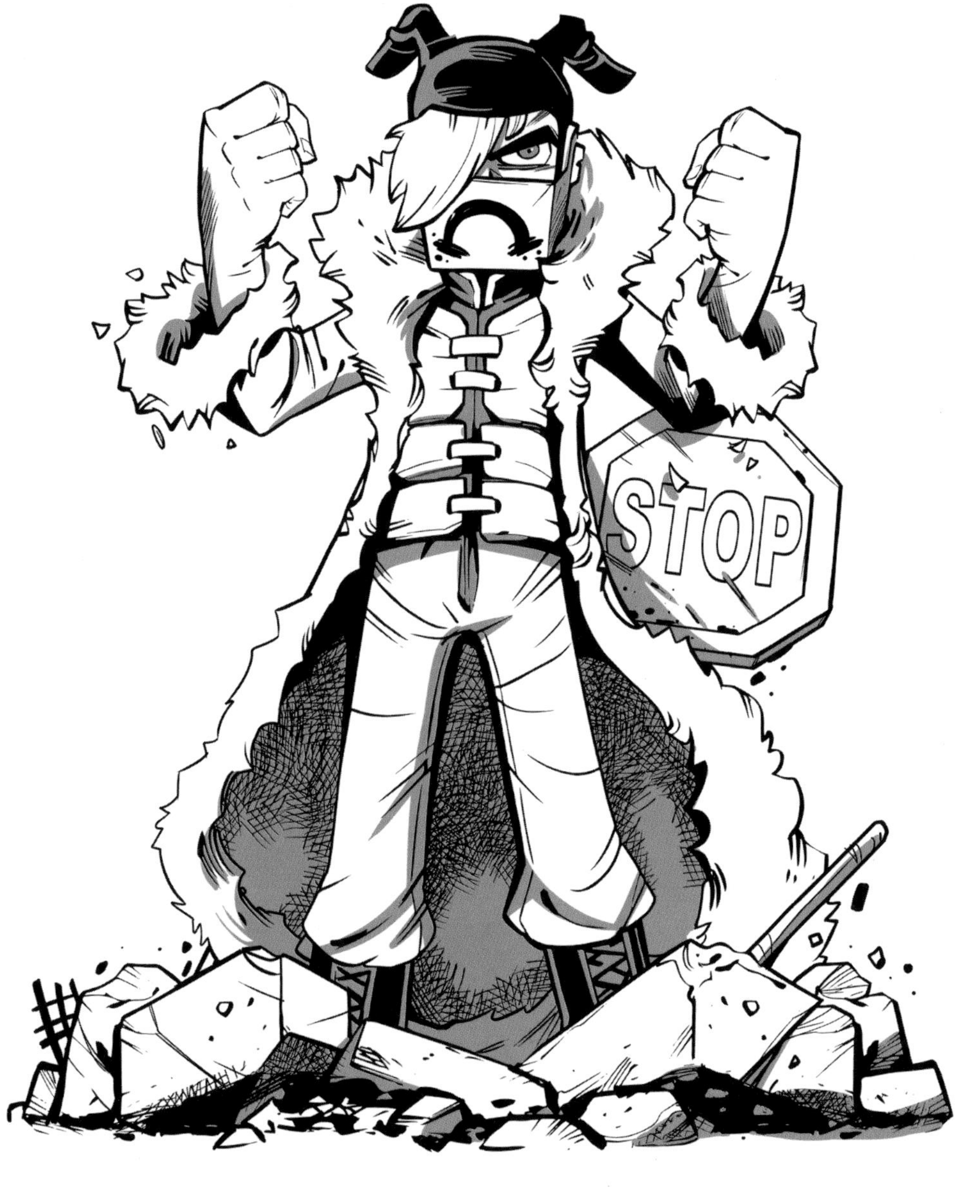
STOP

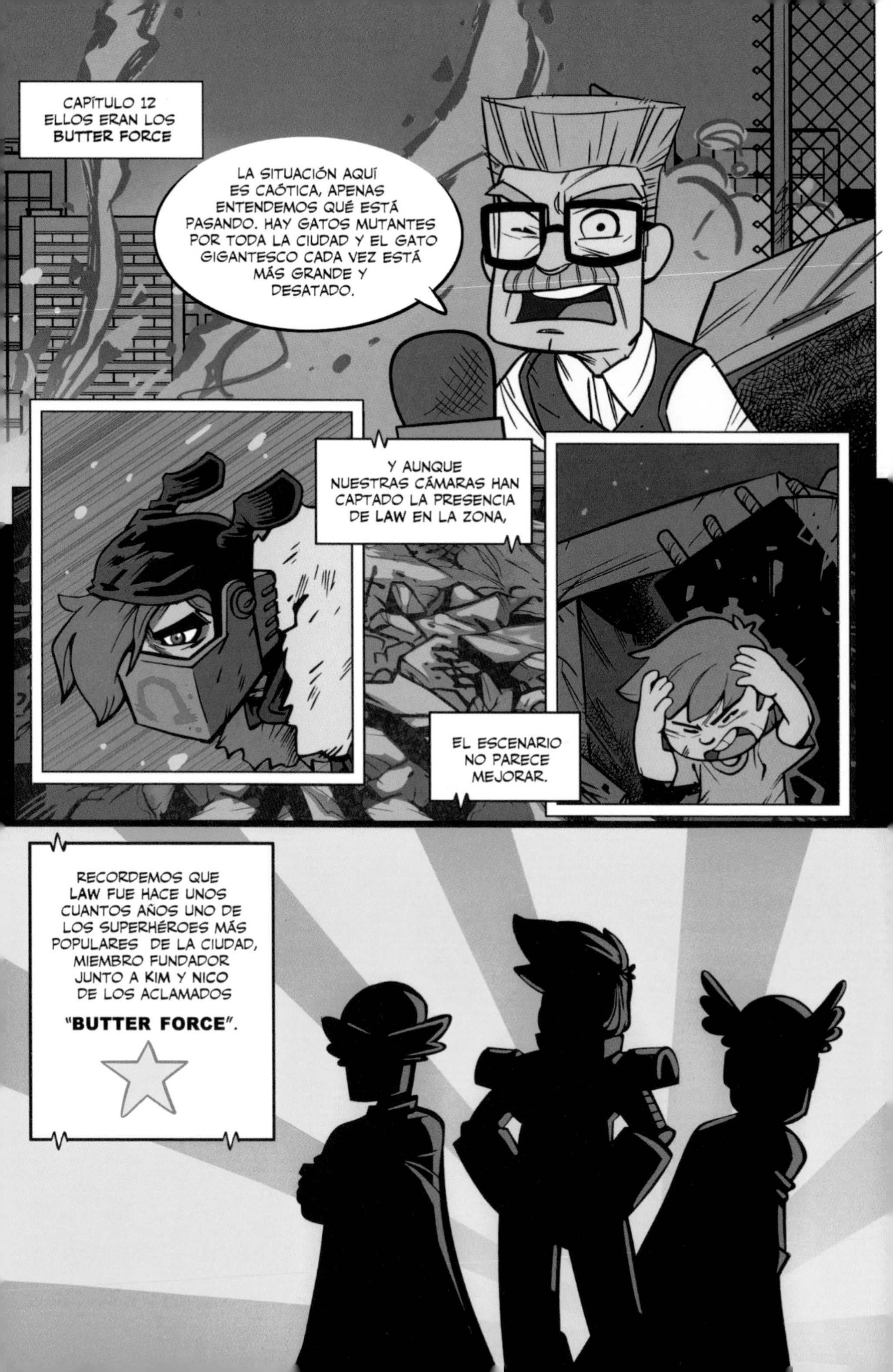
CAPÍTULO 12
ELLOS ERAN LOS BUTTER FORCE
LA SITUACIÓN AQUÍ ES CAÓTICA, APENAS ENTENDEMOS QUÉ ESTÁ PASANDO. HAY GATOS MUTANTES POR TODA LA CIUDAD Y EL GATO GIGANTESCO CADA VEZ ESTÁ MÁS GRANDE Y DESATADO.
Y AUNQUE NUESTRAS CÁMARAS HAN CAPTADO LA PRESENCIA DE LAW EN LA ZONA,
EL ESCENARIO NO PARECE MEJORAR.
RECORDEMOS QUE LAW FUE HACE UNOS CUANTOS AÑOS UNO DE LOS SUPERHÉROES MÁS POPULARES DE LA CIUDAD, MIEMBRO FUNDADOR JUNTO A KIM Y NICO DE LOS ACLAMADOS
"BUTTER FORCE".

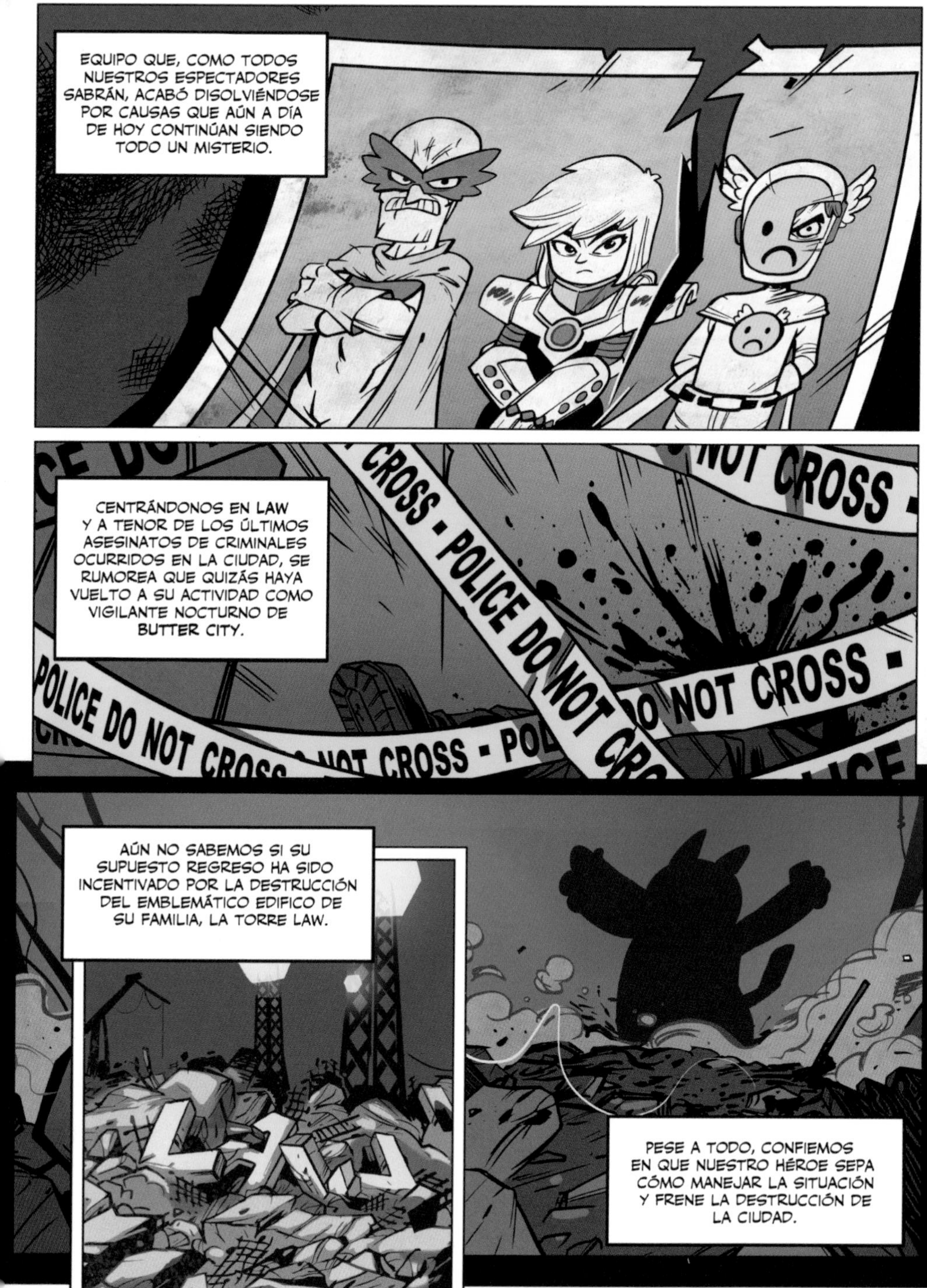
EQUIPO QUE, COMO TODOS NUESTROS ESPECTADORES SABRÁN, ACABÓ DISOLVIÉNDOSE POR CAUSAS QUE AÚN A DÍA DE HOY CONTINÚAN SIENDO TODO UN MISTERIO.
CENTRÁNDONOS EN LAW Y A TENOR DE LOS ÚLTIMOS ASESINATOS DE CRIMINALES OCURRIDOS EN LA CIUDAD, SE RUMOREA QUE QUIZÁS HAYA VUELTO A SU ACTIVIDAD COMO VIGILANTE NOCTURNO DE BUTTER CITY.
NOT CROSS -
CROSS - POLICE DO NOT
NOT CROSS -
POLICE DO NOT CROSS
NOT CROSS - POL
AÚN NO SABEMOS SI SU SUPUESTO REGRESO HA SIDO INCENTIVADO POR LA DESTRUCCIÓN DEL EMBLEMÁTICO EDIFICO DE SU FAMILIA, LA TORRE LAW.
PESE A TODO, CONFIEMOS EN QUE NUESTRO HÉROE SEPA CÓMO MANEJAR LA SITUACIÓN Y FRENE LA DESTRUCCIÓN DE LA CIUDAD.

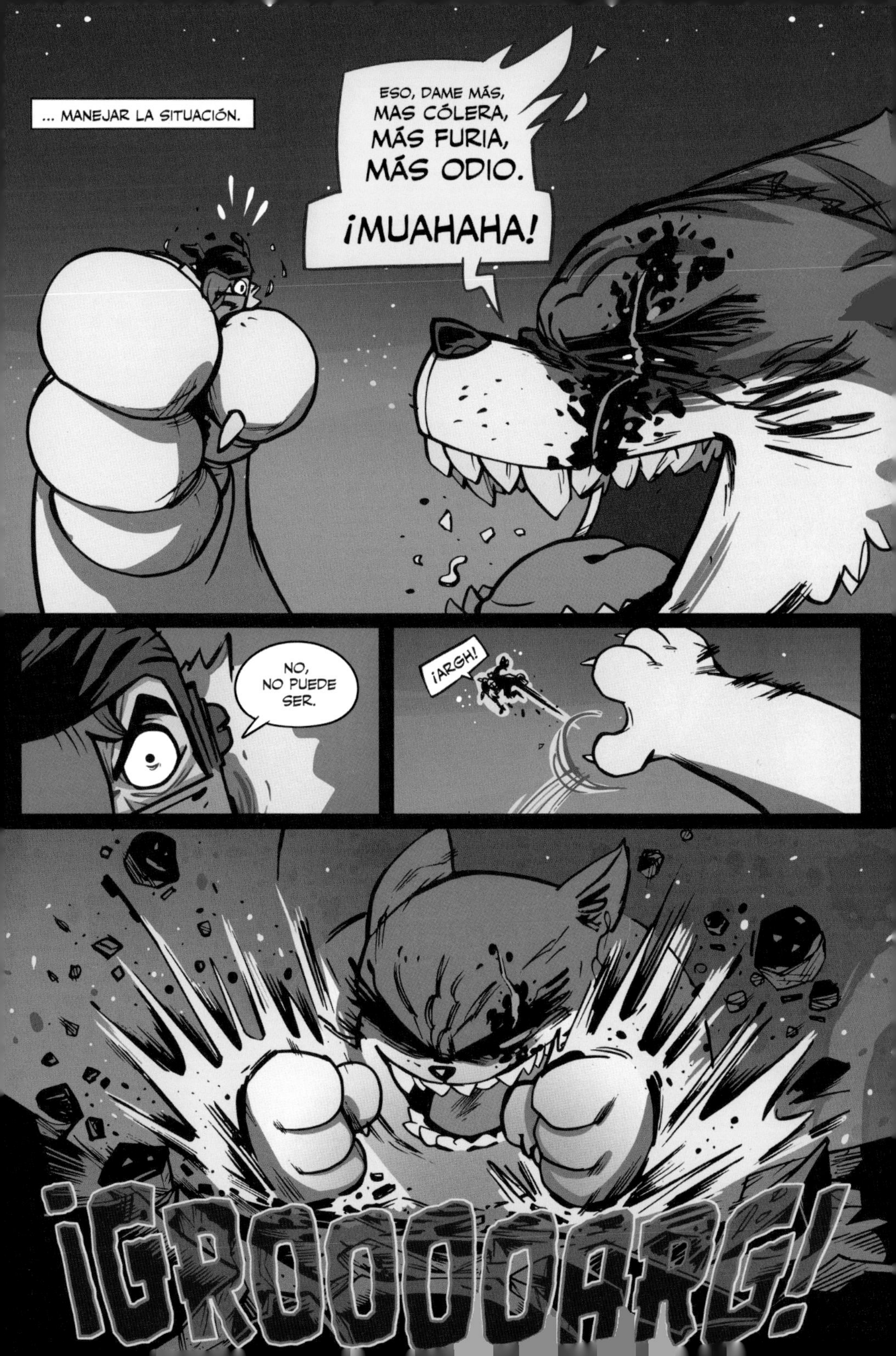

... MANEJAR LA SITUACIÓN.
ESO, DAME MÁS, MAS CÓLERA, MÁS FURIA, MÁS ODIO.
¡MUAHAHA!
NO, NO PUEDE SER.
¡ARGH!
¡GROOOOARG!

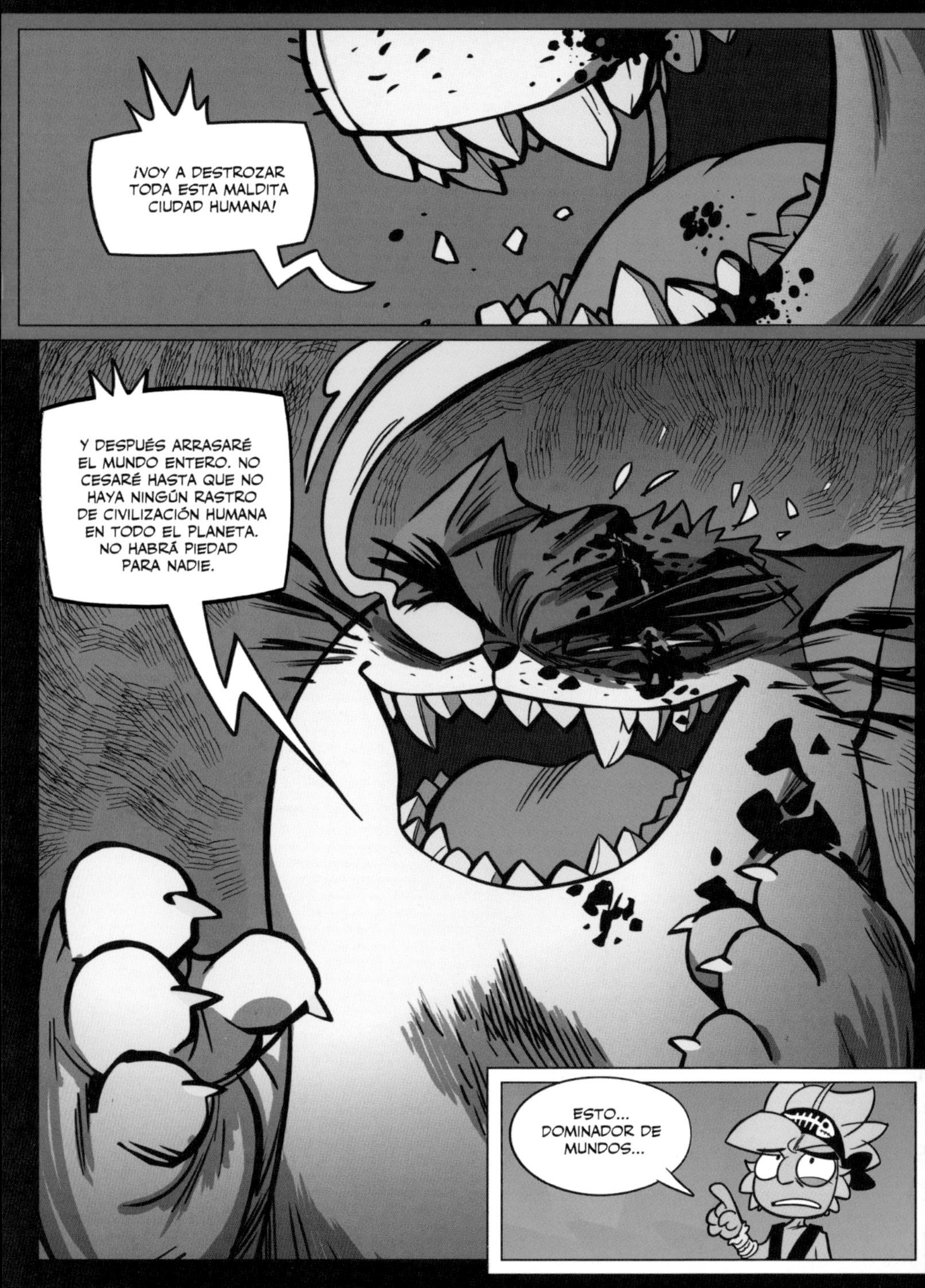
¡VOY A DESTROZAR TODA ESTA MALDITA CIUDAD HUMANA!
Y DESPUÉS ARRASARÉ EL MUNDO ENTERO. NO CESARÉ HASTA QUE NO HAYA NINGÚN RASTRO DE CIVILIZACIÓN HUMANA EN TODO EL PLANETA. NO HABRÁ PIEDAD PARA NADIE.
ESTO... DOMINADOR DE MUNDOS...

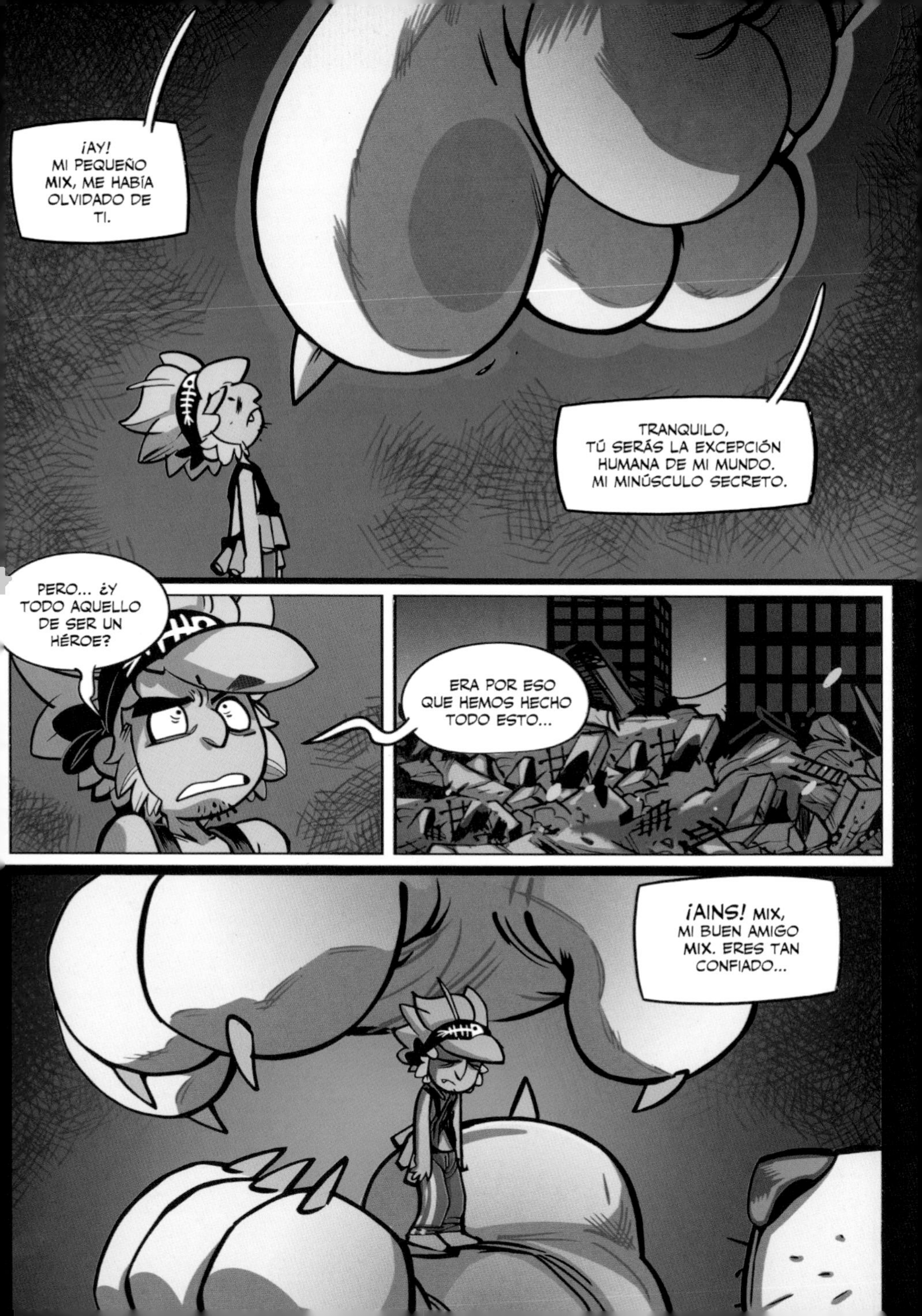
¡AY! MI PEQUEÑO MIX, ME HABÍA OLVIDADO DE TI.
TRANQUILO, TÚ SERÁS LA EXCEPCIÓN HUMANA DE MI MUNDO. MI MINÚSCULO SECRETO.
PERO... ¿Y TODO AQUELLO DE SER UN HÉROE?
ERA POR ESO QUE HEMOS HECHO TODO ESTO...
¡AINS! MIX, MI BUEN AMIGO MIX. ERES TAN CONFIADO...

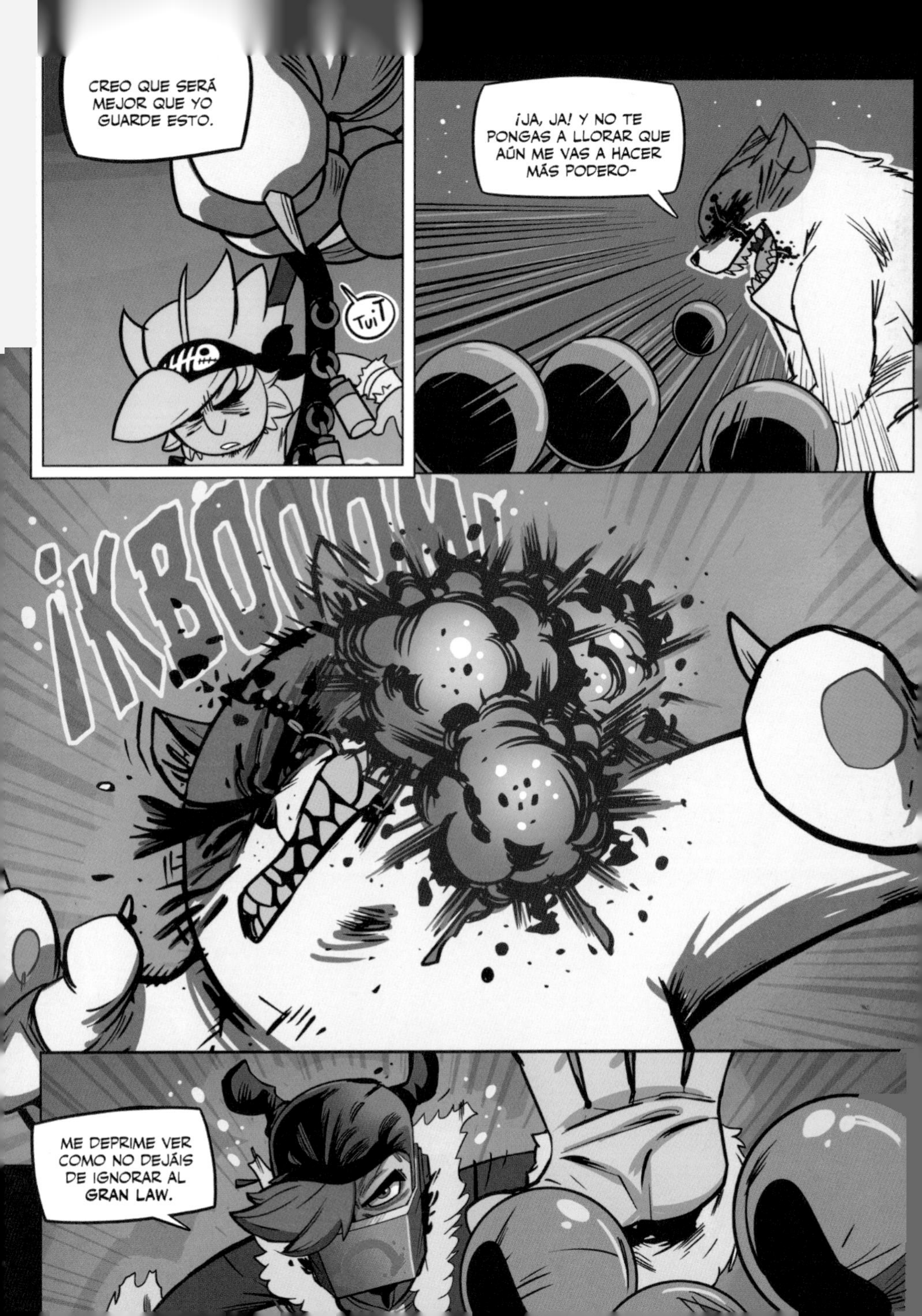
CREO QUE SERÁ MEJOR QUE YO GUARDE ESTO.
TUIT
¡JA, JA! Y NO TE PONGAS A LLORAR QUE AÚN ME VAS A HACER MÁS PODERO-
¡KBOOOOM!
ME DEPRIME VER COMO NO DEJÁIS DE IGNORAR AL GRAN LAW.

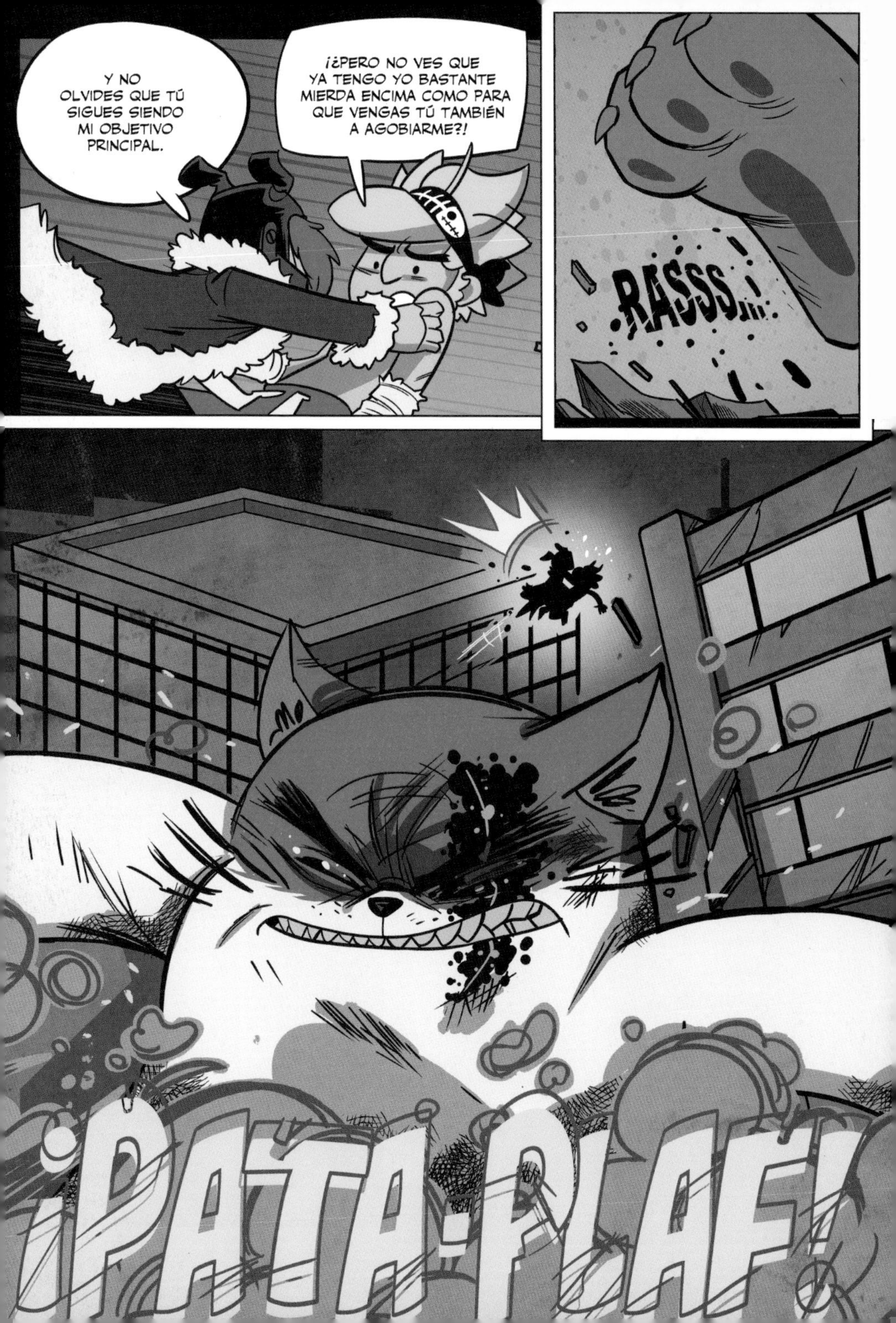
Y NO OLVIDES QUE TÚ SIGUES SIENDO MI OBJETIVO PRINCIPAL.
¡¿PERO NO VES QUE YA TENGO YO BASTANTE MIERDA ENCIMA COMO PARA QUE VENGAS TÚ TAMBIÉN A AGOBIARME?!
RASSS...!
¡PATA-PLAF!

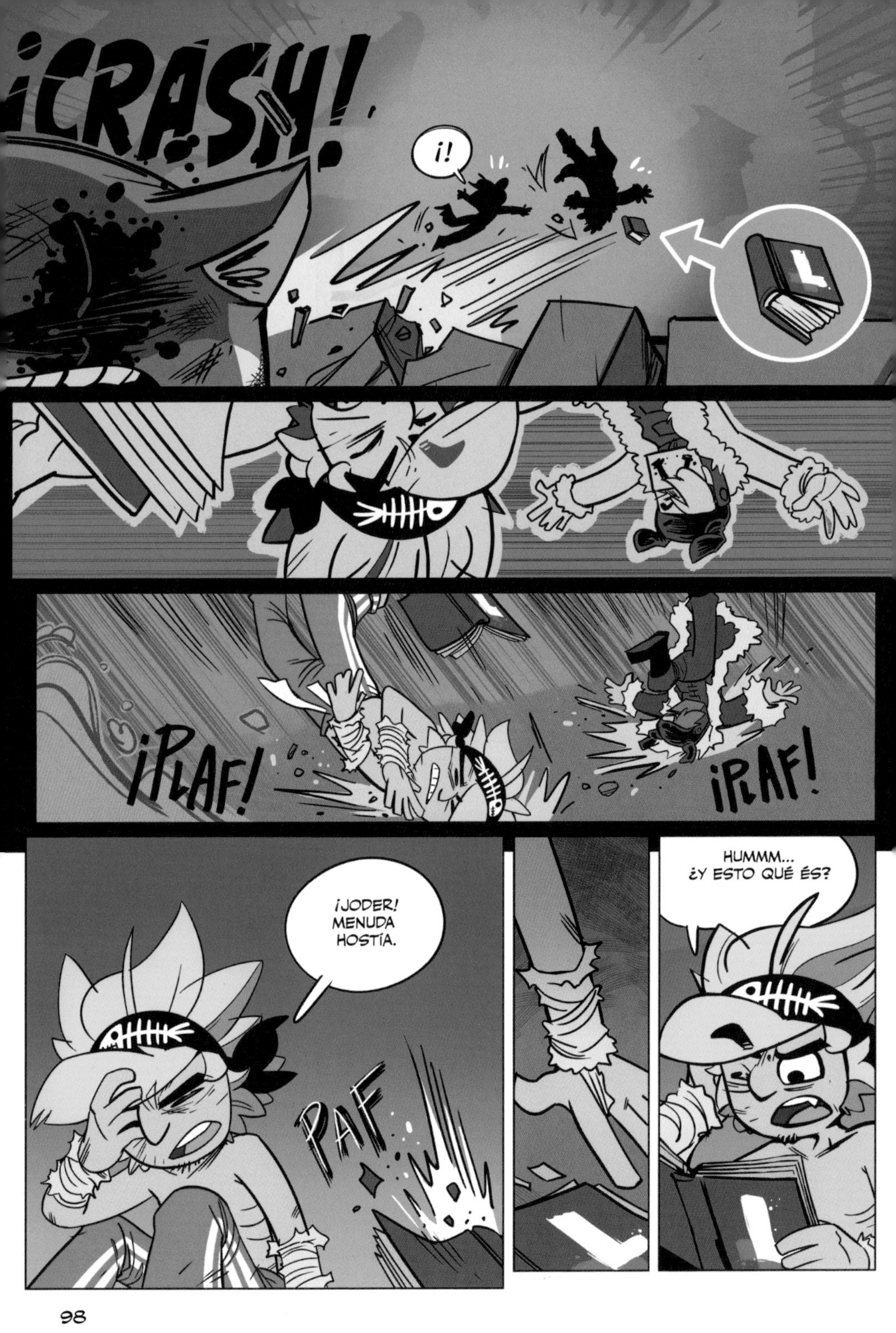
¡CRASH!
¡!
¡PLAF!
¡PLAF!
¡JODER! MENUDA HOSTÍA.
PAF
HUMMM... ¿Y ESTO QUÉ ÉS?

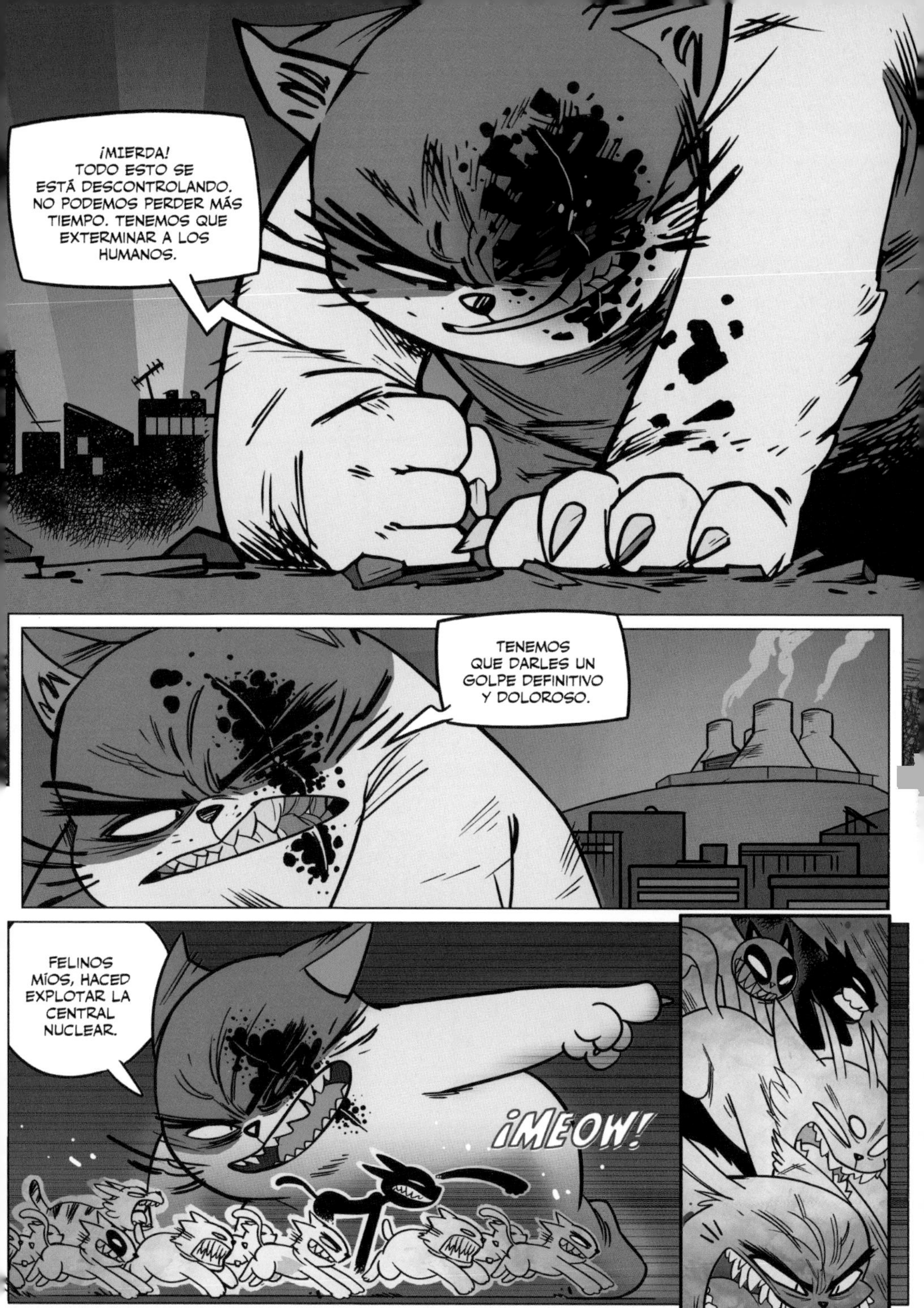
¡MIERDA! TODO ESTO SE ESTÁ DESCONTROLANDO. NO PODEMOS PERDER MÁS TIEMPO. TENEMOS QUE EXTERMINAR A LOS HUMANOS.
TENEMOS QUE DARLES UN GOLPE DEFINITIVO Y DOLOROSO.
FELINOS MÍOS, HACED EXPLOTAR LA CENTRAL NUCLEAR.
¡MEOW!

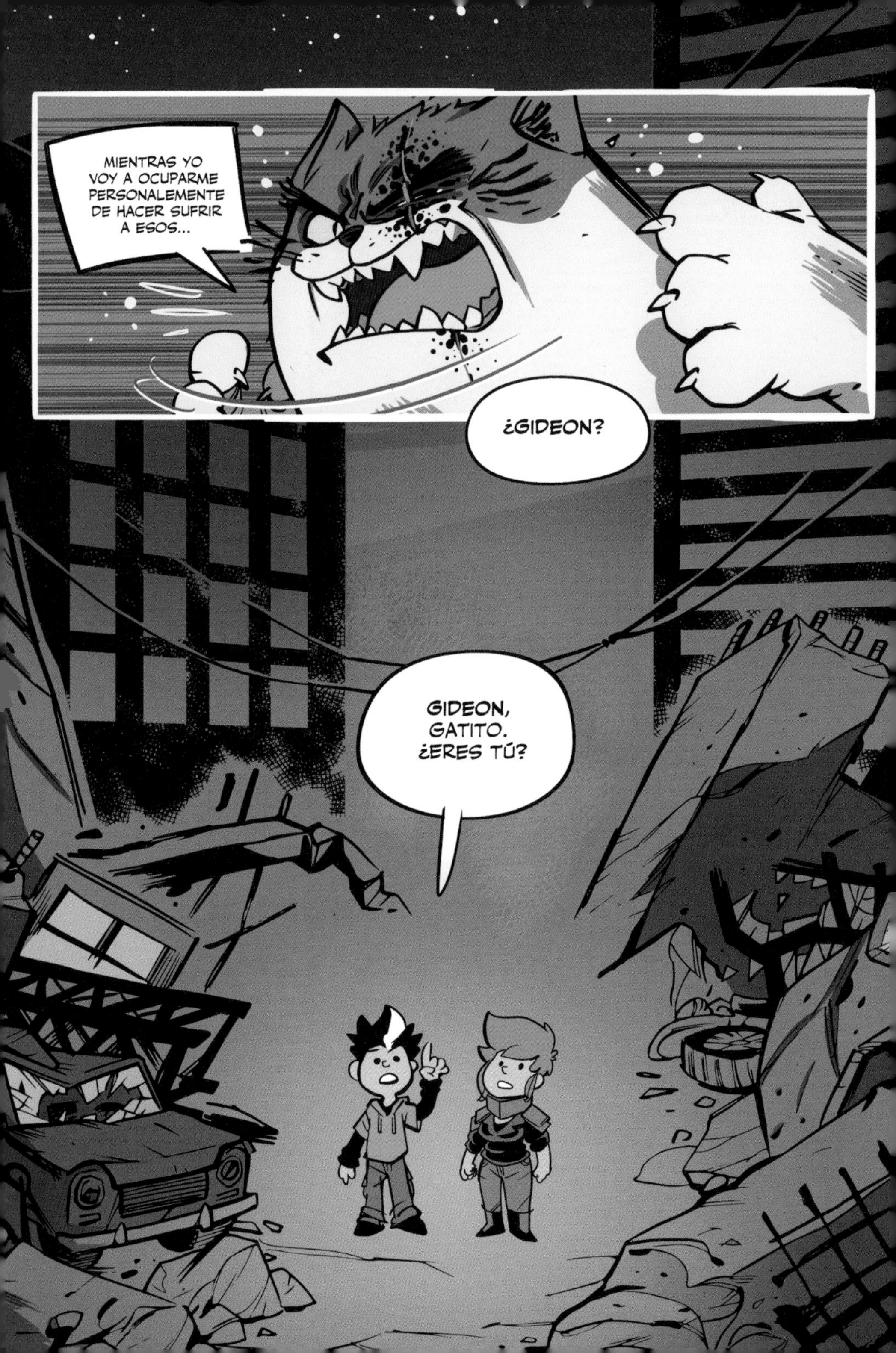
MIENTRAS YO VOY A OCUPARME PERSONALEMENTE DE HACER SUFRIR A ESOS...
¿GIDEON?
GIDEON, GATITO. ¿ERES TÚ?

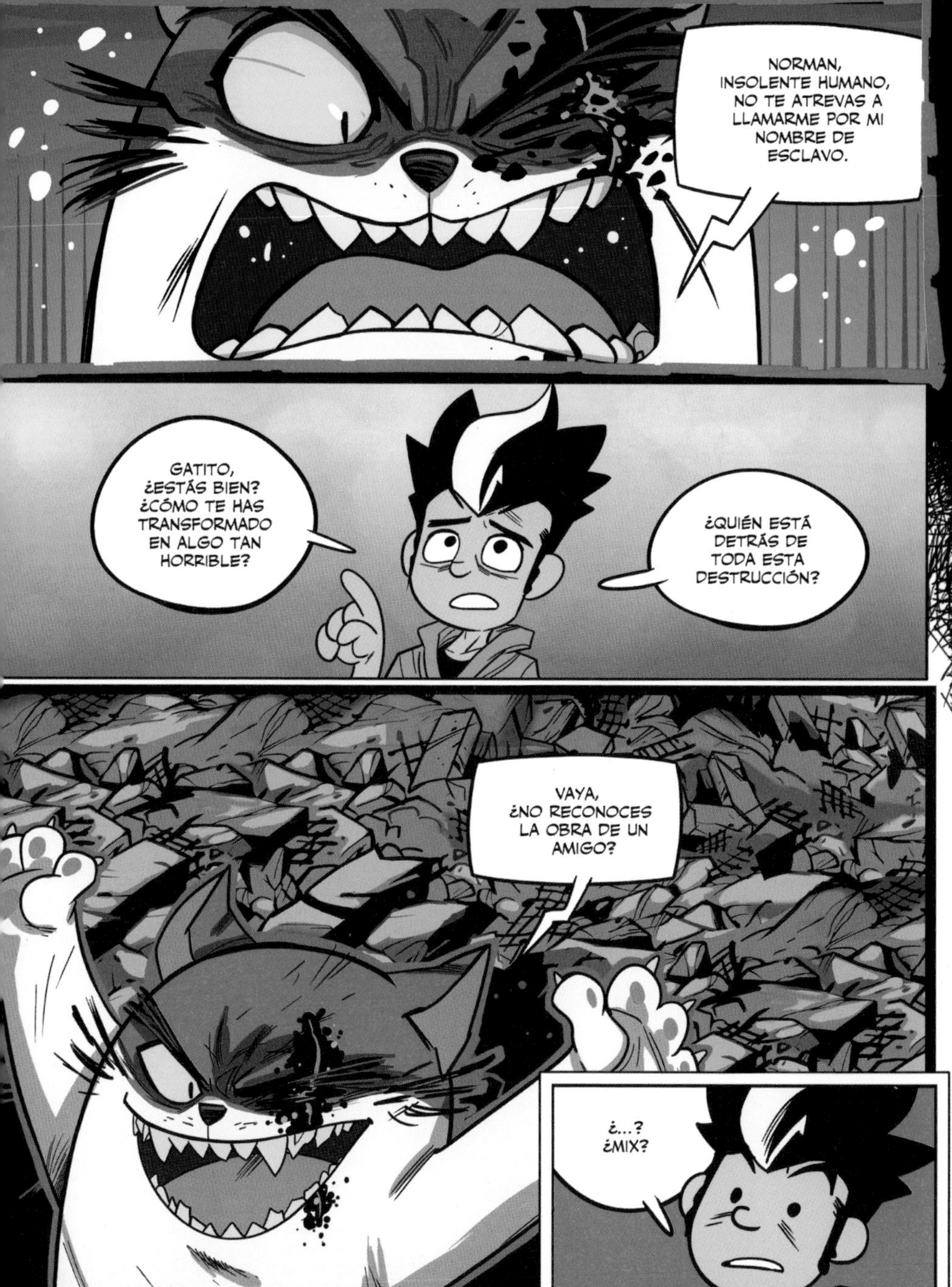

NORMAN, INSOLENTE HUMANO, NO TE ATREVAS A LLAMARME POR MI NOMBRE DE ESCLAVO.
GATITO, ¿ESTÁS BIEN? ¿CÓMO TE HAS TRANSFORMADO EN ALGO TAN HORRIBLE?
¿QUIÉN ESTÁ DETRÁS DE TODA ESTA DESTRUCCIÓN?
VAYA, ¿NO RECONOCES LA OBRA DE UN AMIGO?
¿...? ¿MIX?

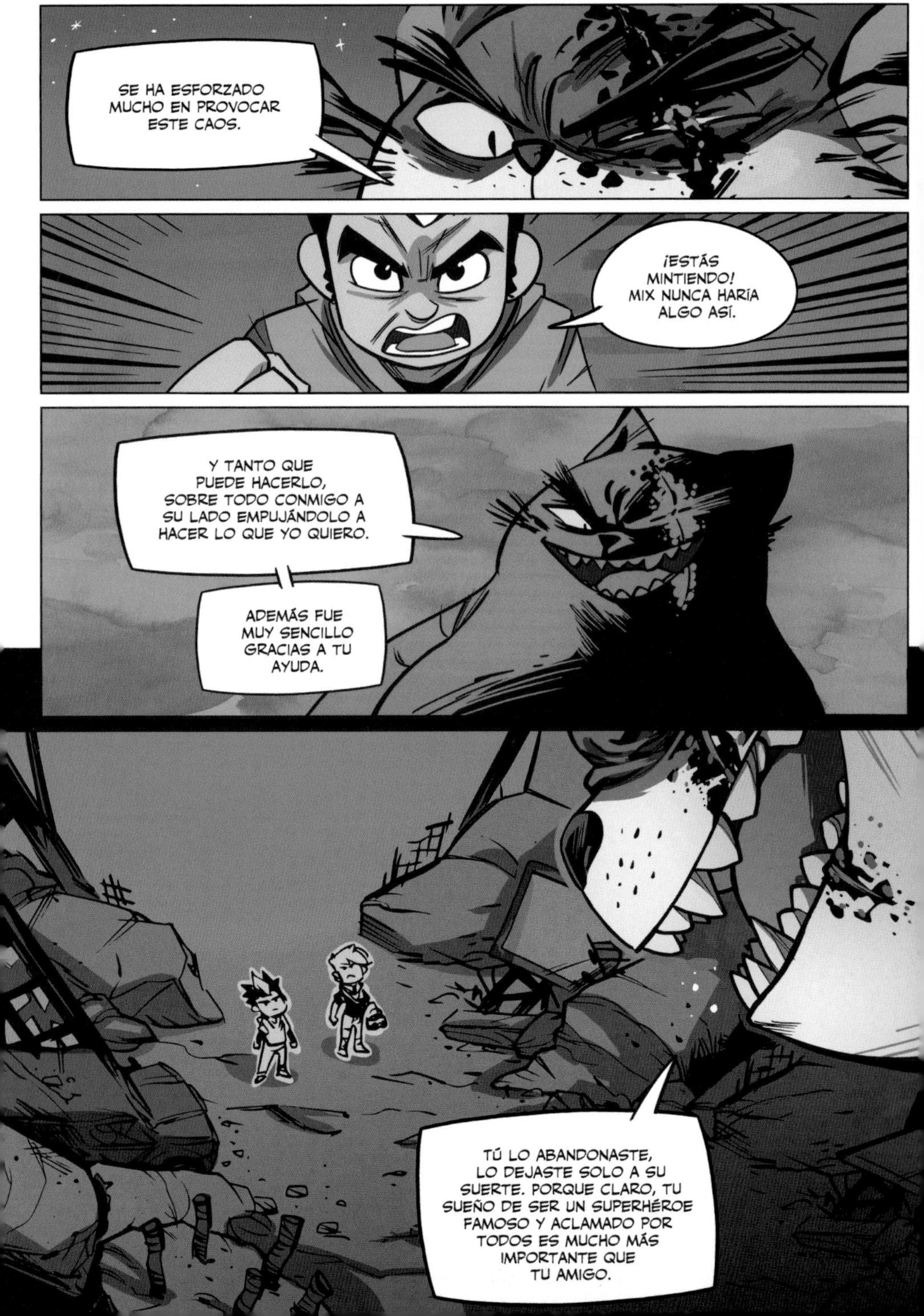
SE HA ESFORZADO MUCHO EN PROVOCAR ESTE CAOS.
¡ESTÁS MINTIENDO! MIX NUNCA HARÍA ALGO ASÍ.
Y TANTO QUE PUEDE HACERLO, SOBRE TODO CONMIGO A SU LADO EMPUJÁNDOLO A HACER LO QUE YO QUIERO.
ADEMÁS FUE MUY SENCILLO GRACIAS A TU AYUDA.
TÚ LO ABANDONASTE, LO DEJASTE SOLO A SU SUERTE. PORQUE CLARO, TU SUEÑO DE SER UN SUPERHÉROE FAMOSO Y ACLAMADO POR TODOS ES MUCHO MÁS IMPORTANTE QUE TU AMIGO.

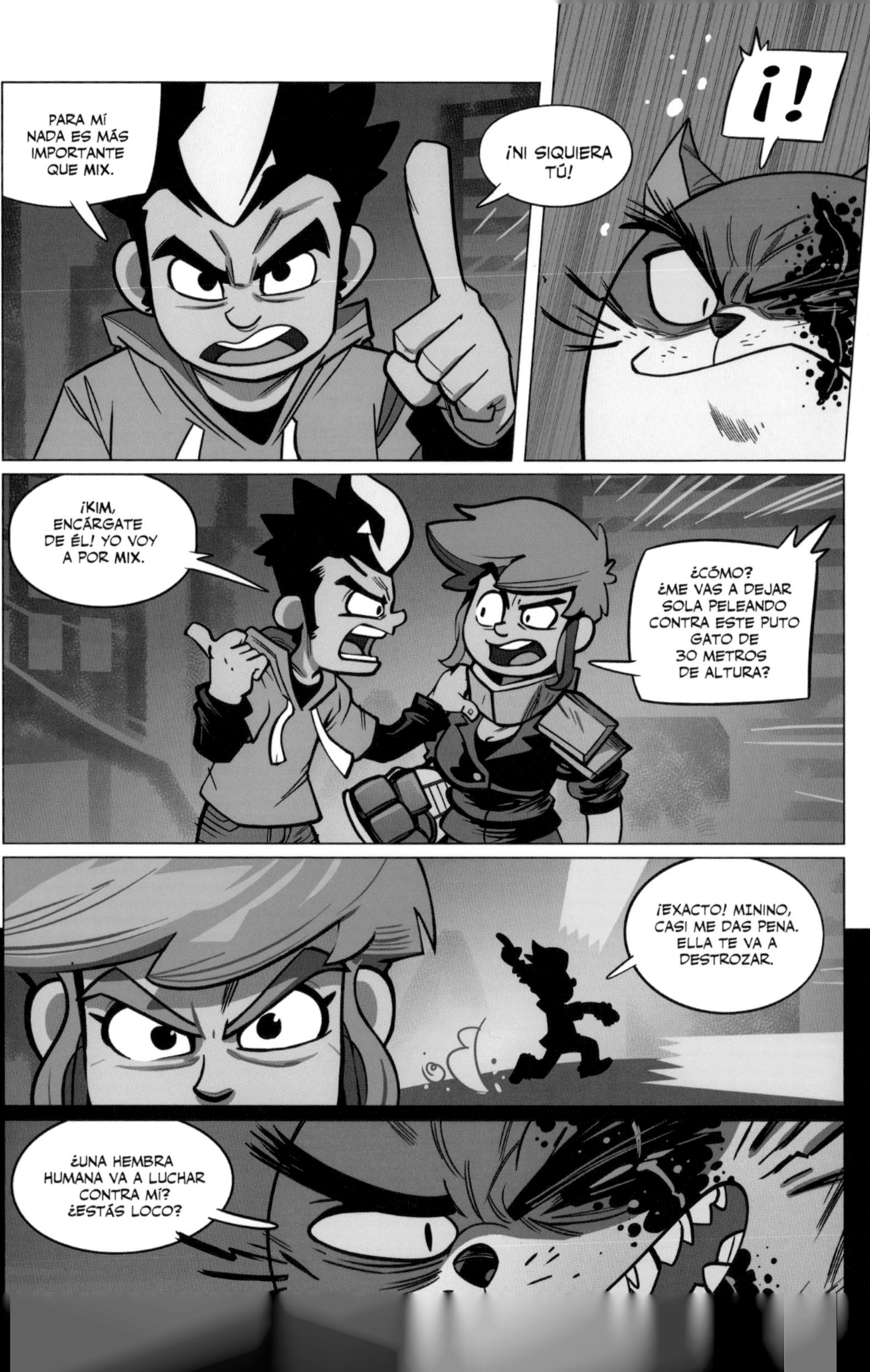
PARA MÍ NADA ES MÁS IMPORTANTE QUE MIX.
¡NI SIQUIERA TÚ!
¡!
¡KIM, ENCÁRGATE DE ÉL! YO VOY A POR MIX.
¿CÓMO? ¿ME VAS A DEJAR SOLA PELEANDO CONTRA ESTE PUTO GATO DE 30 METROS DE ALTURA?
¡EXACTO! MININO, CASI ME DAS PENA. ELLA TE VA A DESTROZAR.
¿UNA HEMBRA HUMANA VA A LUCHAR CONTRA MÍ? ¿ESTÁS LOCO?

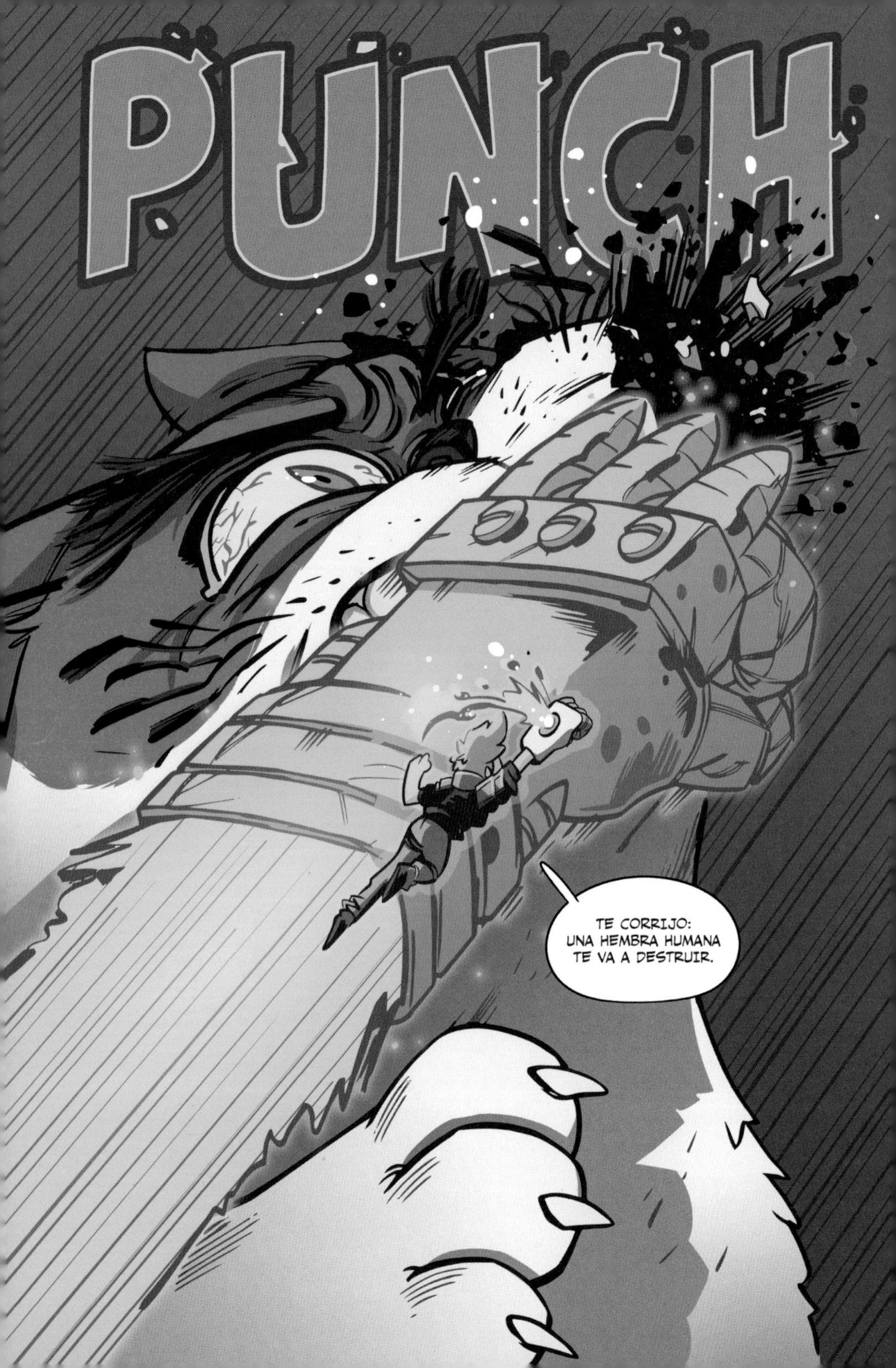
PUNCH
TE CORRIJO: UNA HEMBRA HUMANA TE VA A DESTRUIR.

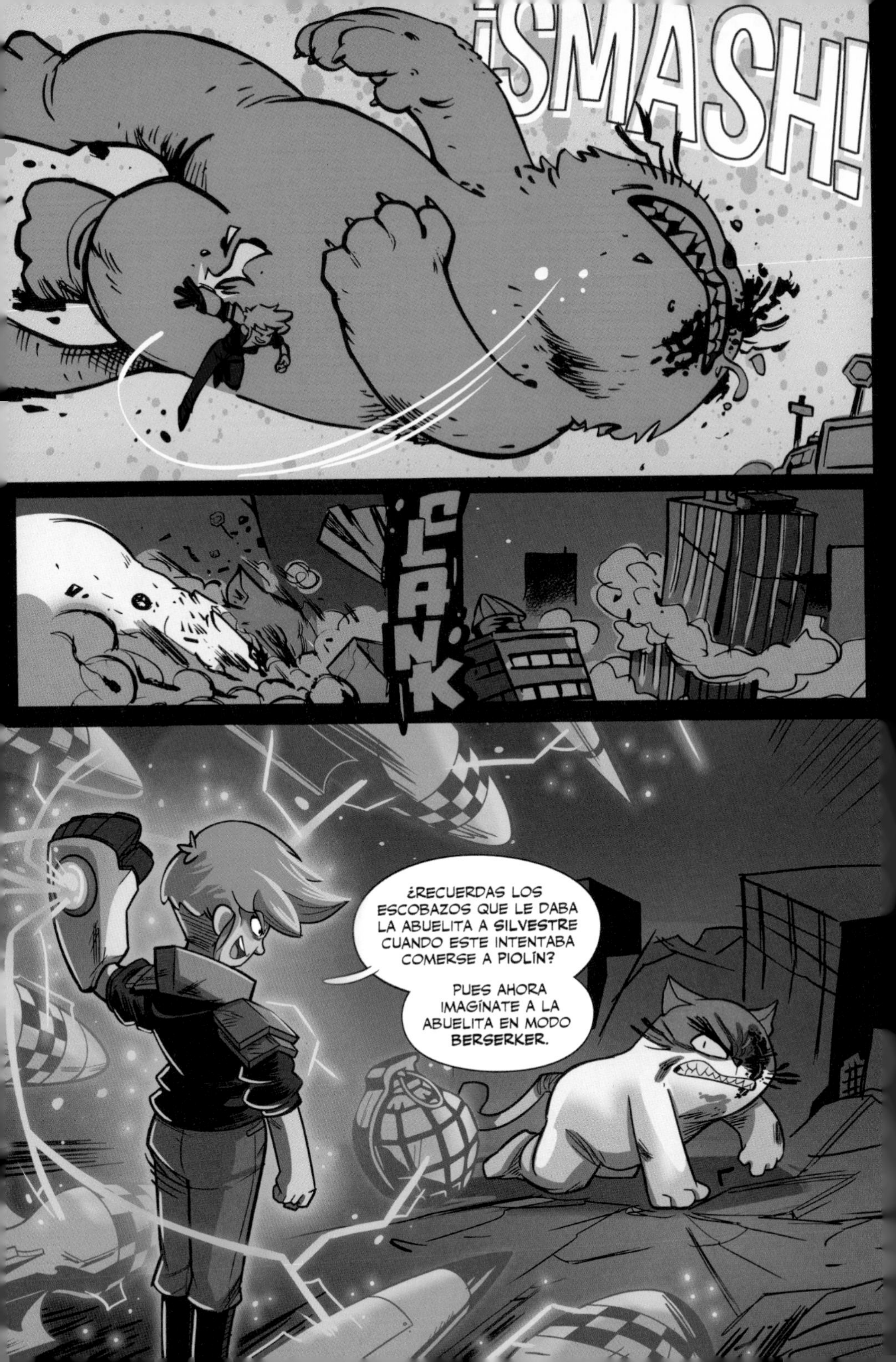
¡SMASH!
CLANK
¿RECUERDAS LOS ESCOBAZOS QUE LE DABA LA ABUELITA A SILVESTRE CUANDO ESTE INTENTABA COMERSE A PIOLÍN?
PUES AHORA IMAGÍNATE A LA ABUELITA EN MODO BERSERKER.

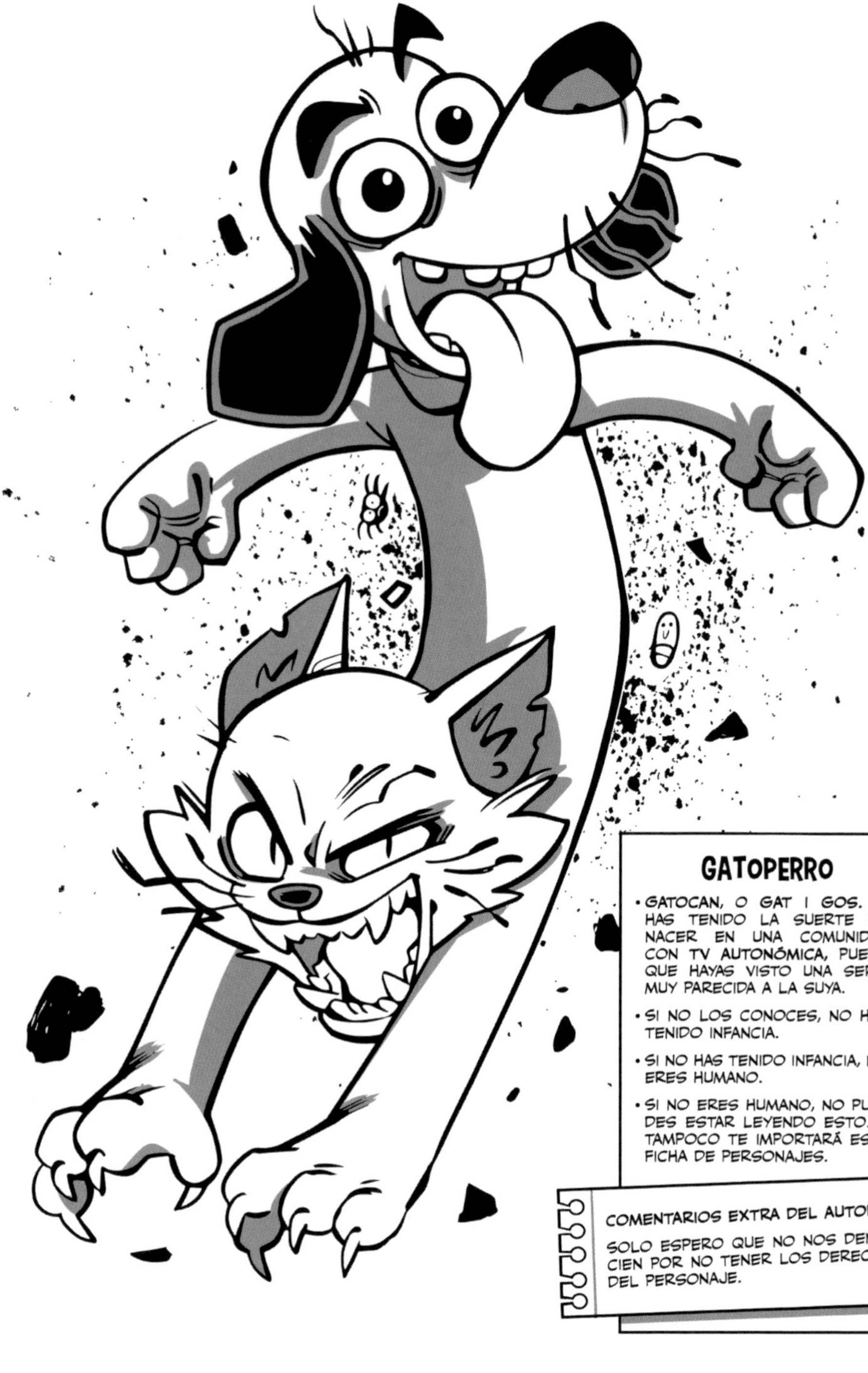

GATOPERRO

- GATOCAN, O GAT I GOS. SI HAS TENIDO LA SUERTE DE NACER EN UNA COMUNIDAD CON TV AUTONÓMICA, PUEDE QUE HAYAS VISTO UNA SERIE MUY PARECIDA A LA SUYA.
- SI NO LOS CONOCES, NO HAS TENIDO INFANCIA.
- SI NO HAS TENIDO INFANCIA, NO ERES HUMANO.
- SI NO ERES HUMANO, NO PUEDES ESTAR LEYENDO ESTO. Y TAMPOCO TE IMPORTARÁ ESTA FICHA DE PERSONAJES.

COMENTARIOS EXTRA DEL AUTOR

SOLO ESPERO QUE NO NOS DENUNCIEN POR NO TENER LOS DERECHOS DEL PERSONAJE.

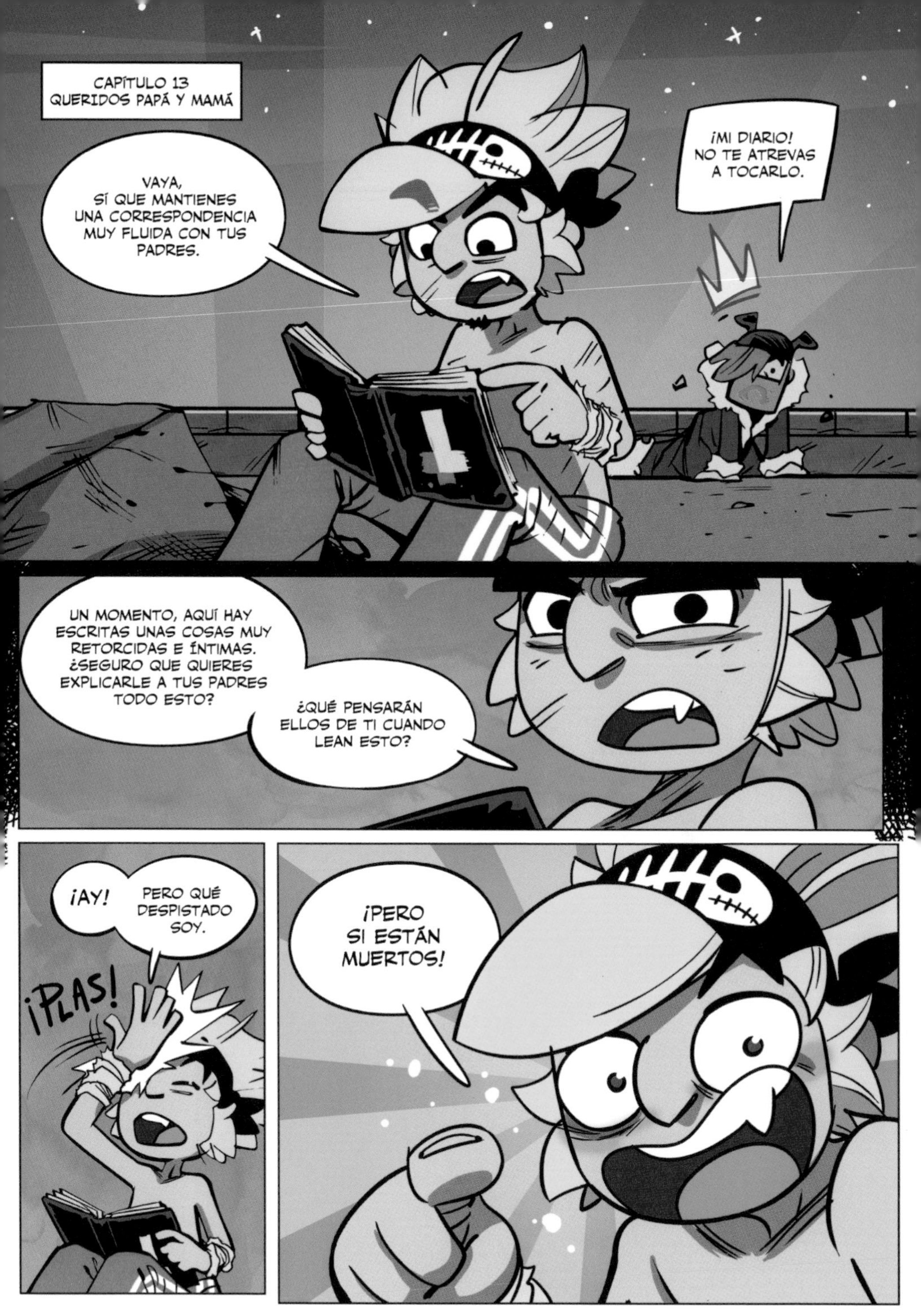
CAPÍTULO 13
QUERIDOS PAPÁ Y MAMÁ
VAYA, SÍ QUE MANTIENES UNA CORRESPONDENCIA MUY FLUIDA CON TUS PADRES.
¡MI DIARIO! NO TE ATREVAS A TOCARLO.
UN MOMENTO, AQUÍ HAY ESCRITAS UNAS COSAS MUY RETORCIDAS E ÍNTIMAS. ¿SEGURO QUE QUIERES EXPLICARLE A TUS PADRES TODO ESTO?
¿QUÉ PENSARÁN ELLOS DE TI CUANDO LEAN ESTO?
¡AY!
PERO QUÉ DESPISTADO SOY.
¡PLAS!
¡PERO SI ESTÁN MUERTOS!

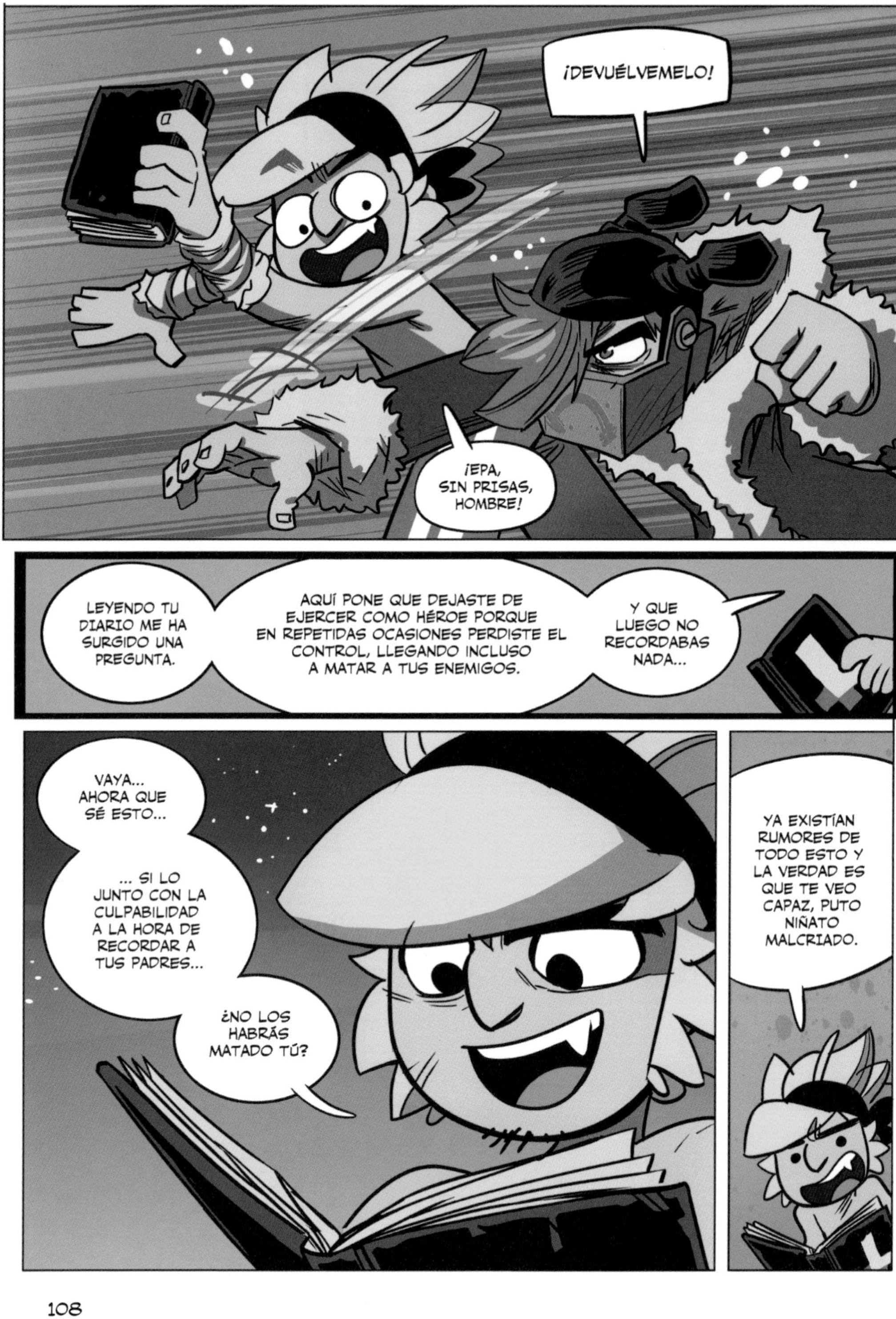

¡DEVUÉLVEMELO!
¡EPA, SIN PRISAS, HOMBRE!
LEYENDO TU DIARIO ME HA SURGIDO UNA PREGUNTA.
AQUÍ PONE QUE DEJASTE DE EJERCER COMO HÉROE PORQUE EN REPETIDAS OCASIONES PERDISTE EL CONTROL, LLEGANDO INCLUSO A MATAR A TUS ENEMIGOS.
Y QUE LUEGO NO RECORDABAS NADA...
VAYA... AHORA QUE SÉ ESTO...
... SI LO JUNTO CON LA CULPABILIDAD A LA HORA DE RECORDAR A TUS PADRES...
¿NO LOS HABRÁS MATADO TÚ?
YA EXISTÍAN RUMORES DE TODO ESTO Y LA VERDAD ES QUE TE VEO CAPAZ, PUTO NIÑATO MALCRIADO.

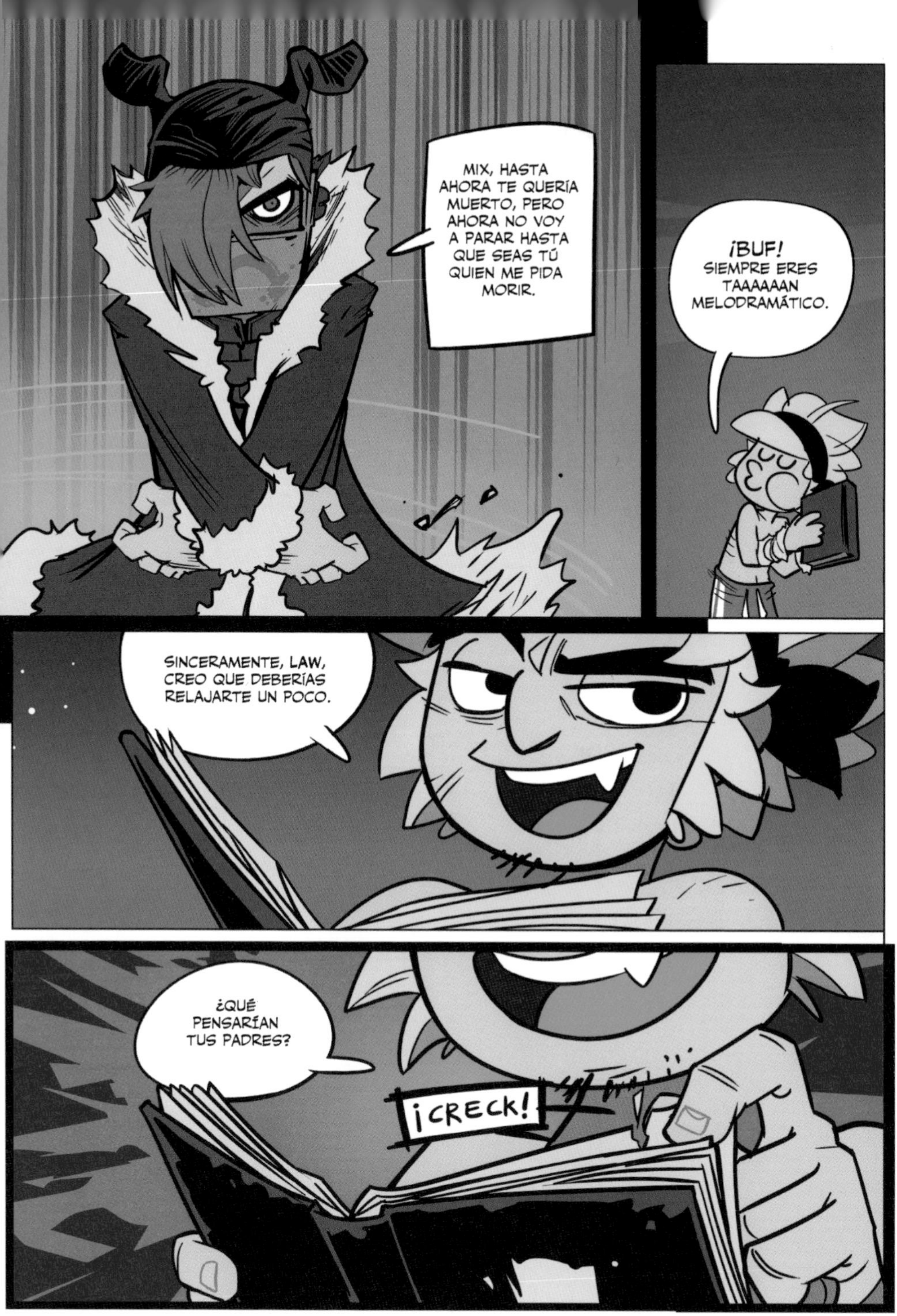
MIX, HASTA AHORA TE QUERÍA MUERTO, PERO AHORA NO VOY A PARAR HASTA QUE SEAS TÚ QUIEN ME PIDA MORIR.
¡BUF! SIEMPRE ERES TAAAAAAN MELODRAMÁTICO.
SINCERAMENTE, LAW, CREO QUE DEBERÍAS RELAJARTE UN POCO.
¿QUÉ PENSARÍAN TUS PADRES?
¡CRECK!

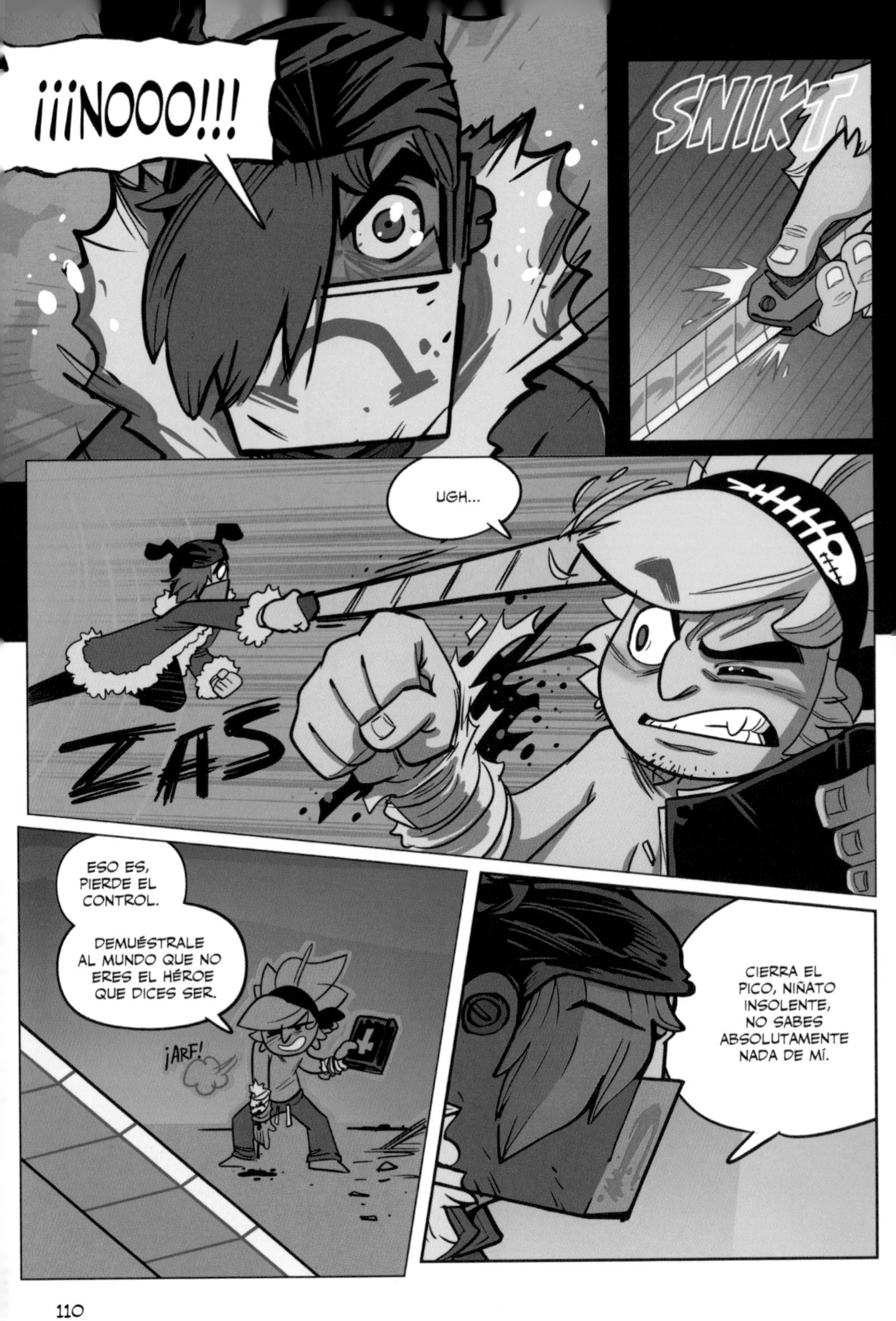
¡¡¡NOOO!!!
SNIKT
UGH...
ZAS
ESO ES, PIERDE EL CONTROL.
DEMUÉSTRALE AL MUNDO QUE NO ERES EL HÉROE QUE DICES SER.
¡ARF!
CIERRA EL PICO, NIÑATO INSOLENTE, NO SABES ABSOLUTAMENTE NADA DE MÍ.

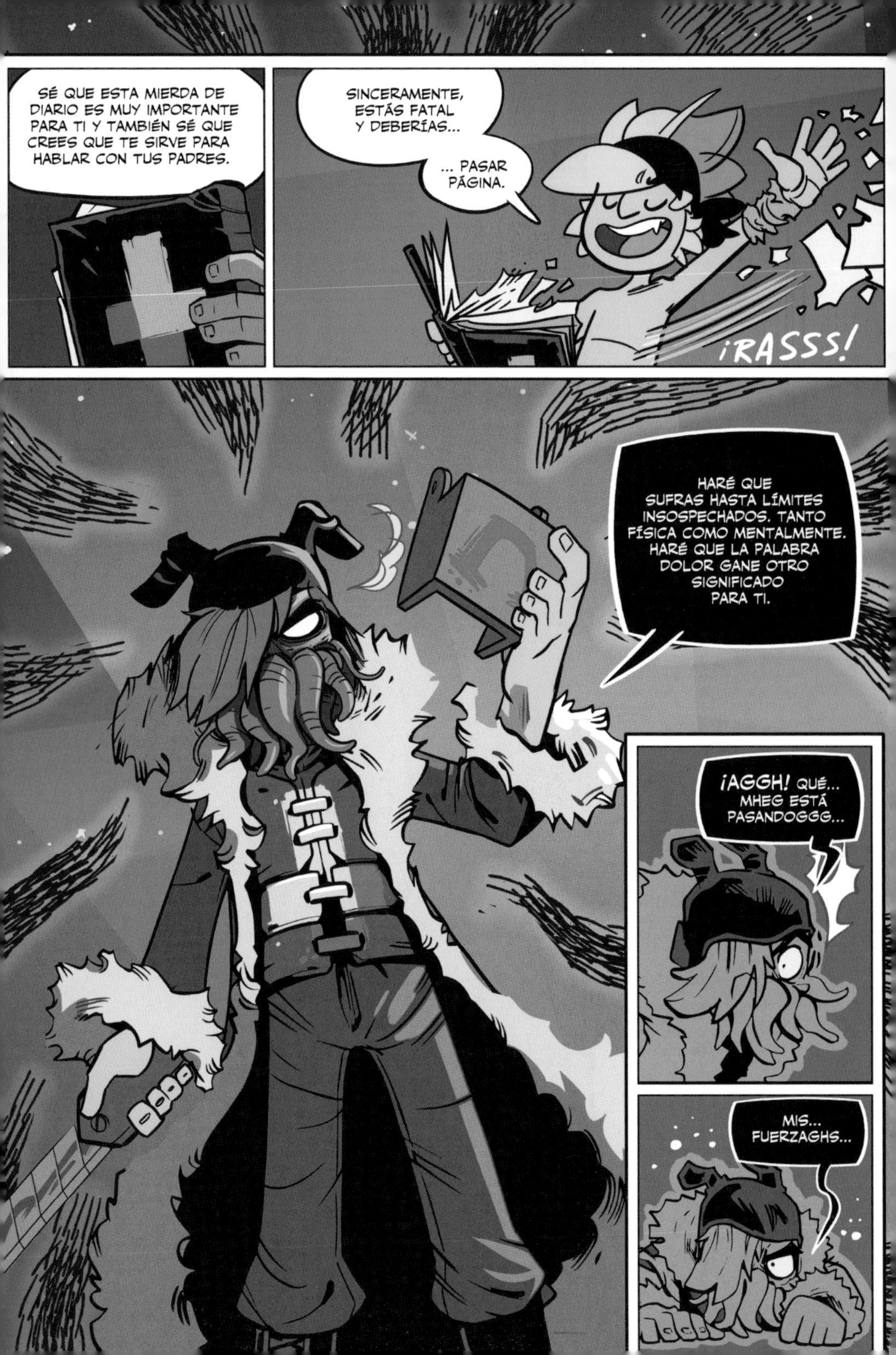
SÉ QUE ESTA MIERDA DE DIARIO ES MUY IMPORTANTE PARA TI Y TAMBIÉN SÉ QUE CREES QUE TE SIRVE PARA HABLAR CON TUS PADRES.
SINCERAMENTE, ESTÁS FATAL Y DEBERÍAS...
... PASAR PÁGINA.
¡RASSS!
HARÉ QUE SUFRAS HASTA LÍMITES INSOSPECHADOS. TANTO FÍSICA COMO MENTALMENTE. HARÉ QUE LA PALABRA DOLOR GANE OTRO SIGNIFICADO PARA TI.
¡AGGH! QUÉ... MHEG ESTÁ PASANDOGGG...
MIS... FUERZAGHS...

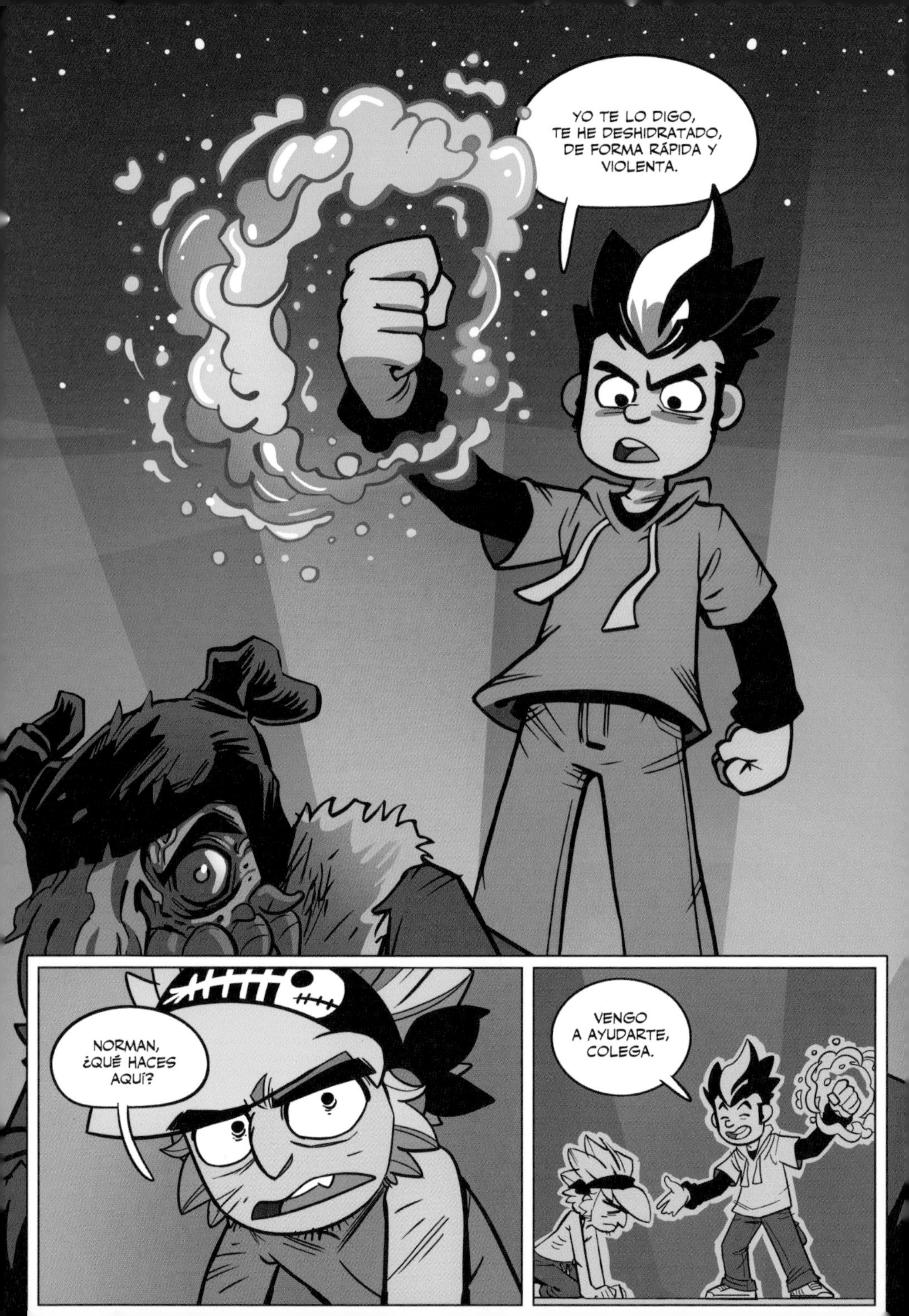
YO TE LO DIGO, TE HE DESHIDRATADO, DE FORMA RÁPIDA Y VIOLENTA.
NORMAN, ¿QUÉ HACES AQUÍ?
VENGO A AYUDARTE, COLEGA.

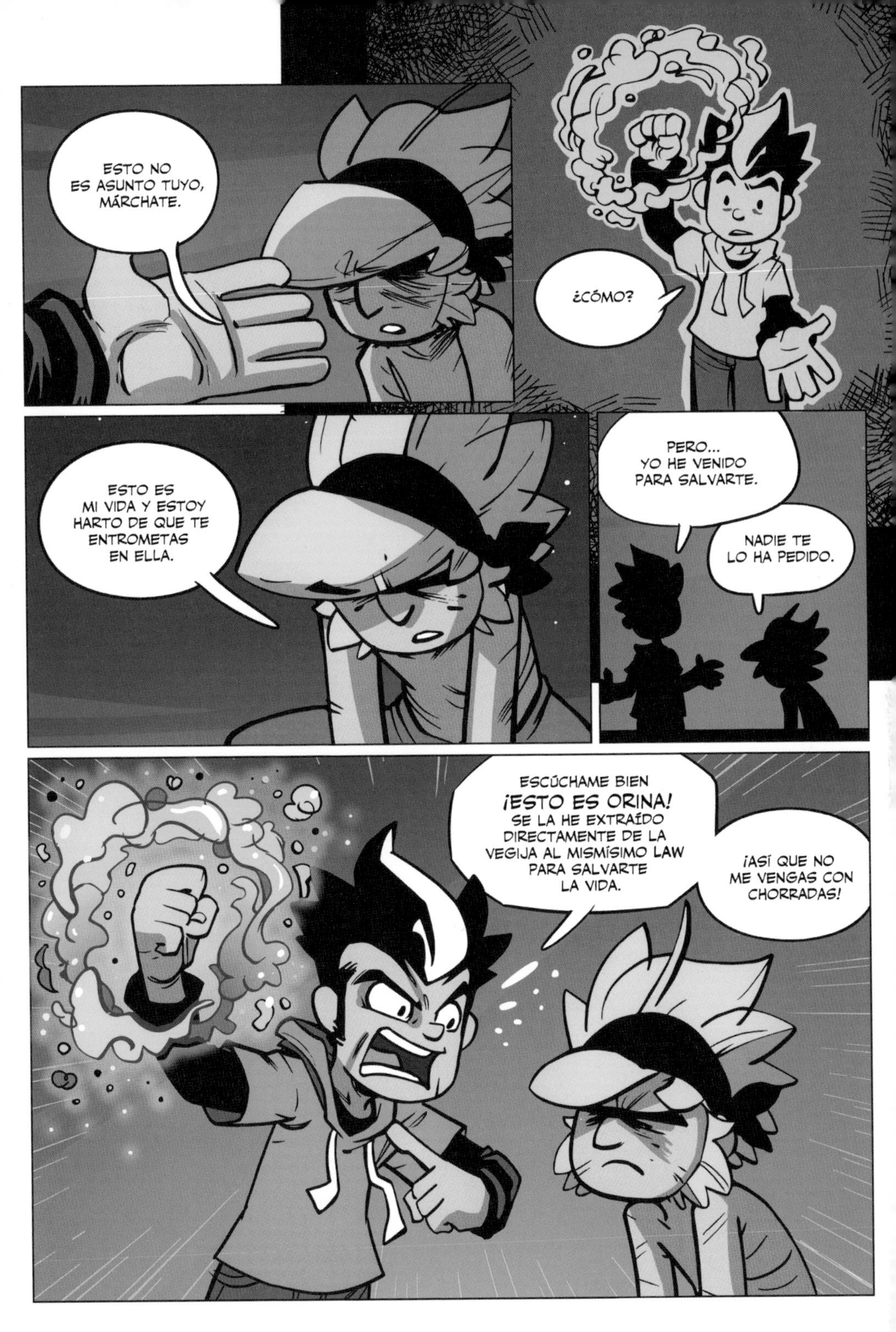
ESTO NO ES ASUNTO TUYO, MÁRCHATE.
¿CÓMO?
ESTO ES MI VIDA Y ESTOY HARTO DE QUE TE ENTROMETAS EN ELLA.
PERO... YO HE VENIDO PARA SALVARTE.
NADIE TE LO HA PEDIDO.
ESCÚCHAME BIEN ¡ESTO ES ORINA! SE LA HE EXTRAÍDO DIRECTAMENTE DE LA VEGIJA AL MISMÍSIMO LAW PARA SALVARTE LA VIDA.
¡ASÍ QUE NO ME VENGAS CON CHORRADAS!

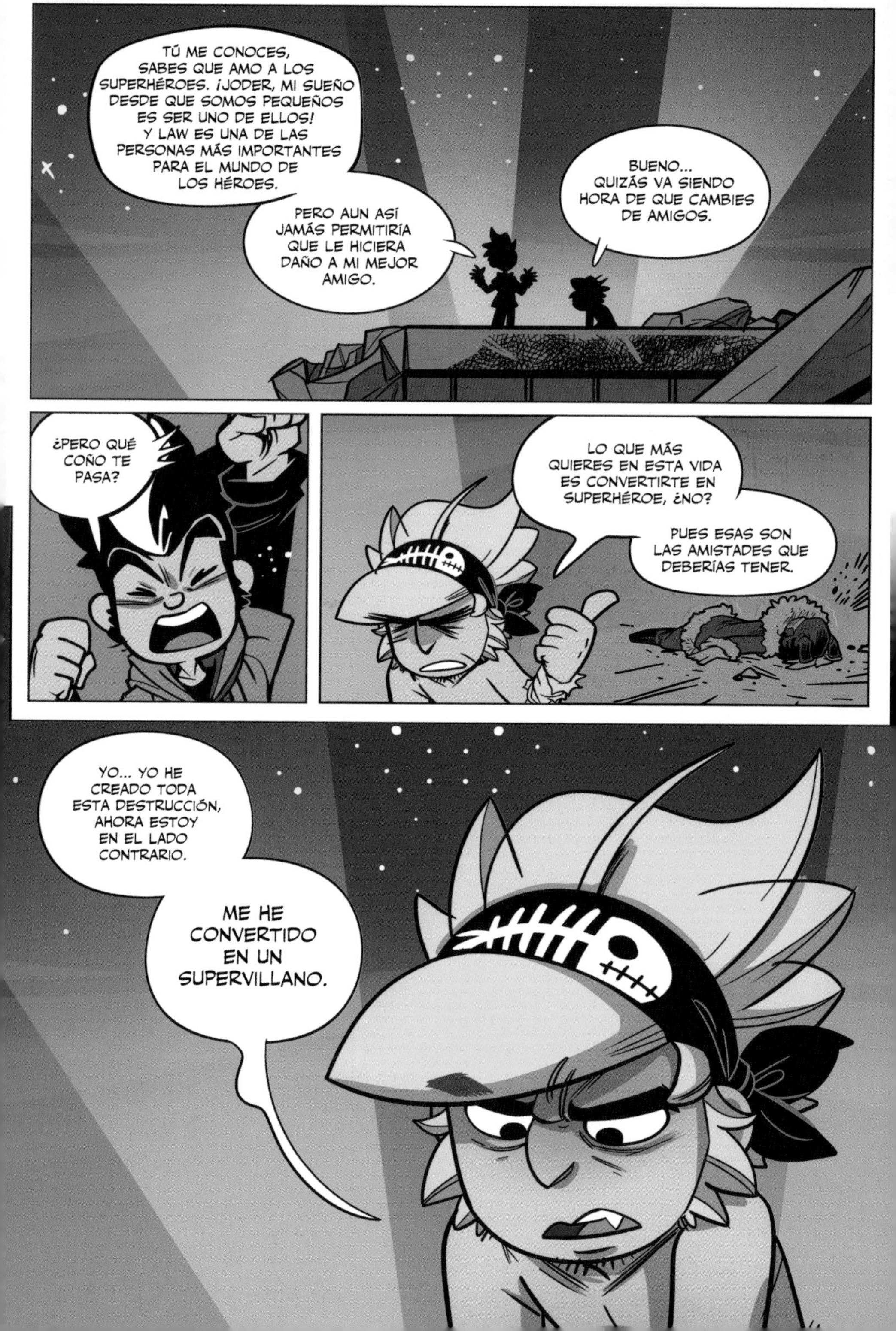
TÚ ME CONOCES, SABES QUE AMO A LOS SUPERHÉROES. ¡JODER, MI SUEÑO DESDE QUE SOMOS PEQUEÑOS ES SER UNO DE ELLOS! Y LAW ES UNA DE LAS PERSONAS MÁS IMPORTANTES PARA EL MUNDO DE LOS HÉROES.
PERO AUN ASÍ JAMÁS PERMITIRÍA QUE LE HICIERA DAÑO A MI MEJOR AMIGO.
BUENO... QUIZÁS VA SIENDO HORA DE QUE CAMBIES DE AMIGOS.
¿PERO QUÉ COÑO TE PASA?
LO QUE MÁS QUIERES EN ESTA VIDA ES CONVERTIRTE EN SUPERHÉROE, ¿NO?
PUES ESAS SON LAS AMISTADES QUE DEBERÍAS TENER.
YO... YO HE CREADO TODA ESTA DESTRUCCIÓN, AHORA ESTOY EN EL LADO CONTRARIO.
ME HE CONVERTIDO EN UN SUPERVILLANO.

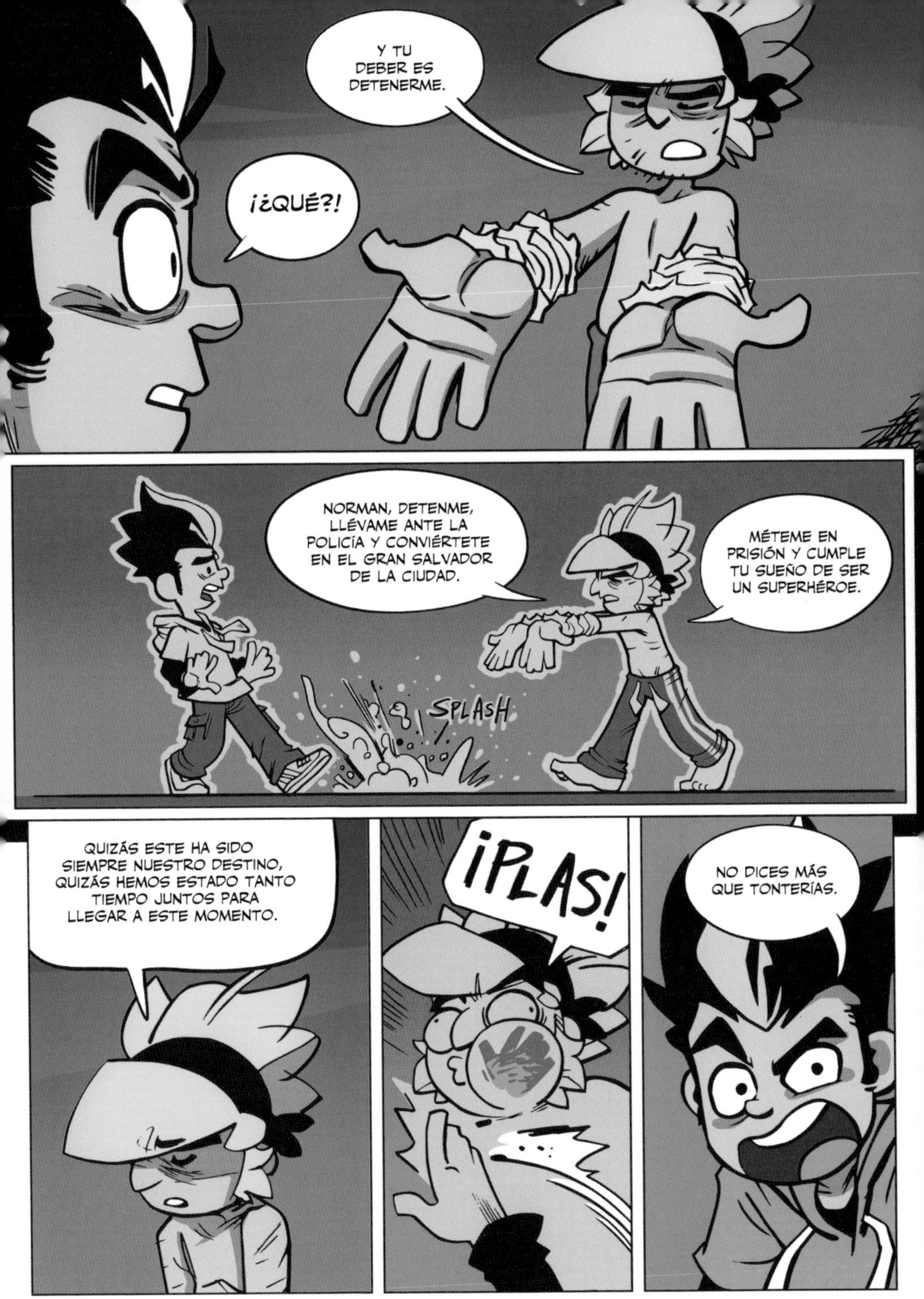
Y TU DEBER ES DETENERME.
¡¿QUÉ?!
NORMAN, DETENME, LLÉVAME ANTE LA POLICÍA Y CONVIÉRTETE EN EL GRAN SALVADOR DE LA CIUDAD.
MÉTEME EN PRISIÓN Y CUMPLE TU SUEÑO DE SER UN SUPERHÉROE.
SPLASH
QUIZÁS ESTE HA SIDO SIEMPRE NUESTRO DESTINO, QUIZÁS HEMOS ESTADO TANTO TIEMPO JUNTOS PARA LLEGAR A ESTE MOMENTO.
¡PLAS!
NO DICES MÁS QUE TONTERÍAS.

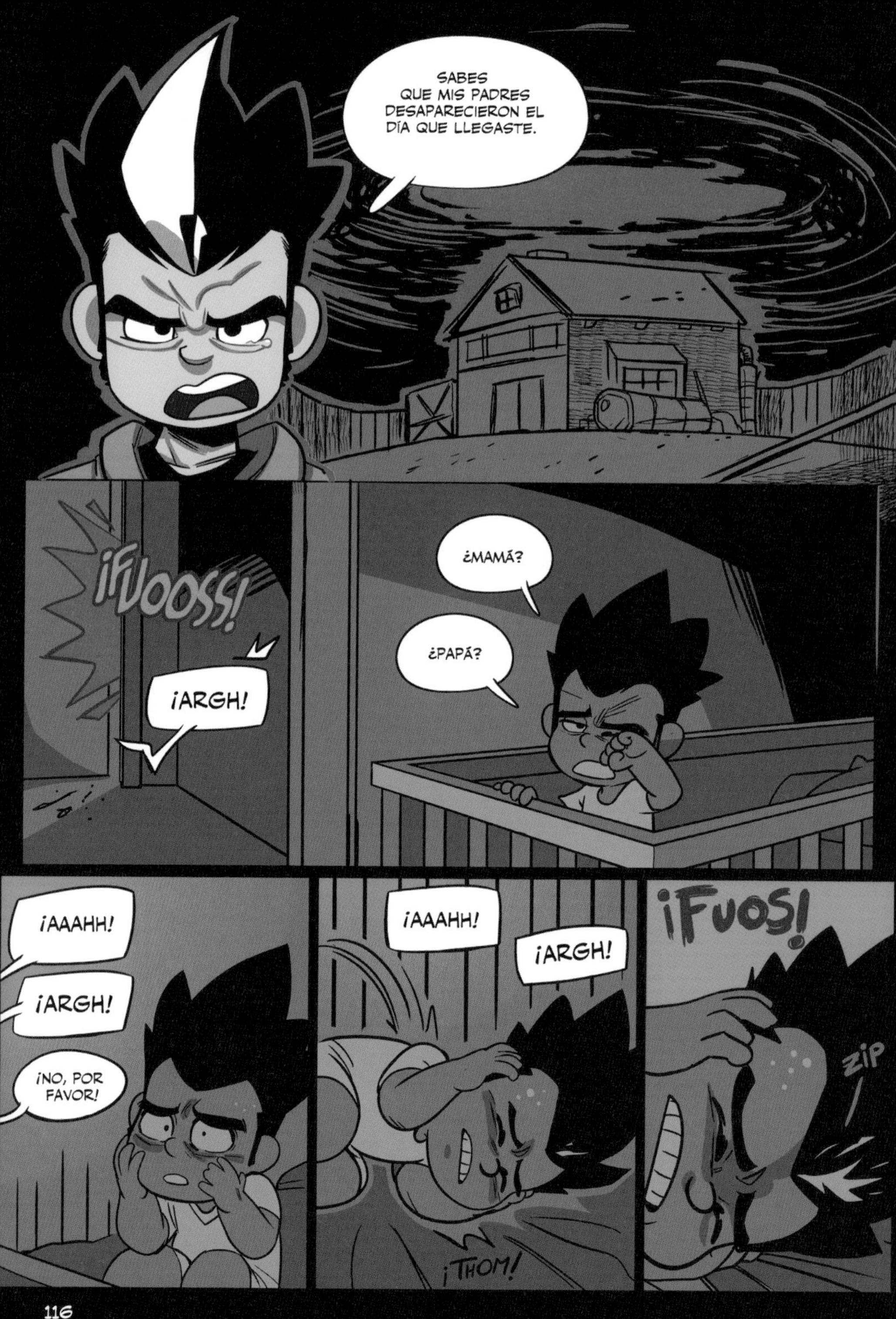
SABES QUE MIS PADRES DESAPARECIERON EL DÍA QUE LLEGASTE.
¡FUOSS!
¡ARGH!
¿MAMÁ?
¿PAPÁ?
¡AAAHH!
¡ARGH!
¡NO, POR FAVOR!
¡AAAHH!
¡ARGH!
¡THOM!
¡FUOS!
ZIP

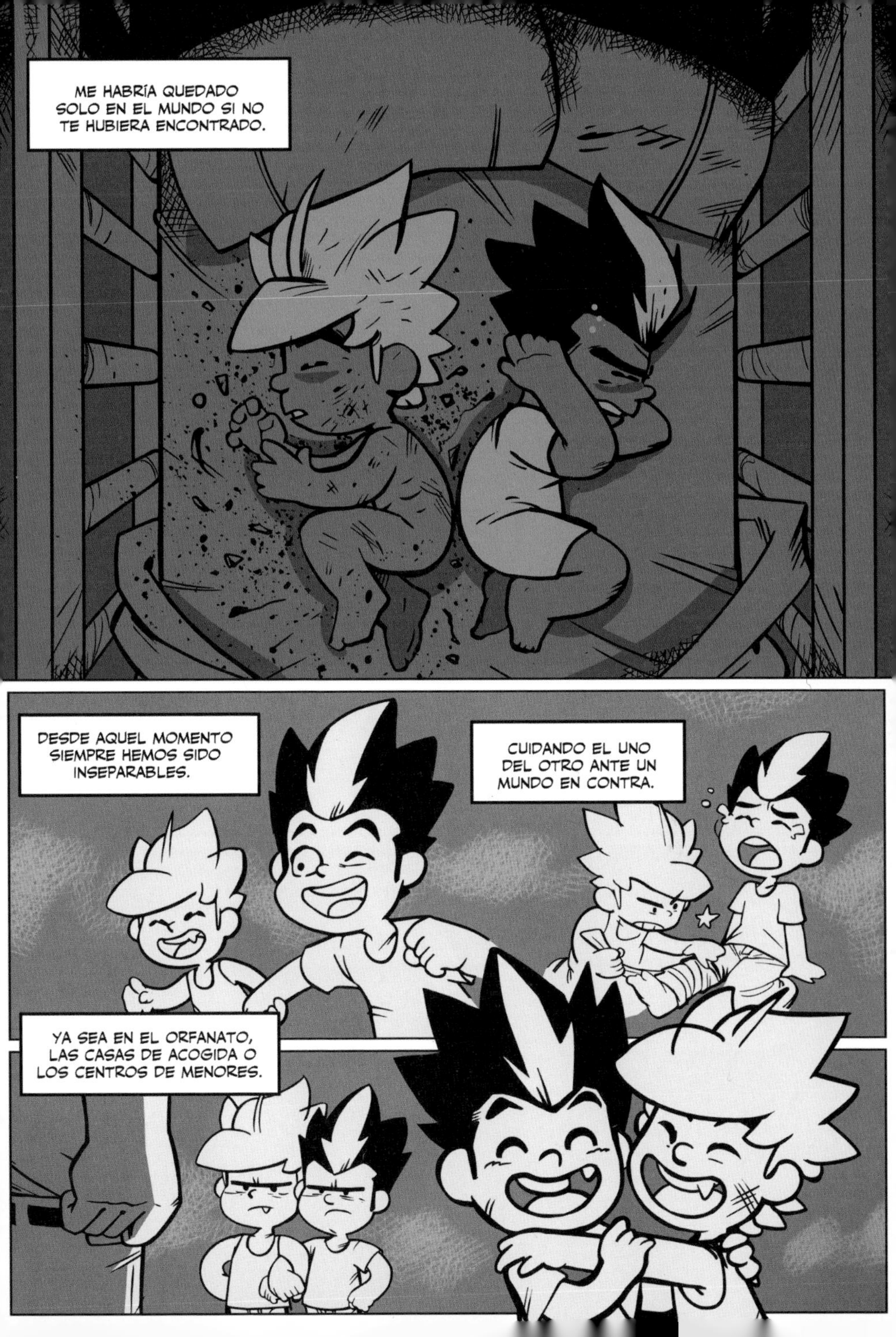
ME HABRÍA QUEDADO SOLO EN EL MUNDO SI NO TE HUBIERA ENCONTRADO.
DESDE AQUEL MOMENTO SIEMPRE HEMOS SIDO INSEPARABLES.
CUIDANDO EL UNO DEL OTRO ANTE UN MUNDO EN CONTRA.
YA SEA EN EL ORFANATO, LAS CASAS DE ACOGIDA O LOS CENTROS DE MENORES.

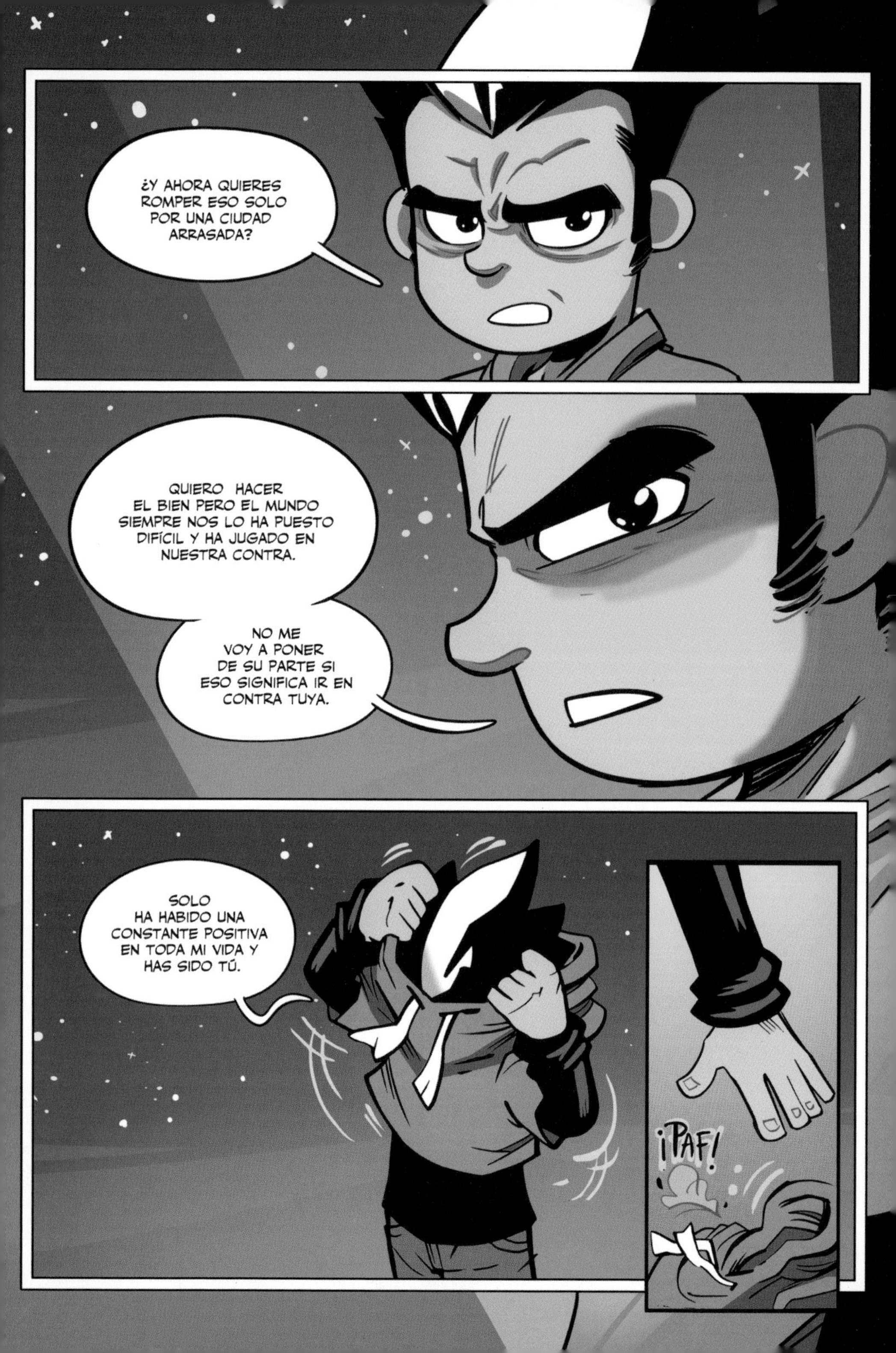
¿Y AHORA QUIERES ROMPER ESO SOLO POR UNA CIUDAD ARRASADA?
QUIERO HACER EL BIEN PERO EL MUNDO SIEMPRE NOS LO HA PUESTO DIFÍCIL Y HA JUGADO EN NUESTRA CONTRA.
NO ME VOY A PONER DE SU PARTE SI ESO SIGNIFICA IR EN CONTRA TUYA.
SOLO HA HABIDO UNA CONSTANTE POSITIVA EN TODA MI VIDA Y HAS SIDO TÚ.
¡PAF!

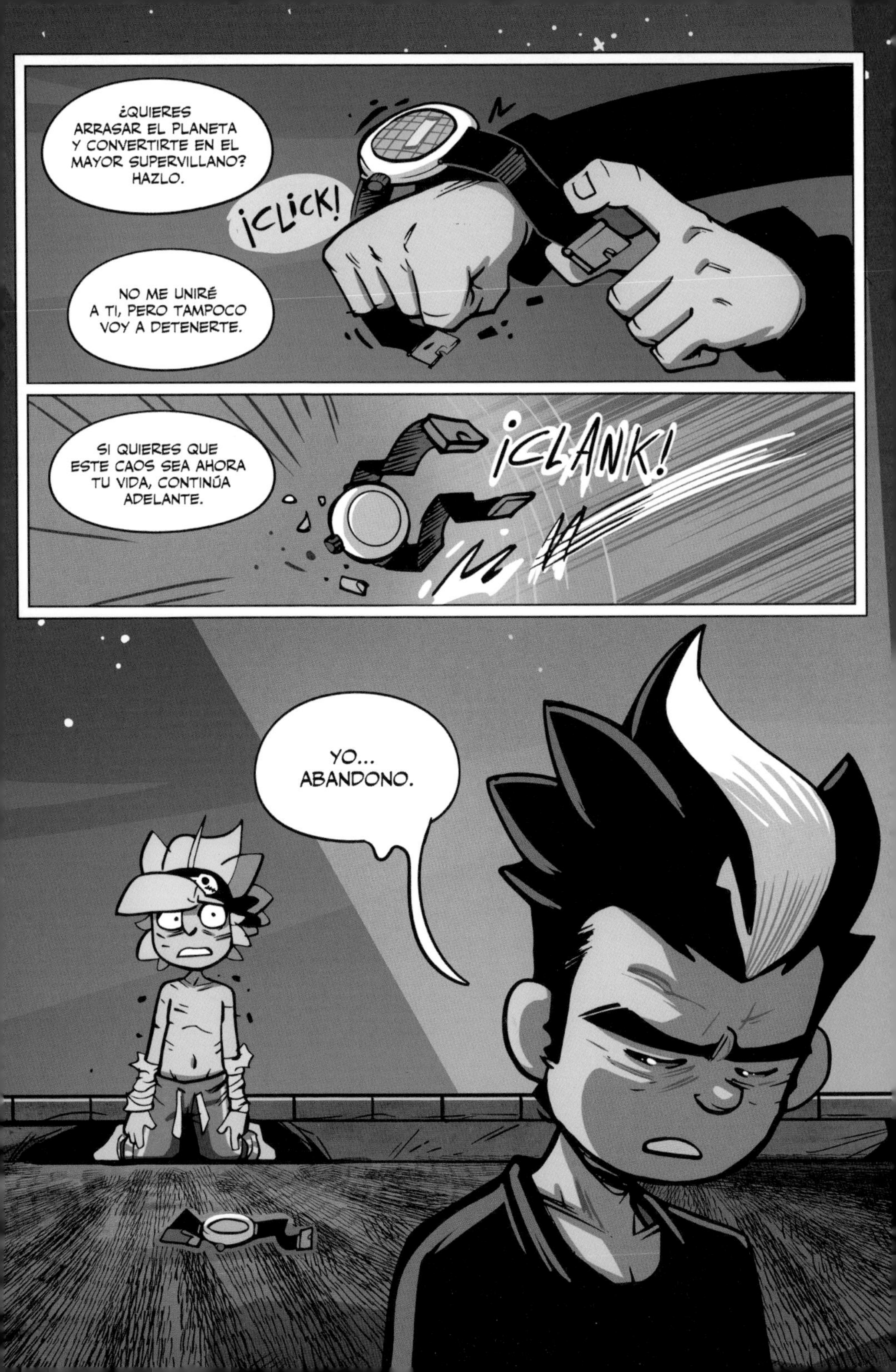
¿QUIERES ARRASAR EL PLANETA Y CONVERTIRTE EN EL MAYOR SUPERVILLANO? HAZLO.
¡CLICK!
NO ME UNIRÉ A TI, PERO TAMPOCO VOY A DETENERTE.
SI QUIERES QUE ESTE CAOS SEA AHORA TU VIDA, CONTINÚA ADELANTE.
¡CLANK!
YO... ABANDONO.

NICO

- ANTES ERA UN GRAN HÉROE, PERO DEBIDO A SU EDAD TUVO QUE PASAR A UN SEGUNDO PLANO Y LLEGÓ A SER JEFE DE LA ORGANIZACIÓN **XXX**.
- LE ENCANTA VESTIR CARO Y, COMO VERÉIS EN ESTE TOMO, GRACIAS A SU PODER SE LO PUEDE PERMITIR.

COMENTARIOS EXTRA DEL AUTOR

EN UN PRIMER MOMENTO, CUANDO IDEÉ EL PERSONAJE, ERA UN INTENTO DE NICK FURY CON TINTES DE SAINTS ROW. NO QUIERO COMENTAR MUCHO MÁS SOBRE ESTE PERSONAJE PORQUE APENAS SE LE HA VISTO, Y HABLAR DE ÉL SERÍA HACER SPOILERS. POCO A POCO IRÉIS DESCUBRIENDO MÁS.

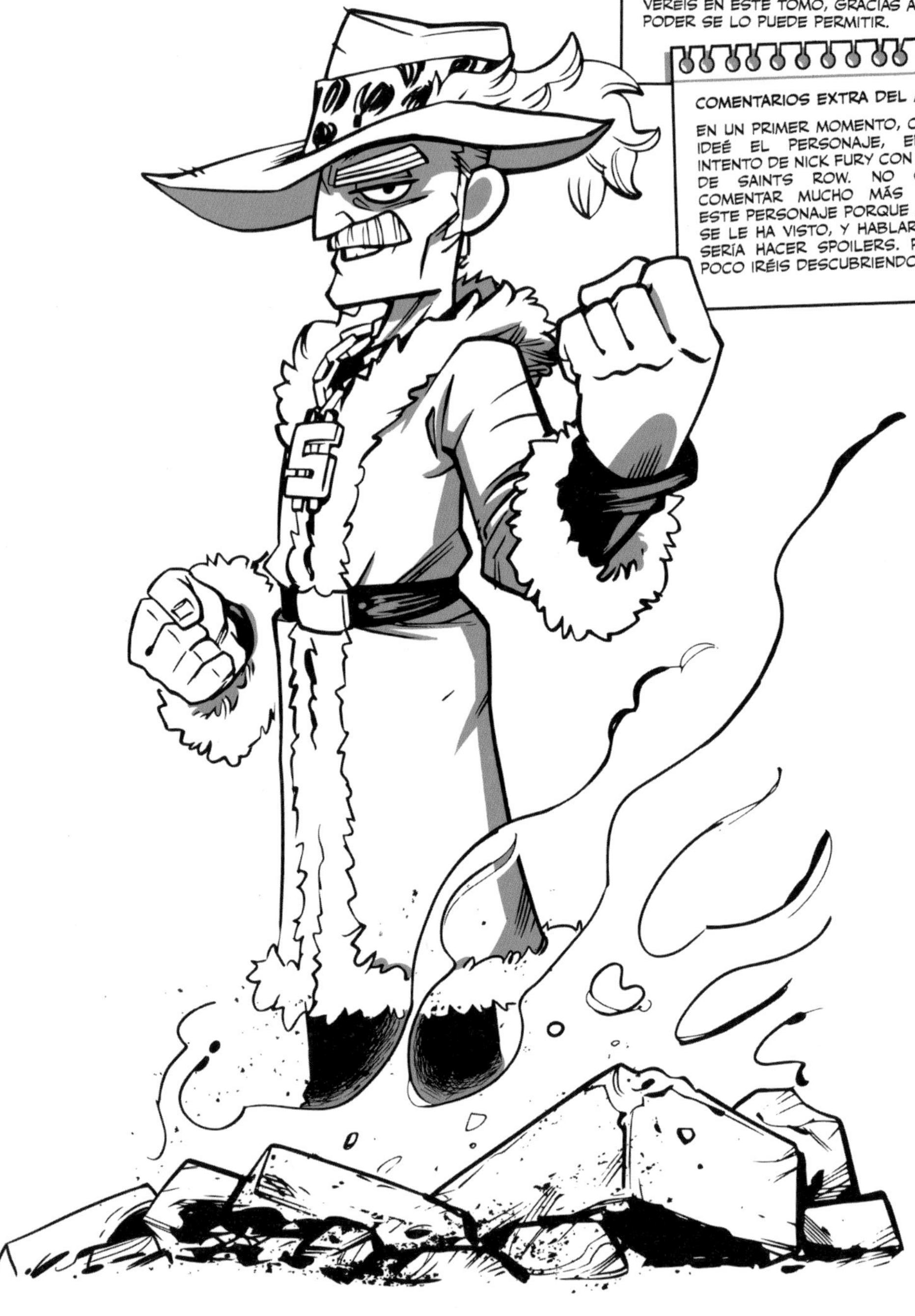

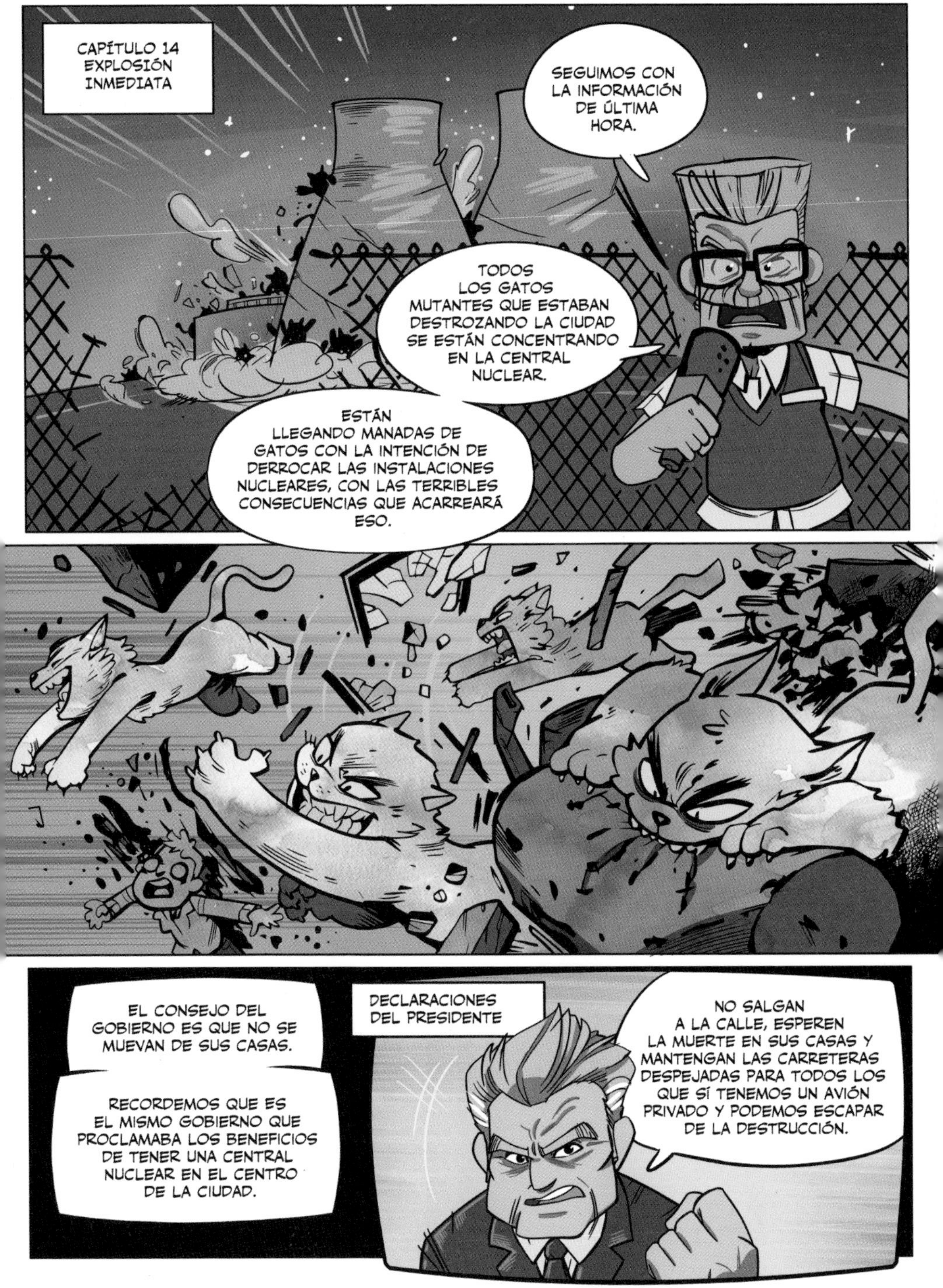
CAPÍTULO 14
EXPLOSIÓN
INMEDIATA
SEGUIMOS CON LA INFORMACIÓN DE ÚLTIMA HORA.
TODOS LOS GATOS MUTANTES QUE ESTABAN DESTROZANDO LA CIUDAD SE ESTÁN CONCENTRANDO EN LA CENTRAL NUCLEAR.
ESTÁN LLEGANDO MANADAS DE GATOS CON LA INTENCIÓN DE DERROCAR LAS INSTALACIONES NUCLEARES, CON LAS TERRIBLES CONSECUENCIAS QUE ACARREARÁ ESO.
EL CONSEJO DEL GOBIERNO ES QUE NO SE MUEVAN DE SUS CASAS.
RECORDEMOS QUE ES EL MISMO GOBIERNO QUE PROCLAMABA LOS BENEFICIOS DE TENER UNA CENTRAL NUCLEAR EN EL CENTRO DE LA CIUDAD.
DECLARACIONES DEL PRESIDENTE
NO SALGAN A LA CALLE, ESPEREN LA MUERTE EN SUS CASAS Y MANTENGAN LAS CARRETERAS DESPEJADAS PARA TODOS LOS QUE SÍ TENEMOS UN AVIÓN PRIVADO Y PODEMOS ESCAPAR DE LA DESTRUCCIÓN.

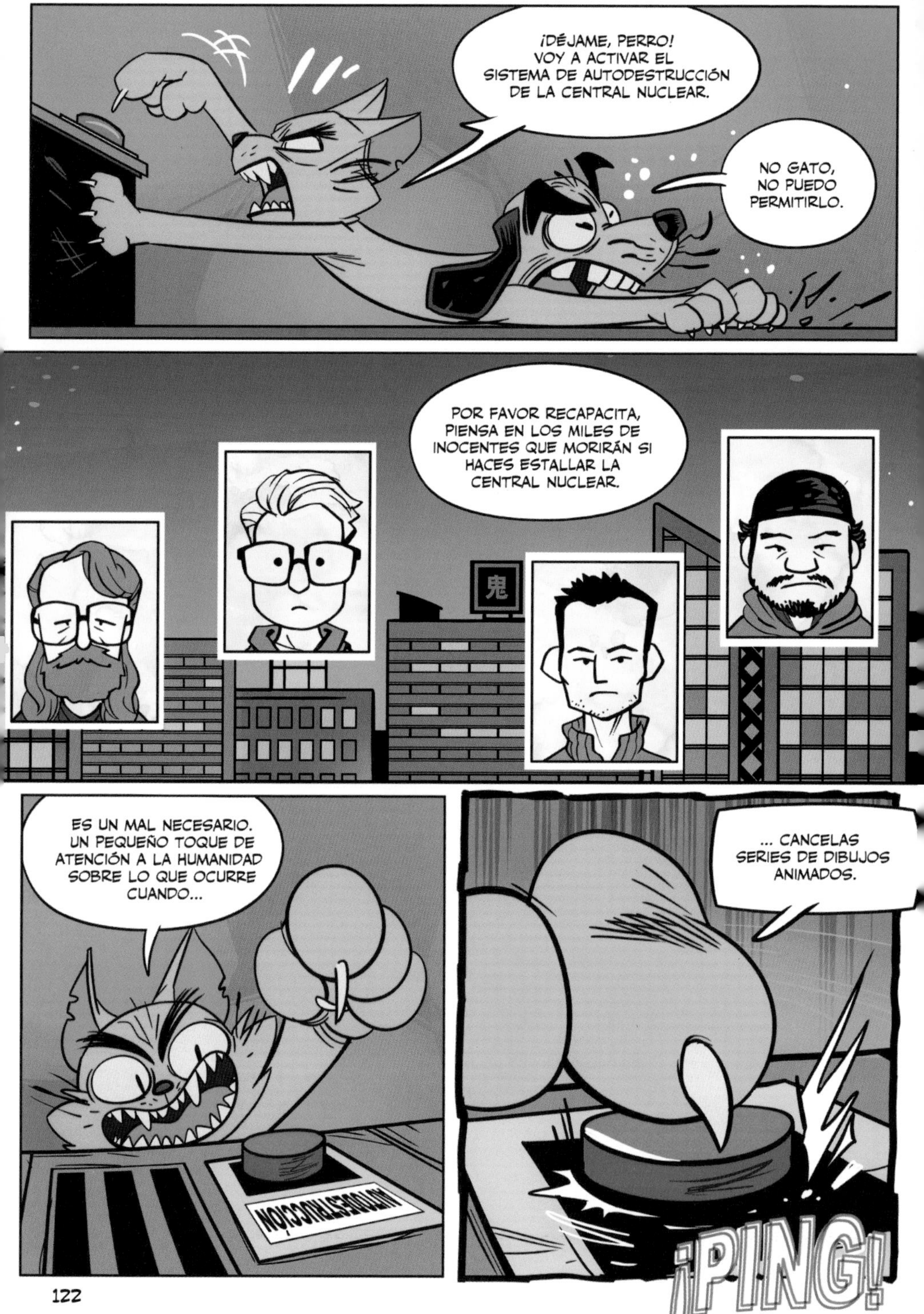

¡DÉJAME, PERRO! VOY A ACTIVAR EL SISTEMA DE AUTODESTRUCCIÓN DE LA CENTRAL NUCLEAR.
NO GATO, NO PUEDO PERMITIRLO.
POR FAVOR RECAPACITA, PIENSA EN LOS MILES DE INOCENTES QUE MORIRÁN SI HACES ESTALLAR LA CENTRAL NUCLEAR.
鬼
ES UN MAL NECESARIO. UN PEQUEÑO TOQUE DE ATENCIÓN A LA HUMANIDAD SOBRE LO QUE OCURRE CUANDO...
AUTODESTRUCCIÓN
... CANCELAS SERIES DE DIBUJOS ANIMADOS.
¡PING!

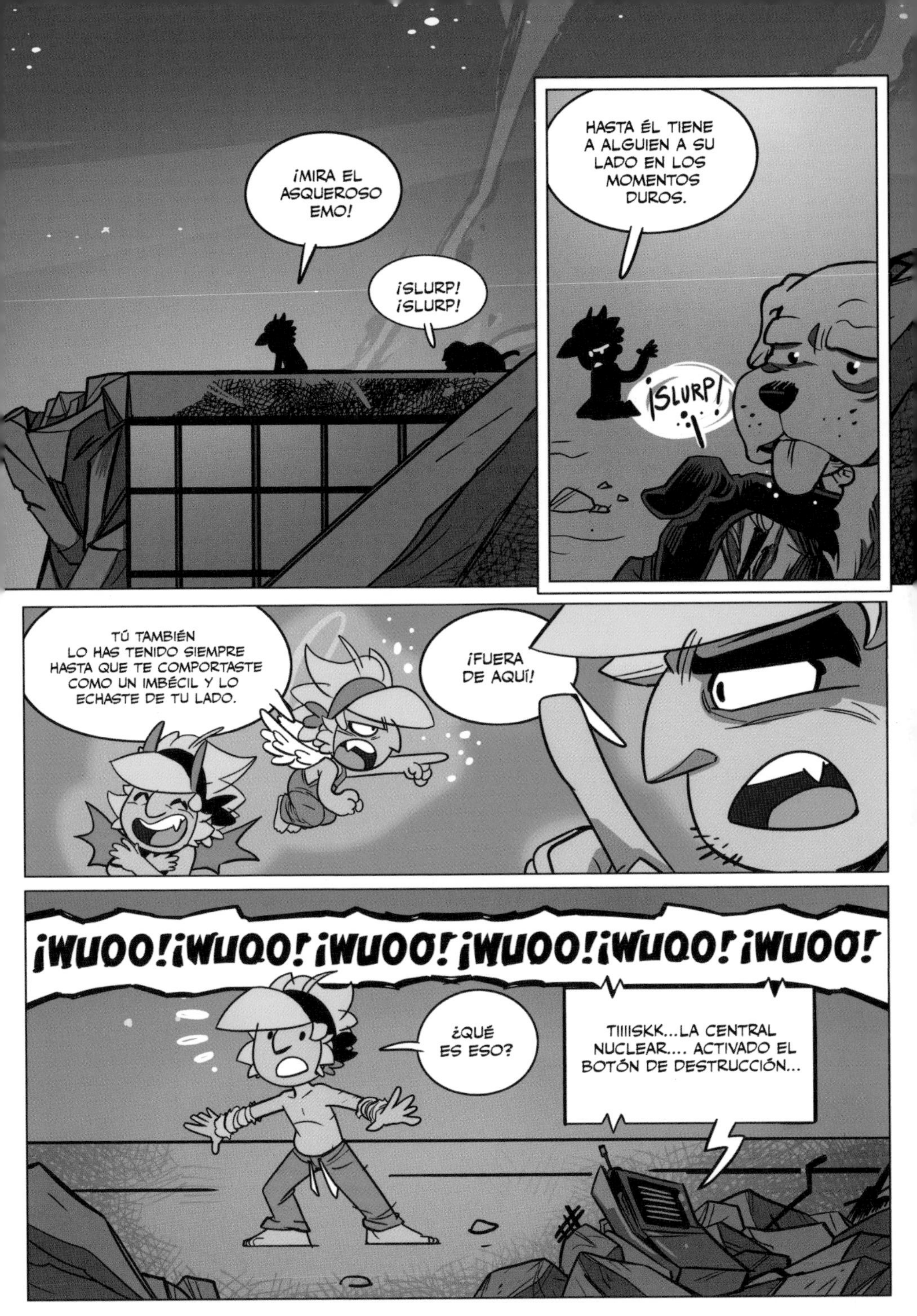

¡MIRA EL ASQUEROSO EMO!
¡SLURP! ¡SLURP!
HASTA ÉL TIENE A ALGUIEN A SU LADO EN LOS MOMENTOS DUROS.
¡SLURP!
TÚ TAMBIÉN LO HAS TENIDO SIEMPRE HASTA QUE TE COMPORTASTE COMO UN IMBÉCIL Y LO ECHASTE DE TU LADO.
¡FUERA DE AQUÍ!
¡WUOO! ¡WUOO! ¡WUOO! ¡WUOO! ¡WUOO! ¡WUOO!
¿QUÉ ES ESO?
TIIIISKK...LA CENTRAL NUCLEAR.... ACTIVADO EL BOTÓN DE DESTRUCCIÓN...

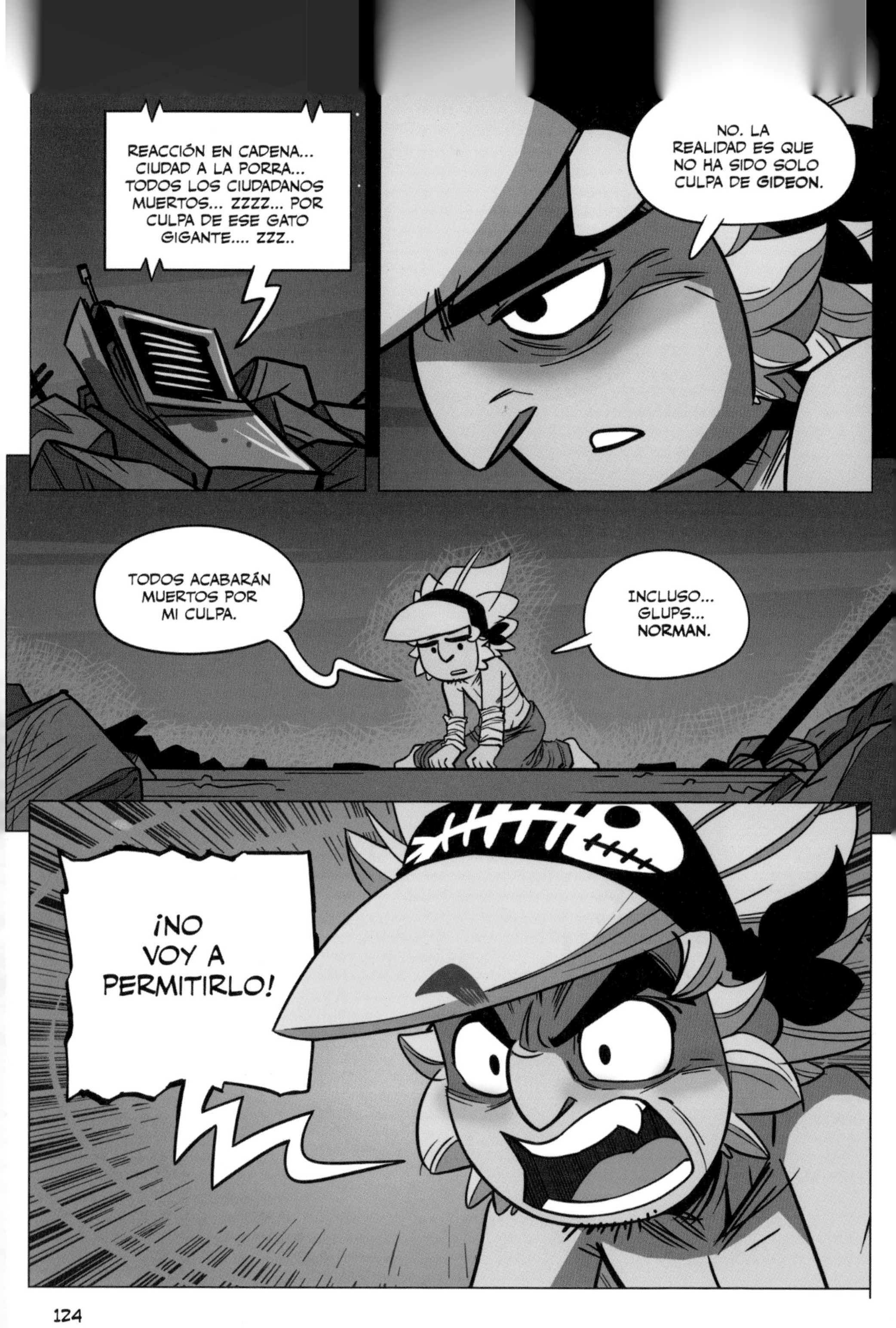
REACCIÓN EN CADENA... CIUDAD A LA PORRA... TODOS LOS CIUDADANOS MUERTOS... ZZZZ... POR CULPA DE ESE GATO GIGANTE.... ZZZ..
NO. LA REALIDAD ES QUE NO HA SIDO SOLO CULPA DE GIDEON.
TODOS ACABARÁN MUERTOS POR MI CULPA.
INCLUSO... GLUPS... NORMAN.
¡NO VOY A PERMITIRLO!

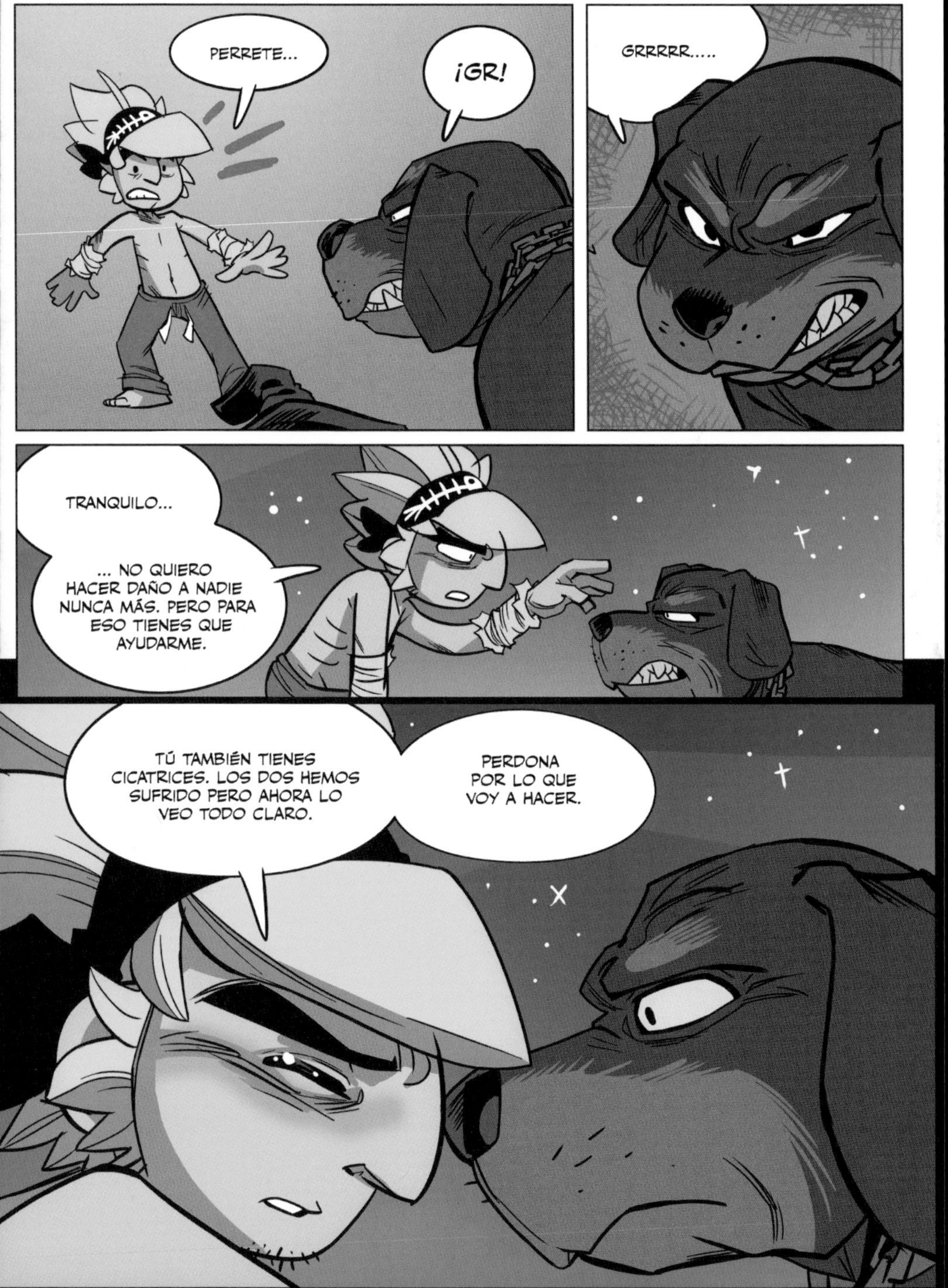
PERRETE...
¡GR!
GRRRRR.....
TRANQUILO...
... NO QUIERO HACER DAÑO A NADIE NUNCA MÁS. PERO PARA ESO TIENES QUE AYUDARME.
TÚ TAMBIÉN TIENES CICATRICES. LOS DOS HEMOS SUFRIDO PERO AHORA LO VEO TODO CLARO.
PERDONA POR LO QUE VOY A HACER.

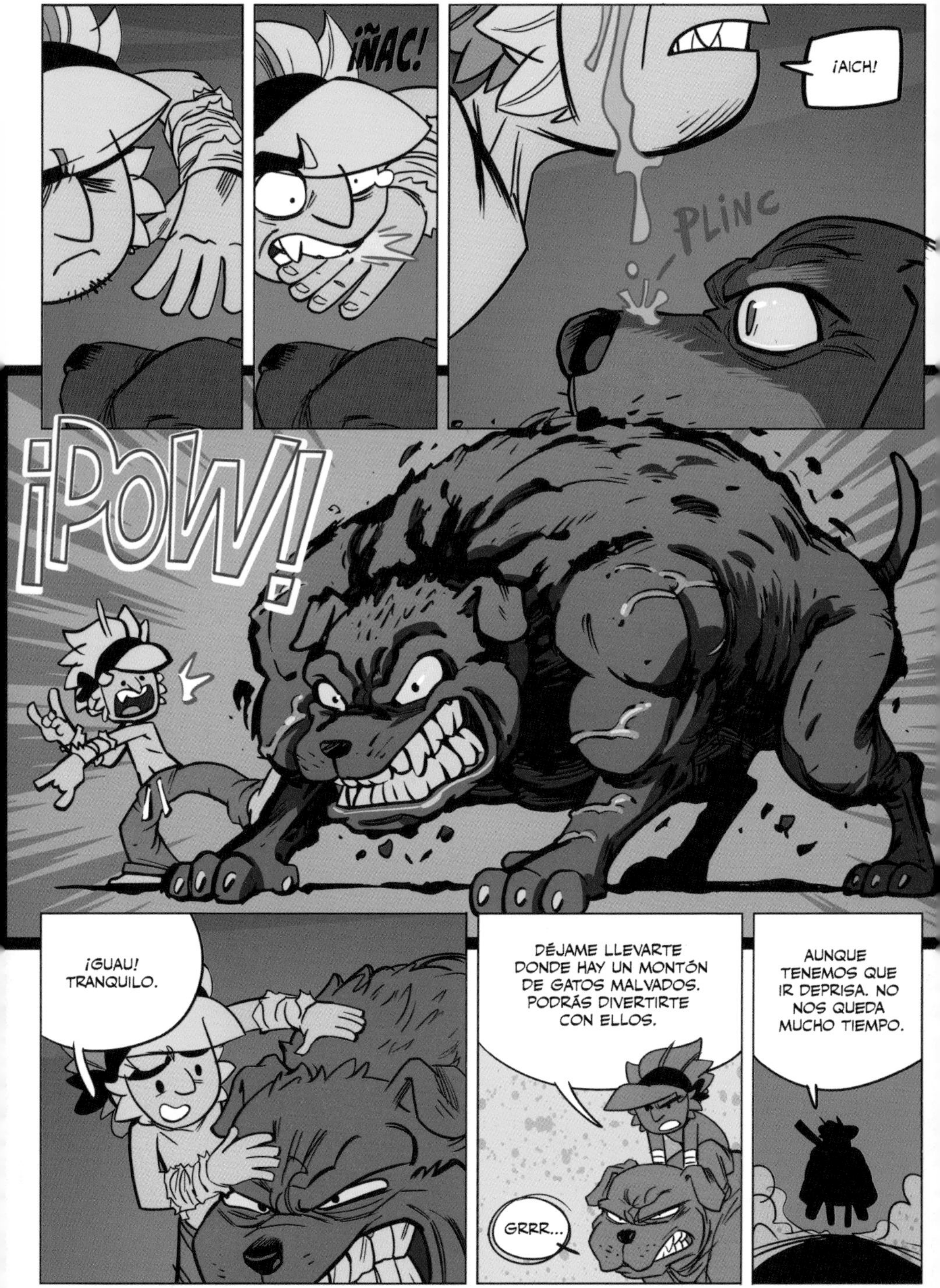

¡ÑAC!
¡AICH!
PLINC
¡POW!
¡GUAU! TRANQUILO.
DÉJAME LLEVARTE DONDE HAY UN MONTÓN DE GATOS MALVADOS. PODRÁS DIVERTIRTE CON ELLOS.
GRRR...
AUNQUE TENEMOS QUE IR DEPRISA. NO NOS QUEDA MUCHO TIEMPO.

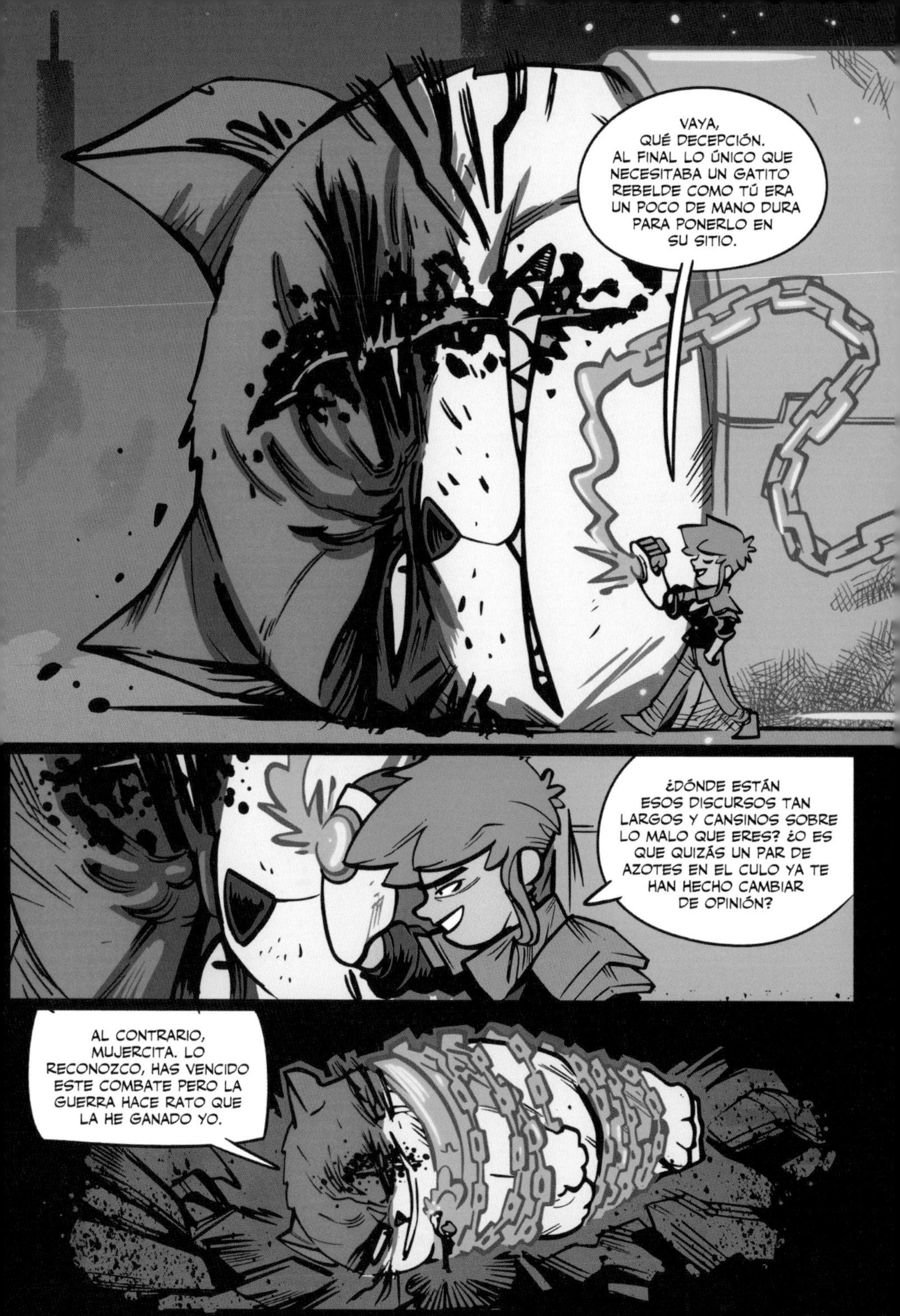
VAYA, QUÉ DECEPCIÓN. AL FINAL LO ÚNICO QUE NECESITABA UN GATITO REBELDE COMO TÚ ERA UN POCO DE MANO DURA PARA PONERLO EN SU SITIO.
¿DÓNDE ESTÁN ESOS DISCURSOS TAN LARGOS Y CANSINOS SOBRE LO MALO QUE ERES? ¿O ES QUE QUIZÁS UN PAR DE AZOTES EN EL CULO YA TE HAN HECHO CAMBIAR DE OPINIÓN?
AL CONTRARIO, MUJERCITA. LO RECONOZCO, HAS VENCIDO ESTE COMBATE PERO LA GUERRA HACE RATO QUE LA HE GANADO YO.

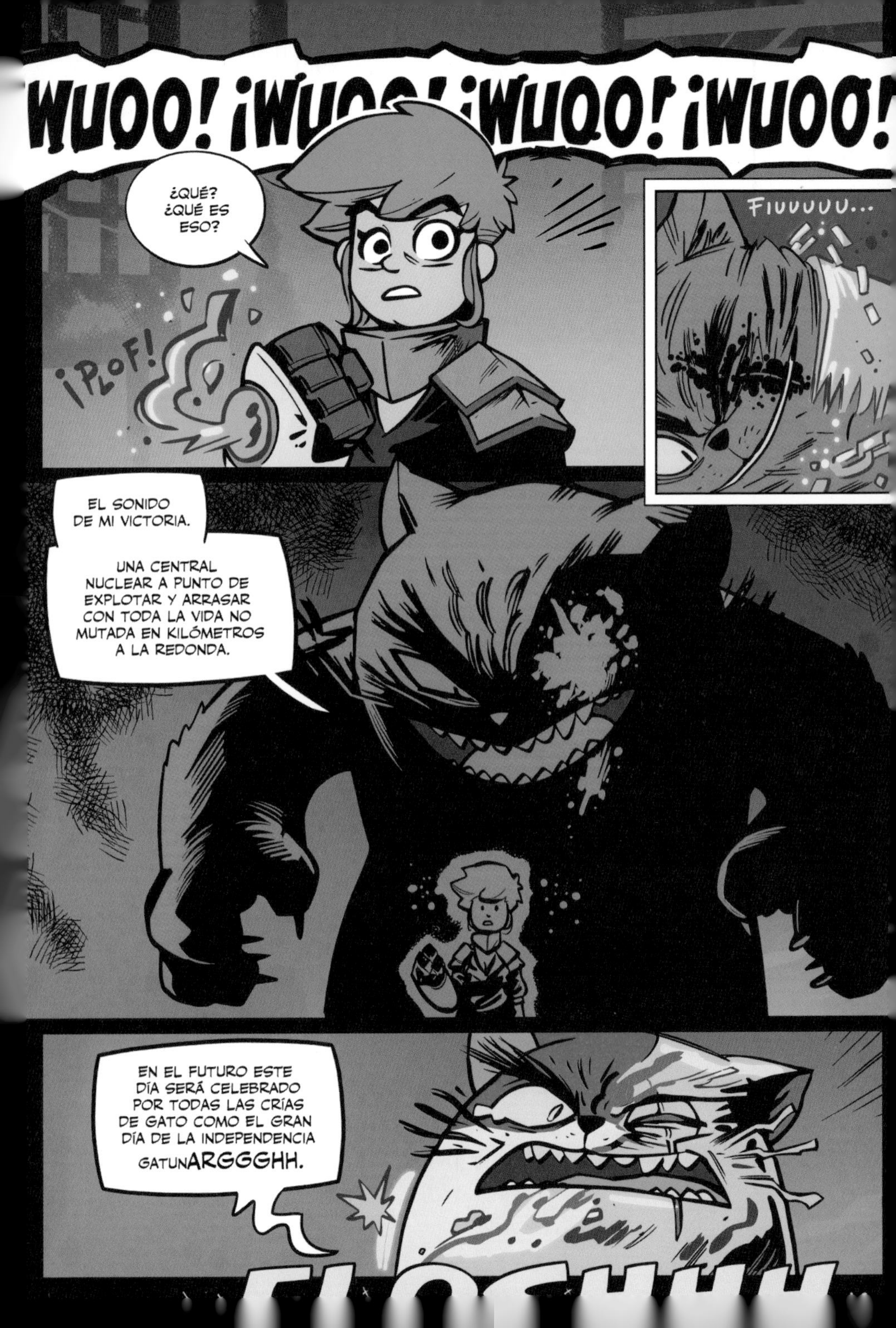

WUOO! ¡WUOO! ¡WUOO! ¡WUOO!
¿QUÉ? ¿QUÉ ES ESO?
¡PLOF!
FIUUUUU...
EL SONIDO DE MI VICTORIA.
UNA CENTRAL NUCLEAR A PUNTO DE EXPLOTAR Y ARRASAR CON TODA LA VIDA NO MUTADA EN KILÓMETROS A LA REDONDA.
EN EL FUTURO ESTE DÍA SERÁ CELEBRADO POR TODAS LAS CRÍAS DE GATO COMO EL GRAN DÍA DE LA INDEPENDENCIA GATUNARGGGHH.

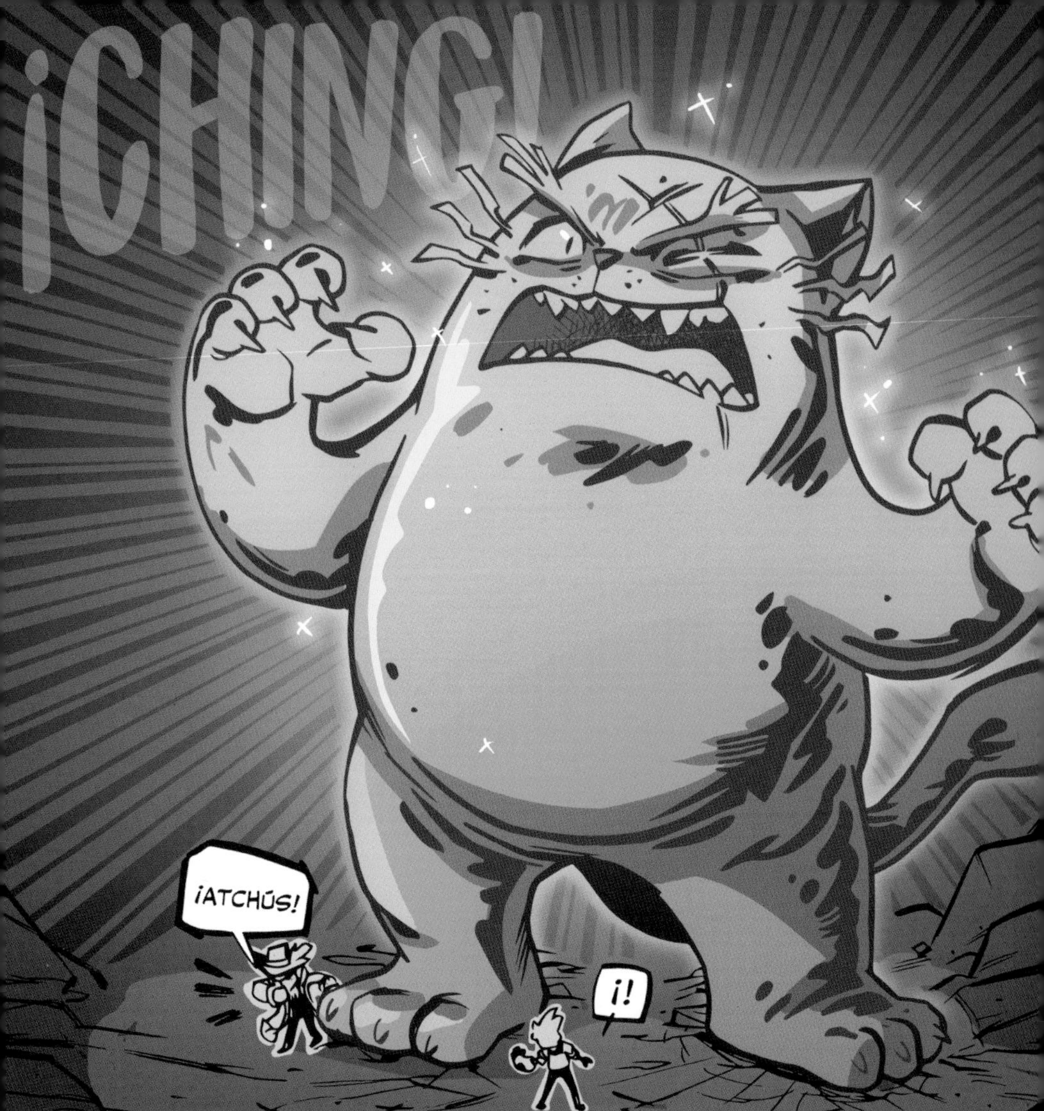
¡CHING!
¡ATCHÚS!
¡!

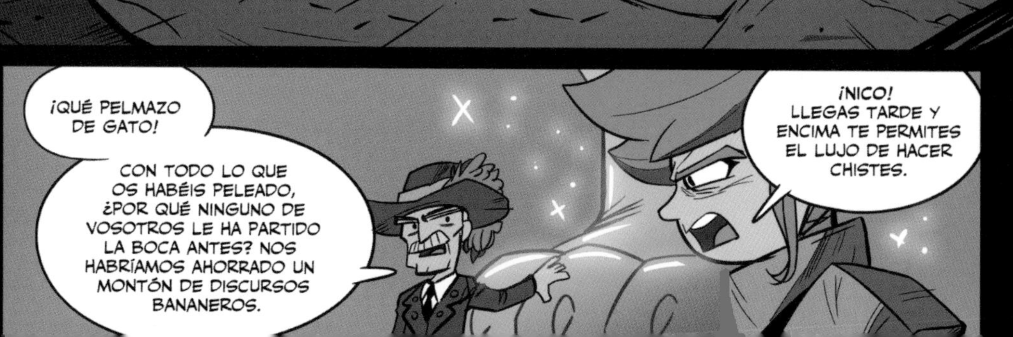
¡QUÉ PELMAZO DE GATO!
CON TODO LO QUE OS HABÉIS PELEADO, ¿POR QUÉ NINGUNO DE VOSOTROS LE HA PARTIDO LA BOCA ANTES? NOS HABRÍAMOS AHORRADO UN MONTÓN DE DISCURSOS BANANEROS.
¡NICO! LLEGAS TARDE Y ENCIMA TE PERMITES EL LUJO DE HACER CHISTES.

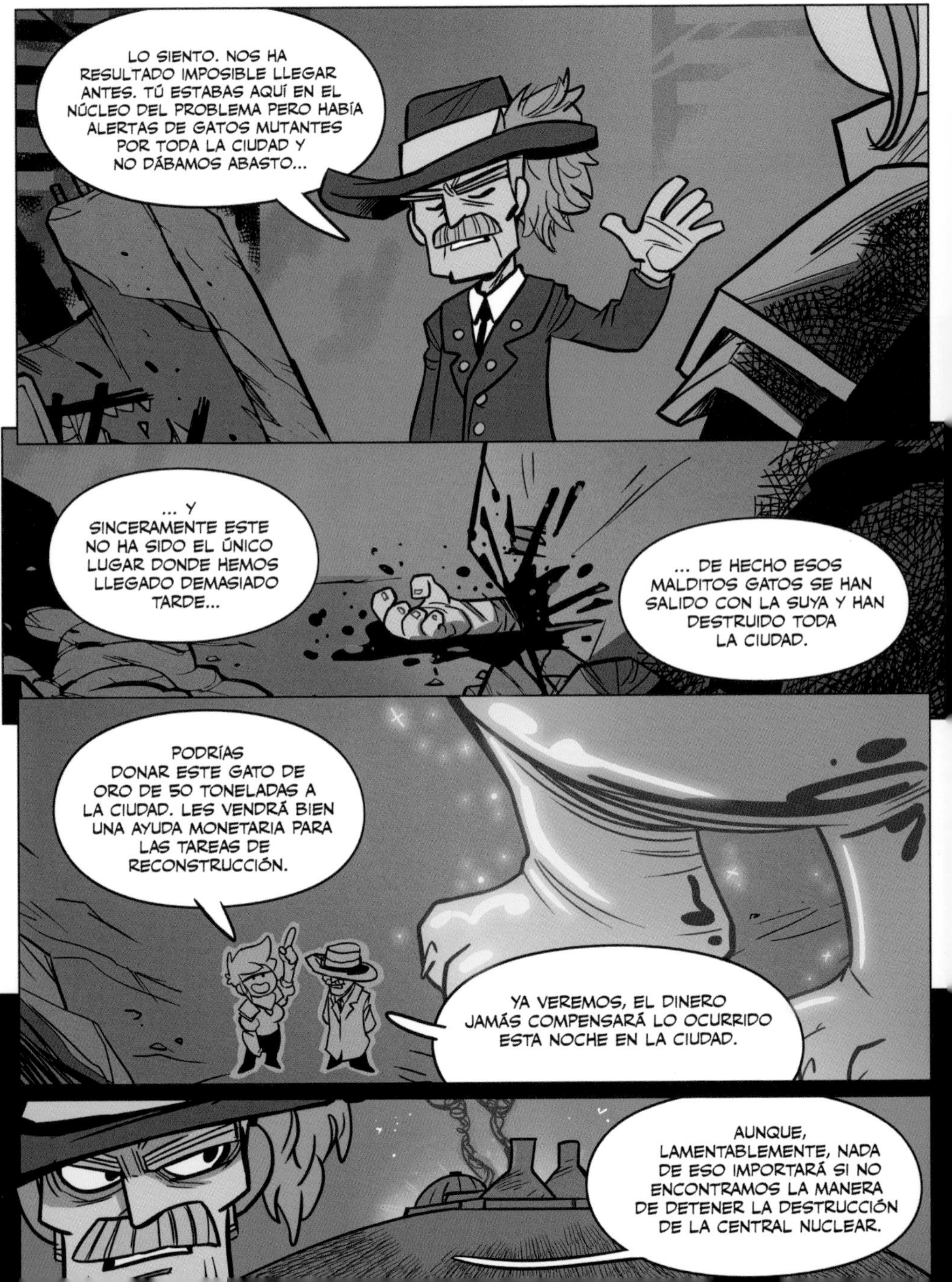
LO SIENTO. NOS HA RESULTADO IMPOSIBLE LLEGAR ANTES. TÚ ESTABAS AQUÍ EN EL NÚCLEO DEL PROBLEMA PERO HABÍA ALERTAS DE GATOS MUTANTES POR TODA LA CIUDAD Y NO DÁBAMOS ABASTO...
... Y SINCERAMENTE ESTE NO HA SIDO EL ÚNICO LUGAR DONDE HEMOS LLEGADO DEMASIADO TARDE...
... DE HECHO ESOS MALDITOS GATOS SE HAN SALIDO CON LA SUYA Y HAN DESTRUIDO TODA LA CIUDAD.
PODRÍAS DONAR ESTE GATO DE ORO DE 50 TONELADAS A LA CIUDAD. LES VENDRÁ BIEN UNA AYUDA MONETARIA PARA LAS TAREAS DE RECONSTRUCCIÓN.
YA VEREMOS, EL DINERO JAMÁS COMPENSARÁ LO OCURRIDO ESTA NOCHE EN LA CIUDAD.
AUNQUE, LAMENTABLEMENTE, NADA DE ESO IMPORTARÁ SI NO ENCONTRAMOS LA MANERA DE DETENER LA DESTRUCCIÓN DE LA CENTRAL NUCLEAR.

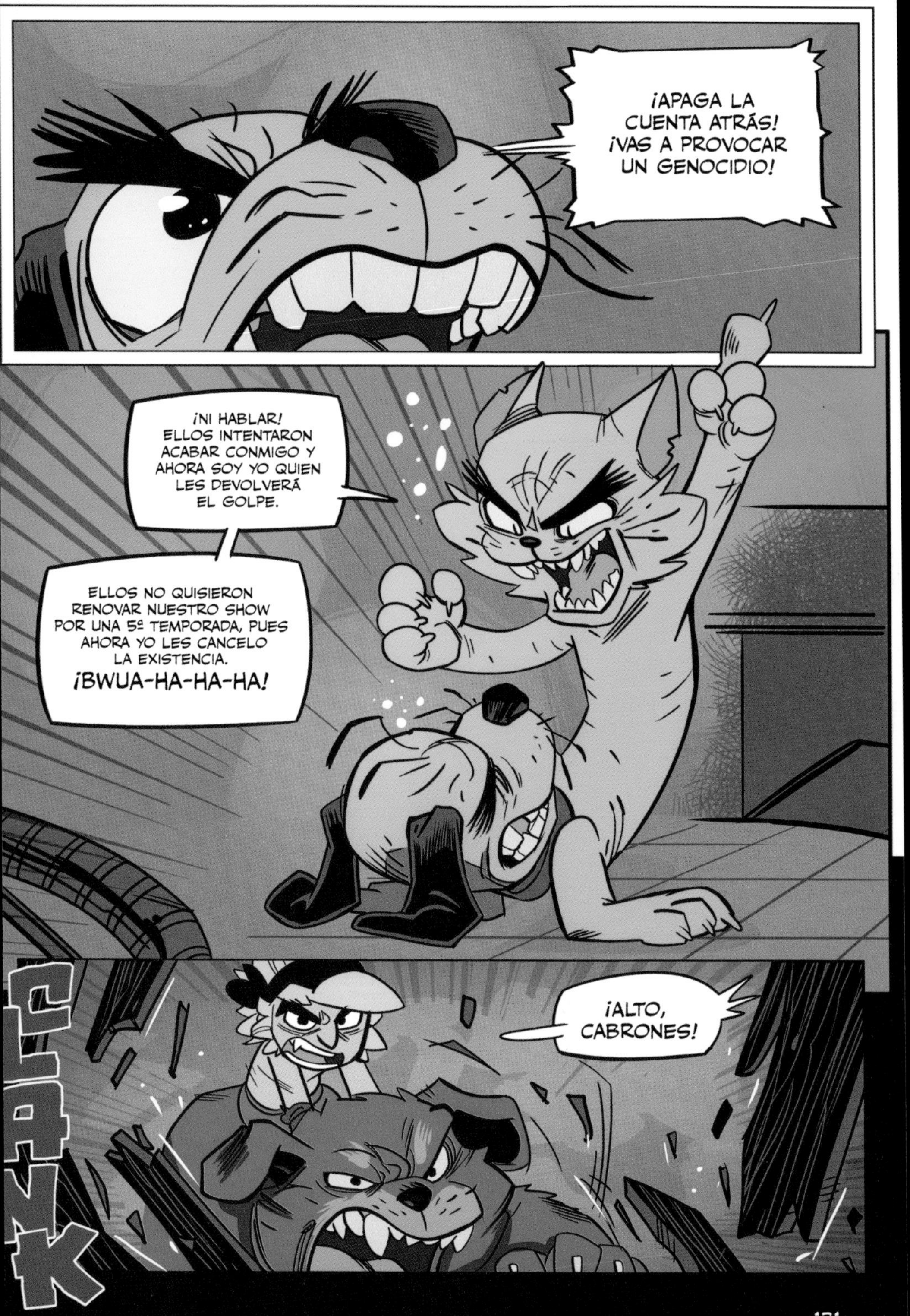
¡APAGA LA CUENTA ATRÁS! ¡VAS A PROVOCAR UN GENOCIDIO!
¡NI HABLAR! ELLOS INTENTARON ACABAR CONMIGO Y AHORA SOY YO QUIEN LES DEVOLVERÁ EL GOLPE.
ELLOS NO QUISIERON RENOVAR NUESTRO SHOW POR UNA 5º TEMPORADA, PUES AHORA YO LES CANCELO LA EXISTENCIA. ¡BWUA-HA-HA-HA!
¡ALTO, CABRONES!

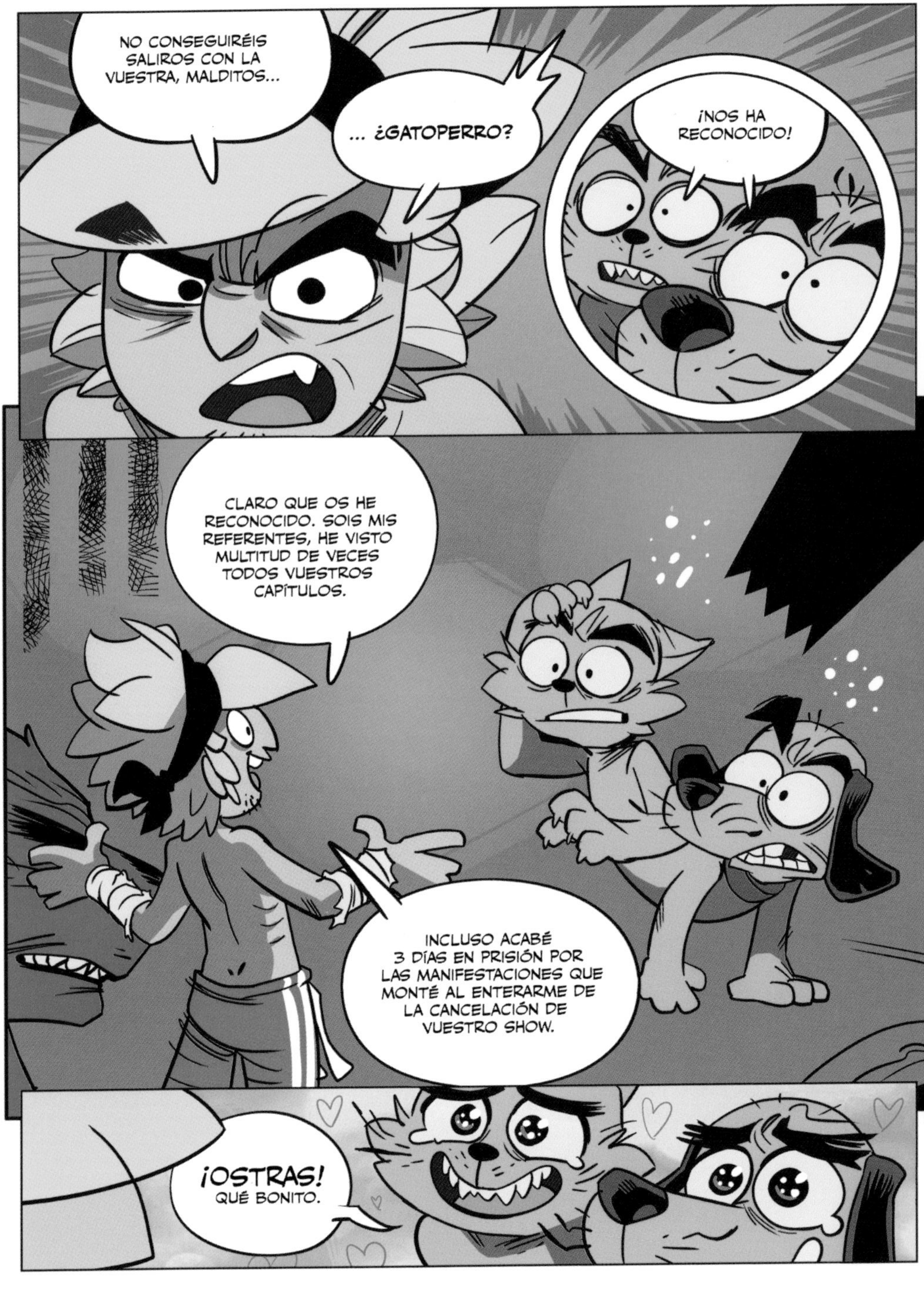
NO CONSEGUIRÉIS SALIROS CON LA VUESTRA, MALDITOS...
... ¿GATOPERRO?
¡NOS HA RECONOCIDO!
CLARO QUE OS HE RECONOCIDO. SOIS MIS REFERENTES, HE VISTO MULTITUD DE VECES TODOS VUESTROS CAPÍTULOS.
INCLUSO ACABÉ 3 DÍAS EN PRISIÓN POR LAS MANIFESTACIONES QUE MONTÉ AL ENTERARME DE LA CANCELACIÓN DE VUESTRO SHOW.
¡OSTRAS! QUÉ BONITO.

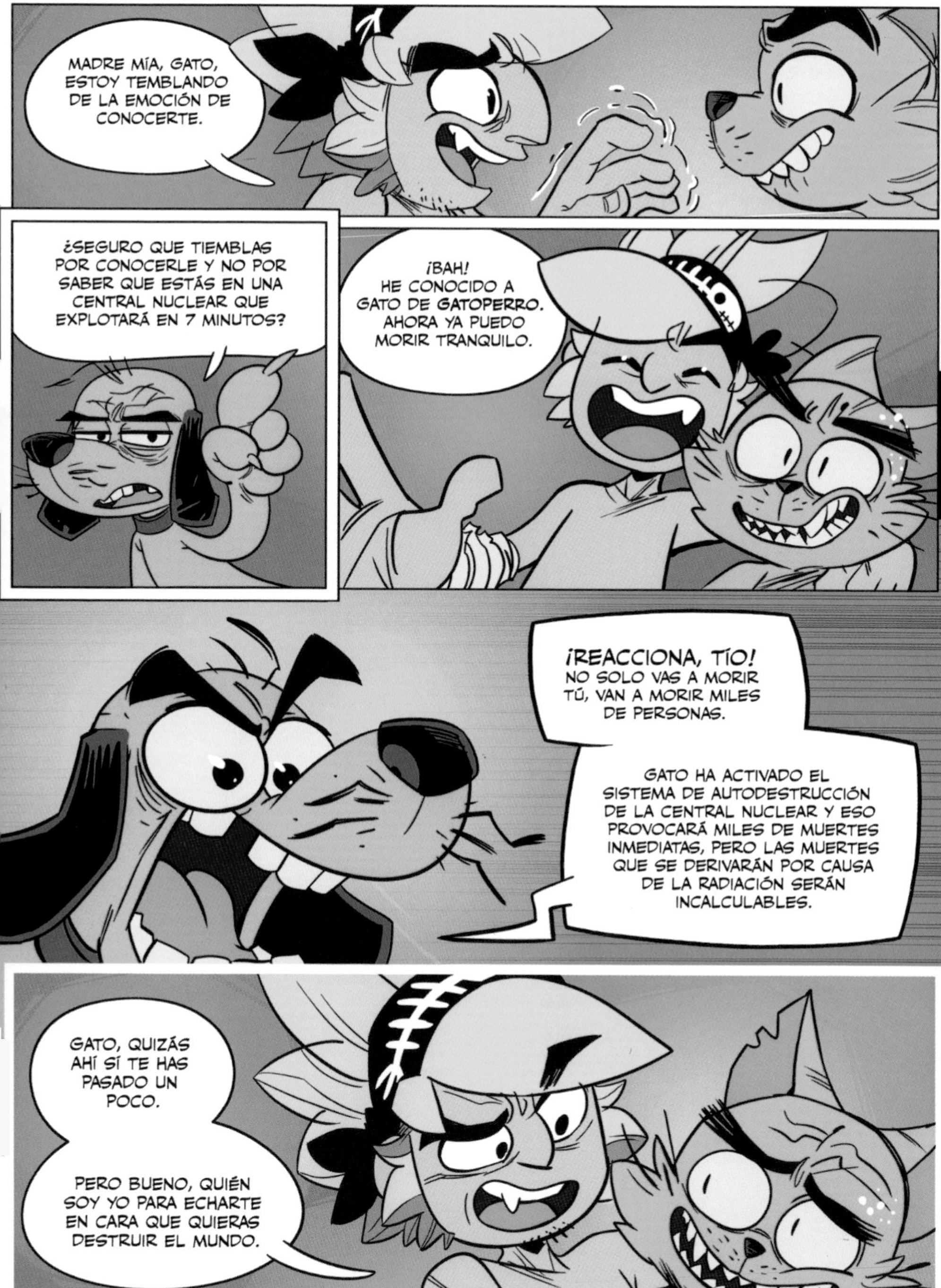
MADRE MÍA, GATO, ESTOY TEMBLANDO DE LA EMOCIÓN DE CONOCERTE.
¿SEGURO QUE TIEMBLAS POR CONOCERLE Y NO POR SABER QUE ESTÁS EN UNA CENTRAL NUCLEAR QUE EXPLOTARÁ EN 7 MINUTOS?
¡BAH! HE CONOCIDO A GATO DE GATOPERRO. AHORA YA PUEDO MORIR TRANQUILO.
¡REACCIONA, TÍO! NO SOLO VAS A MORIR TÚ, VAN A MORIR MILES DE PERSONAS.
GATO HA ACTIVADO EL SISTEMA DE AUTODESTRUCCIÓN DE LA CENTRAL NUCLEAR Y ESO PROVOCARÁ MILES DE MUERTES INMEDIATAS, PERO LAS MUERTES QUE SE DERIVARÁN POR CAUSA DE LA RADIACIÓN SERÁN INCALCULABLES.
GATO, QUIZÁS AHÍ SÍ TE HAS PASADO UN POCO.
PERO BUENO, QUIÉN SOY YO PARA ECHARTE EN CARA QUE QUIERAS DESTRUIR EL MUNDO.

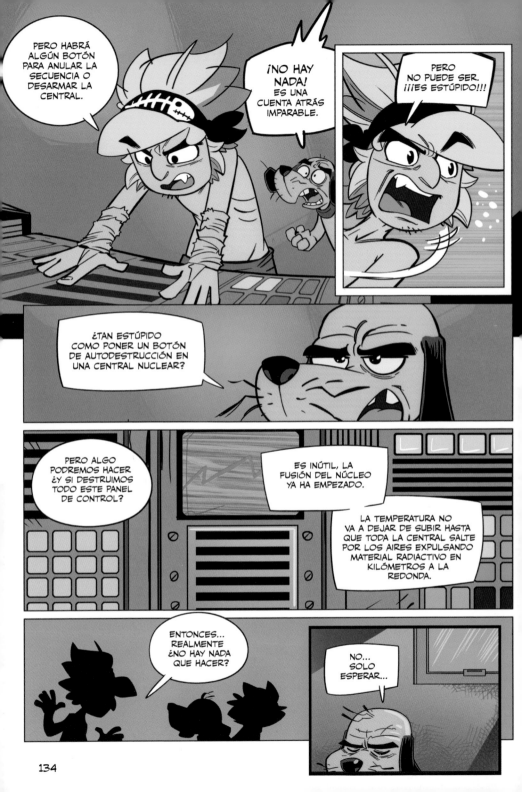

PERO HABRÁ ALGÚN BOTÓN PARA ANULAR LA SECUENCIA O DESARMAR LA CENTRAL.

¡NO HAY NADA! ES UNA CUENTA ATRÁS IMPARABLE.

PERO NO PUEDE SER. ¡¡¡ES ESTÚPIDO!!!

¿TAN ESTÚPIDO COMO PONER UN BOTÓN DE AUTODESTRUCCIÓN EN UNA CENTRAL NUCLEAR?

PERO ALGO PODREMOS HACER ¿Y SI DESTRUIMOS TODO ESTE PANEL DE CONTROL?

ES INÚTIL, LA FUSIÓN DEL NÚCLEO YA HA EMPEZADO.

LA TEMPERATURA NO VA A DEJAR DE SUBIR HASTA QUE TODA LA CENTRAL SALTE POR LOS AIRES EXPULSANDO MATERIAL RADIACTIVO EN KILÓMETROS A LA REDONDA.

ENTONCES... REALMENTE ¿NO HAY NADA QUE HACER?

NO... SOLO ESPERAR...

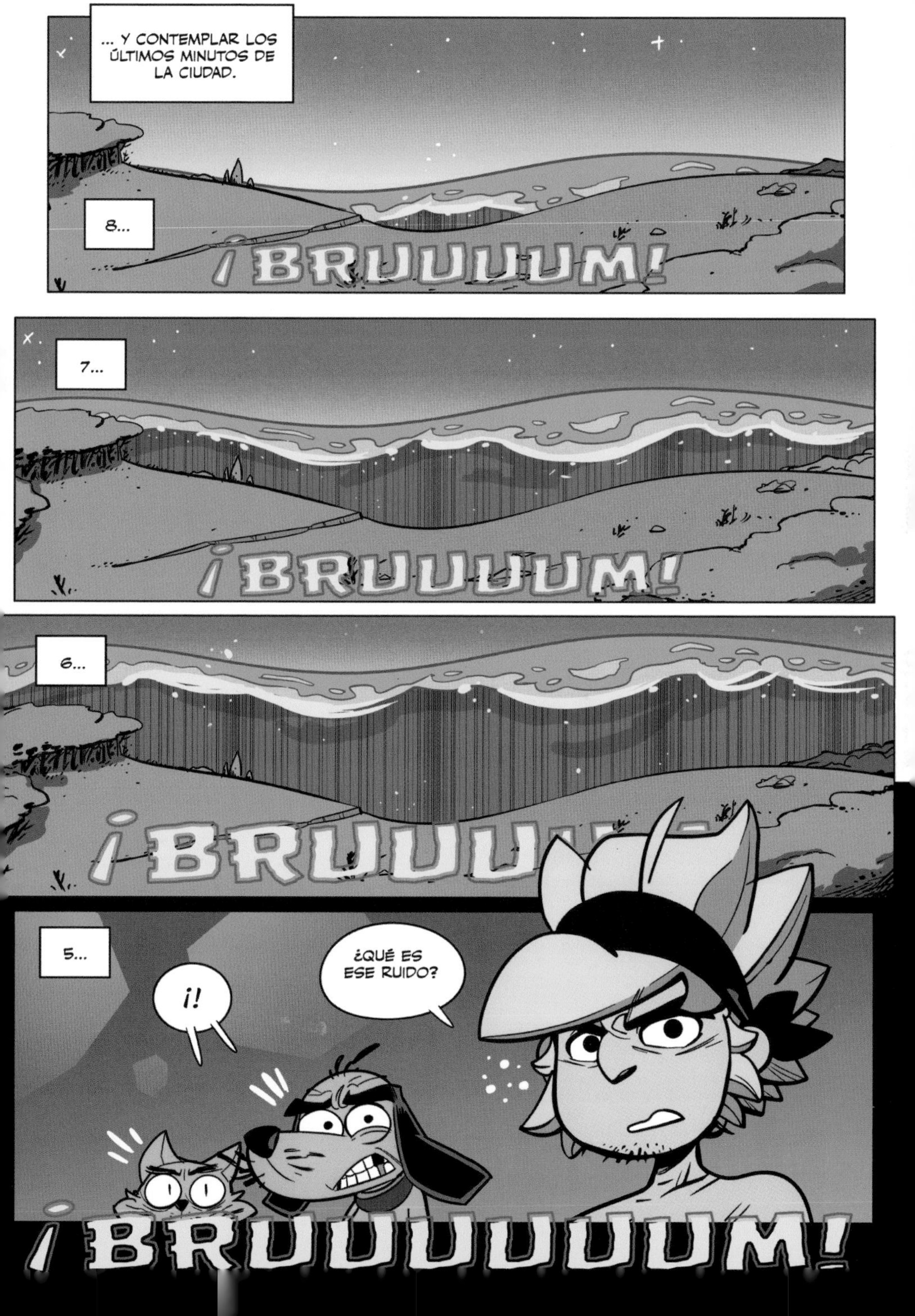
... Y CONTEMPLAR LOS ÚLTIMOS MINUTOS DE LA CIUDAD.
8...
¡BRUUUUUM!
7...
¡BRUUUUUM!
6...
¡BRUUUU
5...
¡!
¿QUÉ ES ESE RUIDO?
¡BRUUUUUUUM!

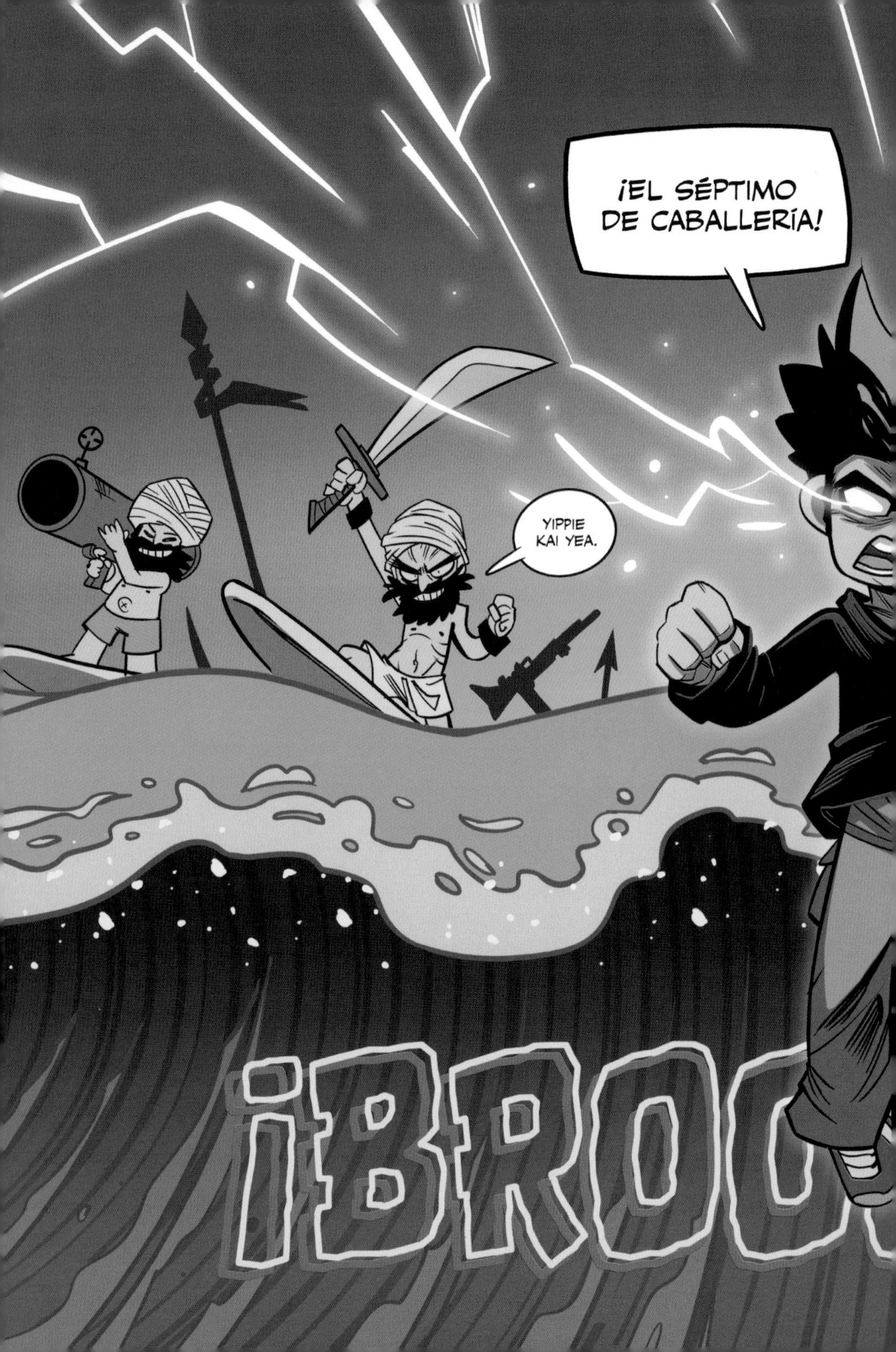
¡EL SÉPTIMO DE CABALLERÍA!
YIPPIE KAI YEA.
¡BRO

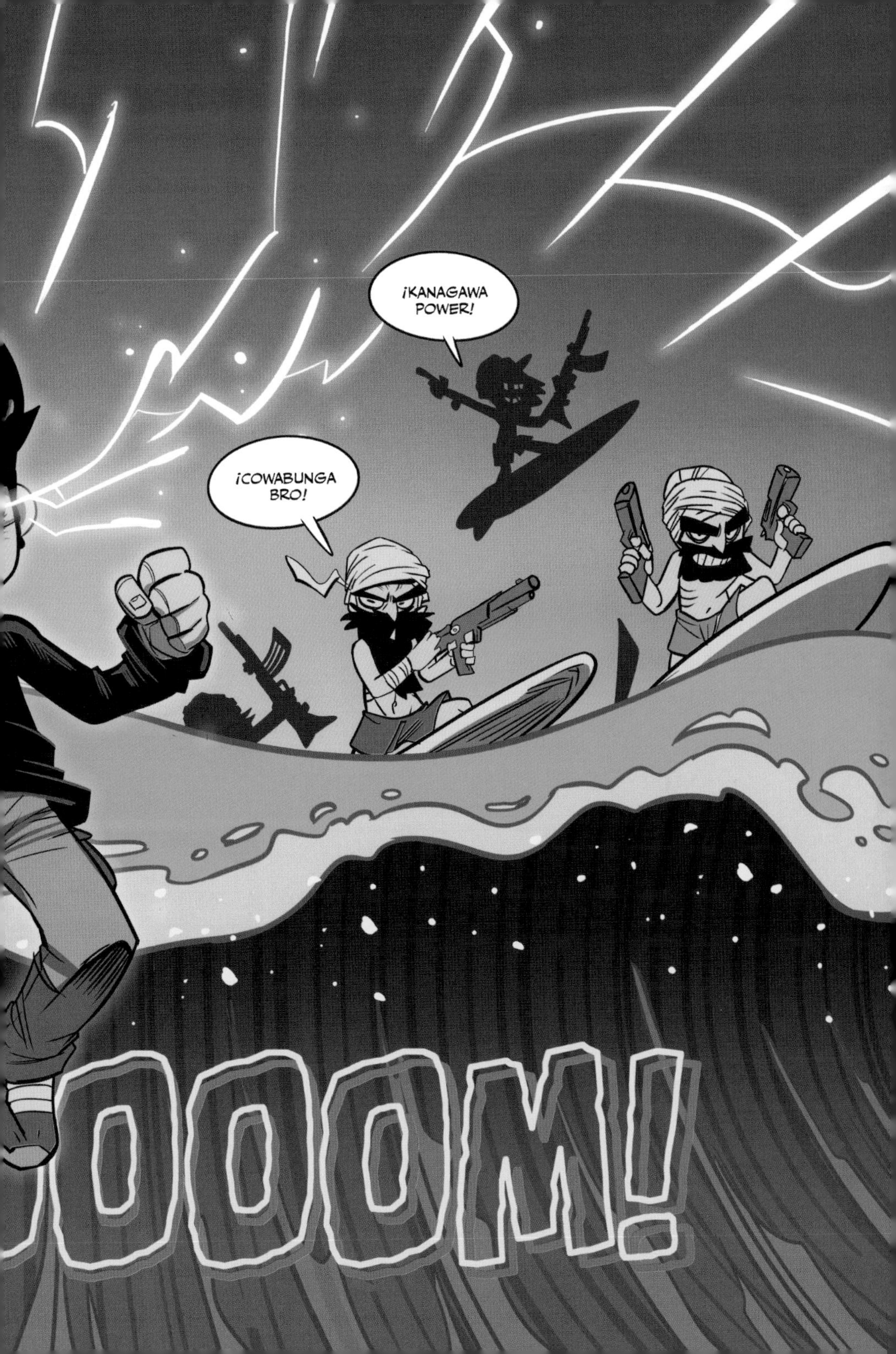
¡KANAGAWA POWER!
¡COWABUNGA BRO!
OOOM!

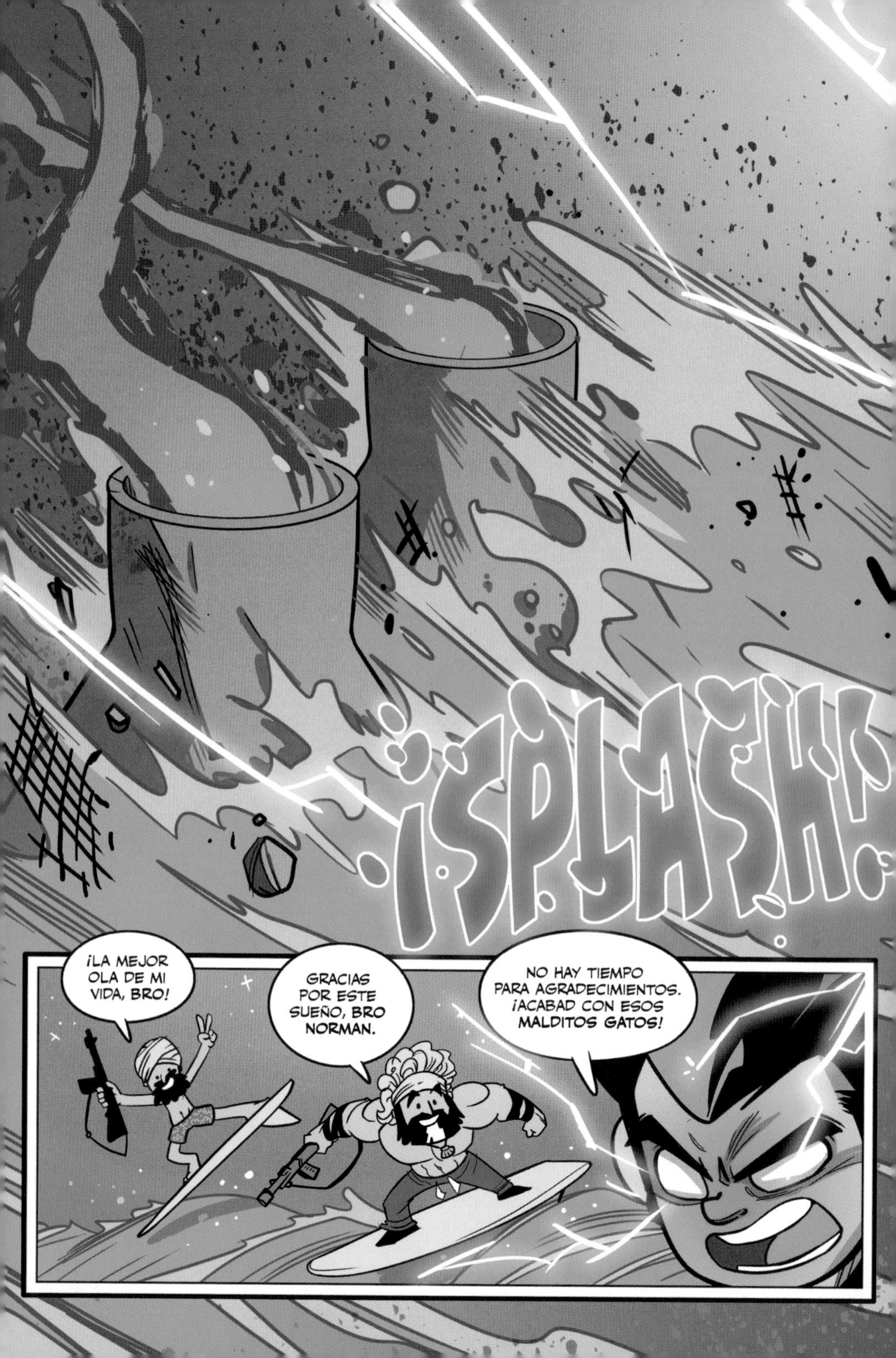
¡SPLASH!
¡LA MEJOR OLA DE MI VIDA, BRO!
GRACIAS POR ESTE SUEÑO, BRO NORMAN.
NO HAY TIEMPO PARA AGRADECIMIENTOS. ¡ACABAD CON ESOS MALDITOS GATOS!

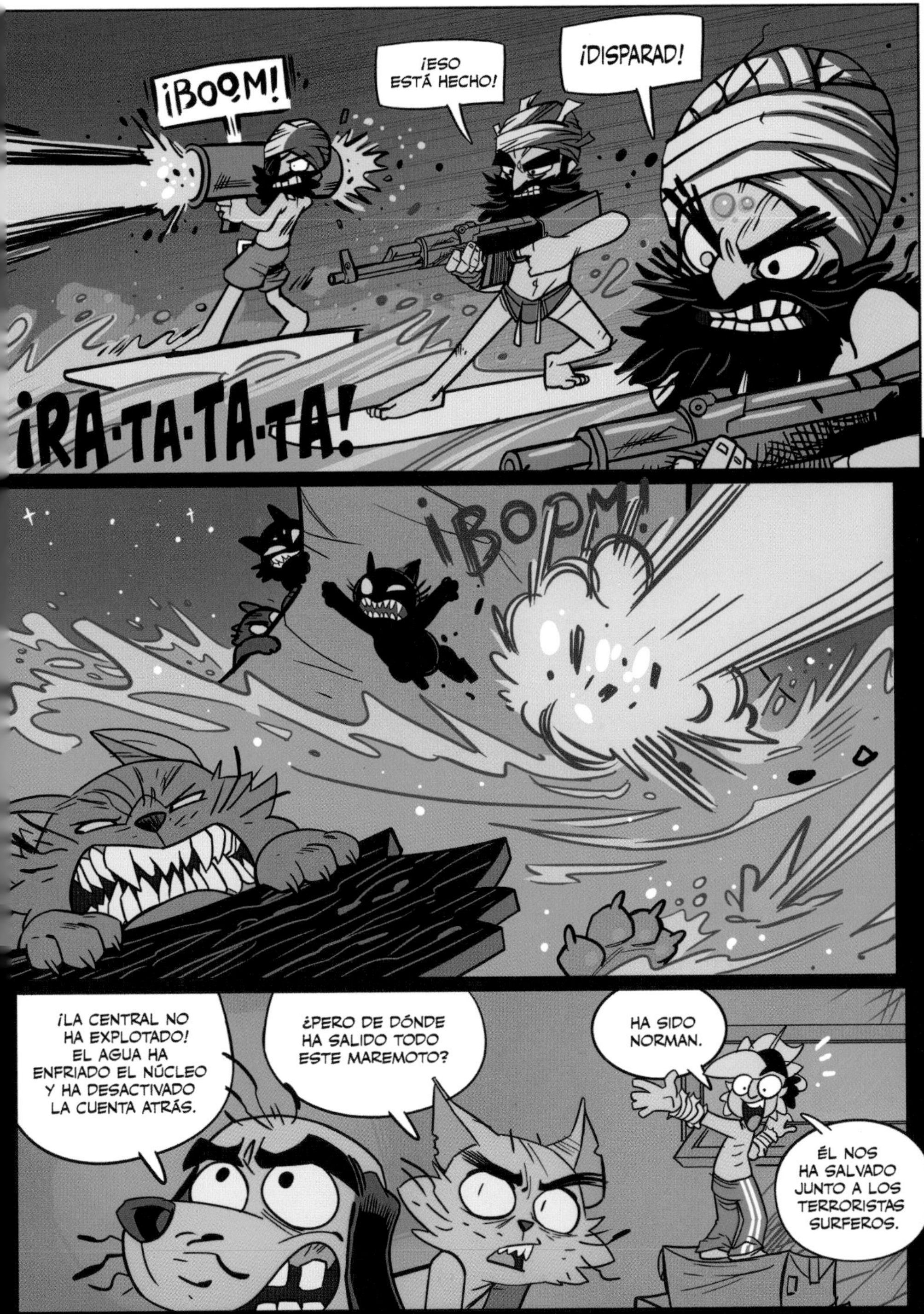
¡BOOM!
¡ESO ESTÁ HECHO!
¡DISPARAD!
¡RA-TA-TA-TA!
¡BOOM!
¡LA CENTRAL NO HA EXPLOTADO! EL AGUA HA ENFRIADO EL NÚCLEO Y HA DESACTIVADO LA CUENTA ATRÁS.
¿PERO DE DÓNDE HA SALIDO TODO ESTE MAREMOTO?
HA SIDO NORMAN.
ÉL NOS HA SALVADO JUNTO A LOS TERRORISTAS SURFEROS.

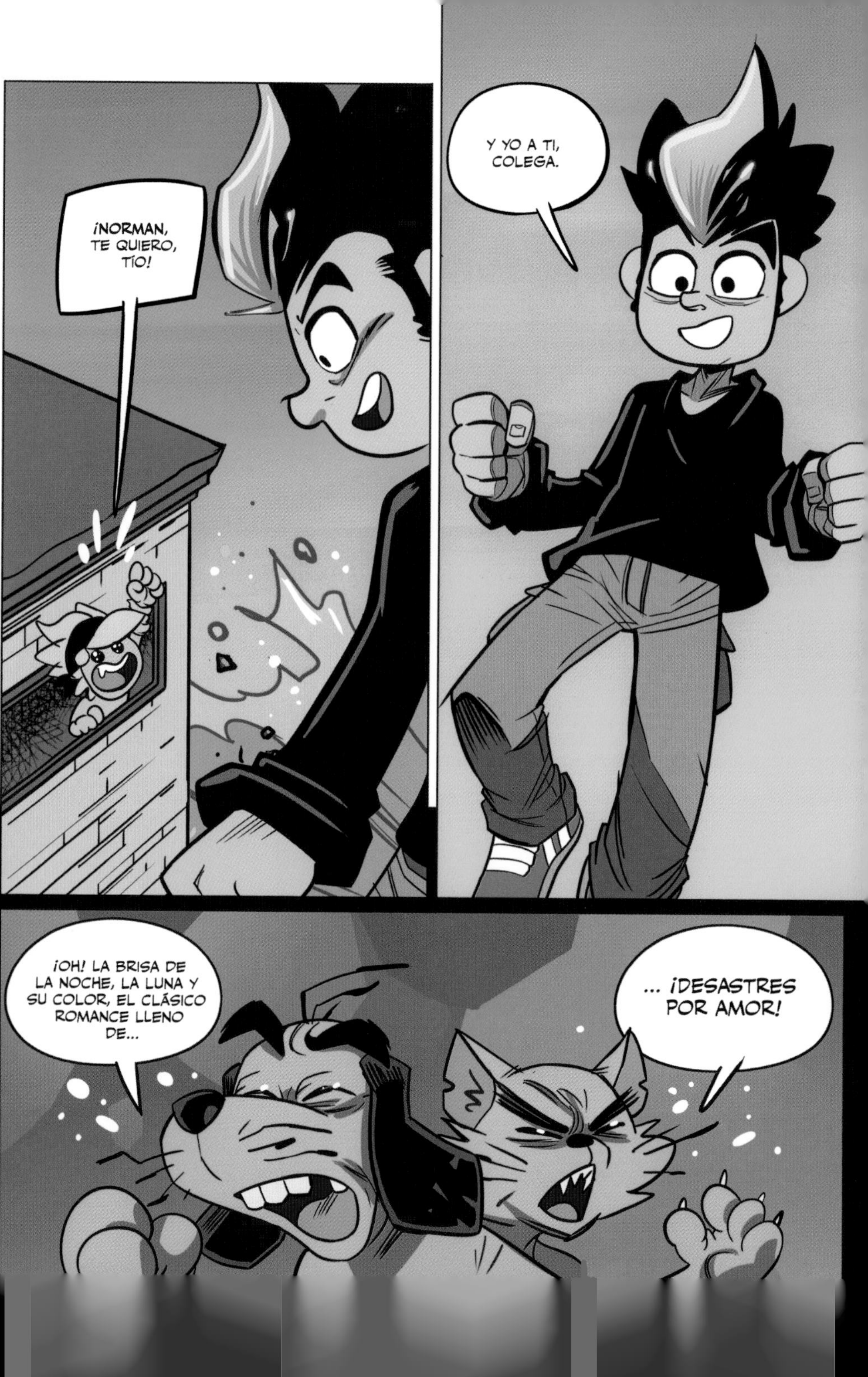
¡NORMAN, TE QUIERO, TÍO!
Y YO A TI, COLEGA.
¡OH! LA BRISA DE LA NOCHE, LA LUNA Y SU COLOR, EL CLÁSICO ROMANCE LLENO DE...
... ¡DESASTRES POR AMOR!

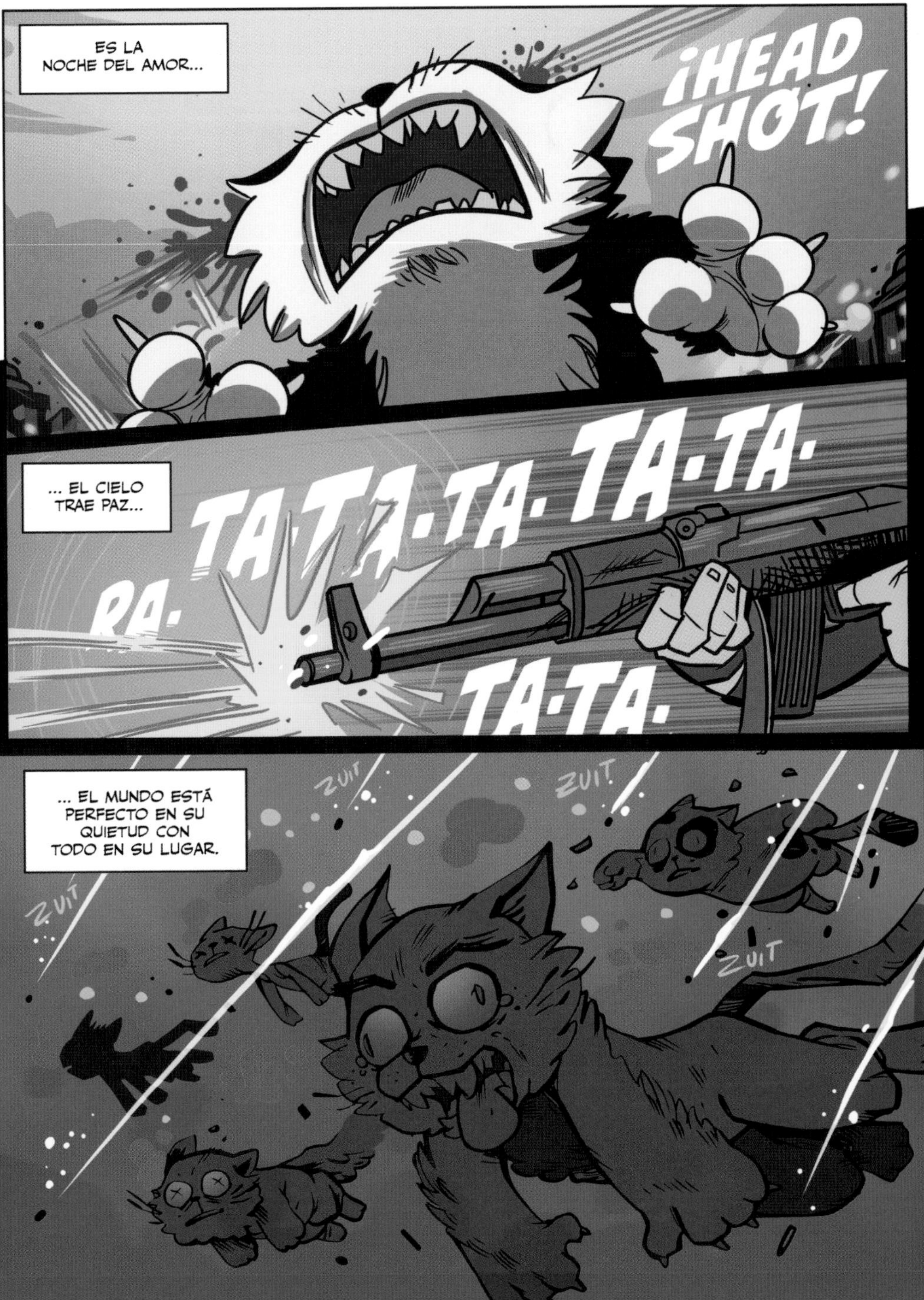
ES LA NOCHE DEL AMOR...
¡HEAD SHOT!
... EL CIELO TRAE PAZ...
RA-TA-TA-TA-TA-TA-TA-TA-TA-
... EL MUNDO ESTÁ PERFECTO EN SU QUIETUD CON TODO EN SU LUGAR.
ZUIT
ZUIT
ZUIT
ZUIT

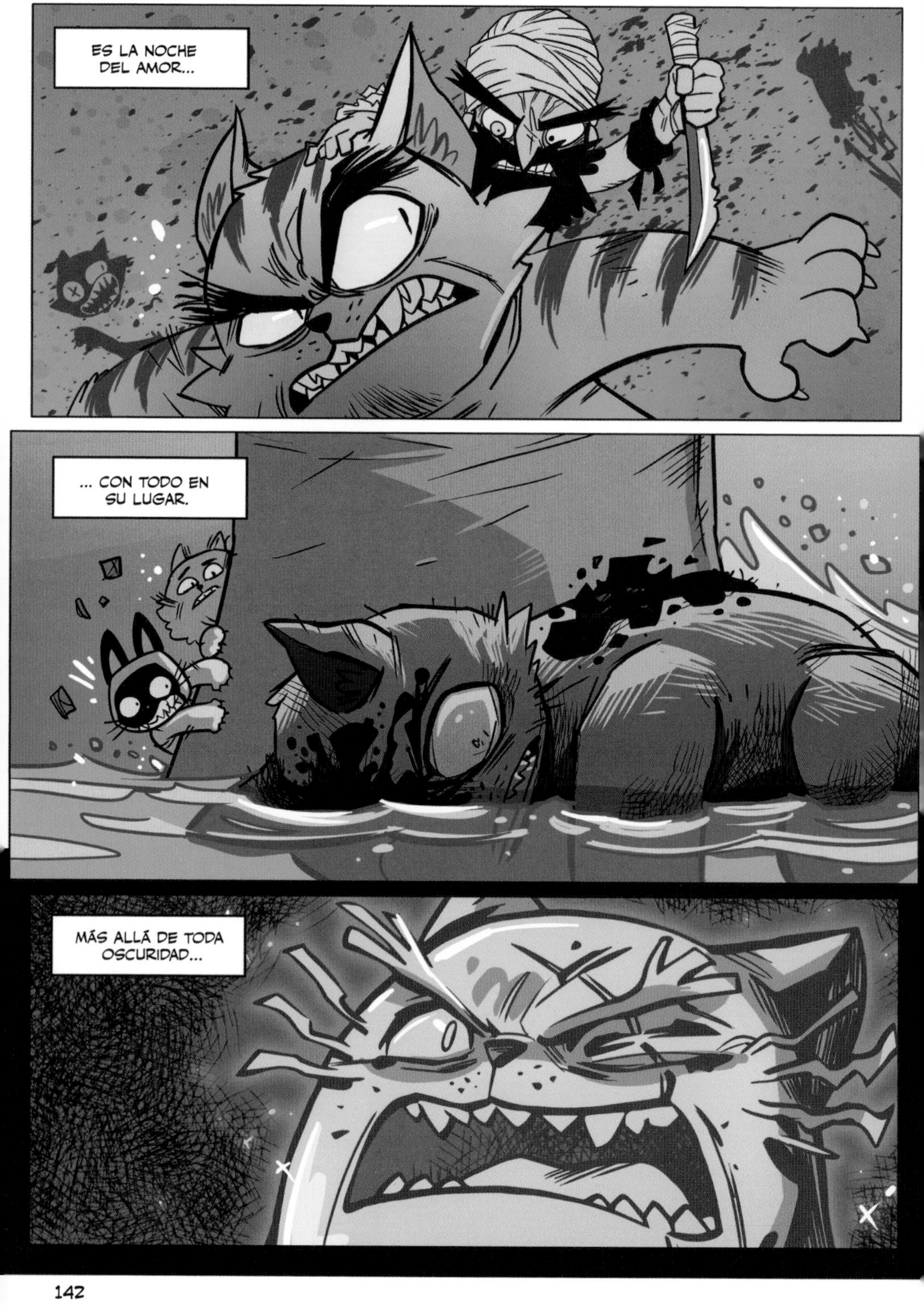
ES LA NOCHE
DEL AMOR...
... CON TODO EN
SU LUGAR.
MÁS ALLÁ DE TODA
OSCURIDAD...

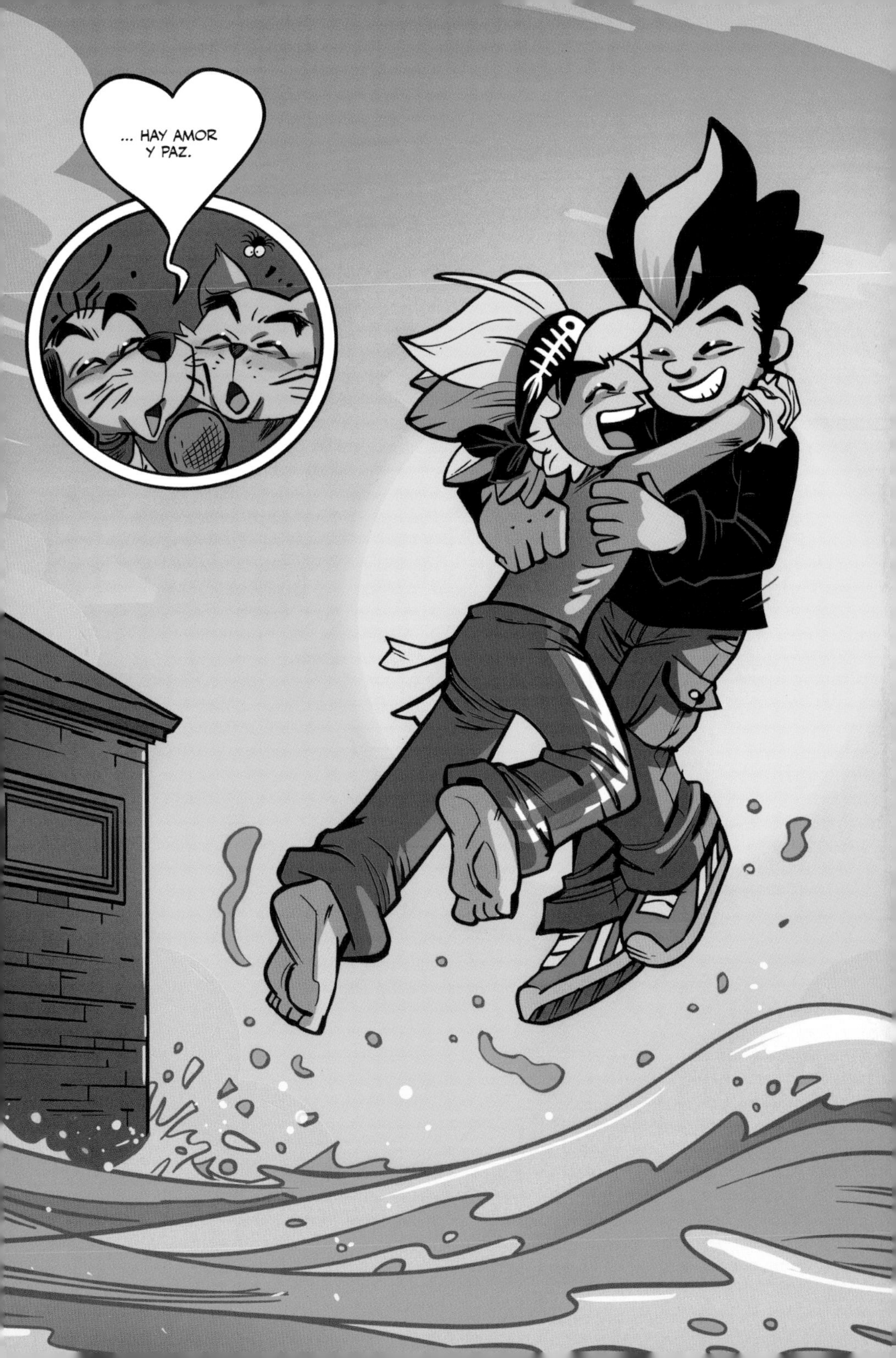
... HAY AMOR
Y PAZ.

TERRORISTA SURFISTA

- PUEDE HABLAR SOLO UTILIZANDO DISTINTOS TONOS DE "BRO" (Y DE SISTER).
- BAJO SU ASPECTO SE ESCONDE UN VERDADERO TERRORISTA, UN SURFISTA TERRORISTA. NORMALMENTE VAN EQUIPADOS CON PODEROSAS ARMAS.
- SU SUEÑO ES SURFEAR LA MEJOR OLA DEL MUNDO Y POR ELLO SON CAPACES DE HACER CUALQUIER COSA.

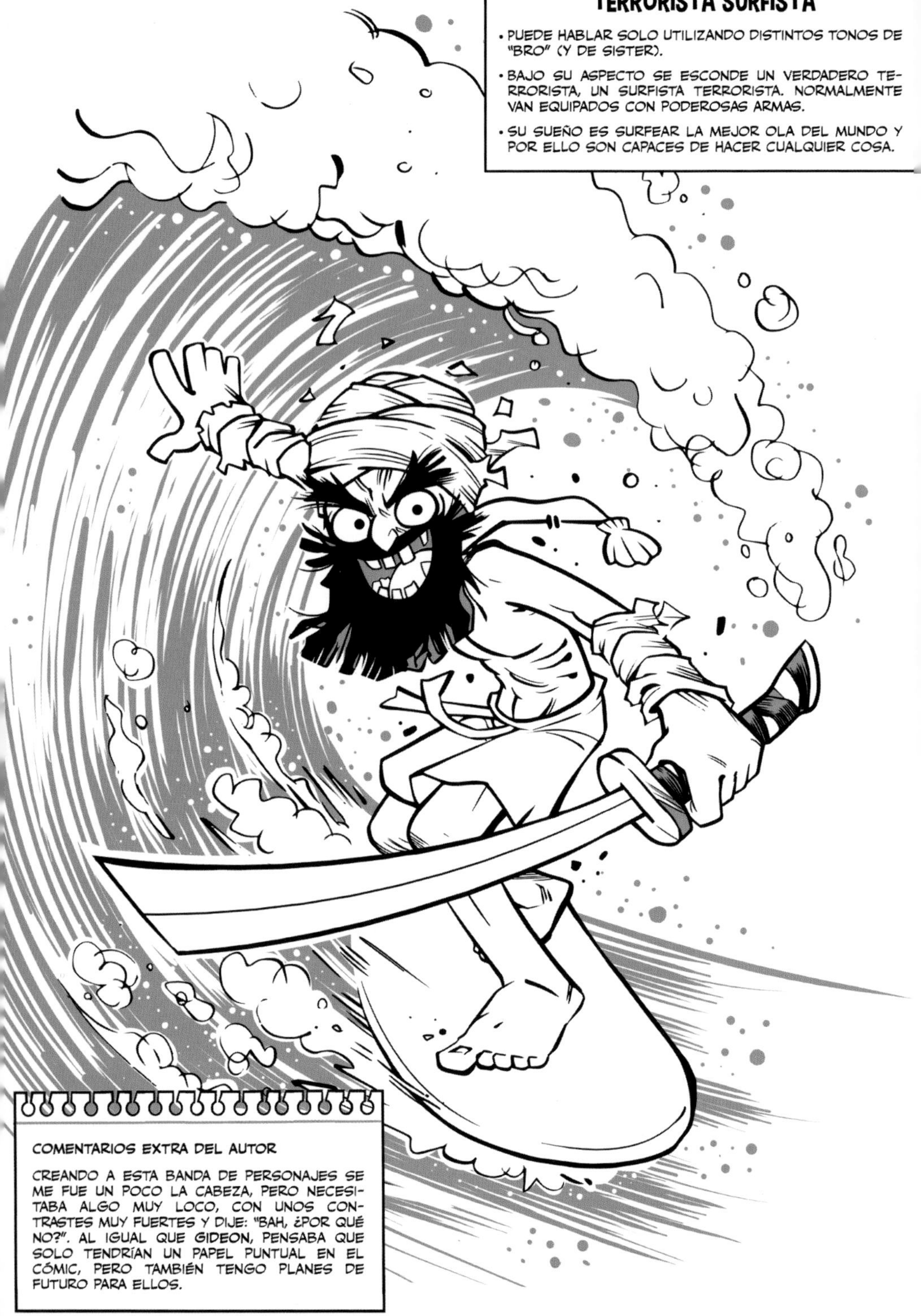

COMENTARIOS EXTRA DEL AUTOR

CREANDO A ESTA BANDA DE PERSONAJES SE ME FUE UN POCO LA CABEZA, PERO NECESITABA ALGO MUY LOCO, CON UNOS CONTRASTES MUY FUERTES Y DIJE: "BAH, ¿POR QUÉ NO?". AL IGUAL QUE **GIDEON**, PENSABA QUE SOLO TENDRÍAN UN PAPEL PUNTUAL EN EL CÓMIC, PERO TAMBIÉN TENGO PLANES DE FUTURO PARA ELLOS.

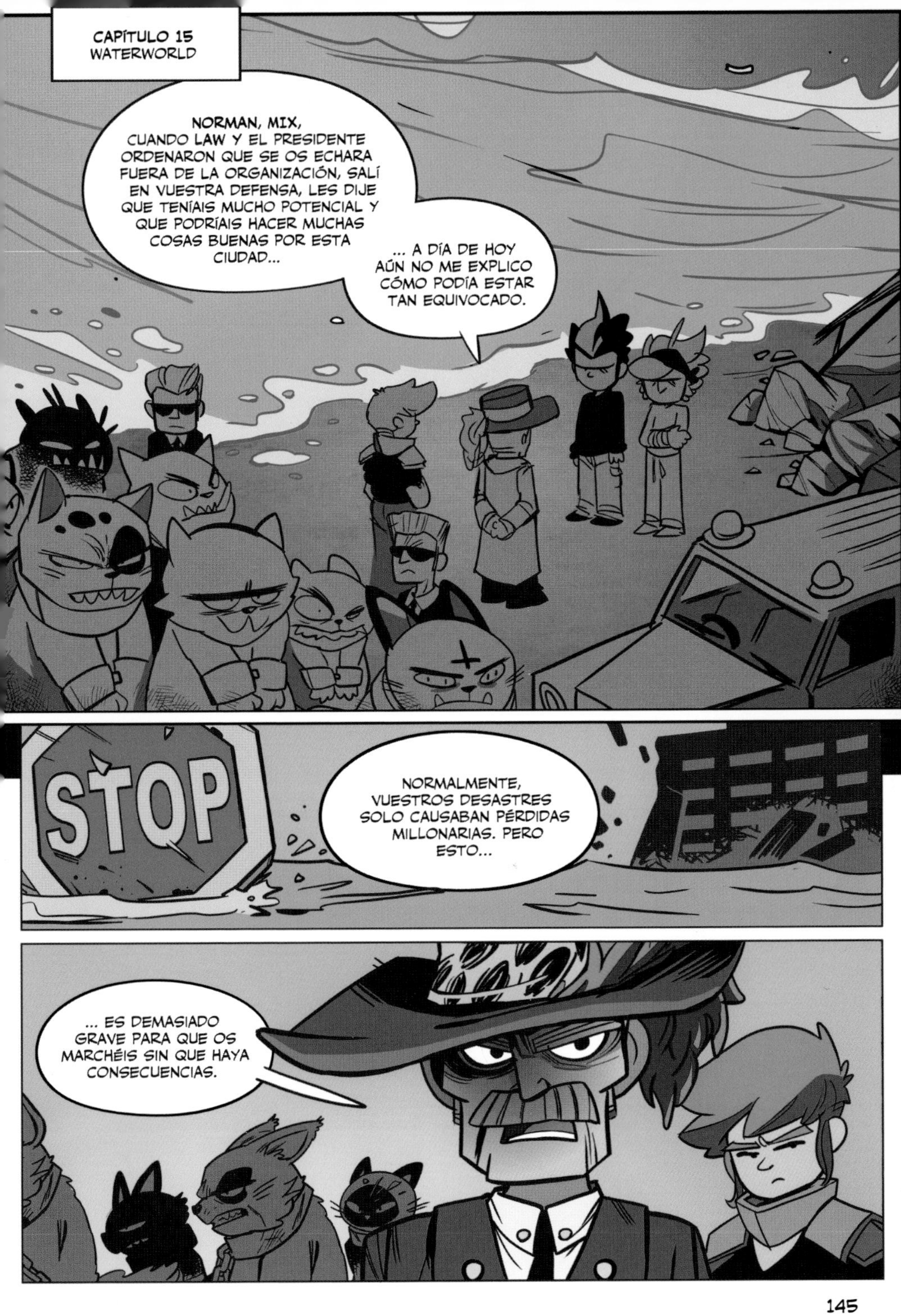
CAPÍTULO 15
WATERWORLD
NORMAN, MIX, CUANDO LAW Y EL PRESIDENTE ORDENARON QUE SE OS ECHARA FUERA DE LA ORGANIZACIÓN, SALÍ EN VUESTRA DEFENSA, LES DIJE QUE TENÍAIS MUCHO POTENCIAL Y QUE PODRÍAIS HACER MUCHAS COSAS BUENAS POR ESTA CIUDAD...
... A DÍA DE HOY AÚN NO ME EXPLICO CÓMO PODÍA ESTAR TAN EQUIVOCADO.
STOP
NORMALMENTE, VUESTROS DESASTRES SOLO CAUSABAN PÉRDIDAS MILLONARIAS. PERO ESTO...
... ES DEMASIADO GRAVE PARA QUE OS MARCHÉIS SIN QUE HAYA CONSECUENCIAS.

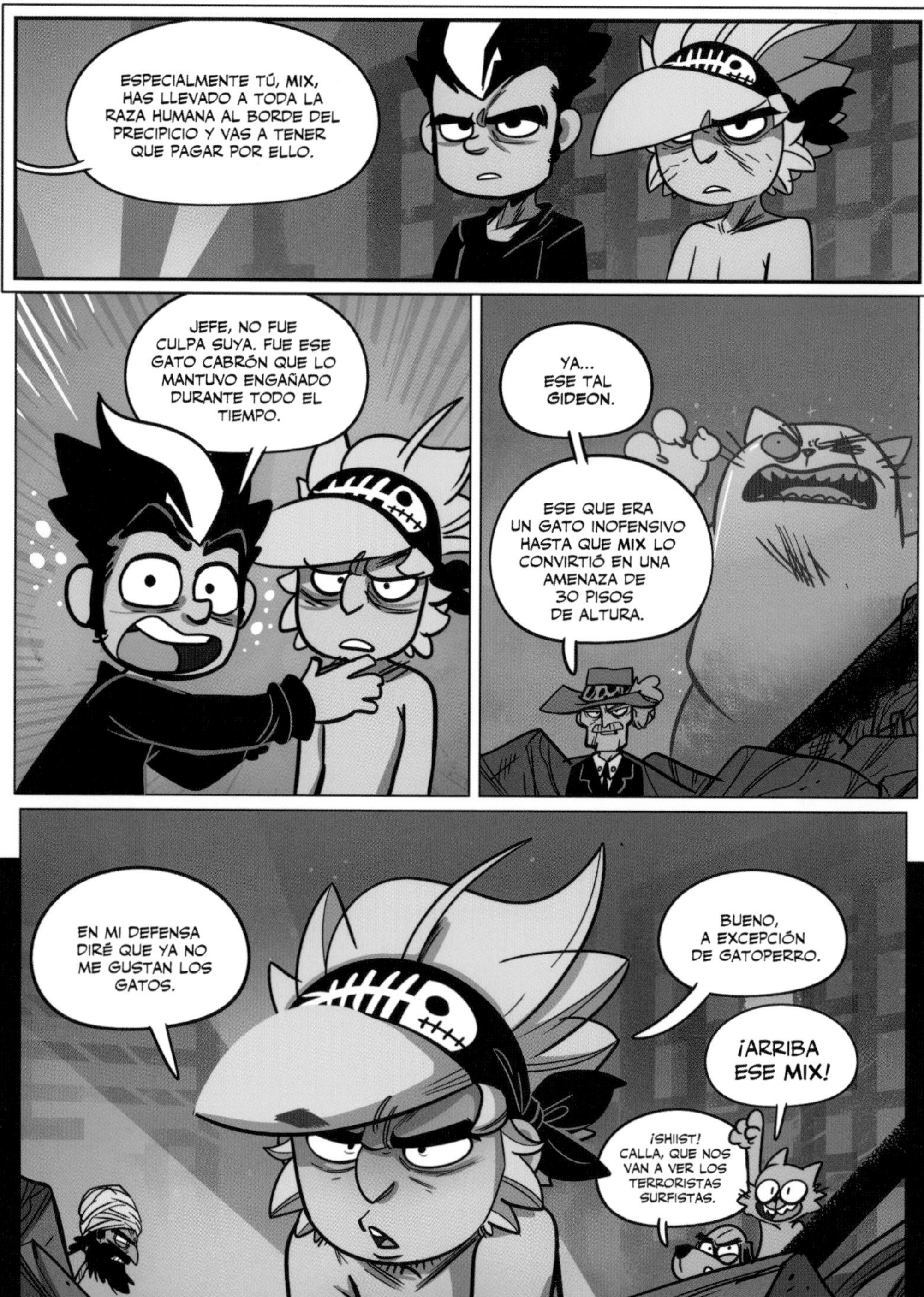

ESPECIALMENTE TÚ, MIX, HAS LLEVADO A TODA LA RAZA HUMANA AL BORDE DEL PRECIPICIO Y VAS A TENER QUE PAGAR POR ELLO.
JEFE, NO FUE CULPA SUYA. FUE ESE GATO CABRÓN QUE LO MANTUVO ENGAÑADO DURANTE TODO EL TIEMPO.
YA... ESE TAL GIDEON.
ESE QUE ERA UN GATO INOFENSIVO HASTA QUE MIX LO CONVIRTIÓ EN UNA AMENAZA DE 30 PISOS DE ALTURA.
EN MI DEFENSA DIRÉ QUE YA NO ME GUSTAN LOS GATOS.
BUENO, A EXCEPCIÓN DE GATOPERRO.
¡ARRIBA ESE MIX!
¡SHIIST! CALLA, QUE NOS VAN A VER LOS TERRORISTAS SURFISTAS.

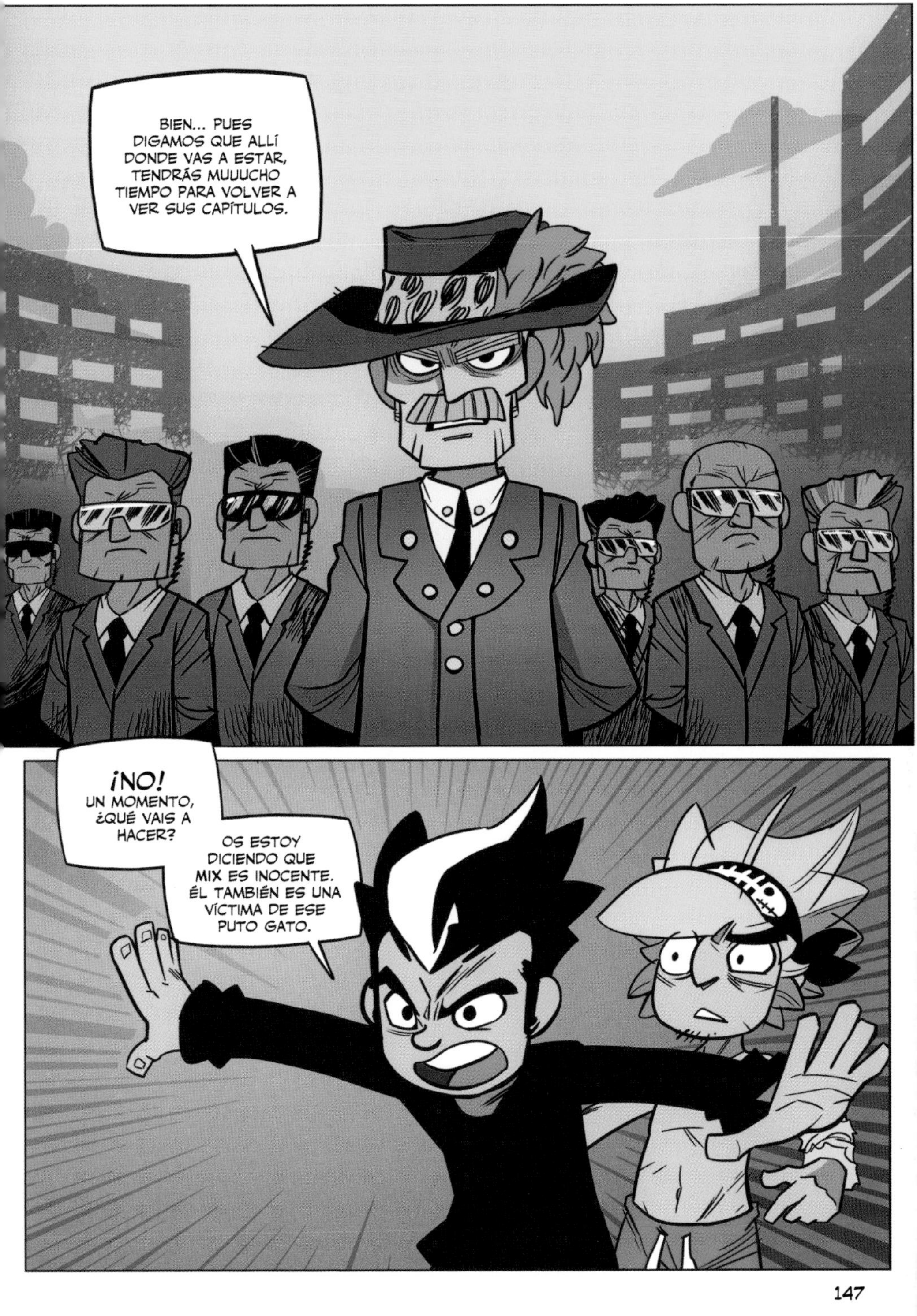
BIEN... PUES DIGAMOS QUE ALLÍ DONDE VAS A ESTAR, TENDRÁS MUUUCHO TIEMPO PARA VOLVER A VER SUS CAPÍTULOS.
¡NO! UN MOMENTO, ¿QUÉ VAIS A HACER?
OS ESTOY DICIENDO QUE MIX ES INOCENTE. ÉL TAMBIÉN ES UNA VÍCTIMA DE ESE PUTO GATO.

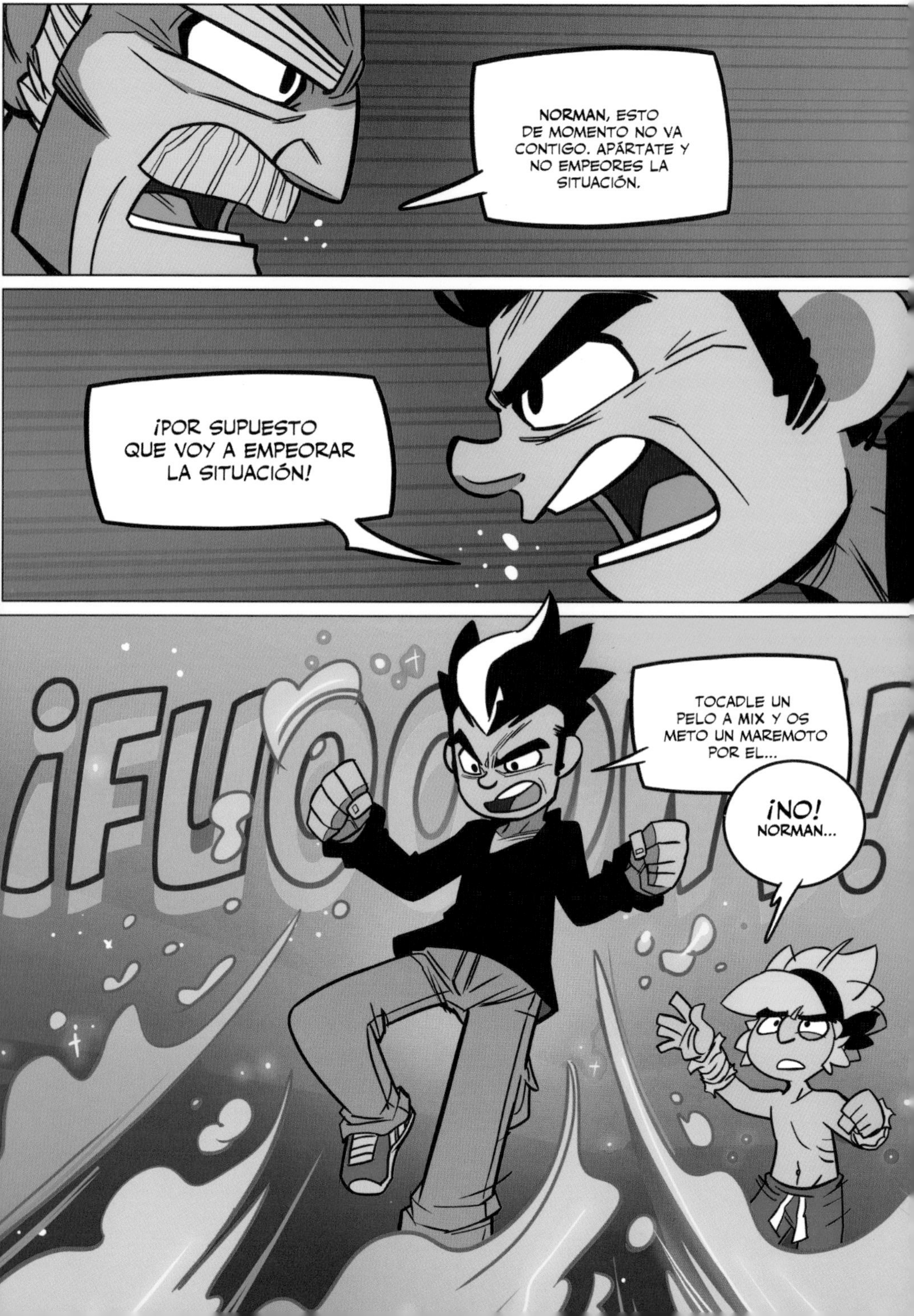
NORMAN, ESTO DE MOMENTO NO VA CONTIGO. APÁRTATE Y NO EMPEORES LA SITUACIÓN.
¡POR SUPUESTO QUE VOY A EMPEORAR LA SITUACIÓN!
¡FLUOOOM!
TOCADLE UN PELO A MIX Y OS METO UN MAREMOTO POR EL...
¡NO! NORMAN...

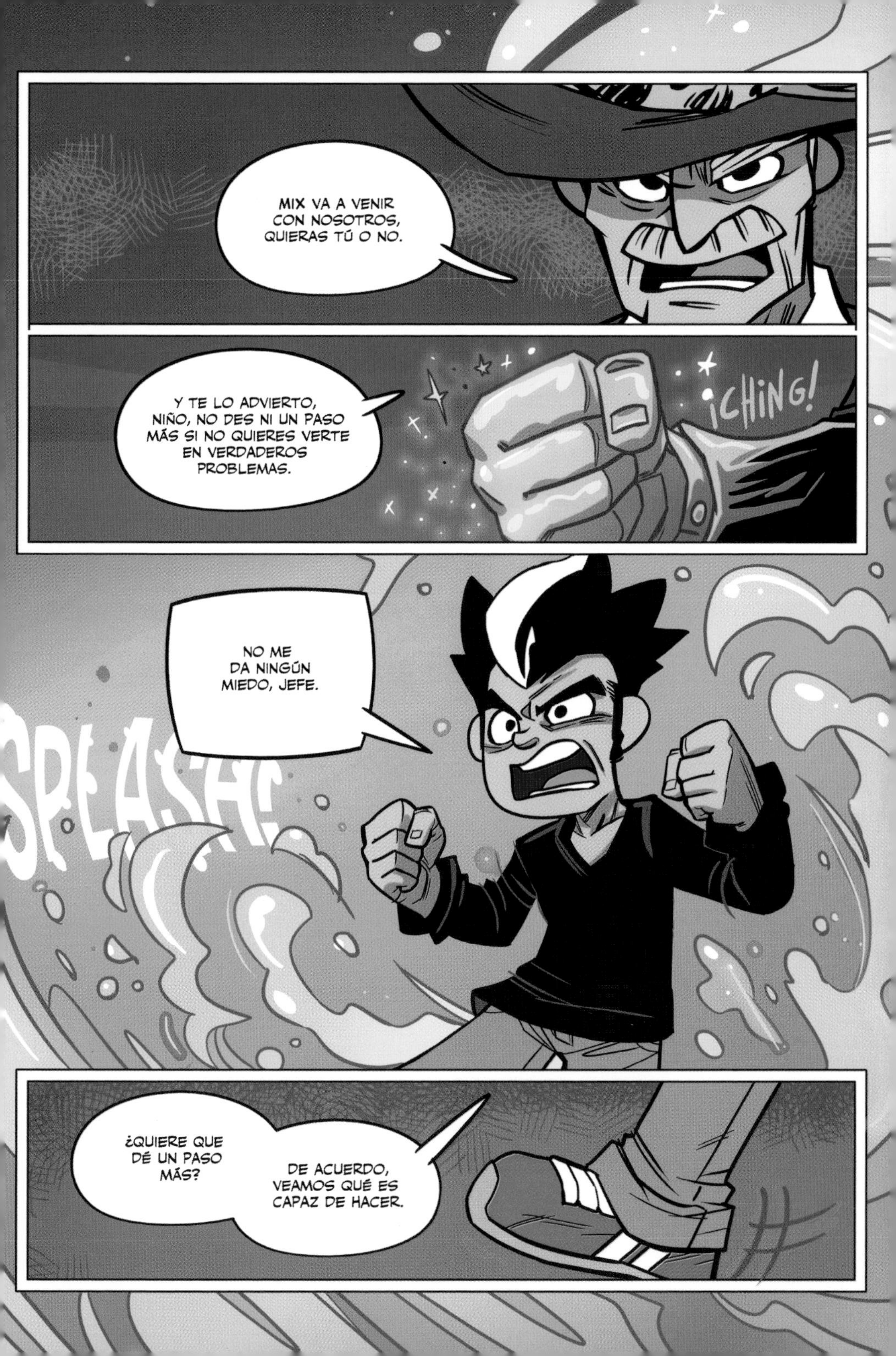
MIX VA A VENIR CON NOSOTROS, QUIERAS TÚ O NO.
Y TE LO ADVIERTO, NIÑO, NO DES NI UN PASO MÁS SI NO QUIERES VERTE EN VERDADEROS PROBLEMAS.
¡CHING!
NO ME DA NINGÚN MIEDO, JEFE.
SPLASH
¿QUIERE QUE DÉ UN PASO MÁS?
DE ACUERDO, VEAMOS QUÉ ES CAPAZ DE HACER.

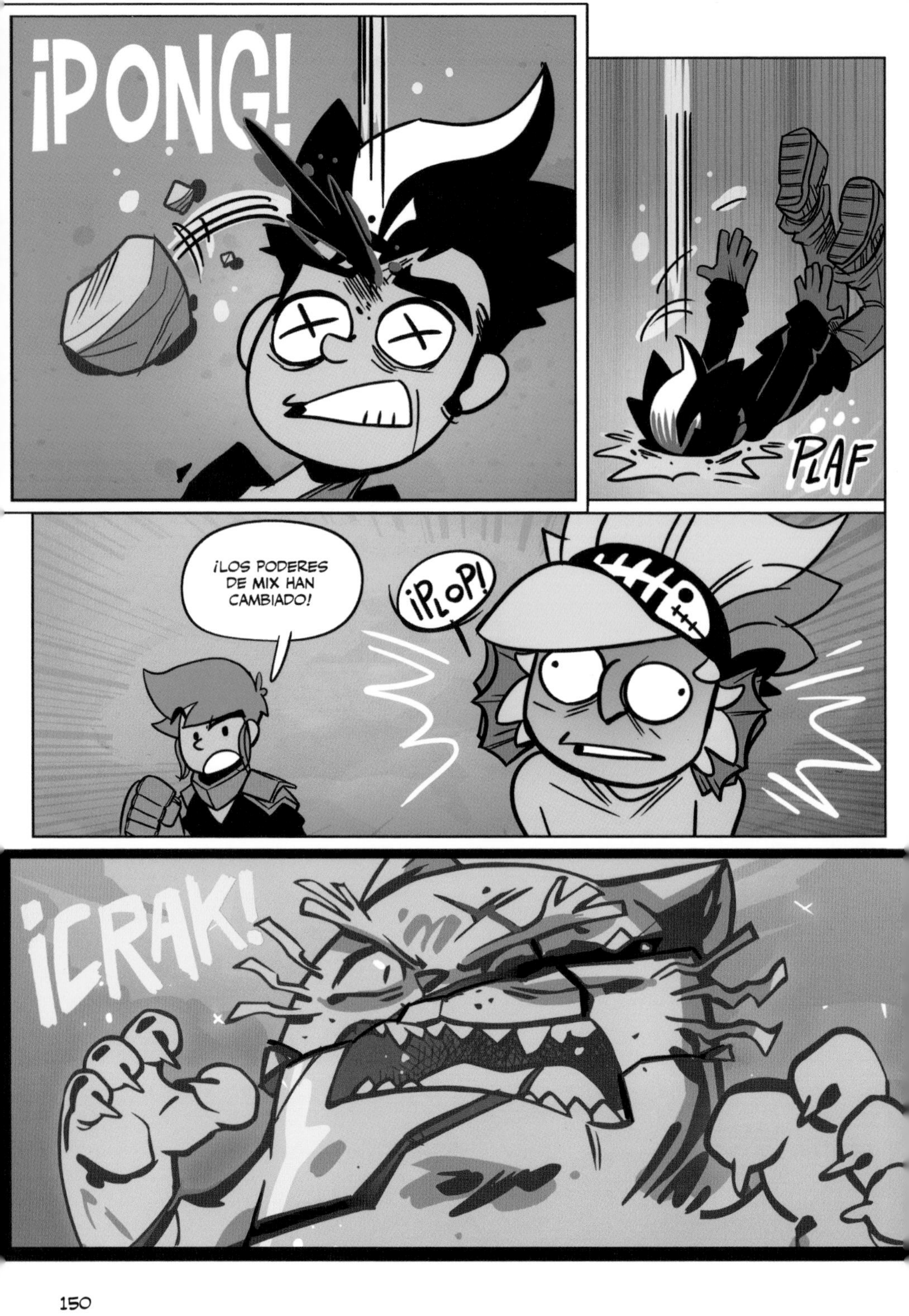
¡PONG!
PLAF
¡LOS PODERES DE MIX HAN CAMBIADO!
¡PLOP!
¡CRAK!

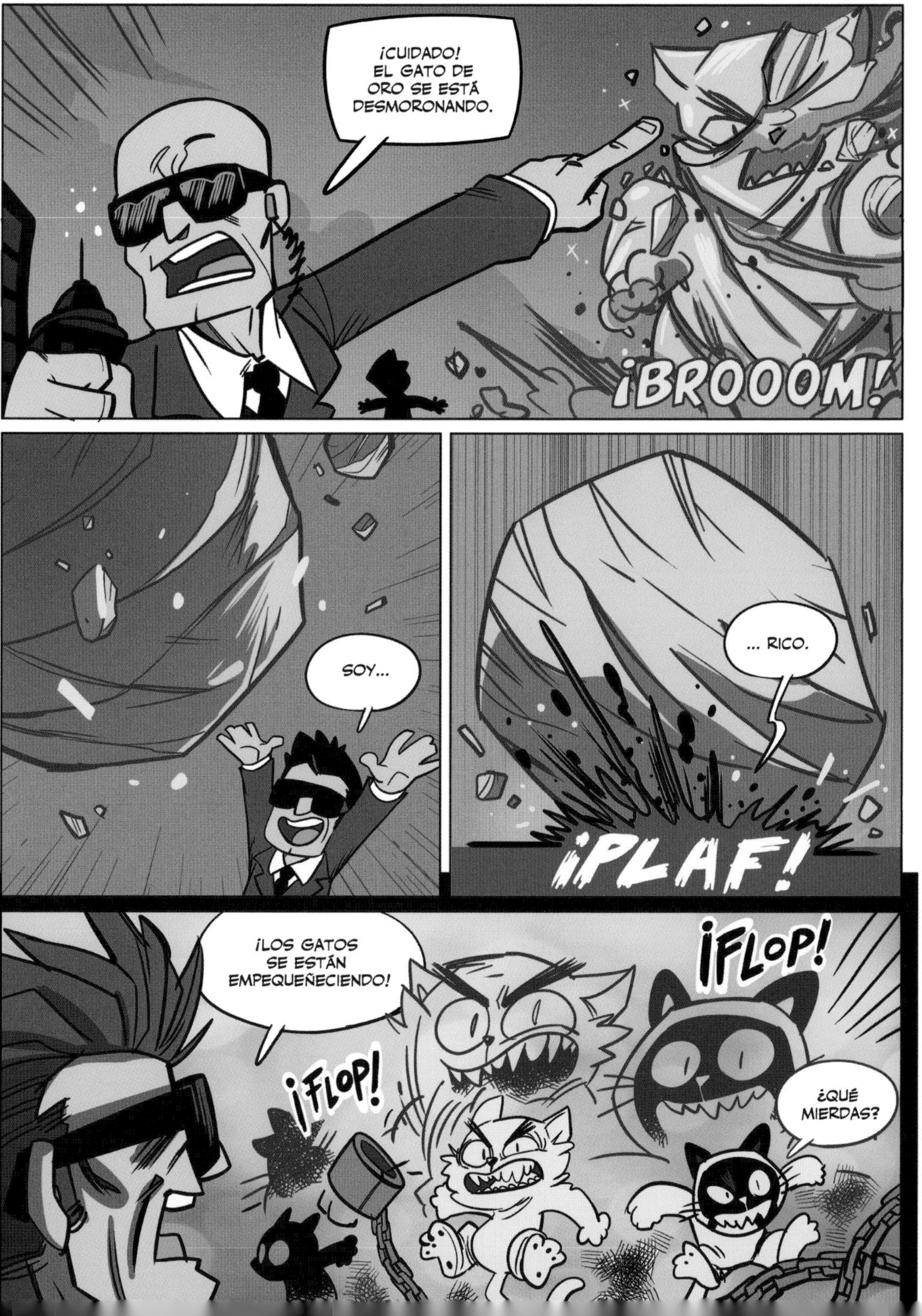
¡CUIDADO! EL GATO DE ORO SE ESTÁ DESMORONANDO.
¡BROOOM!
SOY...
... RICO.
¡PLAF!
¡LOS GATOS SE ESTÁN EMPEQUEÑECIENDO!
¡FLOP!
¡FLOP!
¿QUÉ MIERDAS?

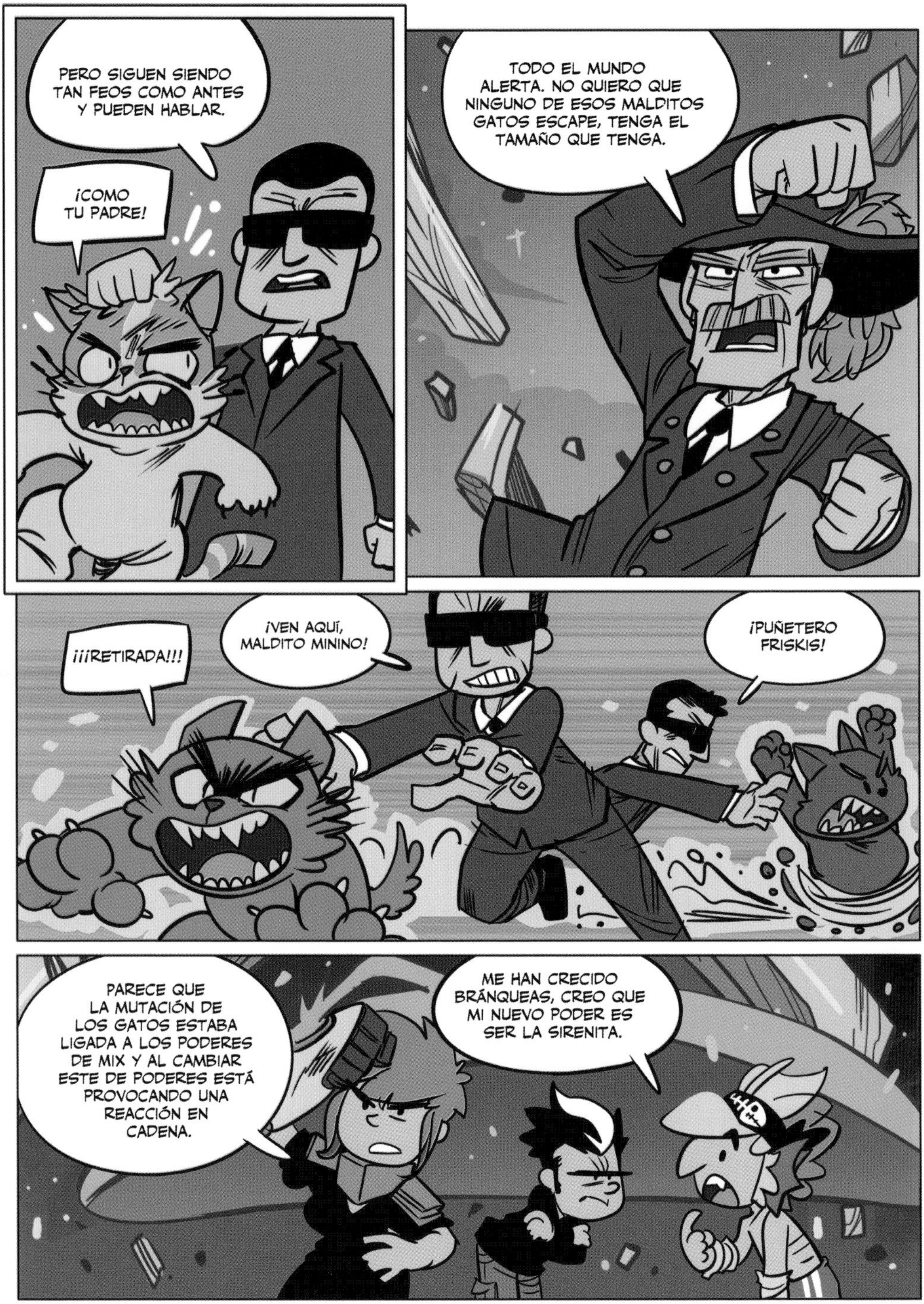
PERO SIGUEN SIENDO TAN FEOS COMO ANTES Y PUEDEN HABLAR.
¡COMO TU PADRE!
TODO EL MUNDO ALERTA. NO QUIERO QUE NINGUNO DE ESOS MALDITOS GATOS ESCAPE, TENGA EL TAMAÑO QUE TENGA.
¡¡¡RETIRADA!!!
¡VEN AQUÍ, MALDITO MININO!
¡PUÑETERO FRISKIS!
PARECE QUE LA MUTACIÓN DE LOS GATOS ESTABA LIGADA A LOS PODERES DE MIX Y AL CAMBIAR ESTE DE PODERES ESTÁ PROVOCANDO UNA REACCIÓN EN CADENA.
ME HAN CRECIDO BRÁNQUEAS, CREO QUE MI NUEVO PODER ES SER LA SIRENITA.

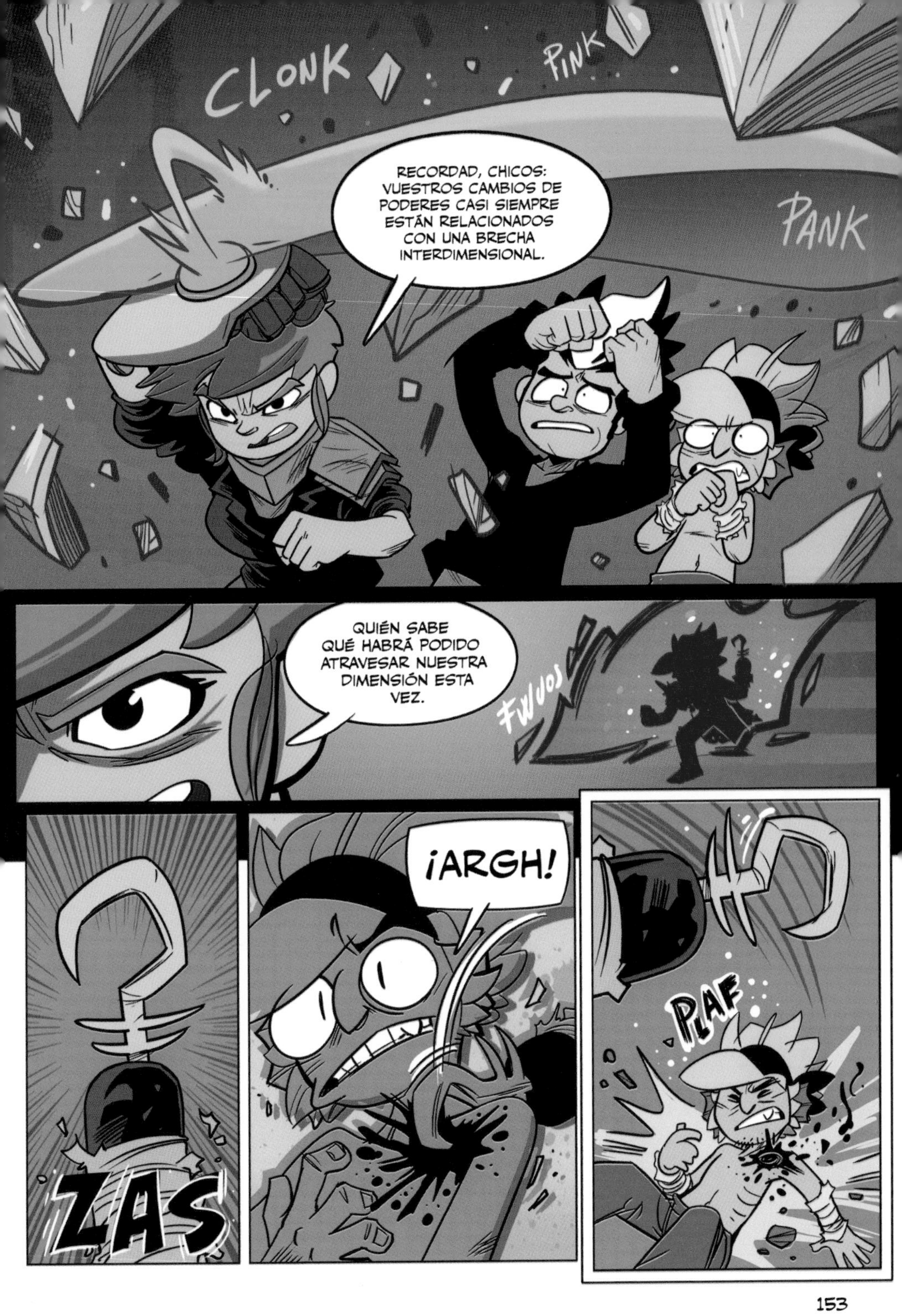
CLONK
PINK
PANK
RECORDAD, CHICOS: VUESTROS CAMBIOS DE PODERES CASI SIEMPRE ESTÁN RELACIONADOS CON UNA BRECHA INTERDIMENSIONAL.
QUIÉN SABE QUÉ HABRÁ PODIDO ATRAVESAR NUESTRA DIMENSIÓN ESTA VEZ.
FWUOS
ZAS
¡ARGH!
PLAF

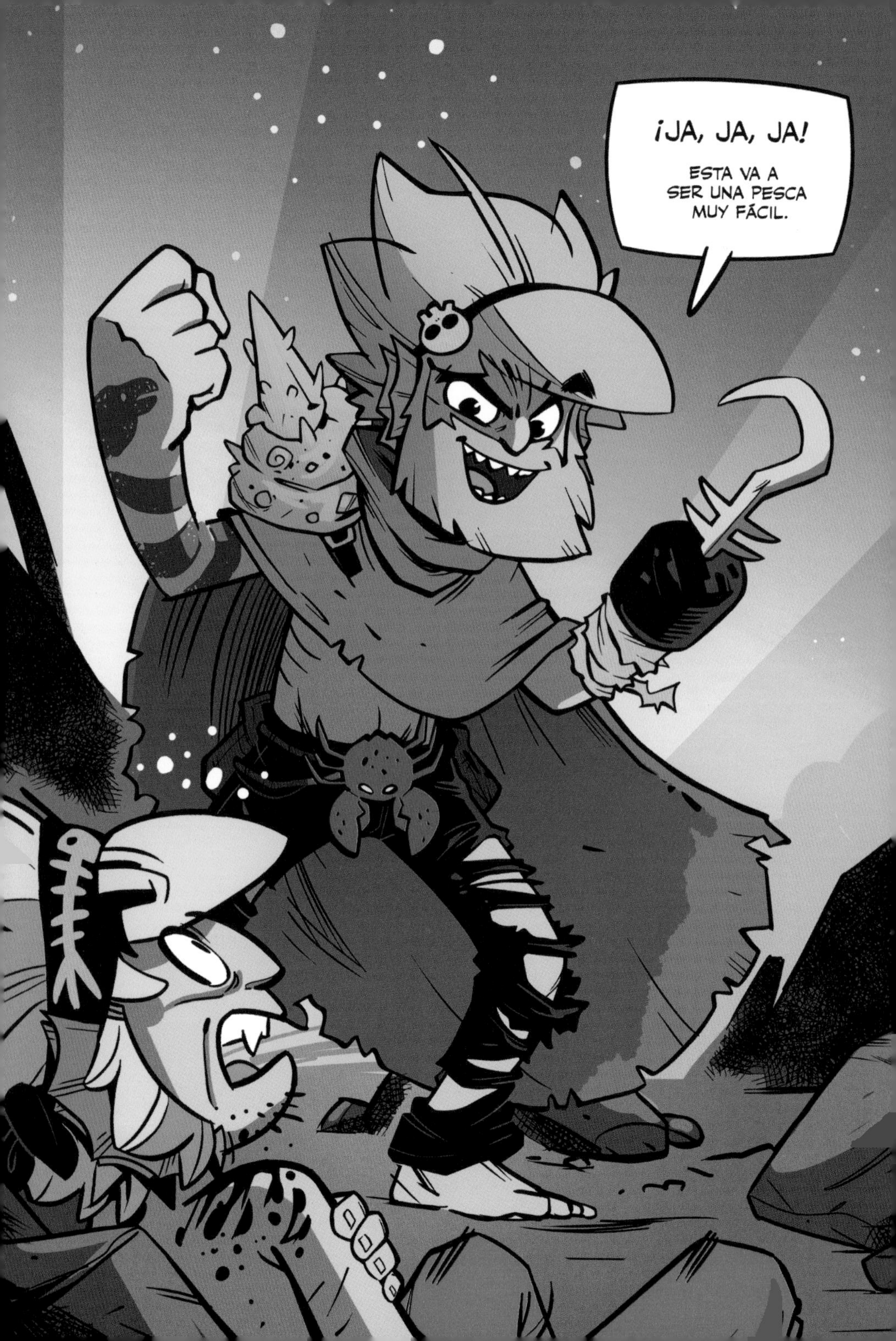
¡JA, JA, JA!
ESTA VA A SER UNA PESCA MUY FÁCIL.

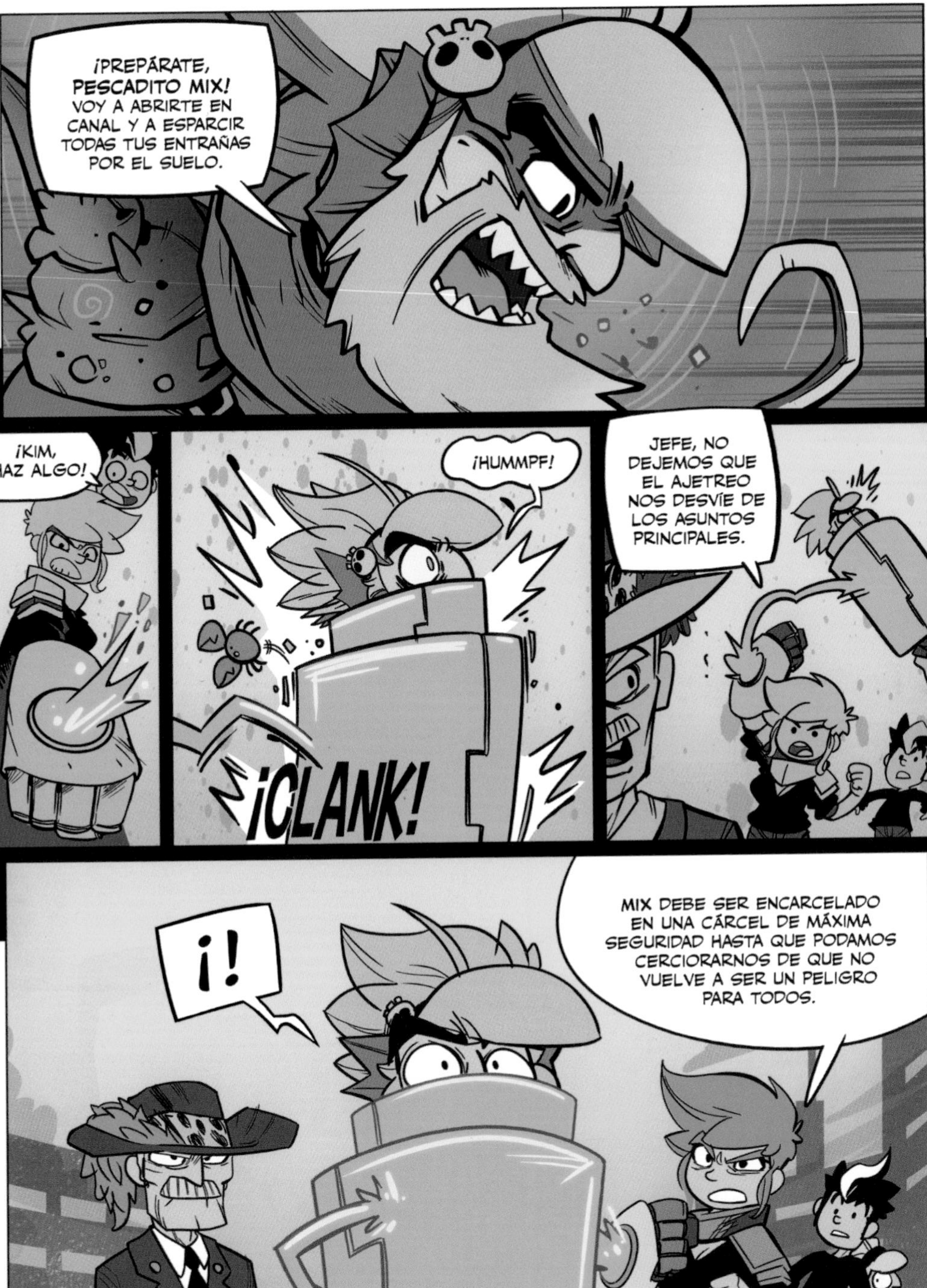

¡PREPÁRATE, PESCADITO MIX! VOY A ABRIRTE EN CANAL Y A ESPARCIR TODAS TUS ENTRAÑAS POR EL SUELO.
¡KIM, HAZ ALGO!
¡HUMMPF!
¡CLANK!
JEFE, NO DEJEMOS QUE EL AJETREO NOS DESVÍE DE LOS ASUNTOS PRINCIPALES.
¡!
MIX DEBE SER ENCARCELADO EN UNA CÁRCEL DE MÁXIMA SEGURIDAD HASTA QUE PODAMOS CERCIORARNOS DE QUE NO VUELVE A SER UN PELIGRO PARA TODOS.

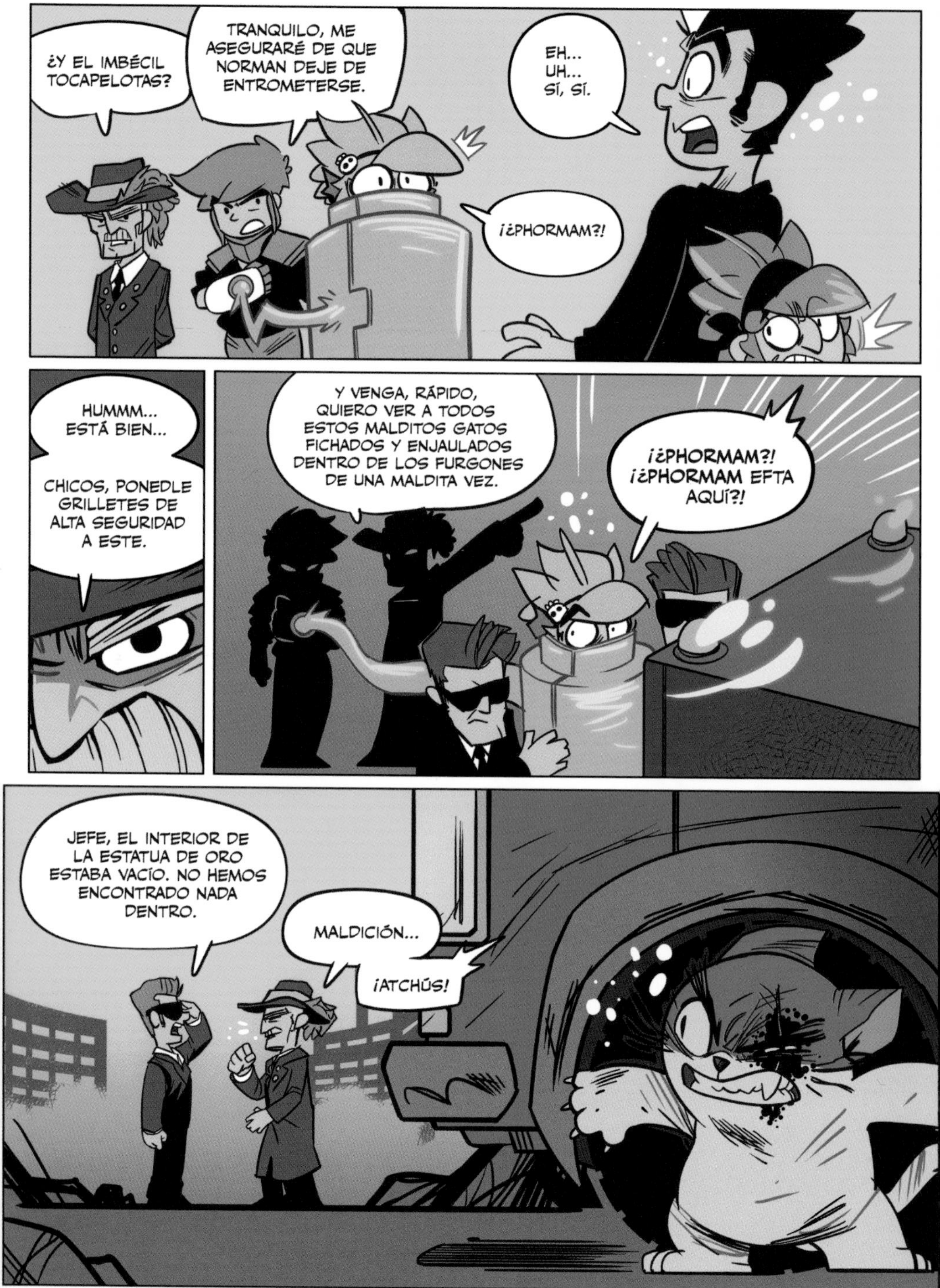
¿Y EL IMBÉCIL TOCAPELOTAS?
TRANQUILO, ME ASEGURARÉ DE QUE NORMAN DEJE DE ENTROMETERSE.
EH... UH... SÍ, SÍ.
¡¿PHORMAM?!
HUMMM... ESTÁ BIEN...
CHICOS, PONEDLE GRILLETES DE ALTA SEGURIDAD A ESTE.
Y VENGA, RÁPIDO, QUIERO VER A TODOS ESTOS MALDITOS GATOS FICHADOS Y ENJAULADOS DENTRO DE LOS FURGONES DE UNA MALDITA VEZ.
¡¿PHORMAM?! ¡¿PHORMAM EFTA AQUÍ?!
JEFE, EL INTERIOR DE LA ESTATUA DE ORO ESTABA VACÍO. NO HEMOS ENCONTRADO NADA DENTRO.
MALDICIÓN...
¡ATCHÚS!

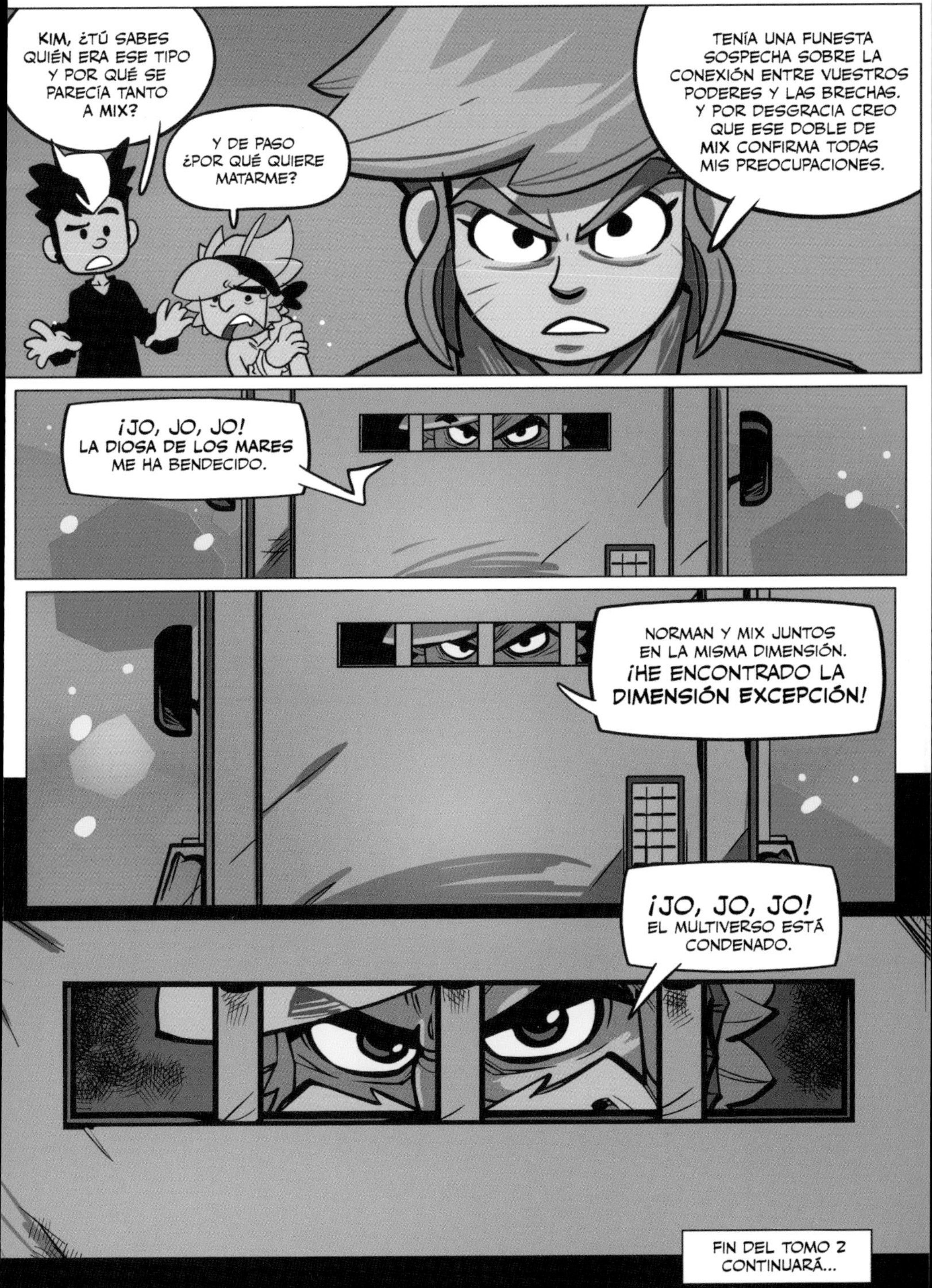
KIM, ¿TÚ SABES QUIÉN ERA ESE TIPO Y POR QUÉ SE PARECÍA TANTO A MIX?
Y DE PASO ¿POR QUÉ QUIERE MATARME?
TENÍA UNA FUNESTA SOSPECHA SOBRE LA CONEXIÓN ENTRE VUESTROS PODERES Y LAS BRECHAS. Y POR DESGRACIA CREO QUE ESE DOBLE DE MIX CONFIRMA TODAS MIS PREOCUPACIONES.
¡JO, JO, JO! LA DIOSA DE LOS MARES ME HA BENDECIDO.
NORMAN Y MIX JUNTOS EN LA MISMA DIMENSIÓN. ¡HE ENCONTRADO LA DIMENSIÓN EXCEPCIÓN!
¡JO, JO, JO! EL MULTIVERSO ESTÁ CONDENADO.
FIN DEL TOMO 2
CONTINUARÁ...

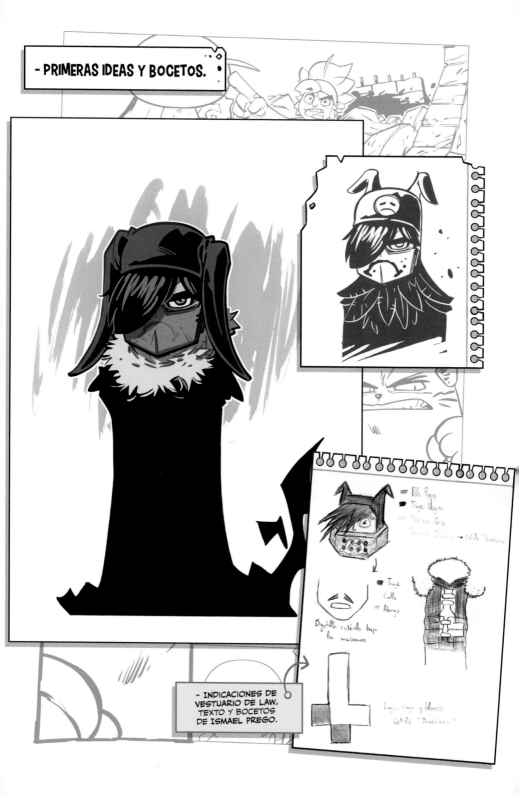

- PRIMERAS IDEAS Y BOCETOS.

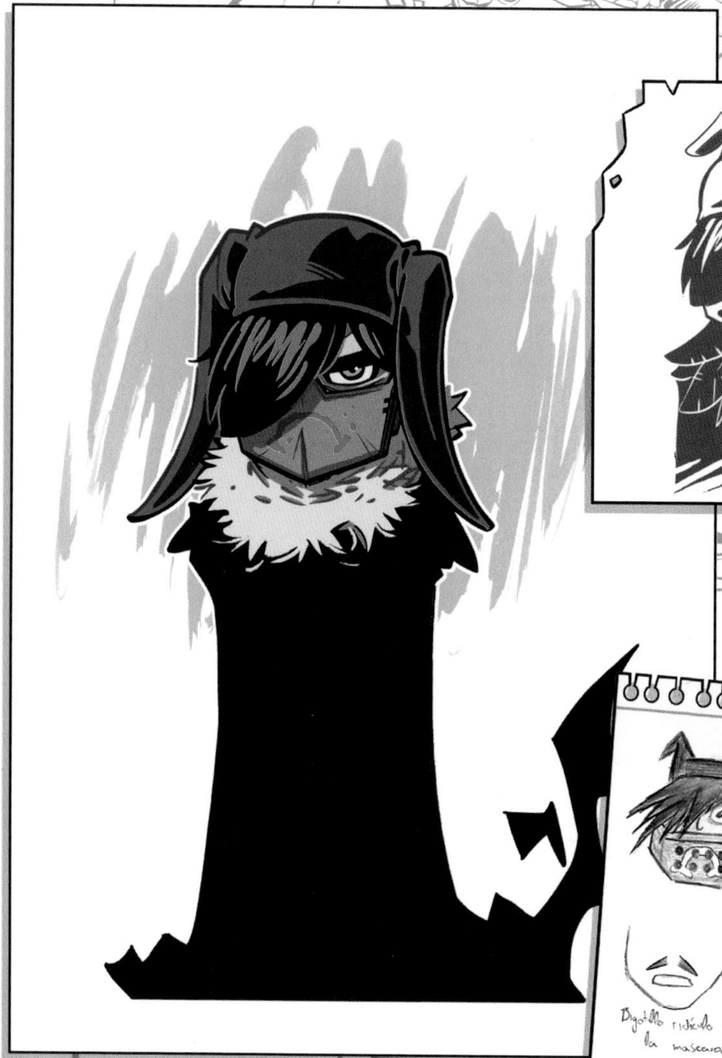

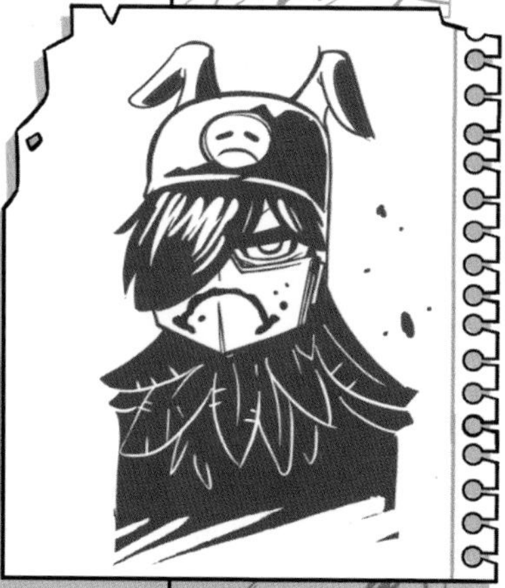

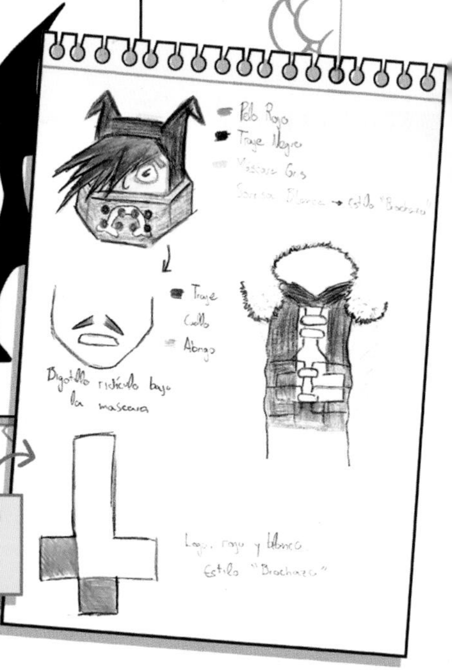
Pelo Rojo
Traje Negro
Traje
Cuello
Abrigo
Bigotillo ridículo bajo la mascara
Logo rojo y blanco
Estilo "Brochazo"

- INDICACIONES DE VESTUARIO DE LAW, TEXTO Y BOCETOS DE ISMAEL PREGO.

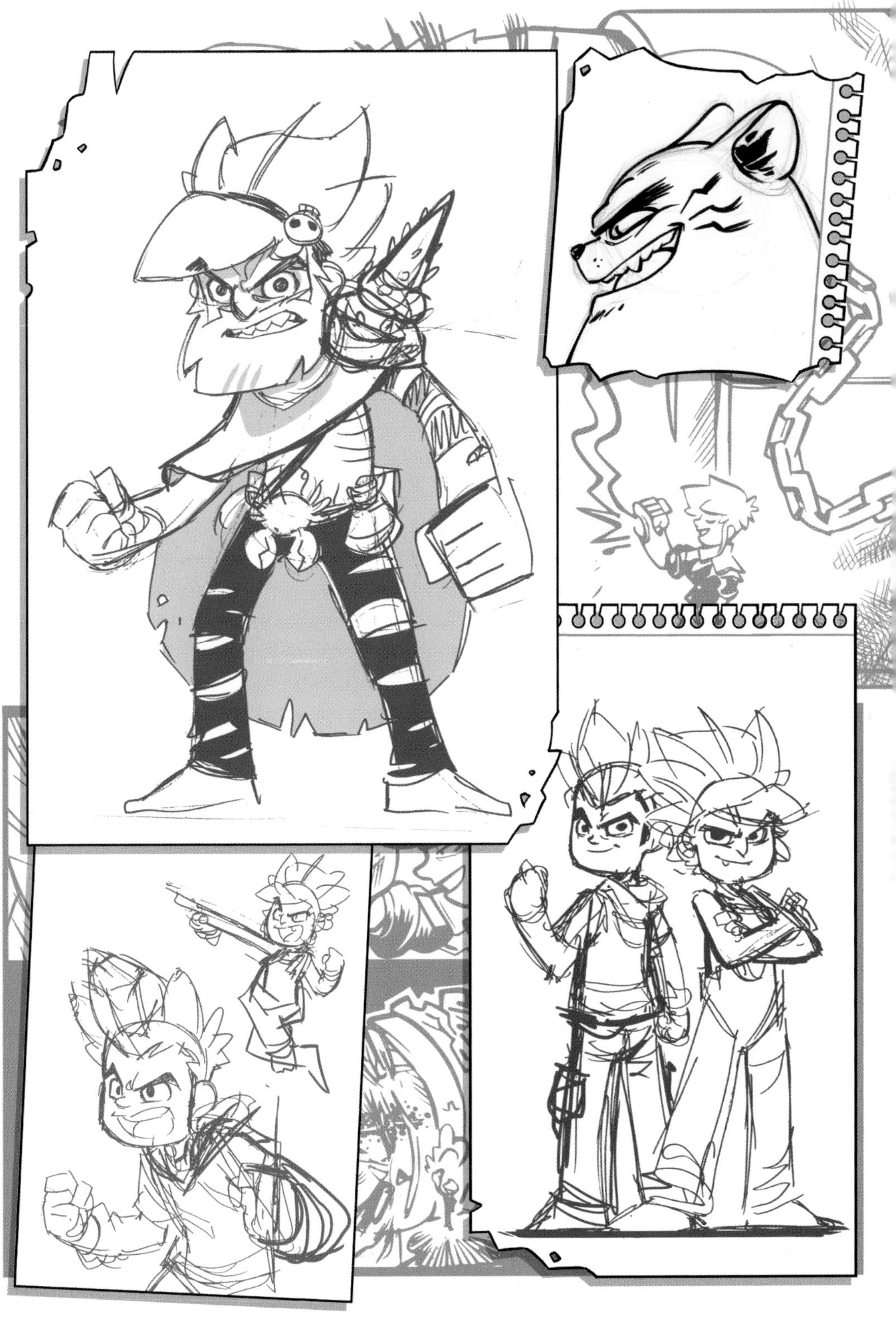